文庫 SF

〈SF1531〉

ディアスポラ

グレッグ・イーガン
山岸　真訳

早川書房

5702

DIASPORA

by

Greg Egan

Translated by
Makoto Yamagishi
First published 2005 in Japan by
HAYAKAWA PUBLISHING, INC.
This book is published in Japan by
arrangement with
CURTIS BROWN GROUP LTD.
through THE ENGLISH AGENCY (JAPAN) LTD.

この長篇のいくつかの章は、グレッグ・ベア編のアンソロジー *New Legends* 初出の短篇、「ワンの絨毯」"Wang's Carpet" を改稿したものである。

以下の人々に感謝を捧げる。キャロライン・オークリー、アンソニー・チーテム、ピーター・ロビンスン、アナベル・エイジャ、ケイト・メッセンジャー、デイヴィッド・プリングル、リー・モンゴメリー、ガードナー・ドゾワ、シーラ・ウィリアムズ、グレッグ・ベア、マイク・アーノウトフ、ダン・ビポニ、フィリップ・ケラー、シルヴィー・ドゥニ、フランシス・ヴァレリー、アンリ・デレム、ジェラール・クラン、ベルナール・シゴー。

目次

ディアスポラ

第一部

ヤチマは、ポリスをとりまくドップラー偏移した星々を見渡した。天空を横切る凍りついた同心状の色の波を、膨張から収束へとたどる。自分たちが追っている相手とついに出会ったとき、どう自己紹介すればいいのだろうと思いながら。こちらからたずねたいことは無数にあるが、情報の流れは一方通行のみにはできない。トランスミューターが「なぜあなたがたはわれわれを追ってきたのか？　なぜこんな遠くまでやってきたのか？」と知りたがったら、どこから説明をはじめればいいのだろう？

ヤチマは、《移入》前の歴史についていろいろ読んだことがあるが、それはどれもひとつのレベルだけで語られていた。つまり、個人とはクォーク同様に分割できないものであり、惑星上の文明はそれぞれが自己充足した宇宙も同然だ、という虚構に束縛されたものだった。ヤチマ自身の履歴も、《ディアスポラ》の歴史も、そうした仮構の枠内にはおさまらない。現実世界は、知性をもつ生物とそれが作る社会を包含するそのちっぽけな一部分よりも、もっと大きな構造やもっと小さな構造、もっと単純だったりもっと複雑だったりする構造で満ちたものであり、スケールや相似性を近視眼的にしか見られない人だけが、そうした生物とか社会とかいう表層の奥にあるものは全部無視できると信じていられる。それは、合成観境（スケープ）のような閉鎖世界への引きこもりを選択した人だけの話ではない。肉体人がそうした近視眼を克服できた例はまったくないし、市民（シチズン）の中でもっとも外界指向の強い人々も同様だ。トランスミューターもその歴史のどこかの時点で同じ問題をかかえていたことは、疑う余地がなかった。

むろんトランスミューターはすでに、《ディアスポラ》を惑星スウィフトへ、さらにその先へと駆りたててきた、とても巨大で、完璧な死に満ちた天空の機械の存在に気づいているだろう。だからトランスミューターの問いは、こんなふうになるはずだ。「なぜあなたがたはこれほど遠くまで来たのか？　なぜ自らの同朋を置き去りにしてきたのか？」

ヤチマは、自分とともに旅している者の答えを代弁することはできなかったが、自分の分の答えはスケールの正反対の端に、とても単純でとても小さな領域にあった。

1　孤児発生

《コニシ》ポリス、地球
二三　三八七　〇二五　〇〇〇　〇〇〇　連合標準時（ＣＳＴ）
二九七五年五月十五日、十一時〇三分十七秒一五四　グリニッジ時（ＵＴ）

〈創出〉は非知性ソフトウェアで、《コニシ》ポリスそのものと同時代に起源をもつ。その主目的は、ポリスの市民が子孫をもてるようにすることだ。ひとり、またはふたり、あるいは二十人の親をもつ子どもを、部分的には親たち自身の姿（イメージ）から、部分的には親たちの望みに従って、部分的には偶然にゆだねて、形成すること。だが散発的に、具体的には一兆（テラ）タウかそこらごとに、〈創出〉は親をまったくもたない市民、すなわち孤児を作りだしていた。

《コニシ》では、ポリス生まれの市民はみな、精神種子（マインド・シード）から育てられる。精神種子とはデジタル版ゲノムにあたる命令コードの列（ストリング）だ。九世紀前にポリスの創設者たちが、神経発生の本質的プロセスをソフトウェア内で再現する〈シェイパー〉のプログラミング言語を考案して、精神種子第一号がＤＮＡから翻訳された。けれど、そうした翻訳はどれも、生化学的な細部を機能的にほぼ等価な仕掛けと置き換えて体裁を繕ったものにすぎず、必然的に不完全であり、肉体人のゲノムの多様性をまったく損わずに移しかえることはできなかった。はじめから遺伝形質プールの規模が縮小されている上に、DNAベースの古いマップが摩耗していく中で、新しいバリエーションの精神種子への影響を策定することは、〈創出〉にとって重大な課題だった。変化を完全に避けていては停滞の危険をまねくかもしれないが、かといって変化を無頓着にうけいれてもあらゆる子どもの正気を危険にさらしかねない。

《コニシ》精神種子は十億のフィールドに分割されている。フィールドとは六ビット長の短いセグメントで、各々がひとつの単純な命令コードを含む。数ダースの命令のシークエンスがシェイパー——精神発生の際に用いられる基本的サブプログラム——を構成する。相互作用する千五百万のシェイパーで起きる、過去に例のない突然変異がおよぼす影響を、事前に予測するのは不可能に近かった。ほとんどの場合、もっとも信頼できる予測手段は、変異した種子それ自体がおこなうであろうあらゆる計算をおこなってみることであり……それはじっさいに種子を育てて精神を作りだすのと同じことで、予測でもなんでもない。

〈創出〉が蓄積してきた技術的な知識は、《コニシ》精神種子の注釈つきマップの集合として表現されていた。マップの中でも最高レベルのものは精巧な多次元構造物で、種子自体を桁違いに小型化したものだ。その一方、何世紀ものあいだ《コニシ》市民が〈創出〉の作業の進行状況を判断するのに使ってきた、ごく単純なマップもある。そのマップは十億のフィールドを緯線、六十四の可能な命令コードを経線としてあらわしている。個々の種子は、そのマップを上方から下方へ、途中のあらゆるフィールドで命令コードをひとつずつ選びながらジグザグに走る経路としてあらわされるわけだ。

ひとつのコードだけが精神発生を成功させられることが知られている場所では、マップ上の経路という経路は孤島か狭い地峡に収束して、海の青い色を背景に黄土色に映えていた。そうした場所は基盤フィールドと呼ばれ、あらゆる市民が共通してもっている基本的精神構造を形成し、精神全体を支配するデザインと、不可欠なサブシステムの細部の両方を作りだす。

別の場所では、マップは広大な陸塊や散在する群島のかたちで可能性の範囲をあらわしていた。これは形質フィールドと呼ばれ、選択されたひと組のコードを各市民に提供する。コードの組のそれぞれは精神構造の細部に既知の影響をあたえ、その影響は、個人間で差の大きい固有の気質や美意識のように極度に高度なものから、肉体人の手の皺よりも重要性の低いわずかな神経組織の差異にまでおよぶ。形質フィールドは形質にあらわれる影響を反映して、コントラストがきつかったり、単調だったりする、緑色の濃淡を帯びていた。

フィールドの残りの部分は、まだ種子にあたえる変化がテストされておらず、それゆえ予言が不可能な部分であり、未確定と分類されている。そこでは、既知の標識となるテストずみのコードは、白地に灰色で示されていた――あらゆるものを隠している雲の帯の東端あるいは西端に突きだす山の頂のように。遠くからではそれ以上の細部は見わけられないし、雲の下になにがあるかはじっさいにそこへ行ってみなければわからない。

〈創出〉が孤児を作りだすときは、模倣すべき、あるいは満足させるべき親というものがいないので、良性の変異が起きやすい形質フィールドのすべてに、ランダム抽出した妥当なコードをセットする。それから未確定フィールドを千個選択し、それをほぼ同じかたちで処理する。千個の量子サイコロをふって、未知の土地を通るルートをランダムに選ぶわけだ。孤児はみな、未踏査領域のマップ化に送りだされる探検家だった。

そして孤児はみな、本人自体が未踏査領域でもあった。

〈創出〉は、新しい孤児の種子である一本きりの情報の鎖を、子宮のゼロクリアされたメモリの中央に置いた。種子はそれ自身にとってはなんの意味ももたない。単独のそれは、星ひとつない虚空を疾走するモールス信号の最後の部分だとしてもおかしくない。だが子宮というヴァーチャル・マシンは、そこからポリスそのものにいたるさらに一ダースのソフトウェアの層や、せわしなく切りかわる分子スイッチが作る格子と同様に、種子の命令を実行するために設計されている。種子である一連のビットは受動的データの列であり、なにをすることも、なにを変えることもできない――けれど子宮にはいると、種子のもつ意味は、子宮の下にある全レベルの不変のルールすべてと完璧にひとつながりになった。ジャカード紋織機にあたえられたパンチカードのように、種子は抽象的メッセージであることをやめ、機械の一部分と化したのだ。

子宮が種子を読みとると、種子の最初のシェイパーが周囲の空間を単純なデータのパターンで満たした。同じ一連の数の波列が、きれいにつらなる十億の砂丘のように、虚無に彫りこまれる。これによって、各々の点は同じ傾斜のすぐ上またはすぐ下の隣接する点との区別をつけられたが、それぞれの波の頂点はほかのすべての頂点と同一なままだし、それぞれの波の谷についても同様だった。子宮のメモリは三つの次元をもつ空間として設定され、各々の点にストアされた数はもうひとつの次元を意味する。なので砂丘は四次元だった。

最初の波に対して斜行し、ゆっくりと一定の割合で隆起するよう変調された次の波が加えられ、波の尾根のそれぞれに高さを増していく小丘のつらなりを刻んだ。そしてもうひとつ、さらにもうひとつと打ちつづく波のそれぞれがこのパターンを強化していき、その対称性を複雑化し、壊して——方向が定義され、勾配が増加し、スケールの階層が確立された。

四十番目の波がこの観念上の土地を洗うころには、そこには最初にあった結晶のような規則性は痕跡もなく、畝とそのあいだの溝が指紋のように渦を巻いていた。かならずしもあらゆる点がほかとは違うものへと変わっているわけではない——だが、この先あらわれてくるあらゆるものの枠組みとして機能するのに足るだけの構造が作りだされていた。そこで種子は自身の百のコピーに、用意されたての土地に散らばるよう命令した。

以上のプロセスが二度目に反復される際、子宮はすべての複製された種子を読み、そして最初は、複製された種子の発する命令はどこでも同じだった。だがそれから、ひとつの命令が次のようなパターンを呼んだ。各々の種子が読みとられたあと、周囲のデータの特定のパターン——特徴的だがそこ以外でも見られる特定の形状の畝のつらなり——に隣接した次のフィールドへ、ビット列沿いに前方へジャンプするようなパターンを。種子が埋めこまれた場所の地形はそれぞれで異なるので、この命令に合致する標識は場所ごとに位置が異なり、子宮は種子ごとに異なる部分から命令を読みとるようになった。複製された種子自体はこの時点でもすべてが同一だが、いまや各々の種子は異なる組みあわせのシェイパーを周囲の空間にまき散らせるようになり、精神胚――萌芽期の精神――のさまざまな特殊化された領域の基礎構造が準備された。

この技法は太古からあるものだ。つぼみをつける花の幹細胞は最初なんの特徴ももたないが、自ら設定した化学的合図のパターンに従って、萼片や花弁、雄しべや心皮に分化する。昆虫のさなぎが浸かっているタンパク質の勾配は、その量の違いによって、腹部、胸部、頭部のそれぞれを形成するのに必要な異なる一連の遺伝子活動を誘発する。このプロセスのエッセンスをすくいとったのが、《コニシ》のデジタル・バージョンだ。個別のしるしをつけて空間を細分化してから、その個別のしるしに以後の全命令の動作を変化させて、特殊化されたサブプログラムのスイッチをオン‐オフする――そしてこんどはそのサブプログラムが、よりこまかいスケールでサイクル全体を繰りかえして、荒削りな最初の構造が徐々に奇跡的なほど精密な金線細工状に変化していく。

反復が八回目になるまでには、子宮のメモリには精神種子のコピーが百兆も含まれていた。もうそれ以上の数は必要ない。種子の大半は周囲の土地にあらたなディテールを刻みつづけている――だがいくつかは、シェイパーをまき散らすのを完全にやめ、シュリーカーを走らせはじめた。シュリーカーは簡潔な命令のループで、種子間に生じた未発達なネットワークにパルス流を供給する。そのネットワークの通路（トラック）が、シェイパーの作ったもっとも高い畝であり、パルスはそれより一、二ステップ高いちっぽけな矢尻だ。シェイパーは四次元で作業してきたので、ネットワークそのものは三次元だった。子宮はこうしてできあがってきた構造に生気を吹きこんで、トラックに沿ってパルスを走らせた。そのさまは、軌道が一万層あるモノレールの一兆のジャンクションのあいだを十の十五乗の列車が往復しているかのようだ。

シュリーカーのいくつかは機械的な規則正しさでビット流を送りだし、ほかは擬似ランダムなスタッターを生成していた。パルスがそのあいだを流れていく迷路状構造では、いまもネットワークの形成がつづいていて——まだ除去の決定はまったくおこなわれていないので、ほとんどありとあらゆるトラックがほかのあらゆるトラックとつながったままだった。だがトラフィックによって起動された新しいシェイパーが余分なジャンクションを分解しはじめ、要件を満たす数のパルスが同時に届いたところだけを残していった——無数の選択肢すべての中から、同時発生的に機能できる経路を選んだのだ。こうして形成の進むネットワークにも、袋小路は存在した。だが、もしある程度以上の頻度でそこにパルスが送られていれば、ほかのシェイパーがそれに気づいて延長路を作った。そこを流れる最初のデータ流が無駄になってもかまうことはない。いかなる種類のシグナルでも、最低レベルの思考機械を出現させる役には立つ。

多くのポリスでは、新しい市民は種子から育てられるのではなく、ありふれたサブシステムを直接組みあわせて作りだされていた。しかし《コニシ》方式は、一定の擬似生物学的な頑強性や、継ぎ目のないそれなりのなめらかさを、新しい市民にもたらす。形成過程でいくつものシステムがともに成長しながら、相互作用してたいていの潜在的不整合を自力で解決するので、外部の精神建造者が完成後の全パーツを微調整して不整合が生じないようにする必要はない。

　こうした有機的ともいえる柔軟性や妥協が随所に見られる中でも、基盤フィールドは、どの市民でも変わらない数個の規格化されたサブシステム用の領域をきちんと確保していた。そのうちのふたつは流入するデータのためのチャンネルだ——ひとつは〝ゲシュタルト〟用、もうひとつは〝リニア〟用で、このふたつは全《コニシ》市民がもつ基本様式であり、それぞれが視覚と聴覚の遠い子孫にあたる。孤児の二百回目の反復までには、そのチャンネル自体は完成していたが、そのデータの供給先である内部構造、データを分類し意味をなすものにするネットワークはまだ未発達で、試用もされていなかった。

　《コニシ》ポリスそのものはシベリアのツンドラの地下二百メートルに埋められているが、孤児の入力チャンネルは光ファイバーおよび衛星リンク経由で、ポリス連合のどの公共観境（フォーラム）からでも、また太陽系の惑星という惑星、衛星という衛星を周回するプローブからでも、あるいは地球上の森や海を放浪する遠隔操作機（ドローン）からでも、そして千万種類の観境や抽象的な感覚器からでも、データをとりこめた。認知における最初の問題は、この過剰な候補の中からいかにして選択するかを学ぶことだった。

孤児の精神胚の中で、入力チャンネルのコントロールに結線された形成途中のナヴィゲーターが、情報を絶え間なく請求しはじめた。最初の数千の請求に対しては、エラー・コードが淡々と返ってくるばかりだった。請求の形式が不正確だったり、存在しないデータ・ソースに照会していたりしたのだ。だがあらゆる精神胚はポリスのライブラリを見つけるようはじめから偏向させられていて（そうでなければ、数千年かかってしまうかもしれない）、請求をつづけているうちにナヴィゲーターは有効なアドレスにぶつかり、データがチャンネルを通ってなだれこんできた。それはライオンのゲシュタルト映像で、その動物に対応するリニアな単語が添付されていた。

ナヴィゲーターはすぐさまトライアル・アンド・エラーを放棄して、動かないライオンの同じ映像を何度も何度も、痙攣したように繰りかえし要求しはじめた。この繰りかえしによって、やがて形成がはじまったばかりのまったく不完全な変化弁別回路でさえ発火をやめてしまうと、ナヴィゲーターはトライアル・アンド・エラーにふらふらと戻っていった。

しだいしだいに、半ば意図的な妥協が、孤児の二種類の原好奇心（プロト）――新奇なものを探そうとする衝動と、繰りかえされるパターンを探そうとする衝動――のあいだで生成されていった。孤児はライブラリをブラウズし、関連する情報流のとりこみかたを学んだ。まず、記録された動きの連続映像を、次に、より抽象的なクロスリファレンスの果てしない連鎖を。孤児はなにかを理解していたわけではないが、一貫性と変化の正しいバランスに行きあたったときには、その行動を強化するよう結線されていた。

映像や音声、シンボルや方程式が、孤児の分類されたネットワーク群をどっと通り抜けたが、そのあとには詳細なディテールは残らなかった——漆黒の空を背景に灰色と白の岩の上に立つ宇宙服姿の人間のことも、灰色のナノマシンの群れに埋もれてあわてず騒がず分解されていく裸の人間のことも。だが、もっとも単純な規則性や、もっとも一般的な関連性は刻みこまれた。ネットワーク群は、太陽や惑星の、虹彩や瞳孔の、地面に落ちた果実の、千の異なる芸術作品や製品や数学的図形の映像の中に、円／球を発見した。またネットワーク群は、〝人〟を指すリニアな単語を発見し、それをとりあえず、〝市民〟を指すゲシュタルト・アイコンを定義する規則性と、肉体人やグレイズナー・ロボットの映像多数に共通して見つかる特徴の、両方に結びつけた。

五百回目の反復までには、ライブラリのデータから抽出されたカテゴリーが、入力分類ネットワーク群に多数のこまかなサブシステムを生じさせていた。一万もの単語トラップや映像トラップが、作動するときを待ちうける。それは、情報流を注視して、各々に設定された特別なターゲットを休みなく見張っている、一万のパターン認識偏執狂だった。

そうしたトラップはたがいに結合を形成しはじめ、その結合を最初は判断を共有し、たがいの決定に影響をあたえるためだけに使っていた。たとえばライオンの映像を待ちうけているトラップが作動すると、リニアに表現されたライオンという名前や、ほかのライオンが発したのをきかれたことのある種類の音や、ライオンの行動に共通して見られる特徴（自分の子をなめる、アンテロープを追跡する）を待ちうけているトラップのすべてが過敏になる。流入するデータがリンクされたトラップのクラスター全体を同時に作動させて、トラップ相互の結合を強化することもあるが、熱心すぎる関連トラップが早まって発火をはじめることもあった。たとえば、ライオンの形状をしたものが認識されると、〝ライオン〟という単語はまだ検知されていないのに、〝ライオン〟の単語トラップがとりあえず発火し……〝自分の子をなめる〟や〝アンテロープを追跡する〟のトラップも発火する、というように。

こうして孤児は、予想をしたり、期待をいだいたりするようになった。

千回目の反復までには、トラップ間の結合は独自の精妙さをもつネットワークへと発達し、そのネットワークの中に新しい構造が生じていた。すなわちシンボルであり、それは入力チャンネルからのあらゆるデータによってと同様、ほかの構造によってもかんたんに作動させられるものだった。ライオンの映像トラップは、それ単独では一致か不一致かを表明するために世界にむかってさらされているテンプレートにすぎず、その判定にはなんの含意もない。一方、ライオンのシンボルは、含意の網を際限なく符号化できる――そしてその網はライオンが見えているいないに関係なく、いつでも呼びだされることがありえた。

単なる認識が、意味のかすかなきざしへと道をゆずっていく。

基盤フィールドはリニア用とゲシュタルト用両方の孤児の出力チャンネルを規格どおりに作っていたが、流出するデータに《コニシ》内の、あるいはその先の具体的な行き先をアドレス指定するのに必要なマッチング・ナヴィゲーターは、未作動のままだった。それでも二千回目の反復までには、シンボルどうしが出力チャンネルへのアクセスを争いはじめていた。シンボルは、学習して認識できるようになった音声や映像を、自分のもつトラップのテンプレートを使って物真似した。それが、〝ライオン〟とか〝子〟とか〝アンテロープ〟とかいうリニアな単語を虚無にむかってつぶやくのと同じことだとしても、かまいはしない。それによって入力と出力のチャンネルが内部で結線されたのだから。

孤児は自分自身の思考をきくようになったのだ。

無秩序な混沌（パンデモニアム）の全体を、ではない。孤児はなにもかもに同時に音声を――あるいはゲシュタルトでさえ――あたえることはできなかった。ライブラリから入力される場面という場面が喚起する無数の関連性のうちから、まだ初期状態の言語生成ネットワークのコントロールを獲得できるのは、いちどきに二、三のシンボルだけ。だから、鳥たちが空で輪を描き、草がなびき、獣たちが通ったあとに塵や虫が雲のように舞いあがり――そしてもっとずっとたくさんのことが起きていても……場面全体が消え去る前に勝利をおさめるシンボルは、

「アンテロープを追跡するライオン」

なのだった。

ナヴィゲーターは驚いて、外部からなだれこむデータを遮断した。チャンネルからチャンネルへ循環するリニアな単語が、沈黙を背景に際だった。ゲシュタルトな映像が、追跡の本質（エッセンス）――忘れられたディティールをすべて削除して観念的に再構築されたその場面――を何度も何度も呼びおこす。

そこでメモリは黒くフェードして、ナヴィゲーターがふたたびライブラリに接触する。

孤児の思考全体は決してひとつに収束して整然としたかたちで進んでいくことはなく、むしろ数々のシンボルが前よりも豊かで、より精妙に整列したかたちで発火するようになっていった。正のフィードバックが焦点を狭め、精神は自分の中にあるもっとも強力な考えと共鳴する。こうして孤児は、シンボルを構成する千本の果てしない糸の中から一、二本を選びだすことを学んだ。それ自身の体験を物語ることを。

孤児はいまや、ほぼ五十万タウ歳だった。一万語のボキャブラリー、短期記憶、数タウ先の未来予測、それに単純な意識の流れなどをもっている。しかし、〝自分自身〟なるものが世界に存在するという考えは、まだ浮かびもしなかった。


〈創出〉は発達中の精神を反復終了ごとにマップし、ランダムに変異させた未確定フィールドの影響を綿密にトレースしていた。知性をもつ存在が同じ情報を観察していたら、こんな光景を思い浮かべただろう――フィールドが読みとられて反応し、その影響がネットワークからネットワークへ広がるのにあわせて、噛みあう繊細な千のフラクタルが、もつれあう、羽毛状の、無重力下で作られた結晶のように、どんどん細くなる枝を送りだして子宮を縦横に刻みつけていく光景を。〈創出〉はなにも思い浮かべはしなかった。単に情報を処理し、結論を出しただけだった。

これまでのところ、突然変異はなんの害も引きおこしていないようだ。孤児の精神内のあらゆる構造は、おおよそ予想どおりに機能し、ライブラリとのトラフィックや、標本抽出されたほかのデータ流に、初期の全体的異常は見られなかった。

もし精神胚に損傷が見つかった場合、〈創出〉が子宮内に手をのばして、奇形の構造をひとつ残らず修繕することを止めるものは原則としてなかったが、そもそも種子を育てた結果どうなるかが予想不能なのと同様、その修繕の結果も予想不能だ。局所的な〝手術〟は、時として精神胚のほかの部分との不適合をまねくことがあるが、一方、絶対確実に成功する広範囲で徹底したほかの手段といえば、オリジナルの精神胚を跡かたもなく消滅させて、過去の健全な精神胚からクローンしたパーツの寄せ集めと置換するという、自滅的なものでしかなかった。

しかし、なにも手を打たなければ、それはそれでリスクがある。精神胚に自己認識が芽生えたなら、その精神胚は市民権をあたえられ、同意なしの干渉は不可能になってしまう。これは単なる習慣や法の問題ではない。それはポリスのもっとも深いレベルに組みこまれた原理だった。精神異常に陥った市民は、援助を認可することも、消滅を選択することもできないほど損傷した精神をかかえたまま、一兆タウ(テラ)を混乱と苦痛の中で送ることになるかもしれない。それが自律の代償だった。それは狂気と苦悩に陥る権利で、剝奪不能であり、孤独と平和を得る権利と不可分だった。

ゆえに《コニシ》の市民は、あやまちをおかすなら慎重すぎるがゆえにそうなるように、〈創出〉をプログラムしていた。〈創出〉は、機能不全の徴候が見えたらすぐに精神発生を終了させるよう備えつつ、子細に孤児の観察をつづけた。

五千回目の反復からまもなく、孤児の出力ナヴィゲーターが発火をはじめ――そして、主導権争いがはじまった。出力ナヴィゲーターは、フィードバックを探し、反応を示しただれかあるいはなにかに呼びかけるよう結線されている。しかし入力ナヴィゲーターはポリスのライブラリにのみ接続することがずいぶん前から慣習化していて、その習慣によって強力な報酬を得てきた。どちらのナヴィゲーターも、相手とひとつながりになり、同じアドレスに接続する衝動を結線されていて、これが市民に、きくのとしゃべるのを同じ場所でおこなという、会話する上で有用な技術をあたえていた。だがそれは、孤児の無意味な発話とアイコンがライブラリに直接逆流し、完全に無視されることを意味した。

このとりつく島もない無関心に直面した出力ナヴィゲーターは、変化弁別回路ネットワークに抑制シグナルを送りこみ、ライブラリの催眠術ショー的な魅力を減じて、そのショーにとらわれていた入力ナヴィゲーターを引きずりだした。優雅さも秩序もない舞いを舞うように、両ナヴィゲーターは密着したまま、観境から観境へ、ポリスからポリスへ、惑星から惑星へとジャンプしてまわりはじめた。話しかける相手を探して。

その途中で両ナヴィゲーターは、物質世界の千の光景をランダムに一瞥した。火星の北極の氷冠をとりまく砂丘のうねりを渡って吹きすさぶ、砂塵嵐のレーダー映像。赤外線がかろうじてとらえた、天王星の大気中で分解する小さな彗星からあがる煙――これは数十年前のできごとだが、人工衛星の弁別メモリの中に残っていたものだ。東アフリカのサヴァンナでライオンの群れにむかって蛇行していくドローンからのリアルタイム中継にすら出くわしたが、ライブラリ映像の流れるように動くライオンと違って、その画像の中のライオンは意地を張ってでもいるようにじっとしていたので、数タウ後に両ナヴィゲーターは先に進んだ。

孤児は《コニシ》公共観境（フォーラム）のアドレスに出くわし、そこで目にした広場は鉱物質の青や灰色のすべすべした菱形で舗装され、その菱形は定義しづらいさまざまな規則性に満ちているが決して同じパターンは繰りかえさないよう配置されていた。雲が縞模様を描く濃いオレンジ色の空にむけて、噴水が液状の銀のしぶきを飛ばしている。それぞれのしぶきは弧を描いて上昇する途中で鏡状のしずくに分裂し、その輝く小球は羽の生えた小さな子豚に変形して噴水のまわりを飛びかい、たがいの進路を横切っては楽しそうにぶーぶー鳴いて、そしてもとの水たまりに飛びこんだ。石造りの回廊が広場をとりまき、歩行路の内側には一連の幅広いアーチや凝った装飾の柱廊があった。いくつかのアーチには風変わりなひねりが加えられている——エッシャー風、あるいはクライン風に、不可視の余分な次元の中を斜めに走っているのだ。

孤児はライブラリでそうしたものに類似した建造物を見たことがあり、その大半に対応するリニアな単語も知っていた。この観境そのものにめざましいところはまったくなく、孤児はそれについての言葉はなにも発しなかった。また孤児は、市民が動いたりしゃべったりしている何千もの場面を見てきたが、ここにはそれとは違うところがあるのを敏感に意識していた。その違いがなにかは、まだ明確に把握できていなかったが。ゲシュタルト映像そのものを見てもっぱら孤児が思いだしたのは、以前見たアイコンや、具象芸術のかたちで見たことのある様式化された肉体人で、それは実物の肉体人がもつ制限をはるかに超えて、多様かつ活発だった。ゲシュタルト映像の形態に課せられた制限は、生理学や物理学ではなく、ただゲシュタルトに関する規約にのみ由来していた。形状や細部はさまざまでも、市民のゲシュタルトはなにより重要なひとつの意味を宣言する必要がある——わたしは市民だ、と。

孤児は公共観境に呼びかけた。「みなさん」

市民間のリニアな会話は、人目にさらされてはいるが、音量は落とされていて——観境内の距離に応じて弱められている——孤児には変化のないささやき声しかきこえなかった。孤児はもういちど、「みなさん！」

いちばん近くにいた市民のアイコン——高さ約二デルタの、ステンドグラスの彫刻に似た、まばゆい多色の人影——が、孤児のほうをふりむいた。孤児の入力ナヴィゲーターにもともと組みこまれている構造が、視角をそのアイコンとまっすぐむきあうよう回転させる。出力ナヴィゲーターはその動きに従うよう強制され、その時点で意図せずして相手の市民の幼稚なパロディになっていた孤児自身のアイコンを、視角にあわせてふりむかせた。市民が青と金色に光る。その半透明な顔が笑みを浮かべ、そしてこういった。「こんにちは、孤児」

（ついに反応が得られた！）出力ナヴィゲーターのフィードバック検知器は、退屈のあまり叫びちらしていたのをやめ、探索の原動力となっていた欲求不満を静めた。そして、このかけがえのない発見に割りこんで気をそらしかねないあらゆるシステムを抑圧するシグナルを精神にあふれさせた。

孤児はオウム返しにいった。「こんにちは、孤児」

市民はまた笑みを浮かべ、「ああ、こんにちは」というと、また自分の友人たちにむきなおった。

「みなさん！　こんにちは！」

なにも起きない。

「市民諸氏！　みなさん！」

その集団は孤児を無視した。フィードバック検知器は、いちど出した満足度評価を撤回し、ナヴィゲーターをふたたび欲求不満な状態にした。欲求不満のあまりよそへ立ち去るほどではなく、その公共観境内で動きまわる程度に。

孤児は、「みなさん！　こんにちは！」と叫びながら、せかせかとあちこちへ移動した。その移動は運動量も慣性も重力も摩擦も無視していて、入力ナヴィゲーターのデータ請求中の最下位の数ビットを微調整しているにすぎず、観境はそれを孤児の視点の位置と角度として解釈していた。それと調和する出力ナヴィゲーターのビットが、孤児の発話とアイコンがどこでどのように観境に溶けこまされるかを決定していく。

ナヴィゲーターは、声をききとってもらいやすくするために、もっと市民たちに近づくことを学んだ。何人かが反応を――「こんにちは、孤児」――返してから、よそをむいた。孤児はその人たちのアイコンを本人たちにむかって送った。アイコンには単純化されたものも複雑なものも、華麗なものも質素なものも、模擬生物学的なものも模擬人工的なものもある。その外観も、光る煙で螺旋状に縁どりされていたり、しゅーっと音を立てるほんものさながらの蛇がいっぱいにつまっていたり、あざやかなフラクタルの象眼で装飾されていたり、無地の黒に覆われていたりした――しかし、頭のおかしい百人の僧が彩色された写本に書きつけたAの文字のように収拾のつかないバリエーションがある中で、市民たちのアイコンが二足歩行の霊長類であることはつねに同じで、不変だった。

しだいに、孤児の入力分類ネットワーク群は、公共観境にいる市民たちと、ライブラリで見たアイコンのすべてのあいだの違いを理解するようになった。映像とともに、ここにいるアイコンは非視覚ゲシュタルト・タグを放っていた。このタグは肉体人でいえば個人ごとに異なるにおいにあたる特性だが、届く範囲はもっと狭く、ずっと豊かな意味をこめることができる。孤児にはこの新しい形態のデータの意味を理解することはできなかったが、理解の欠落に対して、孤児の情報解析器(インフォトロープ)――遅れて発達してきた構造で、新奇なものやパターンを対象とする検知器の上の、より複雑な新しいレベルとして育った――が反応をはじめた。情報解析器は漠然とした規則性の手がかりをひろいあげ(ここでは、あらゆる市民のアイコンに各人独特で不変のタグがついているぞ)、孤児がその規則性から外れていることに不満を表明した。孤児はこれまでタグを送りかえす手間はかけていなかったが、今回は、情報解析器にせきたてられて、三人の市民のグループに近づくと、そのひとりをタグまで含めてすべて模倣しはじめた。たちまち反応が返ってきた。

その市民は怒鳴った。「すぐにやめろ、このまぬけ！」

「こんにちは！」

「おまえがおれだと主張しても、だれも信じやしないぞ——とりわけこのおれはな。わかったか？　もうあっちへ行け！」その市民の肌は金属質で白鑞(シロメ)の灰色をしていた。その人物は強調のために自分のタグを点滅させた。孤児も同じことをする。

「やめろ！」市民は最初のものの横に、別のタグを送りだした。「わかったか？　おれはおまえにチャレンジした——そしておまえは反応できなかった。嘘をついても無駄なんだよ」

「こんにちは！」

「あっちへ行け！」

孤児は釘づけになっていた。これほどの関心を寄せられたのは、はじめてだったから。

「こんにちは、市民！」

嫌悪感を誇張表現したかのごとく、シロメの顔が融けるようにたるんだ。「おまえ、自分がだれかわからないのか？　自分自身のシグネチャーを知らない？」

グループの別の市民がおだやかに、「新しい孤児にちがいない——まだ子宮の中にいるんだ。きみたちの最新の友なる市民だよ、イノシロウ。歓迎してやらなくちゃ」

この市民は金茶色の短い柔毛で覆われていた。孤児はそれを見て、「ライオン」といい、この市民を模倣しようとした——するとグループの三人全員が突然笑い声をあげた。

三人目の市民が、「こんどはあなたになろうとしているよ、ガブリエル」

最初の、シロメの肌の市民がいった。「こいつが自分の名前を知らないなら、呼び名は〝阿呆〟で決まりだ」

「ひどいこといわないで。わたしの部分同胞(はらから)が幼かったときの記憶を見せてあげようか」三人目の市民のアイコンは、目鼻のない黒い影絵だった。

「こんどはブランカになりたがってるぞ」

孤児は三人の市民を順に模倣しはじめた。三人の反応は、孤児がゲシュタルト映像とタグを送りだすのにぴったりあわせて、意味不明の奇妙なリニア音声を繰りかえすというものだった――「イノシロウ！　ガブリエル！　ブランカ！　イノシロウ！　ガブリエル！　ブランカ！」

短期パターン認識器が関連性を理解したので、孤児はリニア音声での繰りかえしに加わった――そしてほかの三人が黙りこんでも、しばらくそれをつづけていた。だがそのまま数回同じことをつづけると、パターンは新奇さを失っていった。

シロメの肌の市民が胸の前で手を握って、「おれはイノシロウだ」

金色の毛の市民が胸の前で手を握って、「ぼくはガブリエル」

黒い影絵市民は手の輪郭に白い細線を浮かべて見わけがつくようにしてから、その手を胴の前にもってきて、「わたしはブランカ」

孤児はそれぞれの市民をいちどずつ模倣し、いま各人がしゃべったリニアな単語をしゃべり、手の動きを猿真似した。三人それぞれに対応するシンボルが形成され、タグまでついた各人のアイコンとリニアな単語を結びつけた——しかしながら、タグとリニアな単語はまだほかのなにとも結合されていなかったが。

全員に〝イノシロウ〟という言葉をいわせることになったアイコンをもつ市民が、「ここまではうまくいったな。しかし、こいつはどうやって自分自身の名前を手にいれるんだ？」

タグが〝ブランカ〟と結びついている市民が、「孤児は自分で自分に命名するの」

孤児はそれを繰りかえした。「孤児は自分で自分に命名するの」

〝ガブリエル〟と結びついている市民が、〝イノシロウ〟と結びついている市民を指さして、「この人は——？」というと、〝ブランカ〟と結びついている市民が「イノシロウ」

すると、いま答えた市民を、〝イノシロウ〟と結びついている市民が指さして、「この人は——？」といい、こんどは、〝ブランカ〟と結びついている市民が「ブランカ」と応じる。

孤児もそこに加わり、観境内の位置関係に意味を見出すのを助けてくれる組みこみシステムに誘導されて、ほかのだれかが指さした場所を指さし、やがて、指さしている人がほかにだれもいないときでさえ、楽々とパターンを完成させるようになった。

すると、金色の毛の市民が孤児を指さして、「この人は——？」

入力ナヴィゲーターが孤児の視角を回転させて、その市民が指さしているものを見ようとした。だが孤児の背後にはなにも見つからなかったので、入力ナヴィゲーターは視点を後退させて、金色の毛の市民に近づけ——ちょっとのあいだ、出力ナヴィゲーターとの歩調が乱れた。

突然、孤児は自分が投影しているアイコン——三人の市民のアイコンの幼稚な混合物で、黒い毛と黄色の金属だらけ——を見ていた。交差接続されたチャンネルからはいってくるいつものおぼろな心的イメージとしてだけでなく、ほかの三人の横に立つ鮮明な観境内物体として。

〝ガブリエル〟と結びついている市民が指さしているのは、そのアイコンだった。情報解析器は狂乱し、進行中のゲームを規則性に沿って完成させられなかった——この不思議な四人目の市民に関する質問に答えられなかった——だが、パターンに生じた穴は埋められる必要があった。

孤児は四人目の市民が観境の中で形と色を変化させるのを見つめ……その変化は孤児自身のでたらめないらだちの気持ちを完璧に反映していた。ほかの三人の市民のひとりを模倣することもあれば、ゲシュタルトに可能な表現をもてあそんでいるだけのこともあった。そのことがしばらくのあいだ規則性検知機を魅了したが、情報解析器はもっといらいらさせられただけだった。

情報解析器は手もとの全要素を結合させ、再結合させて、短期目標を設定した。シロメの肌をした〝イノシロウ〟のアイコンを、四人目の市民のアイコンが変化しつづけているのと同じように変化させること。この目標設定が引き金になって、関連するシンボル群——望んだできごとの心的イメージ——が期待でかすかに発火した。だが、市民アイコンがのたくったり脈打ったりするイメージはゲシュタルト出力チャンネルのコントロールを楽々と手にしたものの、変化したのは〝イノシロウ〟アイコンではなく……あいかわらず、四人目の市民のアイコンだけだった。

入力ナヴィゲーターが出力ナヴィゲーターとの協調をとり戻して同じ場所に注意をむけると、四人目の市民が突然消えた。情報解析器が両ナヴィゲーターを引き離すと、四人目の市民がふたたびあらわれた。

「こいつ、なにしてるんだ?」ときいた〝イノシロウ〟市民に、〝ブランカ〟市民が答えた。

「まあ黙って見てなさいって。そのうちわかるでしょ」

新しいシンボルがすでに形成されつつあった。奇妙な四人目の市民を表示したものだ。ただひとりその市民のアイコンだけが、観境内の孤児の視点と相互に関連しているように見え、ただひとりその市民の行動だけは、孤児にも非常にやすやすと予想しコントロールできた。

(すると、四人の市民は全員が同じ種類の存在なのか――ライオンや、アンテロープや、円がそれぞれすべて同じだったように――それともそうではないのか?)シンボル間の結合は仮のもののままだった。

〝イノシロウ〟市民が、「もう飽きた! こいつの子守は、だれかほかのやつにまかせよう!」といって、踊りながらグループのまわりをまわった――〝ブランカ〟と〝ガブリエル〟のアイコンを順に模倣してから、自分本来の形態に戻った。「わたしの名前はなに? わからないです! わたしのシグネチャーはなに? もってないです! わたしは孤児です!

わたしは孤児です！　自分の外見すら知らないんです！」
〝イノシロウ〟市民がほかのふたりのアイコンを身に帯びたのを知覚した孤児は、混乱のあまり分類体系（スキーム）を放棄しかけた。〝イノシロウ〟市民のいまのふるまいは、前よりも四人目の市民に似ていて――けれど、その行動はいまも、孤児の意図とは一致しなかった。

　孤児がもつ四人目の市民に対応するシンボルは、その市民の外見と観境内の位置にあわせて変わりつづけていたが、同時に、孤児自身の心的イメージと短期目標の本質を純化して、孤児の精神状態の諸相のうちで四人目の市民のふるまいとなんらかの結びつきがありそうなものすべての要約を作りはじめてもいた。けれど、シンボルのほとんどは明確に定義された境界をもってはいない。大部分はプラスミドを交換するバクテリアのように、ほかのシンボルの浸透を許し、混じりあっていた。〝イノシロウ〟市民のシンボルは精神状態に関する構造のいくつかを、四人目の市民のシンボルからコピーして、自分で試しはじめていた。

　最初、高度に要約された〝心的イメージ〟と〝目標〟を表現する能力は、まったく役に立たなかった――その能力はまだ孤児の精神状態とリンクされていたのだから。闇雲にクローンされただけの〝イノシロウ〟シンボル内の機械的構造は、〝イノシロウ〟市民が孤児自身の思うとおりにふるまうと予想しつづけ……そしてそんなことはまったく起こらなかった。この繰りかえされる失敗を前にして、リンクはあっという間に衰退し――そして〝イノシロウ〟シンボル内に残された小さな未完成の精神モデルは独自に、市民本人のじっさいのふるまいともっとも一致度の高い〝イノシロウ〟精神状態を見つけようとした。

シンボルはもっとも意味をなすものを探し求めて、さまざまな結合、さまざまな理論を試し……やがて孤児は不意に、さっき〝イノシロウ〟市民が四人目の市民を模倣していたという事実を理解した。情報解析器はこの発見に飛びつき——逆に四人目の市民に〝イノシロウ〟市民を真似させようとした。

四人目の市民が宣言する。「わたしは孤児です！　わたしは孤児です！　自分の外見すら知らないんです！」

〝ガブリエル〟市民が四人目の市民を指さして、「こいつは孤児だ！」といい、〝イノシロウ〟市民もうんざりした声で同意した。「こいつは孤児だ。だからって、どうしてこんなにのろまなんだ！」

ひらめきを得て——つまり情報解析器に強制されて——孤児は「この人は——？」のゲームをもういちどやろうとした。こんどは、四人目の市民に〝孤児〟という返事をあてはめて。ほかの三人の反応もその選択がまちがいでないことを裏づけていて、すぐにその単語は四人目の市民に対応するシンボルに結びつけられた。

孤児の三人の友人たちは観境から去ったが、四人目の市民はあとに残った。しかし四人目の市民が興味深い驚きを孤児に提供する能力は品切れになっていたので、孤児はほかの何人かの市民を無駄にうっとうしがらせてから、ライブラリに戻った。

観境内で途中まで形成されたパターンを完成させる方法を探そうとした情報解析器は、ライブラリで使われている索引スキームのうちもっとも単純なものをすでに学んでいた入力ナヴィゲーターを操って、さっきの四人の市民が発していた謎のリニアな言葉に言及しているライブラリ内の場所に行くことができた。イノシロウ、ガブリエル、ブランカ、孤児。そうした単語のそれぞれが索引としてつけられたデータ流が存在したが、そのどれひとつとして市民本人には結びついていないようだった。たとえば孤児は、〝ガブリエル〟という単語と関連した肉体人の映像――翼をもっていることが多い――をとてもたくさん見たので、そこで見つかった規則性からシンボルをまるごと作りだすことができるほどだったが、その新しいシンボルに金色の毛の市民のシンボルと一致する点はほとんどなかった。

孤児は情報解析器に強制された探索から何度もふらふらと離れた。メモリに刻みこまれたライブラリ内の古いアドレスが、入力ナヴィゲーターを引き寄せる。垢まみれの肉体人の子どもが空っぽの木の椀をさしだしている場面を見ているうちに、孤児は退屈して、もっとなじみのある領域に戻ろうとした。その途中、大人の肉体人が途方に暮れている子ライオンの脇にしゃがんで、両腕でかかえあげる場面に出くわした。

血まみれでぴくりともしない雌ライオンが、そのうしろの地面に倒れている。肉体人は子ライオンの頭をなでた。「かわいそうなちっちゃなヤチマ」

その場面のなにかが、孤児を釘づけにした。孤児はライブラリにむかってささやいた。「ヤチマ。ヤチマ」その単語を耳にしたことはそれまでいちどもなかったが、その音は低く鳴り響いた。

子ライオンが哀れっぽく鳴いた。肉体人はあやすような声で、「わたしのかわいそうなちっちゃな孤児ちゃん」

孤児はライブラリと、空がオレンジ色で飛びまわる豚がいる噴水のある観境のあいだを行き来した。三人の友人たちがそこにいるか、ほかの市民がしばらくいっしょに遊んでくれることもあったし、四人目の市民しかいないこともあった。

四人目の市民は観境を訪問するたびに、ほぼ毎回、外見を変えていた――訪問前の数千タウ(キロ)にライブラリで目にしたいちばん印象的なイメージに似せようとしたのだ。だが、それでも四人目の市民はかんたんに見わけがついた。ふたつのナヴィゲーターが離れたときにだけ見えるようになるのは、四人目の市民だけだったから。観境にやってくるごとに、孤児は自分から離れて、四人目の市民を調べた。時として、孤児はアイコンを調節し、それを特定の記憶にある形状に近づけたり、入力分類ネットワーク群の美的嗜好――最初に数ダースの形質フィールドによって開拓され、その後のデータ流によって深められたり埋めたてられたりしてできたもの――にあうよう微調整することもあった。また孤児はときおり、子ライオンをひろいあげているところを見た肉体人を模倣した。すらりと背が高く、黒々とした肌と茶色の目をもち、紫色の衣服を着た姿を。

そしてあるとき、〝イノシロウ〟と結びつけられている市民が悲しげなふりをして、「かわいそうなちっちゃな孤児よ、まだ名前がないとは」といったのをきいた孤児は、あの場面を思いだすと、こう答えた。「かわいそうなちっちゃなヤチマ」

金色の毛の市民がいった。「もうあるようだぞ」

それ以降、グループの全員が四人目の市民を「ヤチマ」と呼んだ。四人はその言葉を何度となく口にし、派手に騒ぎたてたので、孤児はたちまちヤチマという言葉を〝孤児〟という言葉と同じくらい強力に、そのシンボルと結びつけた。

孤児は〝イノシロウ〟と結びつけられている市民が四人目の市民にむかって誇らかに歌うような口調で、「ヤチマ！　ヤチマ！　ハハハ！　おれには親が五人と、部分同胞(はらから)が五人いて、この先いつでもおまえより年上なんだ」

孤児は四人目の市民に答えさせた。「イノシロウ！　イノシロウ！　ハハハ！」

だが孤児は、それにつづいてなにをいったらいいか思いつけなかった。


ブランカがいった。「グレイズナー連中が小惑星の進路調整(トリミング)をしているの——たったいま、リアルタイムで。見にいきたい？　イノシロウはそこに行っているし、ガブリエルもよ。わたしについてくればいいから！」

ブランカのアイコンは見慣れぬ新しいタグを出すと、いきなり姿を消した。公共観境にほとんど人けはなかった。噴水の近くにほんの数人常連がいるが、それは相手をしてくれないだろうとわかっている顔ぶればかりで、ほかにはいつもどおり、四人目の市民がいるだけだ。

ブランカがふたたび姿をあらわし、「どうしたの？　わたしについてくる方法を知らないのか、それとも行きたくないのか？」

孤児の言語分析ネットワーク群は自らに符号化された普遍文法の微調整にすでに着手していて、急速にリニアの慣習になじみつつあった。その結果、単語は各々がシンボルの引き金を引く、単一の確固とした意味をもつだけの孤立した存在以上のものに変わっていた。微妙な規則や文脈や語形変化といったものが、複数のシンボルからひとつらなりの意味を生みだすようになったのだ。たとえばいまのブランカの言葉は、四人目の市民がなにを望んでいるかを知りたいという請求だった。

「わたしと遊んで！」孤児は四人目の市民を、〝ヤチマ〟ではなく、〝わたし〟と呼ぶことを学んでいたが、それは文法の問題にすぎず、自己認識ではなかった。

「わたしは進路調整を見たいのよ、ヤチマ」

「だめ！　わたしと遊んで！」孤児は興奮してブランカのまわりをジグザグに走りまわり、最近の記憶の断片を投影した。ブランカが共有観境内物体——番号のついた回転するブロックと、明るい色の弾むボール数個ずつ——を作りだし、それと相互作用する方法を孤児に教えているところ。

「わかった、わかったから！　じゃあ、新しいゲームね。あなたののみこみが早いといいんだけど」

ブランカはさっきとは別の特別タグを発した。前のタグと同じで香りはありふれたものだが、同一の香りではない。そしてまた姿を消すと……観境のむこう側の数百デルタ離れたところに即座にふたたび姿をあらわした。孤児は難なくブランカを見つけだし、一瞬でそこへ行った。

ブランカはふたたびジャンプした。そしてもういちど。そのたびにほんの少しずつ異なる新しい香りのタグを送りだしてから、姿を消す。孤児がこのゲームを退屈に感じはじめたちょうどそのとき、ブランカは新しい場所にあらわれる前の数分の一タウ、観境のどこにも姿が見えないようになり——孤児はその時間で次にブランカが出現する場所を推測して、そこへ先に行こうとした。

だが、出現場所にパターンはないように思えた。ブランカである濃い影は、公共観境をランダムにジャンプしてまわる。回廊のどこかから噴水へ。孤児の推測はすべて外れた。いらいらしてきたが……これまでのブランカのゲームにはすぐにはわからないなんらかの規則性があったので、情報解析器は我慢して、現存のパターン検知器を組みあわせ、さらに組みかえて新しい連結を作り、目下の問題にすじ道を通そうとした。

（タグだ！）情報解析器が、ブランカの送ってきたタグの生（なま）のゲシュタルト・データの記憶を、孤児がその一瞬後にブランカの姿をとらえたときに組みこみの位置関係ネットワークが計算したアドレスと比較すると、ふたつのシークエンスのいくつかの部分がほぼぴったり一致したのだ。毎回毎回。情報解析器がふたつの情報源を結びつける——そのふたつを、同じことを知るためのふたつの手段として認識する——と、孤児は、ブランカがどこに再出現したかをたしかめるまで待たずに、観境内をジャンプしはじめた。

一回目はふたりのアイコンが重なってしまい、孤児は引きかえさざるをえず、ブランカがほんとうにそこにいるのかを確認して、情報解析器が早々と成功を主張しているのを裏づけることができなかった。二回目の孤児は前回の失敗を繰りかえすまいと、視覚でブランカを追っていたときに学んだ方法で反射的にタグのアドレスをわずかに修正して、衝突を起こさないようにした。三回目に、孤児はブランカより先に再出現場所に着いた。

「わたしの勝ち！」

「よくできました、ヤチマ！　あなたはわたしについてこれた！」

「わたしはあなたについていけた！」

「じゃあ、進路調整を見にいかない？　イノシロウやガブリエルのいるところに？」

「ガブリエル！」

「いまのはイエスってことにするわ」

ブランカはジャンプし、孤児はあとにつづいた――すると回廊に囲まれた広場は溶けるようにして十億の星に変わった。

孤児は見慣れぬ新しい観境をじっくり調べた。ブランカと孤児のあいだには、キロメートル長の電波から高エネルギーガンマ放射線にいたる、ほとんどあらゆる周波数で星々が輝いている。ゲシュタルトの〝色空間(カラー・スペース)〟は無限に拡張可能で、孤児はライブラリで(パレット)いくつかの天文学関係の映像にたまたまぶつかったことがあり、それはここと同じような範囲の色を使っていたけれど、地球上の光景のほとんどや観境の大半は、決して赤外線や紫外線からはみ出すことはなかった。人工衛星からの惑星地表の眺めでさえ、これと比較するとくすんでぼやけたものに感じられる。惑星は冷たすぎて、これほどのスペクトルの幅で輝くことはなかった。色が氾濫する中に、それとなく秩序があることを暗示するものがあった——一連の放射や吸収の線だとか、熱放射のなめらかな等位線などだ。だが圧倒された情報解析器は過負荷に陥って、データをただ単に通過させるにとどまった。あと千以上の手がかりが集まるのを待たなければ、分析をはじめられそうにない。星々には幾何学的な特徴はなかった。点状で、距離は遠く、観境アドレスは計算不能。けれど孤児はつかのま、星々にむかって移動していくという行為を心的にイメージし、一瞬だが星々を間近で見るという可能性を想像した。

孤児はすぐそばに市民の集団がいるのを目にとめ、星々の作る背景幕からいちど注意がそれると、何十ものグループが観境のあちこちに散らばっているのがわかってきた。市民たちのアイコンの中には、周囲の放射を反射しているものもあったが、大半のアイコンが可視状態なのは規則に従っているだけのことで、星の光との相互作用を装っているわけではなかった。

イノシロウがいった。「あれをつれてくる必要があったのか？」

イノシロウのほうをむいた孤児は、ほかのすべての星よりはるかに明るいが、地球の空で見慣れているのよりはずっと小さく、けれどいつもの気体や塵の覆いで濾過されていない星を視覚にとらえた。

「太陽？」

ガブリエルが答えた。「そう、あれは太陽だ」金色の毛の市民が浮かんでいる脇には、星間の冷たく弱々しいバックグラウンド放射線よりも暗く、いつもと変わらずくっきりとした外見のブランカがいた。

イノシロウが泣き言をいうように、「なぜヤチマをつれてきた？　これは若すぎる！　なにも理解できやしない！」

ブランカが、「この人は無視して、ヤチマ」

（ヤチマ！　ヤチマ！）孤児にはヤチマがどこにいて、どんな外見をしているか、入出力の両ナヴィゲーターを引き離してチェックする必要がまったくなしに、正確にわかった。四人目の市民のアイコンは、ライブラリの映像で子ライオンを世話していた紫色の衣服を着た長身の肉体人の姿で固定していた。

イノシロウが孤児に話しかける。「心配しなくていいぞ、ヤチマ。おれが説明してやるから。もしグレイズナーどもが進路調整しなかったら、三十万年――一万テラタウだ――以内にこの小惑星が地球に衝突する可能性がある。そして早いうちに進路調整するほど、それに要するエネルギーは少なくてすむ。だが、方程式はカオス状態で、これまでは小惑星の接近をじゅうぶんにモデル化できなかったから、グレイズナーどもはいままで進路調整ができなかったんだ」

孤児にはその話がなにひとつ理解できなかった。「ブランカがわたしに進路調整を見てほしがった！　だけどわたしは新しいゲームで遊びたかった！」

イノシロウは笑って、「それでブランカはどうした？　おまえを誘拐したのか？」

「わたしはブランカのあとについていって、ブランカはジャンプしてジャンプして……そしてわたしはブランカについていった！」孤児は話の要点を実演すべく三人のまわりで短いジャンプを数回おこなったが、それではじつのところ、ひとつの観境から別の観境へじかにジャンプするという行為は伝わらなかった。

イノシロウが、「しーっ。見えてきたぞ」

孤児がイノシロウの視線をたどると、遠くにでこぼこな岩塊があった。太陽に照らされ、半分は深い闇になって、すばやく一定の速さで、市民たちが散らばっているほうにむかって進んでくる。観境ソフトウェアは小惑星の映像を、それの化学組成、質量、回転、軌道パラメータといったデータをそれぞれに含むいくつものゲシュタルト・タグで飾っていた。孤児はそのタグの香りのいくつかにライブラリで接したことがあるのに気づいたが、その意味をまだほんとうには把握していなかった。

「レーザーがちょっとそれたら、肉体人どもは苦痛を感じながら死ぬことになるんだ！」イノシロウがシロメの眼をきらめかせる。

ブランカがそっけなく、「やり直そうにも、三十万年しかないしね」

イノシロウは孤児のほうをむいて、安心させるようにいい足した。「だが、おれたちは平気だ。たとえ小惑星が《コニシ》を地球から消し去っても、太陽系じゅうにバックアップがある」

小惑星は観境アドレスとサイズを孤児が計算できるところまで近づいていた。まだいちばん遠くの市民までよりも数百倍離れているが、急速に接近している。待ちうける見物人たちは、大まかに球の表面を形作るように位置していた。球は小惑星そのものの約十倍のサイズで、孤児は即座に気づいたのだが、もし小惑星がいまの軌道を維持していれば、その仮想の球のちょうど中心を通過するはずだ。

市民たちはみな、岩塊を注視している。これはいったいどういうゲームなのだろう、と孤児は思った。孤児の三人の友人を含む観境内のすべての他人を網羅する包括的なシンボルが形成され、このシンボルは四人目の市民がもっていた、物体のふるまいを予想するのにとても役立つことが証明ずみの、物体についいいいいいいいいて確信をいだくという属性を継承していた。（もしかするとここにいる人々は、ブランカがジャンプしたように、岩塊が突然ランダムにジャンプしないかと待っているのでは？）だとしたらこの人たちはまちがっている、と孤児には信じられた。岩塊は市民ではないし、市民たちとゲームをしたりもしない。

孤児はその場の全員に、岩塊の軌道が単純なものであることを知ってほしいと思った。孤児は小惑星についての予測をもういちどチェックしたが、なにも変化はなかった。進行方向も速度も一定のままだ。孤児はそのことを人々に説明する言葉をもたなかった……けれど、人々は四人目の市民を見て学ぶことができるかもしれない。四人目の市民がブランカから学んだようにして。

孤児は観境内で大きくジャンプして、小惑星の進路上に再出現した。空の四分の一が灰色のあばた面になった。太陽方向にあるでこぼこな小丘が、迫りくる表面に帯状の濃い影を投げかけている。しばし孤児は驚きのあまり動けなかった――この物体のスケールや、スピードや、危険で無目的な迫力の虜になってしまったのだ――が、そのあとは岩塊と同じ速度で人々のほうへむかって戻っていった。

人々が興奮して叫びはじめ、その言葉は仮構の真空には影響されなかったものの、観境内の距離に応じて弱められ、混ざりあって、脈打つようなうなりになった。孤児が小惑星からふり返ると、いちばん近くの市民たちが手をふって、身ぶりでなにかを伝えようとしているのが見えた。

孤児の精神に直接接続された四人目の市民のシンボルは、四人目の市民が小惑星の今後の進路を描いてみせ、ほかの市民たちの考えを変えたという結論をすでに出していた。そして孤児がもつ四人目の市民のモデルは、ほかの市民がなにを信じているかについて確信をいだくという属性を獲得し……孤児がもつイノシロウやブランカやガブリエルや人々全体のシンボルは、孤児がやってみせた新機軸をわれ先に自分もやろうとした。

孤児が仮想球の内部にあたるエリアにはいると、人々が笑ったりはやし立てたりするのがきこえてきた。みな四人目の市民のほうを見ているが、孤児はやがて、じつはだれも小惑星の軌道を示してもらう必要などなかったのではないかと考えはじめた。岩塊がまだ進路を保っているか確認しようと孤児がふり返ったとき、小丘の一点が強烈な赤外線を発して輝きはじめ――そして太陽光を浴びた周囲の岩の何千倍もの明るさの光と、太陽自体よりも高温の熱スペクトルをともなって、爆発が起きた。

孤児は凍りつき、その間にも小惑星は接近をつづけた。小丘にできたクレーターから白熱する蒸気の柱が噴きだしている。映像は新しいゲシュタルト・タグであふれ、そのすべてが理解不能だったが、情報解析器は孤児の精神にひとつの約束を焼きつけた――（わたしはこの新しいタグ群を理解できるようになるだろう）。

自分がたどってきた参照地点の観境アドレスをずっとチェックしつづけていた孤児は、小惑星の進行方向に極微の変化が生じているのに気づいた。（あの光の爆発――とこのごくわずかな進路の変化――を見るために、人々は待っていたのだろうか？　人々がなにを知っていて、なにを考えていて、なにを待っているかについて四人目の市民はまちがっていて……いま人々はそのことを知っているのだろうか？）ネットワークが意味と安定性を求めるのにあわせて、含意がシンボル間で跳ねまわり、精神のモデルが精神のモデルを模倣した。

小惑星が四人目の市民のアイコンと重なりあう前に、孤児は友人たちのところへジャンプして戻った。

イノシロウは激怒していた。「なぜあんなことをした？　おまえはなにもかも台無しにしたんだぞ！　このひよっ子！」

ブランカがやさしくたずねる。「なにを見たの、ヤチマ？」

「岩塊は少しだけジャンプした。でもわたしは人々に……そうはならないだろうと考えてほしかった」

「この馬鹿！　目立ちたがり屋めが！」

ガブリエルが、「ヤチマ？　イノシロウは、きみがなぜ小惑星の動きにあわせて飛んだと考えているのかな？」

孤児は間を置いてから答えた。「わたしにはイノシロウの考えていることがわからない」

孤児がもつ四人の市民たちのシンボルの配置は、以前にも千回は試したことのあるかたちをとった。四人目の市民、ヤチマが唯一の存在として――この場合は、なにを考えているかを孤児が確実に知ることのできる、四人のうちで唯一の市民として――選びだされ、ほかの三人から引き離される。そしてシンボルのネットワークがこの知識をよりうまく表現するかたちを求めるのにつれて、遠まわりな接続路は引きしまり、余剰なリンクは分解しはじめた。

ヤチマのシンボル内に埋めこまれた〝ほかの市民についてヤチマがいだく確信のモデル〟と、ヤチマがもつほかの市民各人のシンボル内の〝ほかの市民のモデル自体〟には、なんの違いもなかった。ネットワークはついにその認識にいたると、不要な中間段階を廃棄しはじめた。ヤチマがいだく確信のモデルが、シンボルを用いた孤児の知識のより広いネットワークのすべてになる。

そして、〝ヤチマの精神についてヤチマがいだく確信のモデル〟が、〝ヤチマの精神のモデルのすべて〟になった。小さな複製でも、不完全な要約でもなく、ループして存在自体に戻っていく、無駄のないただひとつの接続の束に。

孤児の意識の流れは新しい接続に殺到し、少しのあいだフィードバックで不安定になった。

（ヤチマが考えているとわたしが考えているとヤチマが考えているとわたしが考えて……）

だが、シンボルのネットワークが最後の余剰な部分を特定し、数個の内部リンクを切断すると、無限後退は崩壊して、次のような単純で安定した共鳴に変わった。

（わたしは考えている――

わたしは自分がなにを考えているかを知っていると考えている）

ヤチマはいった。「わたしは自分がなにを考えているかを知っている」

イノシロウがなにげなく言葉を返した。「なぜそんなことをだれかが気にするなんて思うんだ？」

〈創出〉は、孤児の精神構造を自己認識についてのポリスの定義に照らして、五千二十三回目のチェックをおこなった。

いまやあらゆる規準が満たされていた。

〈創出〉は子宮を走らせている自分の一部に手をのばして、それを停止させ、孤児を停止させた。そして子宮の機構をわずかに修正して、それが独立して走れるようにし、また内部から再プログラムできるようにした。つづいて新しい市民のシグネチャー――ひとつはプライベート鍵、ひとつは公開鍵の、唯一の百万桁の数字――を作製し、それを孤児の〈暗号書記〉に埋めこんだ。〈暗号書記〉は休眠状態の小さな構造で、この数字を鍵として待ちつづける。そのあと〈創出〉は公共用シグネチャーのコピーをポリスにむけて送りだし、それがカタログに記載され、計算できるようにした。

最後に〈創出〉は、先刻まで子宮だったヴァーチャル・マシンをポリスのオペレーティング・システムの手にゆだね、その内容におよぼす力をすべて引き渡した。〈創出〉と切り離されたそれは、流れに浮かべられたゆりかごといったところ。こうしてヴァーチャル・マシンは、新しい市民の界面ソフトになった——市民をつつみこむ貝殻、知性をもたない甲殻に。市民は随意に自分の界面ソフトを再プログラムできるが、ほかのソフトウェアがそれに触れることをポリスは許可しない。このゆりかごは内部からでなければ沈められないのだ。

イノシロウが、「やめないか！　こんどはだれのふりをしてるつもりなんだ？」

ヤチマには入出力の両ナヴィゲーターを引き離す必要がなかった。自分のアイコンの外見は変わっていないが、いまではゲシュタルト・タグを送りだしているのがわかる。そのタグは、飛びまわる豚のいる観境を最初におとずれたとき、市民たちが発信しているのに気づいたのと同じ種類のものだった。

ブランカがヤチマに別の種類のタグを送ってきた。その中身は、ヤチマのシグネチャーの公共用の分を使って符号化されたランダムな数字だった。ヤチマがそのタグの意味はなんだろうと思うより先に、ヤチマの〈暗号書記〉が自動的にそのチャレンジに反応した。ブランカのメッセージをデコードし、ブランカ自身の公共用シグネチャーを使ってそれを再暗号化して、それをまた別の種類のタグとして送りかえす。アイデンティティの主張。チャレンジ。反応。

ブランカがいった。「《コニシ》へようこそ、市民ヤチマ」ブランカがイノシロウのほうをむくと、この市民もブランカと同じチャレンジをヤチマに対して繰りかえしてから、小声でむっつりと、「ようこそ、ヤチマ」

ガブリエルが、「そしてポリス連合へようこそ」

ヤチマは儀礼上の言葉というものをよくわかっていなかったので、困惑して三人をじっと見つめ、自分の内部でなにが変化したというのか理解しようとしていた。ヤチマは自分の友人たちを、星々を、観境内の人々を見て、自分自身のアイコンを感じていた……そして、そうした通常どおりの思考や知覚はさまたげられることなく流れつづけていたものの、そのすべての裏の黒い空間から、新しい種類の疑問が飛びだしてくるように思えた。（これを考えているのはだれだ？　いま星々や市民たちを見ているのはだれだ。こうした思考やこうした光景について思い悩んでいるのはだれだ？）

返答があったが、その答えは言葉だけによるものではなく、数千のシンボルの中のひとつが発するうなりだった。それは残りのシンボルすべてを代表しようとしていた。ありとあらゆる思考を反映するのではなく、結びつけ、皮膚のようにひとつにつなげようとしていた。

（これを考えているのはだれだ？

わたしだ）

2　真理採掘

《コニシ》ポリス、地球
二三　三八七　二八一　〇四二　〇一六　CST
二九七五年五月十八日、十時十分三十九秒一七〇　UT

「なにがわからないのかな？」

ラディャのアイコンは、小枝や大枝でできた骸骨で肉はついておらず、頭蓋はこぶの多い切り株から彫りだされていた。この市民の専用観境(ホームスケープ)はオークの森だ。ラディャとヤチマはいつも森の中の同じ空き地で会っていた。ラディャがここでどれくらいの時間をすごしているのかも、あるいは研究中にはつねに抽象的な数学空間に完全に引きこもってしまうのかも、ヤチマは知らない。だが森の複雑で恣意的な乱雑さは、ふたりが呼びだして探求する質素な物体の背景として、妙にふさわしかった。

「空間の曲率です。わたしはまだ、それがなにに由来するのか理解できません」ヤチマは、半ダースの黒い三角形を埋めこんだ半透明の小球を作りだして、自分とラディャのあいだで胸の高さに浮かべた。「もし多様体からはじめたなら、それにどんな幾何学でも好きなように押しつけることができてしかるべきなのではありませんか？」多様体は次元と位相（トポロジー）以外なにももたない空間だ。角度もなく、距離もなく、平行線もない。ヤチマがしゃべるのにあわせて、小球はのびたり曲がったりし、三角形の辺はゆれたり波打ったりした。「わたしは、曲率はまったく新しいレベル、お好みしだいでどんなふうにでも書ける新しいひと組のルールの上に存在していると考えていました。だから、そうしたければどこにでもゼロ曲率を選べるのだと」ヤチマはすべての三角形をまっすぐのばして、変形しない二次元の図形にした。「いまではあまり自信がありません。単純な二次元多様体というものがあり、たとえば球がそうですが、その図形をどうやったら平らにできるのか、わたしにはわかりません。ですが、それが不可能であることも証明できないのです」

ラディヤはそれに対して、「円環（トーラス）はどうかな？　円環にユークリッド幾何学をあたえることはできる？」

「最初はできませんでした。でも、方法を見つけました」

「やってみせて」

ヤチマは小球を消して、円環を作った。幅一デルタ、高さ四分の一デルタで、白い表面は赤い経線と円形の青い緯線で方眼になっている。ヤチマはライブラリで、あらゆる物体の表面を観境としてあつかえるようにする標準ツールを見つけていた。そのツールで、あらゆるものを適切なスケールに変え、架空の光線に円環表面の測地線をたどらせ、市民の側が二次元になる必要がないようにわずかな厚みをつけ加える。ラディャがついてこれるよう、わざわざアドレスを提示しておいてから、ヤチマは円環の観境にジャンプした。

到着したふたりは、円環の外側の縁――円環の〝赤道〟――に、〝南〟をむいて立っていた。光線が円環表面に密着しているので、この観境は果てがないように見えたが、ヤチマにはラディャと自分のアイコンのうしろ姿が短い一周分先にはっきりと見えたし、ふたつのうしろ姿のあいだにはその二倍の距離にいるラディャがちょうど見えていた。森の空き地はどこにも見えない。ふたりの頭上はただまっ黒なだけだ。

真南の眺めはほとんど直線に近く、円環に巻きついた赤い経線が彼方の消失点にむけて収束している。だが東と西では、近くだとほとんどまっすぐで平行に見える青い緯線が、臨界距離に近づくにつれて大きくわかれていった。外側の縁のまわりで円環を周回している光線は、拡大レンズで集められたかのように、発せられた場所と正反対の地点に収束していた――そのため、円環をちょうど半周した赤道上のちっぽけな一点の像(イメージ)が、その北や南のあらゆるものの像を押しのけて視野を占拠している。中間地点の標識の先で青い線はふたたび近づいて、しばらくのあいだ通常の遠近法っぽいものを示すが、ちょうど一周したところからまた同じ現象を繰りかえす。だが今回、標識の先の視野は、水平線を横切ってのびる、上方を黒で薄く縁どられた紫色の広い帯にさえぎられていた――曲率によってゆがんだ、ヤチマ自身のアイコンだ。ヤチマがラディャから完全に目をそらせていたなら、紫色と黒の縞を部分的に覆い隠している緑色と茶色の縞も見えたはずだ。

「この埋めこみの幾何学は、あきらかに非ユークリッド的です」ヤチマは足もとの表面に数個の三角形をスケッチした。「三角形の内角の和は、それがどこにあるかによって変わる。外側の縁に近いここでは一八〇度を超えますが、内側の縁近くでは一八〇度より小さくなる。中間では、平均はほぼ一八〇度になります」

ラディャはうなずいて、「なるほど。では、どうすればあらゆる場所で平均が一八〇度になるかな——幾何学を変化させることなしに？」

ヤチマが観境内物体にタグの流れを送りだすと、周囲の眺めが変容をはじめた。東西の水平線上でふたりのぼやけたアイコンは縮みはじめ、青い緯線がまっすぐになりはじめた。南のほうでは、直線状だった狭い眺めの範囲が、急速に拡大していた。「円筒を曲げて円環にしたら、円筒の軸に平行な線のそれぞれは、のびて大きさの異なる円になります。それこそが曲率のよってきたるところです。そしてその円のすべてを同じ大きさにしておこうとするなら、円をばらばらのままにしておく手段はありません。その途中で円筒をまっ平らにつぶすしかないのです。ですがそれが真実なのは、三次元においてのみです」

方眼の線はいまやすべて直線になり、あらゆるところで眺めは完全に直線状だった。ヤチマとラディャは果てのない平面に立っているかのごとくで、じっさいにはそうでないことを示すのは、視野にいくつも見えているふたりのアイコンの像だけだ。三角形もまっすぐになっていた。ヤチマはそのひとつのまったく同一のコピーをふたつ作ると、三つを扇状に組みあわせて、内角の和が一八〇度になることを示した。「幾何学的には、なにひとつ変化していません。わたしは表面を切断も、接合もしませんでした。唯一違うのは……」

ヤチマは森の空き地にジャンプして戻った。円環の外見は変形して高さの短い筒状の輪になった。緯線である大きな青い円はすべて同じ大きさになっている――だが、経線であるそれより小さな赤い円は、のばされた直線になったように見えた。「わたしは各々の経線を、四つめの空間的次元の中に九〇度回転しました。経線が平らに見えるのは、端のほうから見ているからにすぎません」ヤチマはこのやり口を、より低次元の類似物で試してあった。ひと組の同心円にはさまれた帯状の部分を、平面から九〇度回転させて一端で立たせる。余分な次元が作りだす余地が、この帯全体に同じ半径をもたせた。円環の場合も、ほとんど同じことだ。緯線の円のすべては、四つめの次元で異なる〝高さ〟をあたえられて、それぞれを別々のままにしておけるようになっているかぎりは、同じ半径をもつことができる。

ヤチマは円環全体を濃淡がなめらかに変わっていく緑色で再着色して、隠された第四の座標を明示した。〝円筒〟の内側と外側の表面の色が一致しているのは上端と下端の縁だけで、そこで両者は第四の次元で出会っている。ほかのすべての場所では両側の色あいの違いが、両者が別々のままであることを示していた。

ラディヤがいった。「たいへんよくできました。じゃあ、同じことを球でもできる？」

ヤチマはいらだって顔をしかめた。「試してはみました！　直感的には、とにかく不可能に見えるんですが……正しいやり口を見つける前だったら、わたしは円環についても同じことをいったでしょう」しゃべりながら球を作りだして、それを立方体に変形させる。いや、これではだめだ――これでは単に、すべての曲率を八つの角という特異点に集めたにすぎず、曲率を消したわけではない。

「ＯＫ。じゃあヒント」ラディャは立方体を球に戻すと、その上に黒で大きな円を三つ描いた。赤道と、たがいに九〇度離れた二本の完全な経線だ。

「これで球の表面は分割されてなにになった？」

「三角形。八つの三角形」四つは北半球に、四つは南半球にある。

「そして、あなたが表面になにをしようとも――曲げても、のばしても、ひねって千のほかの次元にしても――つねにこれと同じように表面を分割できるはず、違う？　六つの点のあいだに描かれた八つの三角形に？」

ヤチマは試してみた。球を連続して異なる形に変形させる。「いわれたとおりのようです。ですが、それがどうヒントになるんです？」

ラディャから答えはなかった。ヤチマはすべての三角形を同時に見られるように、物体を半透明にした。八つの三角形は目の粗い網を形作っている。頂点が六つあるネット。紐製の閉じた袋。ヤチマが十二本の辺すべてをまっすぐにすると、三角形は当然平らになって――しかし球は八面体のダイヤモンドに変形し、これでは立方体のときと同様に無意味だった。ダイヤモンドの各面は完全にユークリッド的だが、鋭い六つの頂点は、無限に凝縮された曲率の貯蔵庫さながら。

ヤチマは六つの頂点をなめらかにして平らにしようとした。それはむずかしくはなかったが——その結果、八つの三角形は最初の球の上にあったときと同じように、湾曲して、非ユークリッド的になった。頂点と三角形とを決して同時には平らにできないのは〝明白〟に思えたが……ふたつの目標が両立不能な理由が、ヤチマにはまだ突きとめられなかった。四つの三角形が接している部分——ダイヤモンドの頂点のひとつだったところの周囲——の角度を測ってみる。九〇度、九〇度、九〇度、九〇度。この結果は、完全に意味が通った。平らにして、隙間がまったくできないようにうまくくっつけたなら、四つの角度の和は三六〇度になるはずだからだ。ヤチマは頂点をなめらかにする前のダイヤモンドに戻って、同じ部分の角度を再計測した。六〇度、六〇度、六〇度、六〇度。合計二四〇度では、平らにするには小さすぎる。完全な円より小さなものは、表面を巻きあげて円錐の頂点のようにしてしまう……。

（わかった！）これが矛盾の核心なのだ！　あらゆる頂点は、平らになるために、その周囲に合計して三六〇度になる角度を必要とする……一方、あらゆる平らな、ユークリッド的三角形は一八〇度しかあたえてくれない。ちょうど半分だ。だから、頂点のちょうど二倍の数の三角形があれば、あらゆる計算がぴったりあう——けれど、六つの頂点に対して八つの三角形だけでは、すべての頂点に行きわたるだけの平らさが足りないことになる。

ヤチマは誇らしげににこりとすると、順を追って自分の論証の過程を話した。それをきいたラディヤはおだやかな声で、「よろしい。あなたはいま、オイラー数と全曲率を結びつけるガウス－ボネの定理を発見したの」

「そうなんですか？」ヤチマはプライドが高まるのを感じた。オイラーやガウスといえば、伝説的な採掘者だ——死んで久しい肉体人だが、その技能に並ぶ者はめったにない。

「いまのはいいすぎだけれど」ラディヤはかすかに笑みを浮かべた。「その定理の厳密な表現を調べておきなさい。あなたはリーマン空間を形式的にとりあつかう準備ができていると思う。でも、すべてが抽象的すぎると思えはじめたら、いったん戻って、具体例で考えることをおそれてはいけません」

「わかりました」授業が終了したことは、いわれなくてもわかった。ヤチマは感謝のしるしに片手をあげると、自分のアイコンと視点を空き地から引き離した。

少しのあいだ、ヤチマは無観境状態になり、入力チャンネルを自分の思考以外から隔離した。自分がまだ曲率を完全には理解していないのはわかっていた——それについてはほかに何ダースもの考えかたがある——が、少なくとも全体像のかけらをあらたにもうひとつつかんだのだ。

それからヤチマは、〈真理鉱山〉へジャンプした。

ヤチマが着いた先は、黒っぽい岩の壁、灰色の火成鉱物の粒団、くすんだ茶色の粘土、赤錆色の縞、などからなる洞穴状の空間だった。洞穴の床には奇妙な光る物体が埋めこまれている。数ダースの浮遊する閃光を、複雑に組みあわさった薄膜が囲いこんでいるのだ。膜は繰りこまれた同心の集団を形成し、ダリが描いたタマネギの皮のよう——ひとつづきの膜はひとつの閃光を囲む泡になっていて、ときおりふたつか三つの泡の集団になっていることもあった。閃光が漂うのにあわせて、それをどの囲いこみのレベルからもひとつとして逃がさないようなかたちで膜も流れるように動く。

ある意味では、〈真理鉱山〉は索引観境(インデックス)のうちのひとつにすぎない。ライブラリのコンテンツの何十万という専門的な抜粋にも、同様のかたちでアクセスすることができる——たとえばヤチマは、進化樹をのぼったり、周期表で石蹴りをしたり、肉体人とグレイズナーと市民の歴史が街路状になった時間線を散歩したりしたことがある。五十万タウ(ハーフメガ)前には、真核生物の細胞の中を泳いでいた。そこでは、細胞質の中を漂っていくあらゆるタンパク質、あらゆるヌクレオチド、あらゆる炭水化物分解酵素が、そのとき問題となっている分子についてライブラリが言及を要するあらゆる事項へのリファレンスのついたゲシュタルト・タグを発信していた。

だが〈真理鉱山〉では、タグは単なるリファレンスではない。そこには、その物体が表現している定義、公理、定理の完全な記述が含まれていた。〈鉱山〉は自己充足的だ。肉体人とその末裔がこれまで証明してきたあらゆる数学的な結果が、まるごと展示されている。ライブラリによる解釈はたしかに有用だ——だが真理そのものはすべてここにあった。

洞穴の床に埋まった光る物体のそれぞれが発信しているのは、ひとつの位相空間(トポロジカル・スペース)の定義だ。ひと組の点(閃光)が、どのように点どうしが結びついているかを特定する〝開部分集合族〟(ひとつまたはそれ以上の要素)に——〝距離〟とか〝次元〟といった概念にまったくたよることなく――わけられている。構造をまったくもたない単純な集合を別にすると、入手可能な中ではこれがもっとも基礎に近い。もっとも風変わりなものまで含めて〝観境〟の名に値するほぼあらゆる存在の、共通の先祖だ。洞穴への入口となるただ一本のトンネルが、不可欠な先行概念の数々へのリンクを提供し、岩盤の中へゆるやかに〝くだって〟、出口となる半ダースのトンネルは、定義のさまざまな含意を追究している。『もしTが位相空間だったら……どういうことになる？』というように。トンネルは小さな宝石の原石で舗装され、原石のそれぞれがなんらかの定理にいたる中間結果を発信していた。

〈鉱山〉内のトンネルというトンネルは、鉄壁な証明の各ステップでできていて、あらゆる定理は、どれほど深く埋まっていても、その前提のひとつひとつまでもとをたどることができる。そして、〝証明〟がじっさいなにを意味するかを突きつめるために、数学のあらゆる分野がそれぞれの蓄積してきた形式的体系を使う。公理や定義や演繹法のルールといったものの組とともに、定義や推測を正確に述べるのに必要となる専門用語を。

はじめてラディヤと〈鉱山〉で出会ったとき、ヤチマはたずねた。非知性プログラムが採掘者の使っている形式的体系を用いて、その体系の定理をすべて自動的に作りだせば、市民の手間は省けるのに、と。

ラディヤの返事は、「二は素数だ。三は素数だ。五は素数だ。七は素数だ。十一は素数だ。十三は素数だ。十七は――」

「もういいですよ！」

「もしわたしが飽きなければ、ほかになにも発見することなく、いまのような真似をビッグクランチまでつづけていられたろうね」

「ですがわたしたちは、すべてが異なる方向を採掘する数十億のプログラムをいっせいに走らせることができます。その中のいくつかが興味深いものをなにひとつ発見しないとしても、問題はないでしょう」

「どの〝異なる方向〟をあなたは選ぶつもり？」

「わかりません。すべてを、でしょうか？」

「数十億の無目的な削岩機を使ったのでは、そんなことはできない。仮にあなたがひとつだけ公理をあたえられていて、あらたな言説を生成するために十の妥当な論理的ステップが使えるとする。一ステップ後、あなたは検討すべき十の真理を手にしている」ラディヤは説明のために、ヤチマの正面の空間に分岐する鉱坑のミニチュアを作りだした。「十ステップ後、あなたの手にあるのは百億、十の十乗だ」鉱山模型の中に扇状に広がるトンネル群は、すでに解像度を超えて不明瞭になっている——ラディヤはそこに百億の光る削岩機をつめこみ、露出した鉱床の表面を強く輝かせた。「二十ステップ後には十の二十乗。いちどに検討できる百億倍だ。正しいものをどうやって選ぶ？　それとも、削岩機をすべてのトンネルでタイムシェアするか——それだと実用にならないレベルにまで遅くなってしまうね？」

削岩機がトンネルの数にあわせて光線を拡張すると、活動状態を示す輝きは弱まって見えなくなった。「幾何級数的増加は、どんなかたちをとろうとも災いになる。そのせいで肉体人が一掃されかけたのを知っている？　わたしたちがあまりに正気を欠いていたなら、この星全体を――あるいは銀河全体を――必要とされる非知性の計算力をもたらすある種の機械に変えようとするかもしれない……けれどそうしてさえ、宇宙の終末までにフェルマーの最終定理に到達できるか、疑問だと思う」

それでもヤチマは引かずに、「プログラムをもっと洗練させることはできるはずです。もっと識別力のあるものに。そしてプログラムに実例から帰納させ、推測をおこなわせ……証明を目ざさせればいい」

ラディャは不承不承、「たぶんそれは可能だろう。《移入》以前にそのアプローチを試みた肉体人もいる――たしかに、短命で、反応が遅く、気が散りやすい人間なら、死ぬまでに自分では絶対に探しだせないだろう鉱脈を、思考力のないソフトウェアに見つけさせるというのも、意味をなさないではない。しかし、わたしたちの場合は？　楽しみを得る機会を犠牲にする理由が、どこにある？」

真理採掘を自ら経験したいまでは、ヤチマもその言葉に同意するほかない。どんな観境にもライブラリのファイルにも、人工衛星や遠隔操作機（ドローン）がもたらす映像にも、数学よりも美しいものはなかった。ヤチマが観境に質問タグを送ると、タグはヤチマの視点からのみ見えるかたちで、ガウス‐ボネの定理にいたる道を空色の輝きで照らした。トンネルのひとつをゆっくりと漂いくだりながら、ヤチマは経路にはめこまれた宝石のタグをすべて読んでいった。学習というのは、不思議な作業だ。やろうと思えば、自分の界面ソフトに命じて、この生の情報すべてを自分の精神に結線させるのは一瞬だ――アメーバが惑星をとりこむように、〈真理鉱山〉の完全なコピーをのみこむこともできる――が、そのやりかたでは、事実がいま以上に近しいものになることも、ヤチマの理解を向上させることも、なさそうだった。数学的概念を把握する唯一の手段は、それをいくつもの異なるコンテクストの中で見、何ダースもの具体例について考え抜き、直感的な結論を強化するメタファーを最低ふたつか三つ見つけることだ。『曲率は、三角形の内角の和が一八〇度にならないかもしれないことを意味する。曲率は、平面を一様でないかたちでのばすか曲げるかしなければ、平面で表面をつつめないことを意味する。曲率は、平行線をうけいれる余地がないことを――あるいは、かつてユークリッドが夢想だにしなかったほど大きな余地があることを、意味する』というように。ある考えを理解するとは、それを自分の精神内のほかのシンボルすべてと徹底的に絡みあわせ、あらゆることについての自分の考えかたを変えることだった。

　とはいえ、ライブラリには過去の採掘者たちが定義を肉づけした方法がうなるほどあって、ヤチマはその詳細を生データに並べてつなぐことで、この道すじを以前にたどった何千という《コニシ》市民の理解の記録をうけとることができた。適切な精神接合をおこなえば、各人それぞれの考えた方向へ鉱床をさらに掘りさげている現存の全採掘者を、難なくとりこむことも可能になる……その場合ヤチマは、数学的にいうなら、その採掘者たちの影を追うだけの寄せ集め（パッチワーク）クローンと少しも変わらなくなってしまうが。

　いっぱしの採掘者になろうとしたら、つまり鉱床で――ガウスやオイラー、リーマンやレヴィ・チヴィタ、ド・ラムやカルタン、ラディャやブランカのように――自分独自の推測をおこなったり、それをテストしたりしたいなら、近道などないこと、〈鉱山〉をじかに探求する道はひとつであることを、ヤチマは知ることになるだろう。前例のない方向、かつてだれも選択していない道すじを開拓したいなら、古い結果に新しい解釈を加えるほかはない。〈鉱山〉の地図を自分で独自に作って――地図に独自の皺や染みがつき、ほかのだれのとも違う装飾や注釈が施されて――はじめて、ヤチマは次の未発見の真理の豊かな鉱脈がどこに埋まっているかを推測できるようになるのだ。

ヤチマが自分の専用観境であるサバンナに戻って、多角形が縦横に刻まれた円環をもてあそんでいると、イノシロウが名刺を送ってきた。そのタグは、風に乗ったなじみのにおいのように観境にはいってきた。ヤチマはいま現在の作業を楽しんでいて、ほんとうは邪魔されたくない気分だったのでためらったが、結局広い心で歓迎のタグを返信し、イノシロウに観境へのアクセスを許可した。

「その小きたないがらくたはなんだ?」イノシロウの小馬鹿にするような視線は、小さな円環にむけられていた。イノシロウは《アシュトン‐ラバル》ポリスへの訪問をはじめてから、観境美学の判定者に入門したようにふるまっている。イノシロウの専用観境でヤチマが見たものはなにもかも、休みなくのたくり、さまざまなスペクトルで輝き、最低でも二・九のフラクタル次元をもっていた。

「円環の全曲率がゼロであるという証明のスケッチです。これをここの永久備品にしようかと思っています」

イノシロウはうめいた。「すっかり体制派にとりこまれてしまったようだな。孤児は見たことを真似する」

ヤチマは激することなく答えた。「円環の表面を多角形に分割したところでした。面の数マイナス辺の数プラス頂点の数――オイラー数――はゼロに等しい」

「もう違う」イノシロウは物体上に一本の線を書き加え、六角形のひとつを勝手に二分割した。

「あなたは新しい面をひとつと新しい辺をひとつ加えただけです。ですから差し引きでゼロ」

イノシロウはひとつの正方形を四つの三角形に分割した。

「新しい面が三、マイナス新しい辺が四、プラス新しい頂点が一。最終的な変化は、ゼロ」

「雑魚鉱員が偉そうに。論理ゾンビめ」イノシロウは口をひらくと、でたらめな命題計算のタグを吐きだした。

ヤチマは笑って、「わたしを侮辱するよりましな用がないのなら……」といいながら、アクセス即時撤回のタグを出しかけた。

「ハシムの新作を見に来いよ」

「あとで行くようにします」ハシムはイノシロウが《アシュトン－ラバル》で作った芸術家

の友人のひとりだ。ヤチマはその芸術家たちの作品の大半には当惑させられるばかりだったが、それがポリス間での心的構造の違いのせいなのか、自分自身の個人的な嗜好にすぎないのかは、よくわからない。そうした作品もイノシロウにかかれば、すべてが〝崇高〟になるのはまちがいないが。

「新作はリアルタイムで、利那の存在なんだ。いま来なければ、二度と見られない」

「そんなことはありません。あなたが記録したものをわたしがあとで見せてもらうことができますし、わたしが自分の代理を送ることも——」

イノシロウはシロメの顔をのばして、大げさなしかめ面を作った。「これだから俗物は。芸術家がいちど決めたパラメータは、神聖この上ない——」

「ハシムのパラメータは、理解不能というだけです。というわけで、わたしは自分がその作品を気にいらないだろうとわかっています。あなたは見にいけばいい」

イノシロウは、ゆっくりと顔をふつうのサイズに縮めながら、ぐずぐずしていた。「おまえが望むなら、ハシムの作品を賞賛することもできるんだ。適切な価値ソフトを走らせれば」

ヤチマは相手をまじまじと見つめて、「あなたはそうしているというのですか？」

「そうだ」イノシロウが片手をさしだすと、《アシュトン-ラバル》ライブラリのアドレスを発する蘭が手のひらから生えて、緑色と紫色の花を咲かせた。「いままでいわなかったのは、おまえがブランカに話してしまうだろうからだ……そうなったら、親のだれかにも伝わる。おれの親たちのことは知ってのとおりだ」

ヤチマは肩をすくめた。「あなたは市民なのに、干渉されるなんてことがあるんですか」

イノシロウは目を剝いて、精いっぱい殉教者めいた表情をして見せた。自分には家族というものが決して理解できないのでは、とヤチマは思う。価値ソフトを使っているからといって、縁者のだれにもイノシロウを罰する手段はないし、価値ソフトの使用自体をやめさせる方法となるとなおさらだ。戒めのメッセージはフィルター除去されてしまうだろう。家族集会がひらかれても、説教大会になったとたんに離脱すればいい。けれどブランカの親たち——そのうち三人はイノシロウの親でもある——は、ブランカを説き伏せてガブリエルとの仲を終わりにさせたことがある（一時的にではあったが）。《カーター‐ツィマーマン》ポリスとのポリス外婚という可能性は、とうてい認められるものではなかったのだ。いまではふたりはもとの鞘に戻り、ブランカは（なんらかの理由で）イノシロウを、ほかの家族とひとまとめにして避けようとしている——だからいまのイノシロウには、この部分同胞（はらから）になにかをいいふらされる心配などなさそうなのだが。

ヤチマは少し傷ついた気分で、「ブランカにはなにも話しません、あなたが話すなというなら」

「ああ、そうかい。おれが忘れたとでも思ってるのか？　おまえはブランカの養子も同然だったんだ」

「それはあくまでもわたしが子宮にいたときの話です！」ヤチマはいまもブランカがとても

好きだったが、最近は顔をあわせることすらあまり頻繁ではなくなっていた。

イノシロウはため息をついた。「わかった。価値ソフトの件をいわずにいたのは悪かった。これで作品を見にいく気になったか？」

ヤチマはもういちど、警戒しつつ花のにおいを嗅いだ。《アシュトン－ラバル》のアドレスは、まぎれもなく異質なにおいがした……だがそれは、なじみがないということにすぎない。ヤチマは界面ソフトに価値ソフトのコピーを作らせ、入念にそれを点検した。

ラディヤやほかの採掘者の多くが、価値ソフトを使うことで、何十億（ギガ）タウにもわたって自分の作業に集中しているのはヤチマも知っていた。肉体人のものを大まかにモデルにした精神をもつ市民は、気移り（ドリフト）をまぬがれない。最重視している目標や価値に対する関心でさえ、時間とともに衰えてしまうのだ。柔軟性は肉体人からうけ継がれた最重要事のひとつだが、《移入》前の寿命と計算的に等価な期間を一ダース送ったあとでは、もっとも頑強な人格でさえ、統一を失ってエントロピー的無秩序状態になりがちだった。だが、どこのポリスの創設者を見ても、事前に方向づけされた安定化機構を自分の基本デザインに組みこんだ者はいなかった。種（しゅ）全体が、ひと握りのミームに寄生された偏執狂者の一族として永遠に固定するのをおそれたのだ。個々の市民が幅広い種類の価値ソフトを自由に選べるようにしたほうが、はるかに安全だと判断された。よりどころが必要だと感じることがあったら、各人の界面ソフト内で走らせて、その人がもっとも価値を置く特性を強化することのできる、そんなソフトウェアを。短期間の異文化間実験が可能になったのは、ほとんど副次的な産物だった。

価値ソフトのそれぞれは、わずかに異なるひとそろいの価値観や美学を提供する。このソフトには、いまの多くの市民の精神に幾分か残っている、先祖伝来の〝しあわせの理由〟をもとに作られたものが少なくない。規則性と周期性——一日や季節のめぐりのようなリズム。音響や映像、思想の調和や精密さ。斬新さ。追憶と期待。うわさ話、親交、共感、思いやり。孤独と沈黙。そこにはささいな美学的嗜好から、他人との感情的関係、倫理観やアイデンティティの基礎にいたるまで広がる、連続体があった。

ヤチマはイノシロウが見せた価値ソフトを界面ソフトに分析させた結果を、それにもっとも大きな影響をうける神経構造の価値ソフト使用前使用後のマップとして、観境内の自分の前に表示させた。マップは網状で、あらゆる連結点にシンボルを表現する球があった。シンボルのサイズの変化の度あいが、価値ソフトがそれをどのくらい改変するかを示している。

「〝死〟の評価が十倍上昇する？　勘弁してください」

「それは、最初の評価が低すぎただけのことだ」

ヤチマはイノシロウを不愉快そうに一瞥してから、マップを自分にしか見えないように変え、一心不乱に集中している雰囲気を発散しながら、それを吟味した。

「その気になれよ。もうすぐはじまってしまう」

「わたしの気持ちをハシムと同じにしろ、ということですか？」

「ハシムは価値ソフトを使っちゃいない」

「では、その作品は手の加わっていない芸術的才能だけから生まれたものだと？　こういう場合はみんなそういいませんか？」

「いいから……決断しろ」

ヤチマの界面ソフトは寄生の危険性について非常に楽観的な評価をくだしていたが、保証はなにもない。価値ソフトを数千タウ走らせたら、停止させるべきだろう。

ヤチマは自分の手のひらから、イノシロウのとそっくりの花を生やした。

「いつもこういう馬鹿げた見せ物に、わたしをつれだそうとするのはなぜです？」

イノシロウの顔は、感謝してもらえない恩人を意味する純粋なゲシュタルト・サインになった。「おれ以外のだれが、おまえを〈鉱山〉から救いだそうとするってんだ？」

ヤチマは価値ソフトを走らせた。とたんに、観境の特定の側面に注意を引きつけられた。青空の細いすじ雲、遠くに固まった木々、近くの草をゆらしていく風。それは、ひとつのゲシュタルト色マップから別のマップに切りかえたら、ほかのものより変化の大きかった物体が浮きだして見えてきたような感じだった。一瞬後、その影響は消えたが、ヤチマは修正されたという確信をまだ味わっていた。精神内の全シンボル間で勢力争いがおこなわれて力の均衡が変化し、意識のうなりに通常とはわずかに異なる音調が加わっている。

「だいじょうぶか？」イノシロウは本気で気づかっているらしく、ヤチマは相手に対してめったにない心底からの好感がわくのを感じた。イノシロウはヤチマに、自分が連合の可能性を延々と漁って見つけだしたものを見せたがってばかりいる——〈鉱山〉ですごす以外の選択肢を、どうしてもヤチマに見せたいのだ。

「わたしは自分のままです。たぶん」

「そりゃ気の毒に」イノシロウがアドレスを送ってきて、ふたりはいっしょにハシムの芸術作品へジャンプした。

ふたりのアイコンが消えたのは、純粋な観察者になったしるしだ。ヤチマは自分が、体液と組織がいり混じって薄赤色に染まった、脈動する半透明の生体器官の塊を見つめているのに気づいた。各部位が分割され、溶解し、再組織化される。どうやら肉体人の胚らしい――だが写実主義的な映像とはほど遠かった。映像化テクニックは変化しつづけ、そのたびに別の組織が示される。伝播される光の薄片にとらえられたもろい四肢や臓器らしきものが見えた。X線の閃光にくっきりと写った骨の影。MRIの無線周波数のかん高いさえずりの中に、こまかく分岐した神経系のネットワークが金線細工状の影になって突然浮かびあがり、ミエリン（有髄神経線維の軸索をつつむ物質）から脂質へ、小胞状に散らばる神経伝達物質へと収縮していく。

胚はふたつの体になっていた。双子なのか？　だが大きさは違い――片方がもう片方よりずっと大きくなることもあった。ふたつの体は位置を変えつづけ、相手のまわりをまわって、映像の波長がスペクトルを不意に移るたびに、大きさも断続的に縮んだりのびたりした。

肉体人の子どもの片方が、ガラスに姿を変えた。神経や血管がガラス質に変化し、光ファイバーになる。いきなり、強烈な白色光の中に、生きて呼吸をしているシャム双生児の映像が浮かんだ。現実にはありえないかたちの切開面がさらしているのは、剝きだしの桃色と灰色の筋肉が、形状記憶合金や圧電性作動装置（アクチュエイター）と協同で動いているところ。肉体人の組織とグレイズナーの構造物が浸透しあっているのだ。その場面は回転し、モーフィングして、ひとりきりで肉体人の子宮の中にいるロボットの子どもに変わった。もういちど回転して、その女性の脳に埋めこまれた市民の精神の輝くマップを見せる。そこからズームアウトすると、体を丸めたその女性がいるのは、光ケーブルと電線が作る繭の中。と思うと、群れなすナノマシンが女性の皮膚から爆発的にあふれ出し、なにもかもがばらばらになって灰色の塵の雲と化した。

肉体人の子どもがふたり、並んで手をつないで歩いている。それは父と子、あるいはグレイズナーと肉体人、または市民とグレイズナーかもしれず……ヤチマはそのふたりの正体を突きとめるのをあきらめ、印象だけを素通りさせた。ふたつの人影が都市のメインストリートに静かにたたずんでいる周囲で、高層ビル群がそびえては崩れ落ち、ジャングルや砂漠が押し寄せては退いた。

芸術家の作品に強制されて、ヤチマの視点はふたりの人物を周回する。ヤチマの目の前で、ふたりは視線を交わし、指先をあわせ、唇を触れあい——そして不器用に拳をぶつけあって、右腕どうしが手首で融合した。わかりあったしるしに、いっしょに溶けていく。小さいほうの人が大きいほうをもちあげて肩に乗せ——すると砂時計のように、上に乗った側の高さが、下の乗せた側に流れ落ちた。

ふたりは親子、兄弟姉妹、友人、恋人、同じ種（しゅ）といったもので、ヤチマはふたりの親密さに感じいった。ハシムの作品は、あらゆる境界線内での、またそれを超えての友情という概念を留出したものだった。そして、すべてが価値ソフトのせいかどうかはともかく、ヤチマはそれを目にできたことを――あらゆる映像が分解して、《アシュトン‐ラバル》の冷却液の流れの中でエントロピーのゆらめきとなって終わる前に、作品のいくらかを自分自身の中にとりこめたことを――うれしく思った。

観境はヤチマの視点をふたりの人物から引き離しはじめた。数タウ間、ヤチマはされるがままでいたが、都市全体が崩壊して平坦で裂け目のある砂漠と化し、遠ざかる人影以外に見るべきものはなくなってしまった。ジャンプしてふたりのところへ戻ったものの……自分の座標を前進させつづけていないと、同じ場所にとどまってすらいられないことがわかった。それは奇妙な体験だった。ヤチマには触覚も、バランス感覚も、自己受容の知覚もない――《コニシ》式デザインは、そうした物質性に関わる錯覚を排除していた――というのに、観境がヤチマを〝押し〟やろうとし、それに抵抗するために加速していると、その物理的な作業にきわめて近い体験ゆえに、自分に実体があると信じそうになる。

急激に時間が加速したかのように、ヤチマとむきあっていた人物の頬がくぼみ、両眼に薄膜が張った。まわりこんでもうひとりの顔を見ようとすると――観境はヤチマに砂漠の上を舞わせて、さっきとは反対方向に運んだ。ヤチマが苦労してもとの場所へ戻ると、そこにいるのは……母と娘であり、それがぼろぼろのロボットと輝く新しいロボットに変わり……そのふたつの人影は手と手をつないで寄り添っていたが、ヤチマはそれを引き裂こうとする力が感じられるように思った。

ヤチマは見た、肉体人の手が皮膚と骨を握りしめるのを、金属が肉を握りしめるのを、セラミックが金属を握りしめるのを。そのすべてが、ゆっくりとすべるようにほどけていった。ヤチマはそれぞれの人影の眼をのぞきこんだ。ほかのあらゆるものが流れるように変化している中で、ふたりの視線はしっかりと絡みあったままでいた。

観境がまっぷたつに裂け、地面が口をひらき、空が割れた。ふたつの人影も引き離される。ヤチマはふたりのいた場所から投げだされるように砂漠に戻された——こんどはその力には逆らえなかった。彼方にふたつの人影が見えた——なんの種かはわからないが、いまはまた双子になって、ふたりのあいだでしだいに広がっていくうつろな空間の両側から、必死で触れあおうとしている。両腕をさしのばし、指先がかすめかける。

そのとき、世界の片割れどうしが、一気に遠ざかった。だれかが憤怒と悲嘆に大声をあげた。

観境が暗黒に帰す前に、ヤチマはその叫びが自分のものだったことに気づいた。

飛びまわる豚がいる噴水のある観境はだいぶ前に打ち捨てられていたが、ヤチマはアーカイヴからそれをコピーして自分の専用観境に据えていた。広大な乾ききった低木地のまん中にぽつんと、回廊に囲まれた広場がある。人のいないその広場は、大きすぎるようにも小さすぎるようにも見えた。数百デルタ離れたところには、進路調整されるところをヤチマが見た小惑星のコピー（縮尺不正確）が、地面に埋まっていた。ある時点のヤチマは、同様の思い出の品々が広大なサバンナを覆う小道のように散らばっている光景を思い描いていた。自分の人生の分岐点をふり返りたくなったら、いつでもその地図の上を飛べばいい……だが時間が経つと、その発想全体が子どもじみたものに思えはじめた。ヤチマの見た品々がヤチマを変えたのなら、それはすでに起こったことであって、その品々を再現して記念物とする必要はどこにもない。この公共観境を自分のものにしているのは、そこをおとずれるのが純粋に好きだからだ——小惑星のほうは、それを片づけてしまいたいという衝動に逆らうことに、ひねくれた喜びを感じるからにほかならない。

ヤチマはしばらく噴水の脇に立って、部分的に手本としている物理的現象を難なく模倣している銀色の液体を眺めていた。それからヤチマは、ラディヤとの授業で作った八面体のダイヤモンド——頂点が六つあるネット——を噴水の横に再現した。物理学がポリスにおいて無意味であることは、大半の市民と同様、ヤチマも変わらぬ自明の理としていた。もちろんガブリエルは異議を唱えているが、それは《カーター－ツィマーマン》ポリスの信条を口にしているだけだ。この噴水は流体動力学の法則に従うのも無視するのも、変わらずにやすやすとやってのける。噴水がなにをしても、それは任意のことでしかない。それぞれのしぶきが起点と子豚が形作られるまでのあいだで描く、重力に従った放物線は、美学的に選択されたものにすぎず——その美学もまた、先祖である肉体人の残した影響以外のなにものでもない。

だが、ダイヤモンド形ネットは違う。ヤチマはその物体をもてあそんで、大きく変形させ、見わけがつかなくなるほどにひねったりのばしたりした。それはいくらでも変形可能で……それでいて、ヤチマがそれを変化させる際のいくつかのささやかな制約が、ある意味でそれを不変にしていた。ヤチマがそれをどれほどゆがめても、どんなにたくさんの余分の次元を生じさせても、このネットが平らになることは決してない。それをまったく別のもの——たとえば円環を覆うネット——ととりかえて、その新しいネットを平らにすることはできる……だがそんなことをしても、イノシロウの形をした知性をもたない物体を作りだし、それを〈真理鉱山〉へ引きずっていってから、自分はほんものの友人を説得してここへいっしょに来させたのだと主張するのと同じくらいに無意味だ。

ポリスの市民たちは数学の産物だと、ヤチマは結論づけた。市民という存在のあらゆる諸相、市民がとれるあらゆる姿の中核に、数学がある。市民の精神がいかに変形可能といっても、ある意味では深層でダイヤモンド形ネットと同じ種類の制約に従っている——その変形は一種の自殺とあらたな再生だが、自らを完全に消失させて新しいだれかを組みたてるわけではない。それはすなわち、市民は各々が、不変の数学的シグネチャーを帯びていることを意味する——そのシグネチャーはオイラー数のようなものだが、桁違いに複雑だ。あらゆる市民の精神の混乱した細部に埋もれた状態で、時間に影響されることなく、記憶や体験の重みが変わっても左右されることなく、自己決定による変化によって変更されることもないなにかが、あるはずだった。

ハシムの芸術作品はエレガントで感動的だった——そして価値ソフトが走っていないいま

も、それが喚起した強烈な感情は心に残っている――けれど、ヤチマの選択した天職がそのせいでぐらつくことはなかった。いまも芸術に居場所はある。肉体人がかつて無知ゆえに、不変の真実の具現化と勘違いした本能や衝動すべての名残をわずかに改良するためのものとして――しかしヤチマが、アイデンティティや意識の真の不変量を見つけだす望みをもてるのは、〈鉱山〉のほかになかった。

ヤチマが自分が何者であるかを理解するきっかけは、〈鉱山〉にしかないのだった。

3　架橋者たち

アトランタ、地球
二三　三八七　五四五　三二四　九四七　CST
二九七五年五月二十一日、十一時三十五分二十二秒一〇一　UT

ヤチマのクローンはグレイズナーのボディの中で起動すると、次の一瞬で自分の置かれている状況を考察した。〝覚醒〟という体験に、新しい観境に到着するのと違いは感じられなかった。自分の精神がもういちどあらたに作られたところだ、という事実をとりたてて意識させるものはなにもない。じっさいは主観的な数瞬のあいだに、ヤチマは子宮や界面ソフトという仮想機械上で走る、《コニシ》風に手のはいった〈シェイパー〉から、このロボットのきわめて非ポリス的なハードウェアに実装されたグレイズナー・バージョンへとクロス翻訳されたのだが。ある意味で、いまのヤチマに自分自身の過去といえるものはなく、もっているのは模造された記憶と使い古しの人格だけだ……だが気分的には単にサバンナからジャングルへジャンプしてきたのと変わらないし、ジャンプの前後を通じて自分がひとりの同じ人物だと感じられる。すべての不変量に変化はなかった。

　オリジナルのヤチマは翻訳前に界面ソフトによって一時停止されていて、すべてが計画どおりに進んだ場合、その凍結したスナップショットが再始動される必要は生じない。グレイズナーの中のヤチマ・クローンが《コニシ》の〈シェイパー〉に再翻訳され（そしてもとの《コニシ》ポリスに再クローンされ）てから、《コニシ》にあったオリジナルとグレイズナー内のクローンはともに消去される。哲学的にいえば、ポリス内で物理的メモリの一セクションから別のセクションへ移動するのとなんら変わりはなく――それは断片化されたメモリ空間を再生利用するため、オペレーティング・システムがあらゆる市民について、気づかれることなくときどきやっていることだ。また主観的にも、この小旅行で文字どおりグレイズナーに宿るのは、それを遠隔操作するのとほとんど同じはずだった。

　あらゆることが計画どおりに進んだなら。

　ヤチマはきょろきょろとイノシロウを探した。太陽は地平線を離れたかどうかというところで、木々の作る天蓋からかろうじて射しこむ程度だったが、グレイズナーの視覚システムはくっきりしたハイコントラストの映像を提供する性能を保っていた。周囲では、そびえ立つ樫の太い幹のあいだの林床を、たれさがったレンズ形の大きな暗緑色の葉をもつ灌木が覆っている。ヤチマたちがパッチワークで作ったインターフェース・ソフトウェアは、きちんと作動しているようだ。グレイズナーの頭と眼は、視覚に対応するヤチマのデータ請求に、それとわかる遅延なしで応じていた。いつもの八百分の一の速さで走っていれば、グレイズナーの機械装置は問題なく対応できるらしい——不連続な動作をしようとしてはいけないとヤチマが注意しているかぎりは。

ヤチマの脇の下生えの中に、廃棄されたグレイズナーがもう一体、胴体を前に投げだし、両腕をだらりとたらしてすわっていた。露に濡れた苔と薄く積もった細粒状の土で、ポリマー製の皮膚はほとんど隠されている。ヤチマたちが自分をグレイズナーにポートするのに使った蚊サイズの遠隔操作機——この二体の廃ロボットに最初に行きあたったドローンでもある——が、もう一体のロボットの後頭部にとまったまま、さっき光ケーブル主回線にアクセスするために自分であけた傷口を直していた。

「イノシロウ？」インターフェース・ソフトウェア経由でヤチマのもとに戻ってきたそのリニアな単語は、グレイズナーのボディで起きた奇妙な共鳴をともない、ジャングルの雑音と湿気でくぐもって、おかしな周波数になっていた。観境内では体験したことのないような……無計画な反響音。そこには意図というものがなかった。「その中にいるのですか？」

ドローンがうなりをあげて、ふさがれた傷口から飛びたった。グレイズナーがヤチマに顔をむけ、濡れた砂と腐りつつある葉の残骸をはらいのけた。急に剝きだしにされた数匹の大きな赤蟻がグレイズナーの肩にでたらめな八の字を描きながら、そこにとどまろうとしていた。

「ああ、おれはここにいるから、あわてるな」ヤチマは赤外線リンク経由でよく知ったシグネチャーをうけとりはじめた。反射的にチャレンジして、承認する。イノシロウは自分の顔面作動装置を試験的に収縮させ、落ち葉やほこりを削ぎおとした。ヤチマは自分の表情をいじりまわした。インターフェース・ソフトウェアは、ヤチマが試そうとしている変形は不可能だというタグを送りかえしてくるばかりだった。

「立ちあがりたければ、ある程度のゴミはおれがはらいのけてやるぞ」イノシロウはなめらかな動きで立ちあがった。ヤチマは自分の視線に上をむくよう命じ、インターフェースはヤチマのロボット・ボディにそのあとを追わせた。

ヤチマはイノシロウにボディを叩いたりこすったりしてもらい、ポリマー製の〝自分の〟皮膚に感じる圧力変化を記述した詳細なタグが流れこんでくるのには、ほとんど注意をむけなかった。ふたりはインターフェースに手を加えて、ハードウェアが伝えてくるグレイズナーのボディの姿勢を自分のアイコンの内的なシンボルに反映させ、かわりに、ロボットをアイコンの変化に従わせる（その変化が物理的に不可能でなく、そのせいで地面にひっくり返ることもないかぎりは）ようにしていた——けれど、感覚フィードバックと運動本能を肉体人流に深いレベルで統合するような、徹底したデザイン変更のたぐいはしないと決めていた。自分のグレイズナー・クローンがそうした強烈な感覚や技能をいったん手にしながら、《コニシ》に戻るときには、このジャングルではヤチマの物体形成の才能を発揮しようがないのと同様、無用の長物になるからといって捨て去ってしまう、という考えにはイノシロウでさえおぞけをふるった。連続したふたつのバージョンの自分自身にそれほどの相違があったら、この体験全体が死を連想させすぎるものになるだろう。

ふたりは役割を交替して、ヤチマはイノシロウをきれいにしようと最善を尽くした。ヤチマは関連するすべての物理法則を心得ていたから、自分のアイコンに適切な動作を命じることで、グレイズナーの腕を思いのままに動かすことができた……だが、二足動物が巧妙にバランスをとるさまたげとなるあらゆる動作をインターフェースが禁じていても、ふたりの選択した妥協案では信じがたいほどぶざまにしか動けないのは、あまりにも明白だった。ヤチマはライブラリで見つけた、肉体人が単純な作業に従事している場面を思いおこした。機械の修理、食事のしたく、他人の髪結い。グレイズナーでさえ、適切なソフトウェアを使っているときには、いまのヤチマたちよりずっと器用だった。《コニシ》の市民は自分のアイコンの手に微妙な動きをさせる目的で、先祖の神経結線を残していた——それはボディランゲージ用に言語中枢にリンクされている——が、物理的な物体をあつかうための高度に発達したシステムはすべて、不必要なものとして捨て去られていた。観境内物体は命じられたとおりにふるまうし、ヤチマの数学用玩具でさえ、外界のルールとはほんのわずかな類似点しかない特殊な制約に従う。

「次はどうします？」

イノシロウはその場に立ったまま、邪悪な笑みを浮かべていた。イノシロウのロボット・ボディは、いつものシロメの肌のアイコンと大差がない。よごれやらこびりついた苔類やらの下のポリマーは鈍い金属質の灰色だし、グレイズナーの柔軟な顔面構造は、判別可能なレベルまでイノシロウのアイコンを模倣していた。ヤチマはいまも自分がいつもどおりに、あの紫色の服を着たしなやかな肉体人のアイコンを発信しているのを感じた。入出力ナヴィゲーターを引き離すことができず、自分自身のくすんだ物質的外観をはっきりと見るはめにならずにすんで、ヤチマはうれしいような気がした。

イノシロウは黙々と、「三十二キロタウ。三十三キロタウ。三十四キロタウ」と唱えつづけていた。

「やめてください」《コニシ》にあるふたりの界面ソフトは、だれかが連絡してきたら、いま自分たちのしていることを正確に説明するよう指示されていたから、だれもふたりが緊張病を発症したのではと気をもんだりはしないのだが、それでもヤチマの心には痛みに似た疑問がわいた。（説明をきいて、ブランカとガブリエルはどう思うだろう？　ラディヤや、イノシロウの親たちは？）

「おまえ、おれとの約束を果たす気がないんだろ？」イノシロウが疑わしげな目つきでいった。

「まさか！」ヤチマは笑い声をあげたが、そんなことをいわれるすじあいはないと思っていた。不安をいだいているのはたしかだけれど、ヤチマはこのどうにも無分別な冒険に自ら参加したのだ。イノシロウは、これがヤチマにとって、採掘者の価値ソフトを使いはじめて〝ほかのあらゆることに興味をなくす〟前に〝少しでもわくわくさせられる〟ことをする最後のチャンスだ、と主張したが——それは真実にはほど遠かった。価値ソフトは拘束服よりは脊柱にずっと似ていて、精神の骨組みが強化されたものであり、収縮性の檻ではない。だからヤチマはノーといいつづけたが、それもやがて、《アシュトン‐ラバル》の勇敢でラディカルな友人たちがひとりとして同行する気がないとわかったときでさえ、イノシロウが頑として計画を断念しないのを見るまでのことだった。ヤチマはひそかに、《コニシ》時間からちょっと足を踏みだして、肉体人という異種族と出会うという考えにずっと魅せられていたのだが、それを実現容易な空想の領域にとどめておいてもなんの不満もなかった。結局、煎じつめれば問題はひとつだった。（もしイノシロウがひとりで計画を実行に移したら、そのあとふたりは見知らぬ他人どうしになってしまうのだろうか？）自分でも驚いたのだが、ヤチマはそんな可能性を現実にしたくないと思った。

ヤチマはおずおずと、「ですが、わたしたちが二十四時間まるまる滞在する気になることは、ないでしょう」（すなわち八十六メガタウも）「もし目的地に人っ子ひとりいなくて、なにも見るものがなかったらどうします？」

「肉体人の居留地なんだ。人っ子ひとりいない、いないはずがあるかよ」

「記録にある最後の接触は、数世紀前のことです。絶滅とか移住とか……可能性はいくらでも」八百年前に成立した協定は、ドローンや人工衛星は肉体人のプライバシーを侵すべからずと定めていた。各地に散らばる数ダースの都市居留地は、居留地自身の法にのっとって、野生生物を完全に一掃し、密集した街を築くことを許される一方、不可侵とされた。居留地間には独自の全地球通信ネットワークがあったが、そのゲートウェイの中にポリス連合とリンクしているものはない。《移入》時代にさかのぼるポリス側、居留地側双方によるネットの悪用が、その分離を余儀なくさせたのだ。だが、単にグレイズナーのボディを《コニシ》から衛星経由で遠隔操作したら、それはドローンを一機送りこむのと道徳的に同じになるかもしれない——そもそも協定の順守をプログラムされた衛星が、そんなことをさせないはずだ——が、二体の自律性ロボットに宿ってジャングルから訪問しにいくのはまったく話が別だ、というのがイノシロウの理屈だった。

密な下生えを見まわしたヤチマは、視点を数百メートル先へジャンプさせるか、そびえ立つ樹木の上にあげるかして前方の土地をよく見ようとする、無意味な衝動を抑えた。（五十キロタウ。五十一。五十二）ポリスへの移住が可能になったとき、肉体人の大部分がなだれを打ったのも不思議はない。病気や老化だけでは不足だとしても、重力や摩擦や慣性が理由になる。物質世界は不条理で気まぐれな制約だらけの、巨大でいりくんだひとつの障害物コースだった。

「とにかく移動しましょう」

「お先にどうぞ、リヴィングストン」

「大陸が違いますよ、イノシロウ」

「じゃあ、ジェロニモ？　ハックルベリー？　ドロシー？」

「勘弁してください」

ふたりは北にむけて出発し、ドローンがぶんぶんとうなりながらあとにつづいた。それがふたりにとってポリスとの唯一のリンクで、まずい事態になったら即時脱出を可能にしてくれる。ドローンは居留地の境界までの最初の一キロ半、ふたりについてきた。境界線を示すものはなにもなく、どちらの側にも変わらぬ密なジャングルがあるばかりだったが、ドローンは実在しない線を越えようとしなかった。仮にドローンの代役としてトランシーバーを作ったところで、役には立たない。衛星の通信範囲は、該当地域を正確に除外するかたちで設定されているのだから。境界の外に基地局をもうけて中継させる手もあるが……いまごろそんなことを考えても遅い。

イノシロウが、「最悪の事態ったって、なにが起こるっていうんだ？」

ヤチマは間髪をいれずに答えた。「流砂。ふたりとも流砂にのみこまれて、たがいに声をかけあうことさえできなくなるかもしれません。表面のすぐ下に浮かんだまま、動力切れを待つほかなくなります」自分のグレイズナーのエネルギー備蓄をチェックする。磁力で浮かべられたアンチコバルトの小片だ。「六千三十七年間」

「でなきゃ、五千九百二十年間だ」何条もの陽光が森に射しこみはじめていた。桃色と灰色の鳥の群れが頭上の枝で耳ざわりな声をあげている。

「といっても、二日経てば、界面ソフトが《コニシ》にあるバージョンのわたしたちを再起動します——ですから、それまでにここへ戻れないことが確実になったら、その時点で死を選ぶのが適切でしょう」

イノシロウは不思議そうにヤチマを見て、「本気でそうするつもりか？　おれはもう、自分が《コニシ》バージョンと同じだとは思えない。なにかあっても、この自分が生きつづけたいと思うだろう。それに、数世紀もしたらだれかがおれたちを流砂から引っぱりだしにきてくれないともかぎらない」

ヤチマは考えこんでから、「わたしも生きつづけたいと思うでしょう――でも、ひとりきりはごめんです。話しかける相手がだれひとりいないなんて」

イノシロウはしばらく黙っていたが、やがて右手をあげた。グレイズナーのポリマー製の皮膚はいたるところに赤外線トランシーバーが埋めこまれていて、もっとも密なのは手のひらだった。ヤチマはデータ請求のゲシュタルト・タグを受信した。イノシロウが要求しているのは、ヤチマの精神のスナップショットだった。グレイズナーのハードウェアには何倍もの冗長性があり、ふたつの精神をいれる余地がじゅうぶんにある。《コニシ》にいるときだったら、自分のバージョンのひとつをほかの市民にゆだねるなどということは、問題外だっただろう。ヤチマはイノシロウと手のひらをあわせて、たがいのスナップショットを交換した。

ふたりはアトランタ居留地の境界を越えた。イノシロウが、「一時間ごとにアップデートするぞ」

「了解です」

インターフェース・ソフトウェアは、歩行に関しては支障なかった。おかげでふたりはつねに、まっすぐ立って、一定のペースで前進し、グレイズナーの触覚や平衡感覚、そして頭や両眼を意識的に動かさずとも視覚からはいってくるものを通して、下生えに隠れた障害物や地形の変化を察知することができた。二、三度つまずいてから、ヤチマは折に触れて地面に目を落とすようになったが、まもなく、インターフェースがもっと賢くて、肉体人がもっていた本能のように適切なとき下を見る衝動を心に植えつけられたらどんなに便利だろう、と思わずにいられなくなった。

　ジャングルに小鳥や蛇が棲んでいるのは一目瞭然だが、ほかの動物が暮らしているとしても、ふたりの立てる音に隠れたか、逃げだすかしたのだろう。ここと共通点のある生態系を探して索引観境の中を歩いていくのよりも、この体験はむしろ印象が薄い――ほんものの泥やほんものの植物と触れあうスリルも色褪せはじめていた。

　ヤチマは前方の地面をなにかがすべっていくのをきいた。気づかぬうちに、腐食した金属の小片を灌木の下から蹴りだしていたのだ。ヤチマは先に進んだが、イノシロウは立ち止まってその金属片を調べ、驚いたように大声をあげた。

「どうしたんです？」

「複製子（レプリケイター）だ！」

　ヤチマが引きかえして、よく見える位置を探すと、インターフェースはボディをしゃがませた。「空っぽの容器じゃないですか」それはぺしゃんこに近くつぶれていたが、ところどころで色褪せてほとんど識別不能な灰色になった塗料が金属にこびりついていた。背景よりわずかに色の薄い、幅が変わっていくおおよそ縦方向の狭い帯が見てとれる。ヤチマにはそれは、二次元で描かれた螺旋状のリボンに見えた。円の一部も見てとれた——だがもしそれがイノシロウのいうようにバイオハザードの警告マークだとしたら、ヤチマがわずかな回数だけブラウズしたことのあるマークとは、だいぶ違う。

イノシロウが嫌悪感のこもった低い声でしゃべっていた。「《移入》前の時代、こいつは全世界的流行病のようなものだった。あらゆる国の経済をゆがめたんだ。ほかにもあらゆるものにとりついた。セクシュアリティ、部族主義、半ダースの芸術形式やサブカルチャー……砂漠の修道僧にでもならなければ逃れようのないほど、肉体人に隅々まで寄生した」

ヤチマがそのみすぼらしい物体を見る目は疑わしげなものに変わったが、いまはライブラリにアクセス不能で、ヤチマはその時代についてあやふやな知識しかなかった。「容器の中に微量の残りがあっても、きっといまでは肉体人もすっかり免疫になっていますよ。それに、い、い、わたしたちに感染することはまずありえないですし——」

イノシロウはその言葉を気短にさえぎった。「ここで話してるのは生物学的ウイルスのことじゃないんだ。こいつの分子自体はでたらめに寄せ集めたジャンクでしかない——大部分はリン酸だ。その中にミームがつつみこまれていて、それが強力な伝染性をもってるんだよ」といって、さらに低くうらずくまると、ぼろぼろの容器を覆うように両手をかざし、「どんな小さい断片からブートストラップするか、知れたもんじゃない。おれは少しでも危険をおかす気にはならん」グレイズナーの赤外線トランシーバーは高出力を発するようにも設計されている。植物が焦げて、イノシロウの指のあいだから煙と蒸気が立ちのぼった。

ふたりのうしろで声がした──それは意味不明な音素のつらなりでしかなかったが、インターフェースが順にリニアに翻訳していった。「わかっているよ、火をおこしたのはこちらの注意を引くためだ。予告なしに近づく気はなかったのだね」

ふたりはボディの性能のかぎりにすばやくふりむいた。金糸をちりばめた暗緑色のローブをまとった肉体人が、十メートルあまり離れて立っていた。シグネチャー・タグはまったく発信していない──それが当然なのだが、ヤチマはまだ意識的に努力しないと、反射的に相手がほんものの人ではないと結論づけてしまうのを止められなかった。その人物の髪と眼は黒く、肌は赤茶色で、黒髭を濃く生やしている──最後の特徴は、肉体人の場合、ほぼ確実に性別が男であることを意味する。その人物は、〝彼〟という代名詞で呼ばれる種類の人間だった。見たところ肉体改造はしていないようだ。翼もなく、鰓もなく、光合成カウルもない。ヤチマは結論に飛びつくまいとした。外見が保守的だからといって、この男性が不変主義者だということにはならない。

肉体人がいった。「握手は遠慮しておく」イノシロウの手のひらは、まだうっすらと赤く輝いていた。「それから、シグネチャーの交換はできない。プロトコルのことはどうしたらよいかわからないのでね。だがかまうまい。儀式は形骸化するものだ」男性が数歩前に出ると、下草がひとりでに平らにつぶれて、迎えいれるように道を作った。「わたしはオーランド・ヴェネティだ。アトランタにようこそ」

ヤチマたちふたりも自己紹介した。インターフェースには、使用されている可能性のもっとも高いいくつかの基本言語がプレロードされ、そこからのズレにも柔軟に対応できる。この肉体人がしゃべっているのは現代ラテン語の一方言だった。インターフェースはその言語をふたりに精神接合し、新しい単語の音声をそのリニア・バージョンと並べてふたりのもつ全シンボルにすべりこませ、あらたな文法一式を発話の分析および生成ネットワークに結びつけた。ヤチマはそのプロセスによって拡張されるのをはっきり感じた——だが、シンボル群の相互結合のしかたに以前と変わりはない。ヤチマはヤチマ自身のままだった。

「《コニシ》ポリス？　それはいったいどこにあるのだ？」

ヤチマが、「東経——」と答えかけたのを、イノシロウが大量の警告タグでさえぎった。

オーランドは落ちつきはらったまま、「単なる好奇心できいたまでだ。ミサイル攻撃の座標が知りたかったわけではない。だが、きみたちはいま実体としてここにいるというのに、どこから来たかなどどうでもよいことではあるな。いや、ガリウム・インジウム燐化物としてか。そのボディは持ち主のいない状態で見つけたのだろうね？」

イノシロウは激した口調で、「あたりまえだ！」

「ふむ。ほんもののグレイズナーがいまだに地球上を徘徊しているなどということは、考えるだにおそろしいからな。やつらは製造工場から出てくるとき、胸に『真空用』と刻印されているべきなのだ」

ヤチマが質問する。「あなたはアトランタで生まれたのですか？」

オーランドはうなずいて、「百六十三年前に。アトランタは二六〇〇年代に無人になってしまった――それ以前ここには不変主義者の共同体があったのだが、疫病によって全滅し、ほかの不変主義者たちはみな感染をおそれた。あらたな創設者はトリノからやってきて、その中にわたしの祖父母もいた」男性はかすかに顔をしかめた。「それで、都市を見る気はあるかのな？　それとも、一日じゅうここに立っていなくてはならんのか？」

オーランドの案内で歩いていくと、障害物は次々と姿を消した。植物がどうやってオーランドが来るのを感知しているかはわからないが、反応はすばやい。葉は巻きあがり、刺はカタツムリの眼のように引っこみ、雑然と広がっていた低木は小さくかたまり、突きだしていた枝がいきなりだらりと下をむく。この力が二体のグレイズナーの周囲にも働くよう、オーランドは意図的に力の影響範囲を広げているのだろうとヤチマは考え、もし歓迎されざる追跡者がいても、オーランドがこれと逆の方法で相手を置き去りにできるのはまちがいないと思った――少なくとも、相手が同じ分子キーをもっていなければ。

ヤチマは冗談半分でたずねた。「このへんに流砂なんかありませんよね？」

「わたしにぴったりついてくればだいじょうぶだ」

前ぶれもなく森が終わった。外縁には森の内部より木が密に生えて境目を隠しているのが、かろうじて前ぶれといえるだろうか。三人が出たところは広大な、明るい、ひらけた平原で、その大部分が農作物と光電池の畑で占められていた。都市が彼方に横たわっている。その低層建築の広大な集合体はすべてが色あざやかで、息をのむほど正確に幾何学的な弧を描く壁や屋根が雑然と交差したり重なったりしていた。

オーランドが、「現在の人口は一万二千九十三人。そしてわれわれはいまでも、作物や消化器内の共生生物を少しずつ改良している。十年以内には、いまと同じ資源でもうあと四千人を養えるようになっているはずだ」

都市での死亡率をたずねるのは不作法だとヤチマは判断した。人口の幾何級数的増加を回避しつつ、文化的・遺伝的な停滞にも陥らないようにするために、肉体人は多くの点でポリス連合の比ではない困難に直面してきた。死を発現する先祖伝来の遺伝子を保っているのは、ほんものの不変主義者と、それよりも保守的な改変態の一部だけだ――事故死の数字をたずねるのは、無神経に見えるだろう。

オーランドが突然笑い声をあげた。「十年か。きみたちにとってはどのくらいにあたるのかな？　一世紀か？」

ヤチマが答えた。「約八千年紀です」

「糞めが」

イノシロウが急いでいい足す。「といっても、すっかり別人になるなんてことはない。おれたちが八百倍の速さでやってるのはささいな事柄だけで、変化の速度ははるかに遅いんだ」

「われわれの一年で、きみたちの世界では帝国が興亡するのだろう？　一世紀あれば、新しい種が進化できるのではないのか？」

ヤチマはなだめるように、「わたしたちの世界に帝国は存在しえません。一方、進化には大量の突然変異と死が必要です。ごくたまに小さな変化を起こして、その結果が出るのを待つのが、わたしたちの好みです」

「それはわれわれも同じだ」オーランドは頭をふった。「それにしても。八千年ものあいだ、さまざまな事態をきちんと掌握しつづけていられるとは思えん」

三人は幅の広い道を都市にむかって進んでいった。その道は赤茶色の粘土を敷いただけに見えたが、おそらくは改変された微生物が混ざっていて、塵や泥に還るのを防いでいるのだろう。グレイズナーの足は道の表面をやわらかいが弾性があるといってよこし、目に見える足跡は残らなかった。畑では鳥たちが騒々しく雑草や虫をついばんでいる——というのはヤチマの推測にすぎないが、もし鳥たちが餌にしているのが農作物そのものだったら、次回の収穫は悲惨なものになってしまうはずだ。

オーランドが立ち止まって、森から吹き飛ばされてきたのだろう、葉のついた小枝をひろいあげると、前方の地面を掃くようにそれを動かしながら、「さて、ポリスでは貴人を出迎えるときどうするのかね？　六万人の非知性奴隷に薔薇の花びらを足もとにまき散らさせる習わしでもあるのかな？」

ヤチマは笑ったが、イノシロウは激しく気分を害したようで、「おれたちは貴人なんかじゃない。法の侵犯者なんだぞ」

都市に近づくにつれ、虹色の建物を隔てる幅の広い大通りを歩く人々がヤチマの目に映った——数人でたむろしている人々もいて、それはポリス市民がどこかの公共観境に集まっているところのようにも見えたが、人々の外見は市民ほど多様ではなかった。ヤチマのアイコンと同じ黒い肌の人もいたし、ほかにも同様のささいな差は見うけられたが、それはすべて、不変主義者といって通る範囲におさまる程度のものだ。いったいこの人たちがどんな変化を探っているというのだろう、とヤチマは思った。オーランドは消化器内の共生生物のことをいっていたが、それは数にはいらない――そこには本人たちのDNAの改変すら含まれないのだから。

オーランドが口をひらいた。「きみたちがやってきたのに気づいたとき、われわれのうちのだれを迎えに出すかを決めるのが大変だった。ポリスのニュースはほとんどはいってこないから――きみたちがどんなふうか、見当もつかなかったのだ」ふりむいてヤチマたちに顔をむけ、「わたしのいっていることは伝わっているのだろうね？　コミニュケーションが成立しているとわたしが想像しているにすぎないわけではなくて？」

「わたしたちも同じことを想像しているのでなければ」ヤチマはとまどいながら答えた。「ですが、いまいわれたことはよくわかりません。だれを迎えに出すか、というのは？　あなたがたの中には連合の言語を話せる人がいるのですか？」

「いいや」三人は都市の外縁に到着した。人々はこちらをむいて、好奇心を隠さずにヤチマたちを見た。「すぐに説明するよ。わたしでなくても、わたしの友人が」

大通りは短い芝生でぎっしり覆われていた。ヤチマの見るかぎり、乗り物も駄獣も姿はない――肉体人がいるばかりで、しかもその大半は裸足（はだし）だ。建物のあいだには、花壇、池や小川、動かないものと動いているのと両方の彫刻、日時計や望遠鏡などがあった。どこもかしこもたっぷりと空間があって明るく、空にむけてひらけていた。爪あげや球技ができるほど広い公園もあり、人々が小さな木陰にすわって話をしている。グレイズナーの皮膚は日光の温もりや芝生の感触を記述したタグを送りだしていた。ヤチマはそうした情報を本能的なかたちでとりこめるよう自分を修正しておかなかったのを、後悔しそうになっていた。

イノシロウが質問した。「《移入》以前のアトランタはどうなったんだ？　摩天楼は？　工場群は？　居住区域は？」

「いまも残っているものはある。ずっと北のジャングルにうずもれてね。ご希望なら、あとでご案内してもいいが」

イノシロウが答える前にと、ヤチマはすばやく口をはさんだ。「お申し出はありがたいのですが、時間がありませんので」

オーランドは何十人もの人に会釈をし、何人かには名前で呼びかけ、二、三人をヤチマとイノシロウに引きあわせた。その二、三人がさしだした手を握ろうとしたヤチマは、それがきわめて複雑な力学的難題であることを知った。ヤチマたちの姿に敵意を見せる人はいない――だが、人々のゲシュタルトの身ぶり手ぶりはヤチマにはよくわからなかったし、だれもが儀礼的にふた言三言あいさつしただけで立ち去ってしまうのだった。

「ここがわたしの家だ」

その建物は淡青色で、ファサードはS字型、二階建てで楕円形の上の階は下よりも小さかった。「これは……なんらかの石ですか？」ヤチマは壁をなでて、タグに注意をむけた。表面はミリメートル未満の単位のなめらかさだが、森で触った樹皮と同じくらいにやわらかくて冷たい。

「いや、それは生きているのだ。いちおうは。成長時にはいたるところに枝葉を生やしていたが、いまでは修復とささやかな能動的空調に必要な程度の代謝しかおこなっていない」

戸口にかかった帯状のカーテンが左右にわかれてオーランドを通し、ヤチマたちもあとにつづいて中にはいった。床にはクッションと椅子、壁には動かない絵画、いたるところに射しこんでいる陽光の中に大量の塵が浮いている。

「すわりたまえ」ふたりはオーランドを見つめかえした。「立ったままがいいのか？　まあ好きにしてくれ。ここで少し待っていてくれるか？」オーランドは階段をあがっていった。

イノシロウが平板な声で、「おれたちはほんとうにここにいる。目的を達したんだ」日射しのあふれる部屋を見まわして、「肉体人はこんなふうに暮らしてるのか。そう悪いもんでもなさそうだ」

「タイムスケール以外はね」

イノシロウは肩をすくめて、「おれたちがポリスでなにをあくせくやってるってんだ？　限界まで自分たちをスピードアップさせておいて——そのせいで自分たちが変わったりしないように四苦八苦してるだけじゃないか」

ヤチマは不快感を覚えて、「そのなにがいけないんです？　長寿を手にいれても、その時間を使って自分をまったくの別人に作りかえているだけなら、なんの意味もないですよ。あるいは、時間をかけて完全な無に崩壊するだけなら」

オーランドが女性の肉体人といっしょに戻ってきた。「こちらはリアナ・ザビーニだ。《コニシ》ポリスのイノシロウ、そしてヤチマ」リアナは茶色の髪と緑色の瞳をしていた。三人は握手を交わした。ヤチマはその行為になれてきて、力をかけすぎることも、自分の腕をだらりと垂らしてしまうこともなくなっていた。「リアナはこの都市でもっとも優秀な神経発生学者だ。彼女抜きでは、架橋者はどうにもならないだろう」

イノシロウがきく。「架橋者というのは？」

リアナがオーランドに視線を投げた。オーランドが、「最初から説明したほうがよさそうだ」

オーランドは全員に腰をおろさせた。ヤチマはようやく、肉体人にとってはそのほうが楽なのだと気づいた。

リアナが口をひらいた。「わたしたちは架橋者と自称しています。三世紀前、創設者たちは、非常に具体的な計画をもって、トリノからここへやってきました。《移入》からこちら、別々の肉体人の集団ごとに、何千もの人為的な遺伝子改変がおこなわれてきたのはご存じですか？」リアナがうしろにかかった大きな絵に手をふると、肖像画が薄れて、かわりに上下逆の複雑な樹形図があらわれた。「改変態のすべてをあわせると、あらゆる種類の特徴について改変が加えられてきたことになります。その中には、新しい食物や居住地に適応するための単純で実用的なものもあります。消化、代謝、呼吸、筋肉や骨格に関するものです」樹形図の別々の場所に、映像が次々と浮かびあがる。水陸両生だったり、有翼だったり、光合成をおこなったりする改変態や、改変された歯のクローズアップ、あるいは線図で示された改変代謝経路。オーランドが席を立ってカーテンを引くと、映像のコントラストが鮮明になった。

「また、居住環境が変わった場合の多くにも、適切な新しい本能をあたえるための神経改変が必要となります。たとえば、適切な反射行動を結線されていなければ、海中で成長することはだれにもできません」つやつやの肌をした水陸両生肉体人が、エメラルド色の水の中をゆっくりと上昇していき、両耳のうしろの弁から細い気泡のすじが立ちのぼる。色わけされた断面図が、その肉体人の組織や血流内の溶存ガス濃度を示し、画像にはめこまれたグラフには安全な上昇ペースの範囲が表示されていた。

「ただ、神経的改変の中には、新しい本能などという生やさしいレベルにとどまらなかったものもあります」樹形図が極端に細くなった——だがまだ三、四十本の枝が残っている。「言語や知覚、認識といった面を変化させた改変態の種もあるのです」

イノシロウが、「夢猿人のようにか？」

リアナはうなずいた。「それが一方の極端な例ですね。夢猿人の祖先は、高等霊長類のレベルになるまで言語中枢を除去しました。いまでも夢猿人の知性一般はほかのどんな霊長類にも勝るものの、物質的文化は劇的に衰退しています——もはや自分たちに改変を加えることはできません、仮にそう望んだとしてですが。もう自分たちの起源ですら理解できなくなっているのではないでしょうか。

けれど、夢猿人は特殊例です――可能性を意図的に放棄する、という。大半の改変態が試みてきたのは、もっと建設的な変化でした。物質世界を精神にマップする新しい方法を作りだし、その新しいカテゴリーを使いこなすために特化された神経構造を加えたのです。不変主義者ならだれでも、数百万年にわたって発展してきた〝常識〟をもとにして、岩や植物や動物のことをあたりまえのように考えられますが、それと同じように、遺伝学や気象学、生化学や生態学のもっとも高度で抽象的な概念を直感的にあつかえる改変態がいます。また、単にそれが思考にどんな変化が起きるかを調べるだけのために、先祖伝来の神経構造に手を加えた人たちもいます――特定の目標をもたずに、新しい可能性の探求に乗りだしたわけです」

ヤチマはその話に、自分自身の出自との気味悪いほどの共通点を感じた。ただ、現状から判断するかぎり、ヤチマ自身は突然変異のせいで海図のない海に流された、ということはないようだ。イノシロウの言葉を借りれば、「おまえのおかげで、進んで雑魚鉱員になろうとする特質フィールドがついに見つかったわけだ。この先の十ギガタウ、従順なよい子を望む親たちが、その〝ヤチマ〟セッティングをほしがるだろうよ」

リアナは両腕を広げて、いらだちを表現した。「この探求にはひとつだけ問題があって……改変態のいくつかの種(しゅ)は、あまりにも変化しすぎたものだから、いまではほかの人々と意思の言葉が通じないことではありません。それぞれに新しい種類の精神を試した――いまやその結果、ソフトウェアを媒介してさえ、たがいがなにをいっているのかほとんどわからなくなってしまいました。単に言葉が通じないということではありません――少なくとも、だれもが同じ構造の脳をもっていた時代の不変主義者にとっての言葉の問題のような、単純な話ではありません。異なる共同体が世界を異なるカテゴリーに分割しはじめて、関心をもつ事柄も大きく異なるようになると、どんなかたちでも《移入》前のような意味での全地球的文化をもつことは、不可能になりました。いまのわたしたち肉体人は断片化されています。たがいを失いつつあるのです」リアナは自分の深刻な話しぶりを茶化すように笑ったが、じっさいはその問題を本気で案じているのがヤチマにはわかった。

「地球に残ることを、有機体のままでいることを選択したわたしたちも……やはりばらばらになりつつあります――もしかすると、ポリスにいるあなたがたのだれよりも早く！」

リアナの椅子のうしろに立っていたオーランドが、リアナの肩に手をのせてそっと握った。リアナも手をのばして、相手の手を握りかえす。ヤチマはその動作が気になってしかたなかったが、じっと見つめないように注意しながら、「それで、この話は架橋者とどう関係するのですか？」

オーランドが答えた。「われわれは隔たり(ギャップ)を埋めようとしているのだ」

リアナが樹形図に手をふると、すでにあった枝のあいだに、もうひと組の枝が成長をはじめた。その新しい樹形図は、最初のものより枝の数が多く、枝の間隔が狭くて、よりこまかく分化していた。

「わたしたちは先祖の神経構造を出発点として、各世代ごとにささやかな変化をとりいれてきました。といっても、あらゆる人を同じ方向へ改変したのではなく、子どもたちは自分の親と違っているのみならず、同じ世代での差も広がっています。それぞれの世代がひとつ前の世代よりも多様になっているのです」

イノシロウが、「しかし……それこそが、あんたたちの嘆いてる点じゃなかったのか？ばらばらになるってことが？」

「これは話が違うのです。ある神経系の特徴に関して、集団全体が一気にスペクトルの反対側に飛び移る、つまりなんの共通点ももたないふたつの別個の集団を生みだすのではなく、わたしたちはつねにスペクトルの全領域に均等に散らばるようにしてきました。そうすれば、孤立したり異質になりすぎたりする人は出ません。だれの属する〝サークル〟――容易に意思疎通できる人々の集団――でも、かならずサークル外の人のサークルと重なることになりますから。そしてその人のサークルも、また別の人のサークルと重なっていて……というふうに、あらゆる人がそこに含まれることになります。

この都市の中でも、大きく分岐したふたつの系統に属する改変態どうしと同じくらいに違っているためにほとんど相互理解不能なふたりの人間は、たやすく見つかります――しかし、この都市ではまた、現存の血族をたどれば、かならずその隔たりを橋渡しできる。数人を、現時点では最高でも四人をあいだにはさめば、架橋者はだれもが相手と意思疎通できます」

オーランドが言葉を添える。「そしてわれわれが、分散した改変態の共同体すべてと自在に交流できるようになった暁には……」

「そのときには、地球上のありとあらゆる肉体人が、同じかたちでつながることになります」

イノシロウが急きこんでたずねる。「じゃあ、おれたちがその計画の最先端にいる連中と話せるように、何人だかの人間を手はずできるか？　いちばん隔たりの大きい改変態の集団にむかって変化しつつある連中と？」

オーランドとリアナは視線を交わし、オーランドが口をひらいた。「二、三日待ってもらえば、できるかもしれん。ある程度の交渉が必要になるのでね。これは即興ではじめられるパーティ芸とは違うのだ」

「わたしたちが帰るのは明朝です」ヤチマはあえてイノシロウのほうを見ないままいった。滞在を延長する口実は際限なく出てくるだろうが、ふたりは二十四時間で合意ずみなのだ。

一瞬の気まずい沈黙のあと、イノシロウが落ちついた声で、「そのとおりだ。次回のお楽しみだな」

オーランドはヤチマたちに遺伝子工場を見せてまわった。そこでDNA配列を組みあわせて、その結果をテストするのがオーランドの仕事だ。架橋者たちは最重要目標ばかりではなく、数々の神経系以外の強化にもとり組んでいて、そこには病気への抵抗力の強化や組織治癒の仕組みの改善が含まれていた。そうしたことは哺乳類の器官を脳抜きで組みたてた植物的構造物によって比較的かんたんに検査ができ、オーランドは冗談でその構造物を〝腐肉の木〟と呼んだ。「きみたちはあのにおいがわからないというのか？　それがどんなに幸運か見当もつくまい」

オーランドによると、架橋者たちは自分たちの体に手を加えた結果、あらゆる個人が自らのゲノムの一部分を書きかえられるようになっていた。新しい配列を代用酵素になるプライマーにはさみ、適切な細胞型にあわせた表面タンパク質をもつ脂質カプセルにつつんで、血流に注入するのだ。仮に配偶子の前駆体が標的なら、改変は遺伝性に設定される。女性の架橋者は、いまでも胎児は育てるが、もはや不変主義者とは違って自分の卵子すべてを生みだすのではなく、必要なときにひとつずつ育てていたし、さらに、精子と卵子の産物が——まして受精卵が着床するための子宮の準備が——生じるのは、特別に改変した植物から手にいる正しいホルモンを摂取した場合にかぎられていた。架橋者の約三分の二は単一の性しかもたない。残りは、改変態の特定の種にあわせて、両性具有か単為生殖する無性だった。

工場見学が終わると、オーランドはランチタイムだといって庭で食事をはじめ、ヤチマとイノシロウは腰をおろしてそれを見守ることになった。工場で働くほかの人々が集まってきた。ヤチマとイノシロウに直接話しかけてくる人も数人いたが、ほかの人々はだれかに通訳してもらっていた。通訳と質問者のあいだで長々としたやりとりがあったあとでさえ、人々の質問は奇妙なものにきこえた——「ポリスでは、自分たちが世界のどちら側にいるかを、どうやって知るのか？」「《コニシ》には音楽を食べる市民がいるのか？」「体をもたないというのは、動くことなしにつねに落下しているようなものなのか？」——そしてふたりの答えが笑いを引きおこしていることからして、逆のプロセスも不完全なのはあきらかだった。まちがいのないコミュニケーションもある程度の分量は成立した——試行錯誤と大いなる忍耐にきわめて多くを負ってではあったが。

オーランドからは、いくつもの工場や穀物貯蔵所、美術館や文書館を見せると約束されていたのだが……ほかの人々もヤチマたちと話そうとして——あるいは見物しようとして——顔を見せはじめ、午後がすぎていくにつれて最初の計画は夢物語にすぎなくなった。せわしなく動きまわることで、ヤチマたちにとって時間がどれほど貴重かをホストたちに気づかせることもできただろうが、数時間後には、一日のうちにいま以上のことができると考えていたのが馬鹿馬鹿しく思えてきた。ここでは、なにかを急がせることはできないのだ。嵐のようにあわただしい見学は、暴力行為も同然だっただろう。メガタウ単位で時間が消えていき、〈真理鉱山〉にいれば自分がそのあいだに達成できただろう進歩について考えないようヤチマは努力した。だれと競争しているわけでもないのだし——ヤチマが帰ったとき、〈鉱山〉は相変わらずそこにあるはずだ。

やがて工場裏の庭があまりに混雑してきたので、オーランドは無理やり全員を野外レストランに引きつれていった。夕暮れどきにリアナが一行に合流したころには、質問もそろそろ出つくして、群衆の大半は小さなグループにわかれ、自分たちといっしょにいる訪問者について盛んに議論していた。

そしてヤチマたち四人は、星空——大気の狭いスペクトル電磁窓（ウインドウ）のせいで色褪せ、大半が濾過されていたが——の下で腰をおろして話しあった。「もちろん、おれたちは宇宙から星を見たことがある」とイノシロウが自慢げにいった。「ポリスでは、軌道上のプローブもアドレスのひとつにすぎない」

オーランドが、「さっきからこういいたくてしかたないのだが。『ほう、しかしきみたちは自分自身の目で星を見たことはあるまい！』とね。じっさいは……あるのだろうな。そもそもきみたちがなにかを見たことがあるとして、その同じ方法で」

リアナは男性の肩にもたれかかって、からかうように、「その方法は、だれがなにを見るときでも同じじよ。わたしたち自身の精神がわたしたち自身のカメラからほんの数センチメートル離れたところで作動しているからというだけで、わたしたちの経験が神秘的に上等なものになるわけじゃない」

オーランドはしぶしぶと、「それはそうだ。では、これはどうだ」

ふたりはキスをした。ブランカとガブリエルはこういうことをしたのだろうか、とヤチマは思った——それにはブランカが、キスが可能で、しかも快感になるように自分を部分修正しなくてはだが。ブランカの親たちがふたりの仲を認めなかったのも無理はない。ガブリエルに性があるのは、自己規定という抽象的な問題同様、大した重大事ではなかった——だが、《カーター＝ツィマーマン》のほぼ全住人は、実体のある体をもっているふりをしようともしていた。《コニシ》では、固体性とか、先祖返り的妄想である物質性とかいう考えのすべてが、一般に妨害や強制と同等に見られている。だれかのアイコンが公共の観境でほかのアイコンの通り道を邪魔したら、それは自律性の侵害だった。快感を力や軋轢のような概念と再結合させるのは、とにかく野蛮なことだった。

リアナがたずねる。「グレイズナーたちはいまなにを？　最後にきいた話では、小惑星帯でなにかしていたということだけれど——それはほとんど百年前の話。太陽系を離れたグレイズナーはいるのですか？」

イノシロウが答えた。「本人たちはだれも。連中は近隣の二、三の星にプローブは送ったが、知性のあるものはまだだ——そのときには、連中が自分の体ではるばる旅するんだろうさ」笑い声をあげて、「連中はポリス市民にならないことが強迫観念になってる。わずかな質量を節約するために頭を肩から切り離そうものなら、次には現実を完全に捨て去ることになると思ってやがるのさ」

オーランドが鼻で笑って、「あと千年も経ったら、グレイズナーどもは銀河のあちこちに小便を引っかけまくって、犬のように自分の縄張りにしるしをつけているだろう」

ヤチマは異を唱えた。「そういういいかたはないでしょう！　グレイズナーの優先事項は妙かもしれませんが……連中はいまも文明化されています。多かれ少なかれ」

リアナが、「宇宙にはグレイズナーがいるほうがいいわ、肉体人よりも。不変主義者が宇宙に行ったら、どうなっていると思う？　きっといまごろは火星のテラフォームを完了していたでしょう。けれどグレイズナーが惑星に手をつけることはほとんどない。たいていは軌道から探査するだけ。グレイズナーは野蛮人ではない。入植者ではないのよ」

オーランドは納得しなかった。「宇宙物理学のデータを集めたいだけなら、太陽系を離れる必要はない。過去にはいくつもの計画があったのだ。惑星に自己増殖する工場を播種して、銀河をフォン・ノイマン・マシンでいっぱいにする――」

リアナは首をふった。「仮にそういったことが真剣に考えられていたのだとしても、それは《移入》前の話だわ――グレイズナーが存在すらしないころの。いまの時代にわたしたちが耳にしているのは、反グレイズナーのプロパガンダにすぎない。〈機械化人(グレイズナー)の古老たちの計画〉のたぐいはね。いまだに古い衝動と縁を切れていないのは、わたしたちのほうよ。もしだれかが幾何級数的拡張に乗りだす気になるとしたら、それはわたしたちでしょうね」

ほかの架橋者たちも話に加わって、議論は数時間の長きにわたった。ある農業経済学者は通訳を介してこう論じた。「もし宇宙旅行が単に未熟な文化における夢物語(ファンタジイ)でないというなら、いったい異星人たちはどこでなにをしているんだ？」。ヤチマはくすんだ空をときおり見あげては、グレイズナーの宇宙機が急降下してきて、ここにいる人々を宇宙へつれ去るところを想像した。（ひょっとして、わたしたちがグレイズナー・ボディを再起動させたとき、救難ビーコンも作動をはじめたということも……）それは馬鹿げた思いつきだったが、よく考えると奇妙なことに、まったくありえないわけではないというのが事実だった。いちばんすばらしい天文学的観境の中でなら、数光年をジャンプして、シミュレーションと望遠鏡の観測データを合成した最高の解像度でシリウスの表面を見ているつもりになれる……けれど、そんな観境の中では、狂った宇宙飛行士に誘拐されることは絶対にありえない。ちょうど真夜中すぎに、オーランドがリアナにたずねた。「さて、朝の四時に起きて、われらがゲストを境界まで案内するのはだれかね？」

「あなたでしょ」

「では、少し睡眠をとったほうがよさそうだ」

イノシロウはびっくりして、「いまでもそんなことが必要なのか？　その必要性を除去処理してないのか？」

リアナは息をつまらせるような音を立てた。「それは肝臓を〝除去処理〟するようなものよ！　睡眠は哺乳類の生理機能に不可欠です。除去なんかしようとしたら、精神異常か免疫不全の精神遅滞を引きおこすのがオチだわ」

オーランドが無愛想につけ加える。「それに、睡眠というのはとてもよいものだよ。どんな経験をしそこねているのか、きみたちにはわかるまい」そしてもういちどリアナにキスをして、その場を立ち去った。

混みあっていたレストランも、徐々に人が減ってきた——そして残っていた架橋者の大半も、椅子にすわったまま居眠りをしていた——だが沈黙が広がっていく中で、リアナはヤチマたちと同じ席に着いていていた。

「あなたがたが来てくださって、喜んでいます」とリアナ。「これで《コニシ》にある種の橋ができたのですから——そしてあなたがたを通して、全ポリス連合にも。たとえここへ戻ってこれなくても……わたしたちのことを話してくださいね、内部で。あなたがたの心から、わたしたちのことを完全に消し去ったりはしないでください」

イノシロウは熱をこめて、「おれたちは戻ってくるよ！　そのときには友人たちもつれてくる。あんたがたが全然野生化なんかしてないとわかったら、みんなここに来たがるよ」

リアナはおだやかに笑った。「そうなの？　そして、《移入》の逆が起こって、死者は墓からよみがえると？　そのときを楽しみにさせてもらいましょう」リアナはテーブルごしに手をのばして、イノシロウの頬をなでた。「あなたは不思議な子ですね。いなくなったらさびしく思うでしょう」

ヤチマは、イノシロウが怒鳴りだすと予期していた。『おれは子どもじゃない！』。だがじっさいは、イノシロウは自分の顔の、女性の手が触れたところに手をあてただけで、なにもいわなかった。

オーランドはふたりを境界まで案内した。そして別れのあいさつを口にして、再会がどうこうといったが、男性もまた、ふたりが戻ってくるなどとは考えていないとしかヤチマには思えなかった。オーランドがジャングルに姿を消すと、ヤチマは境界をまたぎ越えて、ドローンを呼びよせた。ドローンはヤチマのうなじにとまると、ヤチマのプロセッサと接触した。いや、ヤチマのではなく、グレイズナーの首、グレイズナーのプロセッサだ。

イノシロウがいった。「おまえは帰れ。おれは残る」

ヤチマはうめいた。「本気じゃないんでしょう」

イノシロウから返ってきた視線は、絶望的だが強い意志がこもっていた。「おれは生まれる場所をまちがえたんだ。ここが、おれの居場所だ」

「もう、ふざけないでください！　移住したいなら、《アシュトン－ラバル》があるでしょうが！　それとも親御さんたちから逃げたいんですか、それならどこに行ったっていいでしょうに！」

イノシロウは腰まで埋まる下草の中にすわりこんで、葉っぱのあいだで両腕を広げた。「おれは感覚というものを覚えはじめたんだよ。それはもはや単なるタグじゃない――視覚に重ねられる抽象データ(オーバーレイ)じゃなくなったんだ」両手を胸の高さまであげて、胴体を打つ。「それはおれが体験してること、おれの皮膚に起きてることなんだ。つまり、データをなんらかのかたちでマップして……おれの自己シンボルがそれをとりこみおえたということだな」イノシロウは哀れっぽく笑った。「たぶん、これは家系的な欠陥なんだろう。わが部分姉妹は、実体があるふりをしてる恋人を選び……おれはいまここで、糞ったれな触覚を味わってる」ヤチマを見あげたイノシロウの目は、大きく見ひらかれていた。恐怖のゲシュタルトだ。「いま戻るのは無理だ。それは……皮膚を引きはがすのに等しい」

ヤチマは淡々とした口調で、「それが真実でないのはわかっているはずです。戻ったからって、どうなると思うんですか？　痛みを感じるとか？　タグの流入が止まったら、幻想はその場で跡かたもなく雲散霧消するだけです」声に確信をこめようとしながら、ヤチマはイノシロウの置かれた状態をなんとか想像しようとしていた。イノシロウのアイコンに世界が侵入してきたという感じか？　ヤチマ自身も、グレイズナー・ボディのそのときどきの姿勢にあわせて、インターフェースに自分のアイコンのシンボルを修正されるたびに、ずいぶん混乱する――だがそれは、ゲームの約束ごとに従うようなものだ。決定的に侵害されたという気分はしない。

イノシロウがいう。「あの都市の住人たちは、おれをあそこに住まわせてくれると思う。おれは食べる必要がないし、連中に不可欠なものをなにも必要としない。おれは連中の役に立ってみせる。そうすれば都市にいさせてもらえるはずだ」

ヤチマは境界の反対側に戻った。ドローンがヤチマのボディを離れてもとの場所に退き、怒ったようにぶんぶんうなった。ヤチマはイノシロウの横にひざまずくと、やさしい声で、「真実はこうです。あなたは一週間しないで発狂するでしょう。ひとつの観境が、ちょうどこんなふうに、永遠につづくんですよ？　それに、物めずらしさが薄れてしまったら、人々はあなたをフリークあつかいするでしょう」

「リアナは違う！」

「そうですかね？　あの女の人がどうすると思っているんです？　あなたの恋人になる？　それとも、もうひとりの親に？」

イノシロウは両手で顔を覆った。「いいから、《コニシ》に逃げ戻ってくれないか？　勝手に〈鉱山〉に引きこもってろ」

　ヤチマはその場を動かなかった。鳥たちが騒ぎたて、空が明るんでいく。ふたりの設定した二十四時間の期限はすぎていた。《コニシ》に残してきたバージョンの自分が起動されてあとを引き継ぐまで、もう一日ある――だがいまでは、経過する一分ごとに、ポリスではふたりを置き去りにして営みがつづけられているという気分が、強まるばかりだった。

　ヤチマは、イノシロウを引きずって境界線を越えさせ、ドローンに命じてイノシロウをボディから引き離させようと考えた。ドローンの知能では、これまでのふたりの行為はまったく理解不能だし、その命令がイノシロウの自律性を侵害することになるのも気づくまい。

　その案はどうにも気の進まないものだった。しかし、可能な選択肢がもうひとつある。ヤチマはいまも、イノシロウの精神の最新アップデート版スナップショットをもっていた。けさの早い時間にレストランで送信されてきたものだ。それを送ってきたときには、イノシロウはまだここに残る決心をしていなかったはずだ――だから、ヤチマがこのスナップショットをポリス内で起動させれば、ここにいるグレイズナー・クローンがどうなろうと問題はない……。

　ヤチマはスナップショットを消去した。いま起きている事態は、流砂ではない。これは、ふたりの予期していたどんな事態とも違っていた。

　ヤチマはひざまずいたまま待ちつづけた。膝から地面の肌触りを伝えてくるタグの単調な流れがうっとうしくなり、アイコンのとらされている奇妙な固定した形状は、それに輪をかけてわずらわしくなってきた——たぶんその両者とも、ヤチマのいらだちを非常によく反映しているからだろう。（イノシロウの場合も、最初はこんなふうだったのだろうか？）もしここでさらにこのままでいたら、ヤチマも自分のグレイズナー・ボディを自分自身のマップと同一視しはじめるのか？

一時間近くののち、イノシロウは立ちあがると、居留地の外へ出た。ヤチマも、安堵のあまり吐きそうになりながら、あとにつづく。

ドローンがイノシロウの首に降りたった。イノシロウはそれを叩き落とそうとするように手をあげたが、動きを止めた。そして静かにたずねる。「おれたちはここに戻ってくると思うか？」

ヤチマは時間をかけて、じっくりと考えた。ふたりをここに引き寄せた期待感は二度とと り戻せないわけで、そのときにこの場所は、そしてここで出会った友人たちは、ふたたびほかのすべてより八百倍も価値のあるものになりうるだろうか？

「それは疑問ですね」

第二部

覚醒して、観境内で合流したパオロに、ヤチマが声をかけた。「トランスミューターになにを話したらいいか、考えていたんです。なぜ自分たちを追ってきたのかときかれたときに」

　パオロは荒々しく笑って、「《トカゲ座》の話をしてやれよ」

「むこうもトカゲ座は知っていると思います」

「マップ上の輝点(ブリップ)としてね。だが、それが引きおこした事態は知らないさ。その意味するところは」

「ですね」ヤチマは青色偏移の中心にあるワイル星を見つめた。アトランタのことを質問してパオロの気を損ねたくはなかったが、相手を完全に無視するのもいやだった。「カーパルとは知りあいなんでしょう？」

「ああ」パオロはかすかに笑みを浮かべ、その問いが現在形だったことにはなにもいわなかった。

「あれはたしか、あの人が月で〈テラゴ〉を担当していたときのことでは――」

パオロは冷ややかな声で、「カーパルは自分にできるかぎりの手を打った。全地球が夢遊病状態だったのは、あいつの責任じゃない」

「わかっています。あの人を責めようなんて少しも思いません」ヤチマはなだめるように両腕を広げた。「カーパルがそのときの話をしたことはなかったのかな、と思っただけです。自分の側から事態がどう見えたかを、あなたに語ったことはなかったのかと」

パオロは気が進まぬげにうなずいた。「きかせてくれたよ。いちどだけ」

4　トカゲの心臓

ブリアルドス観測所、月
二四　〇四六　一〇四　五二六　七五七　CST
二九九六年四月二日、十六時四十二分〇三秒九一一　UT

カーパルは太陰暦でのまる一ヵ月間、表層土（レゴリス）の上にあおむけに寝そべって、水晶のごとく動きのない宇宙を見あげていた。なにか新しいものを見せられるものなら見せてみろ、といわんばかりに。これまでも五回、これと同じことをしたが、〝裸眼〟のカーパルに見てとれる範囲では、なんの変化も起きたためしがなかった。予想どおりの軌道を描く惑星も、ときどき見える明るい小惑星や彗星も、近くでだらだらと動いている宇宙機と変わりがなかった。それは視野の一部ではなく、前景にある障害物でしかない。たとえば、木星をいちどじかにクローズアップで見てしまったら、それからはまともな天文学的な興味の対象としてよりも、観測をさまたげる光害や電磁気ノイズの源として考えるようになるだろう。カーパルは、予期せぬ超新星が暗闇に花ひらき、彼方で起きたその黙示録的事態がニュートリノ検知器に悲鳴をあげさせるのを待ち望んでいた——一糸乱れず連鎖していく太陽系の時計仕掛けの動きではなく。そんなものは、定時に到着する補給用シャトル程度の関心と興奮しか呼ばない。

地球がふたたび新月状態になり、燃えたつ太陽の横でほの暗い赤みを帯びた円盤と化したとき、カーパルは立ちあがって、そろそろと両腕をふり、作動装置がどこも熱ストレスで支障をきたしていないのを確認した。もし支障があっても、体内のナノウェアが微小破壊を処理してくれるが、問題を発見し修理をはじめさせるには、各ジョイント部をじっさいに動かしてテストする必要がある。

問題はなかった。カーパルはブリアルドス・クレーターの縁にある計器小屋までゆっくりと徒歩で引きかえした。小屋といっても真空にさらされているが、変化の大きい温度や、強力な放射線や、微小隕石から機器をある程度は保護している。小屋の背景にぼんやりと浮かびあがっているのはクレーターの壁で、幅は七十キロメートル。カーパルの位置からだと、壁の頂上、小屋の真上に、レーザー・ステーションが見てとれた。光を散乱するものが皆無なので光線そのものはどこにいても見えないが、カーパルは上方から見たブリアルドスを思い浮かべるとき、クレーター周縁の三点を直角で結ぶ青いLの字を心の中で描かずにはいられなかった。

ブリアルドスは重力波検知器になっていて、〈テラゴ〉の名で知られる太陽系規模の観測所の一部をなす。一本のレーザー光線が分割され、たがいに垂直方向に送りだされてから、再結合する。クレーター周辺の空間がわずか十の二十四乗分の一だけ伸張または圧縮されると、ふたすじの光線の山と谷は移動し、位相があったりズレたりして、結合した光線の強さに変動を生じさせ、それがかすかな幾何学的変化として記録される。ひとつの検知器だけで、それが計測した空間のひずみの原因を特定しようとするのは、レゴリスの上に置いた温度計で太陽の正確な位置を測定しようとするようなものだが、ブリアルドスで起きた事象のタイミングを、ほかに十九ある〈テラゴ〉のサイトのデータとあわせれば、各波面が太陽系内を移動していくようすを再構成することが可能だ。それによってどんな場合でも、重力波がやってきた方向は、天空の既知の物体と対応させられるか、そうでなくとも知識にもとづく推測をおこなえる程度の正確さであきらかにできる。

カーパルは、過去九年間の住みかである小屋にはいった。今回の留守中にはなんの変化もなく、それをいえば着任以来、変化などほとんどない。壁沿いに並んだラックの光コンピュータとシグナル・プロセッサは新品同然にぴかぴかのままだし、カーパル用の非常時スペアキットと大型の修理用具は、カーパルが最初に置いたほとんどその場所にある。月にはカーパルひとりきりというわけではまったくない――北極で十数体のグレイズナーが古月理学にとりくんでいる――が、カーパルが訪問者を迎えたことはなかった。

ほかのグレイズナーはほとんどすべてが小惑星帯にいて、恒星間船団で働いてなんらかのサポートサービスを提供している者もいるが、たいていは非戦闘従軍者ごっこをしていた。カーパルもそのまっただ中にいてなんの問題もないのだが――〈テラゴ〉のデータはどこにいてもアクセスできるし、物理的に〈テラゴ〉のサイトのひとつにいても、二十のサイトすべての修繕を監督するときにとくに利点はない――ここでの孤独と、仕事に際して気をそらされることなく、ひとつの問題だけに一週間でも一カ月でも一年でも没頭できるチャンスに惹かれたのだった。もともとの計画では、レゴリスに寝そべっていちどきに一カ月も空を見あげるつもりなどなかったのだが、カーパルはしじゅう、ほんの少し馬鹿な真似をしてみたいという欲求をもっていて、この行動は許容範囲内の奇行に思えた。最初のうちは、重要なできごとを見逃すのが気がかりだった。超新星だとか、遠方の銀河系の中心にあるブラックホールが球状星団をひとつかふたつのみこむところだとか。もちろん、データはひとかけらにいたるまでログをとられているが、たとえ重力波が数千年をかけて到達するものだとしても、それをリアルタイムでモニターすることにはまぎれもない臨場感があった。カーパルにとって、現在というのは百億年の深さをもつ時空のうち、自分の器具と感覚に光速で収束するその一断面だった。

やがて、持ち場を離れることにともなう危険は、魅力の一部だと思えるようになった。あえてその危険をおかしもした。

カーパルはメイン・ディスプレイ・スクリーンをチェックすると、パルス・コード化された赤外線で小さく笑い声をあげた。かすかな熱が小屋の壁から反射して戻ってくる。見逃したものはなにもなかった。既知の重力波源のリストで、トカゲ座G－1がハイライトされて異常が見られたことを示していた――だが、この星に異常が見られるのはいつものことだった。それはもはやニュースには分類されない。

突然のカタストロフを記録するばかりでなく、〈テラゴ〉は常時、周期変化する数百の重力波源をモニターしていた。まれに見る激しい事象でなければ、宇宙を半分横切った場所でひろいあげられるほど強烈な重力放射のバーストを生じさせはしないが、軌道に沿った機械的な動きでも、弱いながらも確とした重力波の流れは生まれる。もし星くらい大きな複数の物体が、あまり離れていない位置でたがいのまわりを高速でまわっていれば、スクリューの回転音をつかまえる水中聴音器のように、〈テラゴ〉はその物体の動きをとらえることができた。

トカゲ座G−1は、わずか百光年の彼方にある、中性子星の連星だ。中性子星は直接観測するには小さすぎる——最大でも直径約二十キロメートル——が、通常の大きさの星の磁場や重力場をそれだけのわずかな体積に押しこんでいるので、周辺の物体におよぼす影響はすさまじいものになる。中性子星はパルサーとして発見されるものが大半だ——回転する磁場が周囲の荷電粒子を光速に近い速度で円を描いて引きずりこみ、周期変化する電波のビームを作りだすのだ。でなければ、X線源として発見されるものもある——ガス星雲やふつうの伴星から吸いあげられた物質が、細くて勾配の急な重力井戸をくだる途中で圧縮と衝撃波によって数百万度に熱せられる。だが、トカゲ座G−1は数十億歳だった。かつてX線を生じさせるのに使われた手近なガスや塵の供給源はとうに尽きはて、放出される電波は弱すぎて検知不能か、あさっての方向に発信されていた。したがってこの系は電磁スペクトルの全域で沈黙し、その存在を明かしているのは、ふたつの死んだ星のゆっくりと衰微していく軌道から発せられる重力放射のみだった。

だが、この静穏は永遠につづくものではない。連星をなすG‐1aとG‐1bの距離はほんの五十万キロメートルで、両者を引き離している角運動量は、今後七百万年のうちにすべて重力波に奪い去られてしまう。そして両者がついに衝突するとき、合体してブラックホールを形成する前に、その運動エネルギーの大半は、かすかにガンマ線を帯びた強烈なニュートリノの閃光に変換される。離れた場所では、ニュートリノは比較的無害で、しかしガンマ線のほうははるかに激烈に降りそそぐだろう。百光年の距離でさえ、有機生命にとっては苦痛を感じる近さのはずだ。そのときに肉体人がまだ存在しているかどうかはともかく、ガンマ線バーストの進路にじゅうぶんな大きさと不透明度をもつシールドを設置して地球の生物圏を守るという、しりごみしたくなるような工学的難題にだれかが挑むだろうと、カーパルは考えたかった。（そのときには、木星も役に立つな）とはいえ、それは容易な作業ではない。トカゲ座G‐1は黄道面のはるか上にあるので、地球か木星を現在の軌道上の適切な位置へちょっと動かすだけでは掩蔽できないのだ。

トカゲ座G‐1の末路はたぶん不可避で、〈テラゴ〉に届く信号は軌道が徐々に衰微していることを確実に裏づけていた。しかし、未解明のひとつの小さな謎がある。カーパルが最初に観測したときから、G‐1aとG‐1bは本来あるべき周回時間がときとして短縮した。そのズレが千分の一を越えたことはいちどもない――ときおり二日間かけて重力波がナノ秒早まるだけだ――が、ほとんどの連星パルサーの軌道減衰曲線は観測限界の精度で減衰しているのだから、たとえナノ秒の異常でも観測誤差や無意味なノイズとして片づけることはできない。

カーパルは最初、この謎を自分の孤独と仕事熱心が生んだ症状のひとつだと考えていたが、何年経っても納得のいく説明は見つからなかった。もし、じゅうぶんな質量のある第三の天体がときどき軌道に摂動をおこしているのなら、重力放射にその天体自体の明白な痕跡が見られなければおかしい。系にさまよいこんだ小さなガス星雲が、ふたつの中性子星にエネルギーを消耗させているジェットになにかを注ぎいれているのだとしたら、トカゲ座G－1はX線で燃えたっているはずだ。カーパルはより突飛で大胆なモデルを考えだしていったが、そのすべてが裏づけとなる証拠がないか、まったくありえないかで却下された。エネルギーと運動量が単に真空に消滅することはありえないが、もはやカーパルは百光年彼方のできごとの帳尻をあわせる努力を放棄しそうになりかけていた。

だが放棄してはいなかった。殉教者めいたため息をついて、カーパルがスクリーン上のハイライトされた名前に手を触れると、過去数カ月間のトカゲ座からの重力波のグラフがあらわれた。

一瞥しただけで、〈テラゴ〉になにか問題があることがわかった。スクリーン上の数百の波形は完全に一致していなければおかしい。ピークは正確に同じ高さになり、信号は時計仕掛けのように軌道上の同じ地点で同じ最大の強さに戻るはずなのだ。ところが、この一カ月の後半のあいだ、ピークの高さはなめらかに上昇していた――〈テラゴ〉の計器の衡正が偏差しはじめているのにちがいない。カーパルはうめき声をあげると、すぐさま別の周期変化する重力波源を調べた。鷲座の連星パルサー。こちらは軌道が極端な楕円形なので弱いピークと強いピークが交互にあらわれていたが、ピークの高さは弱いほうと強いほうのそれぞれで一定だった。ほかの五つの重力波源もチェックする。そのどこにも計器の衡正偏差を示すものはなかった。

当惑しつつ、トカゲ座G－1のデータに戻る。グラフの上の概要を検討したカーパルは、信じられずにぶつくさいった。概要によれば、カーパルの留守中に重力波の周期が三分近くも短くなっていた。ありえない。トカゲ座G－1の周期一時間の軌道が短縮するのは、説明不能な数ナノ秒を別にして、二十八日間で十四・四九八マイクロ秒であるはずなのだ。これは分析ソフトウェアのエラーにちがいない。バグが生じたのだろう。たぶん放射線損傷。ソフトウェアの数ビットが宇宙線でランダムにスクランブルされ、なぜか検知も修復もされなかったのだ。

カーパルは重力波そのものではなく、その周期を示すグラフに切りかえた。グラフは最初、事実上三千六百二十七秒で水平を描く、あるべき姿をとっていたが、表示されているデータの最初から約十二日目に水平からじりじりと下がりはじめた。最初はゆっくりとだったが、その度あいは増しつづけた。カーブの最後の点は三千四百五十六秒。このふたつの中性子星がより小さく、より早い軌道に移行した理由は、両者を引き離していたエネルギーのいくらかが失われたという事態以外に考えられない――そして、十四マイクロ秒ではなく三分早くなるには、過去数百万年で失ったのと同量のエネルギーを一カ月で失わねばならなかったはずだ。

「ありえん」

カーパルはほかの観測所のニュースをチェックしたが、トカゲ座にはなんの活動も検知されていなかった。Ｘ線もなし、紫外線もなし、ニュートリノもなし、なにもなし。トカゲ座Ｇ－１はどうやら、月が反物質でできたその双子を対消滅させるのに相当するエネルギーを、放出しているだけらしい。百光年離れていてさえ、それが気づかれずにすむはずもない。失われたエネルギーがすべて重力放射になったわけではないだろう。そこでの見かけの出力増加は十七パーセントにとどまる。

（いや、周期の短縮は約五パーセントだ）カーパルは暗算をしてから、分析ソフトウェアで順に確認していった。重力波の出力の増加分は、周期が短くなるのに必要な分とぴったり一致した。より近くより早い軌道は重力放射をより強くするが、手もとのありえないデータはその公式にあらゆる段階で一致する。データを使いものにならなくする――それもこの重力波源についてのみ――一方で、奇跡的に重力波の出力と周期の関係は法則に従うように正しく保つなどというソフトウェアのエラーや計器の故障があるとは、カーパルには考えられなかった。

だから、この信号は真正だということだ。

つまり、ほんとうにエネルギー損失が生じていることになる。

（あの連星でなにが起きているのか？）というか、一世紀前になにが起きたのか？　カーパルは、軌道周期から推定したふたつの中性子星の距離を示す数列に視線を落とした。観測開始以来、両者は変わることなく、一日約四十八ミリメートルずつ動いていた。だがここ二十四時間で、両者の距離は七千キロメートル以上縮まっている。

カーパルは一瞬、純粋なパニックから来るめまいに襲われたが、すぐにその気分を笑い飛ばした。こんな劇的に危険な割合での距離の減少が、長くつづくことはありえない。重力放射を別にすると、この連星のように重量のある宇宙的弾み車からエネルギーを奪う方法は、ふたつだけだった。ひとつはガスや塵との摩擦損失で、温度をまさしく天文学的に上昇させる――このケースでは、紫外線とX線が欠如しているので除外できる可能性だ。もうひとつは、エネルギーを重力として別の系へ転移させることで、たとえば小さなブラックホールが通過するというような、なんらかの目に見えない侵入物がこれにあたる。しかし、G－1の運動量をわずかでも吸収できる物体があれば、現在までに〈テラゴ〉にとらえられているはずだし、そこまでの質量のない物体なら、回転砥石の上に投げだされた小石のようにたちまち跳ねとばされるか、爆発する遠心分離器のようにばらばらに吹っ飛ぶかしているだろう。

カーパルは、完全なデータひとそろいが到着するまで一時間待つかわりに、〈テラゴ〉の最寄りの検知器六つから入手した最新データをソフトウェアに分析させた。それでもやはり、二体の系の古典的なシグネチャーがあるばかりで、いかなる侵入物の形跡も見つからず、一方、エネルギー損失は止まるのはおろか、安定する徴候も見せなかった。

損失は勢いを増しつづけていた。

（そんなことがありうるのか？）カーパルは不意に、トカゲ座G－1の重力波にナノ秒の異常が起きる説明として以前しばらくもてあそんだことのある仮説を思いだした。個々の中性子はどれも、量子色（カラー）力学的に中性だ。そこには赤がひとつ、緑がひとつ、青がひとつのクォークが含まれ、堅く結合している。だが、もしふたつの中性子星の中心核（コア）がどちらも〝融けて〟閉じこめを脱してランダムに動きまわれるクォークのプールと化しているとしたら、あらゆる場所で中性子のカラーの平均が中性になるとはかぎらない。コズチ理論によれば、赤、緑、青のクォークの完璧な対称性は破れることがありうる。これは通常、ごくごく一瞬のできごとだが、中性子星間の相互作用がそれを安定したものにする可能性はある。そうなると一方の中性子星のコアで、特定のカラーのクォークが〝局所的にほかより重く〟なって、その結果ほんのわずか沈むが、やがてほかのクォークは引力で浮く。もう一方の中性子星のコアでは、同じカラーのクォークがより軽くなり、上昇するだろう。潮汐力や自転の力の作用もはじまる。

　カラーの分離は瞬時のことだとしても、その影響は劇的なものになる。周回しあうふたつの、カラー偏極したコアは、強力な中間子ジェットを生じさせ、それが中性子星の軌道運動にブレーキの役を果たす——核力における一種の重力放射に相当するものだが、強い力によってもたらされるものなので、はるかにエネルギーが大きい。中間子はほぼ一瞬で崩壊してほかの粒子になるが、この二次放射線は非常に焦点がしぼられており、太陽系から見えるのはトカゲ座G－1の軌道面の上方であるため、放射線が正面から見えることは決してない。放射線が星間物質にぶつかりさえすれば、華々しい光景が生じるのは論をまたないが、まだ十六日しか経っていない時点では、ふたつの中性子星が過去数十億年かけてきれいに掃除した比較的真空度の高い空間を通過している途中だろう。

系全体が巨大な回転花火、しかも花火のそれぞれを逆にむけ、系自体の回転に逆らっている回転花火になったようなものだ。だが、中性子星どうしを引き離している角運動量が放出されるにつれて、重力がふたつの星をよりきつく引き寄せ、周回はより早くなる。過去に見られたナノ秒の異常は、流動性をもつクォークの小さなプールが短時間形成されてから、凝固して個々の中性子に戻った結果なのだろうが、ひとたびコアが融けきってしまうと、それはとどまることのないプロセスになるはずだ。ふたつの中性子星が接近しあうにつれて、カラー偏極はより大きくなり、ジェットはより強くなり、内むきの螺旋運動はより急速になる。

この仮説をテストするにはとてつもない計算が必要だと、カーパルにはわかった。強い力と重力の相互作用を処理しようとしたら、最強のコンピュータでも音をあげるだろうし、信頼するに足る正確なソフトウェア・モデルができたとしても、それはリアルタイムよりはるかに遅くしか走らず、予測の役には立たないだろう。トカゲ座G－1の運命を予知するには、データだけから先の結果を予想するほかに方法はない。

カーパルは分析ソフトウェアで、減衰しつつある中性子星の角運動量を表現するなめらかなカーブを導き、それを未来に外挿した。最初はゆるやかに、だが最後には下むきに急勾配の傾斜を描いて、減少は速度を増しつづけた。カーパルの全身を冷たい恐怖が洗う。もしこれがあらゆる中性子星の連星を最後に待ちうける運命なのだとしたら、古くからの謎のひとつを解明する力となる。しかし、それは朗報ではなかった。

何世紀も前から、天文学者たちは遠方の銀河からの強力なガンマ線バーストを観測してきた。推測どおりに、もしそのバーストの原因が中性子星の衝突だとしたら、衝突の直前――ふたつの中性子星が最接近し、最速の軌道にあるとき――に生じる重力波は、〈テラゴ〉が数十億光年のレンジでひろいあげられるほど強力なものになるはずだ。だが、そんな重力波がかつて検出されたことはない。

けれどいま、トカゲ座G－1の中間子ジェットは、ふたつの中性子星の軌道運動を完全な停止にむかわせる一方で、両者はまだ数万キロメートル離れているように見える。回転花火は回転を止めることに成功してからついにすべて燃えつき、結末は激しい螺旋のかたちでおとずれるのではなく、ふたつの星はおだやかかつ優美に相手にむかって飛びこむのだろう――ごくわずかな重力放射の増加を生じさせて。

それからふたつの、山くらいの大きさで星の重さをもつ核が、両者を引き離していた遠心力などかけらも存在したことなどなかったかのように、直線状にぶつかりあう。両者は相手の空にまっすぐに落下していき――衝撃で生じる熱は千光年の範囲で感じとれるものになる。

カーパルは荒々しくそのイメージを頭から追いだした。いまのところ手もとにあるのは、軌道周期の三分間の異常と、大量の推論だけでしかない。九年間ひとりきりでいた上に、宇宙線を浴びすぎた自分の判断に、どれほどの価値があるというのか？　必要なのは、小惑星帯にいる同僚たちに連絡をとって、このデータを見せ、考えうる仮説を落ちついて検討しつくすことだ。

（だが、もし自分の考えが正しかったなら？）トカゲ座がガンマ線で太陽の六千倍の明るさで輝くまでに、肉体人に残されている時間は？

カーパルは計算をチェックし、再チェックし、異なる変数で角運動量のカーブを導き、知るかぎりの方法で外挿をおこなってみた。

答えはどの場合でも同じだった。

残り時間は、四日。

5　ガンマ線バースト

《コニシ》ポリス、地球
二四　〇四六　三八〇　二七一　八〇一　CST
二九九六年四月五日、二十一時十七分四十八秒九五五　UT

ヤチマは自分の専用観境の上空に浮かんで、視野のかぎりの地面を覆い隠して広がる巨大な網状組織(ネットワーク)を見渡した。その構造物は幅一万デルタ、高さ七千デルタ。それをとり巻く一本きりの複雑な曲線は、《カーター－ツィマーマン(C-Z)》で見た――そして視覚的スリルを味わうだけのために、ブランカとガブリエルといっしょに乗った――ローラーコースターに少し似ている。ここでの〝軌道〟も、《C－Z》のそれと同様なにも支えがないが、乱雑な足場らしきものを縫うように走っていた。

ヤチマはもっとくわしく観察するために降下した。網状組織も〝足場〟も、数メガタウ前にとった一連のスナップショットにもとづく、ヤチマの精神の断片だ。その周囲の空間は抽象的な数学的場により色づけされ、いくつもの色にやわらかく輝いている。その場は、各地点でベクトルを選んでそこから数値を算出するルールであり、網状組織の通路を伝わる何十億ものパルスが生じさせたものだ。網状組織をつつむ曲線はあらゆる通路をとり巻いており、曲線の接線からフィールドが作った数字を、曲線の全長にわたって合計することで、構造物を通る情報の流れかたの、とらえがたくかつ頑強な特性を数字で測れないかとヤチマは期待していた。

それは意識の不変量——連続する精神状態を通じて同じものでありつづけ、つねに変化しつづけている精神に単一のまとまった存在であるかのように感じさせているのはいったいなんなのかという、客観的な計測値——を見つけるための、さらなるささやかな一歩だった。この発想の大すじは、古く、明白なものだ。短期記憶は知覚と思考をなめらかに積み重ねて意味をあたえたのち、薄らいで忘却されるか、長期記憶に移ろっていく。だが、その際の規準を明確にするのは困難だ。精神状態をランダムに並べてもなにかが生じることはないだろうが、きちんと順序づけられ、強く相関された多種多様なパターンでも、それは同様だろう。情報がある正しいかたちで流れたときにだけ、各々の知覚インプットと精神内フィードバックがネットワークの前の状態にそっとしるしを残す。

イノシロウが連絡してきたとき、ヤチマは躊躇なく相手を観境にまねきいれた。ふたりが最後に会ってから、もうずいぶんになる。だが自分の隣の空中にあらわれたアイコンを見て、ヤチマはとまどった。イノシロウのシロメの表面にはくぼみや穴があり、腐食で色が変わり、何カ所かは塗装が剝がれかけていた。シグネチャーがなければ、ヤチマには相手がだれか認識できなかったかもしれない。わざわざそんな見かけをしているのを、ヤチマは滑稽だと思ったが、黙っていた。イノシロウは自分が従っている流行に対しても、ほどほどの皮肉な視線を忘れたことはなかったが、ときおり熱中しすぎることがある。ヤチマは、ポリス連合じゅうでしばらく流行した、わざとコマ落としで〝老化〟させたアイコンを身にまとう習慣を馬鹿にしたとき、イノシロウからその後ほぼ一ギガタウのあいだ、好ましからざる人物あつかいされたことがあった。

姿を見せたイノシロウが、「中性子星についての知識はあるか？」

「大して。なぜです？」

「ガンマ線バースターは？」

「なおさら知りません」錆に覆われてはいてもイノシロウは真剣なようだったので、ヤチマは少しだけかじった宇宙物理学の記憶をなるべく掘りかえそうとした。「ええと、ガンマ線は何百万というありふれた銀河から検知されてきました——一回きりの閃光として。同じ場所から二度検知されることはめったにありません。統計によれば、検知されるのはだいたい銀河ひとつにつき十万年にいちど……ですから、それが数十億光年離れていても見えるほど明るくなければ、わたしたちはいまだにその存在すら知らずにいたかもしれません。その仕組みはまだじゅうぶんに解明されていなかったと思いますが、ライブラリをチェックしてみれば——」

「無駄だ。全部時代遅れになったんだから。いま宇宙でなにかが起きている」

　ヤチマはグレイズナーが発信しているニュースをきいたが、とても信じることができず、イノシロウごしに観境の空っぽの空を見つめた。クォークの海、不可視の中間子ジェット、相手にむかって落下しあうふたつの中性子星……そのすべてがあまりに奇妙かつ難解に思えた。〈鉱山〉の袋小路の奥にある、エレガントだが特殊化されすぎた定理のように。

　イノシロウが吐き捨てるように、「グレイズナーどもは、その影響がほんものだと確信するまでに永遠の時間をかけやがった。おかげでバースト到達までにおれたちにあたえられた時間は、二十四時間を切っちまってる。いま《カーター－ツィマーマン》に、肉体人の通信ネットワークへ侵入しようとしてるグループがいるが、ケーブルはナノウェアに覆われていて、守りが堅すぎる。そのグループは、居留地に直接ドローンを送りこむために衛星の通信範囲の変更も試みてるが、いまのところ――」

　ヤチマはイノシロウの言葉をさえぎって、「話が見えません。肉体人になんの危険があるんですか？　わたしたちほど厳重にはシールドされていないかもしれませんが、それでも頭上にぶ厚い大気圏があります！　地上に達するガンマ線がどれだけあるというんです？」

「それはないに等しいだろう。しかし、ガンマ線のほとんどすべてが成層圏の下部まで達する」《C－Z》の大気の専門家がその影響を詳細にモデル化していた。イノシロウにアドレス・タグを提示されて、ヤチマはファイルをざっと読んだ。

　地球の半分のオゾン層が、瞬時に破壊される。ガンマ線によってイオン化した成層圏の窒素と酸素は、結合して二千億トンの窒素酸化物になる。現在の三万倍の量だ。このNO_xの覆いは、地表の温度を数度下げるばかりでなく、紫外線の窓を一世紀にわたってひらきっぱなしにし、オゾンが形成される端から破壊されるのに手を貸す。

やがて窒素酸化物の分子はより低層の大気圏に漂っていき、そこでそのいくらかは分解して無害な構成物質に戻るだろう。しかし残りの数十億トンは、酸性雨として降りそそぐ。

イノシロウは冷徹に話を進めた。「この予測はすべて、ガンマ線バーストの総エネルギーをある一定量と仮定してのものだが、それはトカゲ座G－1に関する過去のあらゆる知識と同様にまちがいかもしれん。どんなによくても、肉体人は食物供給を全面的に再設計する必要があるだろう。最悪の場合、生物圏は肉体人をまったく養えないところまで破壊される可能性がある」

「そんなおそろしいことが」といいながらもヤチマは、自分が一種の諦観に逃げこんでいるのを感じていた。今回のことで肉体人のある割合はほぼ確実に死ぬだろう……だがそれをいえば、肉体人の死は過去つねにあったことだ。いつ牙を剝くかわからない物質世界を去ってポリスに移住したいと思えば、肉体人にはそうする余裕が数世紀もあった。ヤチマは誇るべき自分の実験装置にちらりと視線を下げた。イノシロウはそれを話題に出すひまさえあたえてくれない。

「肉体人に警告してやらねばならん。ふたりであそこに戻るんだ」

「戻る？」ヤチマはわけがわからずに、イノシロウをまじまじと見た。

「おまえとおれで。またアトランタに行くのさ」

不明瞭なイメージがヤチマの心に浮かんだ。ふたりの肉体人、そのひとりは腰かけている。（男性と女性がひとりずつ？）ずっと昔、そのふたりをイノシロウの芸術作品のどれかで見たような気がした。（ふたりでまたアトランタに行く？）それは同じ作品に出てきたセリフだろうか？　イノシロウの主張は、しばらくするとそっくりにきこえるものばかりなのだ――「おれたちはみな、庭仕事をすべきなんだ」とか、「おれたちはまたアトランタに行くんだ」とか……。

ヤチマは意識的に、男女のイメージのコンテクストを完全に復活させたかたちで呼びおこした。ある年齢になったときにヤチマは、記憶の量が身動きのとれないほど増えすぎて思考に悪影響をあたえることのないよう、記憶の――減衰や完全消去ではなく――階層化を選択していた。（イノシロウと自分は廃棄された二体のグレイズナーに宿ったのだった！）ヤチマがほんの半ギガタウ歳になるやならずのときに、ふたりきりで。ふたりはその姿でおよそ八十メガタウをすごした――その年齢では永遠のごとくに感じられたにちがいない期間だが、結局イノシロウの親たちでさえ、その若気のいたりに騒ぐことはなかった。（ジャングル。畑に囲まれた都市。流砂を心配したが――案内役が見つかった）

ヤチマはしばらくのあいだ、恥じいって言葉が出てこなかった。ようやく口をひらくと、平板な声で、「わたしはあの人たちの記憶を埋もれさせていました。オーランド、リアナ……架橋者たち。すべてを記憶の底に」長い時間にわたって、ヤチマはより新しい関心事に費やす場所を空けるために、あのときの体験すべてを記憶の階層の中でしだいに沈めていき――

――やがてはそれが偶然にでも思考にはいりこんだり、ほかの記憶と交わったり、ヤチマの態度や気分に影響したりすることは、まったくなくなったのだった。そしてヤチマにとって、肉体人は単なる肉体人でしかなくなった。個別の存在ではなく、自分とは無関係な、風変わりで、消え去ってもかまわない存在。そのままでいたら、黙示録的災害がおとずれて去っても、ヤチマは指一本動かさずにいただろう。

イノシロウがいった。「時間がない。おれといっしょに来るか、来ないのか？」

アトランタ、地球
二四 〇四六 三八〇 四〇七 六二九 CST
二九九六年四月五日、二十一時二十分〇四秒七八三 UT

グレイズナーは二十一年前にふたりが置き去りにした場所にそのままあった。覚醒したふたりは、各々がドローン経由でロボットのメンテナンス・ナノウェア用命令ファイルを入手した。ヤチマがいらいらと見守る中、全身に張りめぐらされた微細なチューブを流れるプログラム可能な金属粉末混合液が、右手の人差し指の先をあまりにも火器に似たなにかに改造していく。

ここまでは楽な部分だった。やがて射出システムが完成すると、命令をうけたメンテナンス・ナノウェアのアセンブラの小さな副次集団が、移入ナノウェアの生産にとりかかった。

グレイズナーのもつアセンブラはこうした高度な作業を想定してデザインされたものではまったくないので、寸法公差を要求の範囲内におさめられないのではとヤチマは懸念していたのだが、移入システムの自己テストサブプログラムからあがってくる報告は希望をあたえてくれるものだった。結合が不正確な原子は、十の二十乗に一個を下まわる。

グレイズナーの供給原料を使って、アセンブラは三百九十六人分を作りあげた。もしそれ以上必要になったら、たぶん必要な原料は架橋者から調達できるだろう。豊富な原料の在庫をもつポータルが地球各地に散らばっていて、肉体人はだれでも、ポリス連合に加わりたくなればそこで望みがかなうのだが、ポータルを居留地のすぐそばに設置しようとすると、つねに政治的に無神経だという判断がくだされた。アトランタにいちばん近いポータルは千キロメートルも離れている。

イノシロウは自分のグレイズナーのナノウェアで、組になる二機の中継ドローンを組みたて、《コニシ》と常時接触していられるようにした。衛星をごまかして通信範囲に居留地が含まれるよう変更させることには、いまのところだれも成功していなかった。ヤチマが見つめていると、イノシロウの前腕の半透明な嚢胞の中できらめく昆虫型機械が形成されていき、嚢胞を破って出てくると頭上を覆う木々の中に姿を消した。その二体はデザインこそ既存のドローンをベースにしているが、優先命令や協約による拘束にまったく縛られない海賊版バージョンであり、禁制区域内部から迂回された信号を衛星に受信させるという偽りを平然とやってのけるだろう。

ヤチマとイノシロウは境界を踏みこえた。連合とのリンクのテストとして、〈テラゴ〉からの通信をもとに《C－Z》で作られた観境を一瞥する。重力レンズを通った星の光によって見えているふたつの暗い球として表現された中性子星が、不鮮明な螺旋状のチューブの中を動いていた。厳密な記録にもとづく連星の過去の軌道から、不確実な外挿の領域へ。仮説上の中間子ジェットは完全に省略されている。中性子星は最新の軌道パラメータつきのゲシュタルト・タグを発信し、螺旋上の一定間隔の点に過去と未来のパラメータが示されていた。

軌道はこれまでに〝ほんの〟二十パーセント――十万キロメートル――しか縮んでいなかったが、そのプロセスはまったくの非線型で、同じ距離を移動する所要時間が最初はおよそ十七時間、次は五時間、一時間と来て、この次には三分を切ると思われた。そうした予測はどれも誤差をまぬがれず、バーストが起きる正確な瞬間は最低でも前後一時間の範囲でいまだ不確定だったが、もっとも可能性の大きい時間帯に、アトランタから見てトカゲ座が地平線のはるか上にあることは確実だった。アマゾン川から揚子江にいたる半球で、オゾン層は一瞬にして吹き飛ばされるだろう。アトランタでのそれは、焼けつくような午後の日射しのもとでのできごとになるはずだ。

オーランドに案内されて居留地から帰ってきたときの道すじは、グレイズナーのナヴィゲーション・システムにまだ記憶されていた。ヤチマとイノシロウは下生えをかきわけてできるかぎりの速さで進みながら、自分たちが居留地の警報を作動させて注意を引けばいいと思っていた。

ヤチマは左手の離れたところで木の枝が不意に動く音をきいた。期待をこめて、「オーランドですか？」と呼びかける。ふたりは立ち止まって耳をすましたが、返事はなかった。

イノシロウが、「きっとただの動物だ」

「待って。人影が見えます」

「どこだ？」

ヤチマが指さした先では、二十メートルほどむこうで小さな茶色の手が枝を握りしめていた——急にもとの位置に跳ねかえらないようにと、ゆっくり枝を手放していく。「子どものようです」

イノシロウは大声で、しかしやさしく、現代ラテン語で話しかけた。「おれたちは友人だ！　報せをもってきたんだ！」

ヤチマはグレイズナーの視覚システムのレスポンス曲線を調節して、枝のむこうの影になったところに最適化した。葉の隙間から、ひとつの黒い眼が見つめかえしている。数秒後、葉の陰の顔はそろそろと移動して、別の隙間からこちらをのぞいた。断片的な映像を再構成すると、ぎざぎざの帯状の皮膚でつながったキツネザルのふたつの眼があらわれた。

ヤチマはその部分的な映像をライブラリに照会し、結果をイノシロウにまわした。「夢猿人ですね」

「あいつを撃て？」

「なんですって？」

「あいつに移入ナノウェアを撃ちこめ！」イノシロウはじっとして声も立てず、赤外線（IR）でせきたてた。「このまま死なすわけにはいかん！」

葉に囲まれてそこだけが見えている夢猿人の眼は、不気味なほど表情を欠いていた。「ですが、無理やりというわけには――」

「じゃあどうするというんだ？　あいつに中性子星の物理学を講義するか？　架橋人たちでさえ、夢猿人とは話ができなかったのに！　どんな選択肢があるか説明してやるなんて不可能なんだよ――いまだけじゃない、永遠にだ！」

それでもヤチマはゆずらなかった。「わたしたちに強制する権利はありません。あの夢猿人は連合内に友人もいなければ、家族も――」

イノシロウはうんざりして匙を投げたという音を立てて、「友人ならクローンしてやれるよ！　こことそっくりの観境をあたえてやれば、違いに気づくことなどまずあるまい」

「ここへ来たのは誘拐するためではありません。考えてみてください、もしポリスに手をのばしてきた異星生物に、あなたの知っているものすべてから引き離されたら、どんな気分に――」

イノシロウはいらついて叫びださんばかりだった。「いいや、考えるのはおまえだ、体液が染みだすほど皮膚が焼けこげたら、この肉体人がどんな気分になるかをな！」

ヤチマは疑問が波のように体を駆け抜けるのを感じた。ヤチマには、見知らぬ人々が立ち去るのをおびえながら隠れて待っている夢猿人の子どもの全身を、視覚化することはできる

——また、肉体的苦痛という概念はほとんど把握できないものの、五体満足というイメージは深い共鳴を呼んだ。生物圏は無秩序な世界で、潜在的な毒素や病原菌に満ちて、そこを支配するのは分子の偶然の衝突以外のなにものでもない。皮膚が裂けるというのは、ひどい機能不全に陥った界面ソフトが、境界を越えてデータをランダムにあふれさせ、内部の市民を上書きしてエラーを生じさせるようなものだろう。

ヤチマは声を励まして、「この子の家族も、紫外線の影響を理解しさえすれば、洞窟を見つけて避難するでしょう。見こみはありますよ、頭上を覆う木々がしばらくは守ってくれるでしょうし、キノコを食いつなげば——」

「おれがやる」イノシロウはヤチマの右腕をつかんで、ぐいと子どものほうにむけた。「射出システムのコントロールをよこせ、そしたらあとはおれがやるから」

ヤチマは腕をふりほどこうとしたが、イノシロウは逆らった。ふたりがそれぞれにもっているインターフェースのコピーは、自分自身と争っていることを理解できるほど賢くなかったので混乱をきたし、ふたりは地面に倒れた。下生えに突っこみながら、ヤチマは感じとれたように思った。転倒を、当然やってくる衝撃を。無力さを。子どもが走り去るのがきこえた。

ふたりはどちらも動かなかった。しばらくしてからヤチマは、「架橋者たちが夢猿人を守る手段を見つけますよ。自分たちの皮膚用のシールドも設計するでしょう。ウイルスで遺伝子をばらまくことも——」

「それを全部一日でやるってのか？　作物が枯れていき、地面が凍り、雨がいまにも硝酸に変わろうってときに、一万五千人を養う方法を考えだせるって？」

ヤチマは答えを返せなかった。イノシロウは立ちあがって、ヤチマを引っぱりあげた。ふたりは黙って歩きつづけた。


ジャングルの縁までの途中で、三人の架橋者が待っていた。女性ふたりと男性ひとり。全員成人だが見た目は若く、警戒しているようだ。意思疎通は順調にはいかなかった。

イノシロウが根気強く繰りかえす。「おれたちはヤチマとイノシロウという。以前もいちどここに来たことがある、二十一年前だ。おれたちは友人なんだ」

男性がいった。「おまえたちのロボットの友人はみな月にいて、いまここには一体もいない。わたしたちのことはそっとしておいてくれ」架橋者たちは数メートルの距離を保っていた。ヤチマが手をのばして近づくと、びくっとしてあとずさる。

イノシロウが赤外線でぼやいた。「仮にこいつらが若すぎて覚えてないとしても……前回の訪問は伝説化していていいはずだ」

「そうはなっていないようですね」

イノシロウは音声で繰りかえした。「おれたちはグレイズナーじゃない、ない！　《コニシ》ポリスから来た。この機械には宿ってるにすぎん。おれたちはオーランド・ヴェネティとリアナ・ザビーニの友人だ」架橋者たちはそのどちらの名前もきき覚えがあるようすを見せなかった。ふたりとも死んでいるということがありうるだろうかと、ヤチマは冷静に考えた。

「重要な報せをもってきた」

女性のひとりが怒ったようにたずねる。「どんな報せ？　わたしたちにきかせて、立ち去りなさい！」

イノシロウはきっぱりと頭を横にふった。「この報せは、オーランドかリアナにしか伝えられない」ヤチマも同意見だった。話がゆがんだり、中途半端にしか理解されなかったりしたら、大きな損害につながるだろう。

イノシロウが赤外線できいてきた。「おれたちがこのまま都市にずんずん進んでったら、こいつらはどうすると思う？」

「止めるでしょうね」

「どうやって？」

「なにかの武器はあるにちがいありません。危険が大きすぎます。わたしたちはどちらも、メンテナンス・ナノウェアの大半を使い切りました——なにより、許可なしで押しいったら、絶対にわたしたちを信用してくれなくなるでしょう」

ヤチマは自分で架橋者たちに話しかけようとした。「わたしたちは友人ですが、このままでは話がうまく伝わらないようです。通訳をよこしてもらえませんか？」

さっきとは別の女性が、ほとんどわびるように、「ロボットとの通訳はいないんだ」

「わかっています。ですが、不変主義者との通訳はいるはずです。わたしたちのことは不変主義者だと思ってください」

架橋者たちは困惑したようすで視線を交わすと、小声で相談をはじめた。

あとからしゃべったほうの女性が、「だれかつれてくるから。待っていて」

そしてその場を離れた。ほかのふたりはヤチマたちを見張って、それ以上は会話に引きこもうとしても無視された。ヤチマとイノシロウは地面にすわりこみ、架橋者たちが気を楽にしてくれればと思って、肉体人に目をむけるよりはたがいに顔を見あわせていた。

通訳がやってきたときには、午後がだいぶすぎていた。その女性はヤチマたちに近寄ってきて握手をしたが、ふたりにむけた視線はあからさまに疑わしげだった。

「わたしはフランチェスカ・カネッティ。あなたがたはヤチマとイノシロウだと主張しているけれど、その機械に宿るのはだれにでもできる。昔ここでなにを見たか、話してくれる？自分たちがなにをしたか？」

イノシロウが訪問時のことを詳細に語った。この冷ややかなあつかいは、《カーター＝ツィマーマン》が善意から肉体人の通信ネットワークを〝攻撃〟していることに原因の一部があるような気がして、ヤチマはあらためてうずくような恥ずかしさを感じた。この二十一年間で、ヤチマとイノシロウには肉体人とポリスのネットワーク間の安全なゲートウェイを再建できたはずだ。たとえ主観的時差という問題があっても、ゲートウェイがあれば現在までにある程度の信頼を築けていただろう。だがふたりはなにもしてこなかった。

フランチェスカがきいた。「さて、あなたがたがもってきた報せというのはなに？」

イノシロウが問い返す。「中性子星とはなにか、知ってるか？」

「もちろん」フランチェスカの笑い声は、あきらかに気分を害していた。「現実逃避しているふたり組からきかれる質問としては、上出来ね」イノシロウはそれには答えず、フランチェスカもすぐに、怒りを抑えた声でくわしい説明をはじめた。「中性子星は超新星の残骸。白色矮星になるには質量が大きすぎるけれど、ブラックホールになるには質量不足な星の高密度のコアが、超新星化後に残されたもの。もっとつづけなきゃいけない？　それとも、コペルニクス以前の宇宙論に逆行した田舎者どもを相手にしてるんじゃないと納得するには、これでじゅうぶん？」

イノシロウとヤチマは赤外線で相談し、賭けに出ることにした。フランチェスカはオーランドやリアナと同じくらいに、ふたりの話を理解できそうだ。古い友人に固執していては敵意をあおり、時間を浪費するばかりだろう。

イノシロウは状況を明確この上なく説明し、ヤチマは注釈や専門的事項をさしはさみたくなるのをこらえていたが、フランチェスカが疑念をつのらせていく一方なのがヤチマにはわかった。〈テラゴ〉がひろいあげたかすかな重力波と、紫外線にさらされて氷結した地球の光景とのあいだには、長い長い推論がつらなっている。これが小惑星や彗星の衝突といった話だったら、肉体人も自分たちの光学望遠鏡を使って自力で結論に到達できるのだが、肉体人には重力波検知器がなかった。すべては伝聞のまた伝聞を鵜のみにするほかない。

ついにフランチェスカはあきらめたようすで、「わたしには適切な質問ができるほどにはいまの話を理解できない。都市に来て、集会で話してもらえる？」

イノシロウが答えた。「もちろんだ」

ヤチマはたずねた。「話すというのは、通訳を介して、全架橋人の代表たちにということですか？」

「いいえ。集会といったのは、連絡のつけられる全肉体人のこと。アトランタだけじゃない。世界じゅうにむけて話してもらうの」


ジャングルを抜けていく途中、フランチェスカが説明したところによると、彼女はリアナとオーランドならよく知っているが、リアナが病気なので、ふたりをわずらわせないように、《コニシ》の使節が戻ってきたことはまだだれも伝えていないという。

広大な緑色と金色の畑に囲まれたアトランタが前方に見えてくると、まるで架橋者たちがまもなく直面する問題の規模が、そこに耕作地の広さや水の体積や穀物の収穫量で測れるかたちで表現されているように思えた。原理上は、生物が《トカゲ座》の作りだす新しい環境に順応できれば、繁殖できない理由はまったくない。農作物は、紫外線の光子を利用する強い色素を用い、もっとも堅いツンドラも溶かすグリコールを根が分泌し、酸性で窒素を含む水と土に生化学的性質を順応させるようにすることができる。生物圏の化学的安定を中期的に保つのに不可欠なほかの種には保護的な改変を施せるし、当の肉体人たちは、太陽光を直接に浴びてさえ細胞の死や遺伝子損傷から守ってくれる新しい皮膚を工学的に作れるだろう。

しかしじっさいには、そうした新形態への移行はどれも時間との競争であり、あらゆる段階が質量と距離、エントロピーと慣性という現実に制約されていた。物質世界は、命令するだけでは変化しない。苦心して一歩一歩、操作できるだけだ——観境内でなにかを変化させるのよりも、むしろ数学の証明に似ている。

都市に近づいていくと、上空低くに黒い雲が渦まいていた。大通りでは人々が立ち止まって、案内役につきそわれてやってきたロボットに目をむけた。明るいけれど影のない光景の中で見る群衆は、なぜか昏睡状態にあるように見えた。ヤチマは人々の服が湿り、顔が汗で光っているのに気づいた。グレイズナーの皮膚が周囲の気温と湿度を伝えてくる。気温は摂氏四十五度、湿度九十三パーセント。ライブラリでチェックすると、それは一般に快適とはされない数値であり、各改変態に加えられている変化に応じたかたちで、新陳代謝や行動に影響が出るはずだった。

数人の人々がヤチマたちを出迎え、ひとりの女性は、なぜ戻ってきたのかとたずねさえした。ヤチマが答えに窮していると、フランチェスカが口をはさんだ。「使節はすぐに集会で話をする。そこでみんながこの人たちの報せをきけるから」

ヤチマたちは都市の中心に近い、巨大でずんぐりした円筒形の建物につれていかれ、ロビーを抜けて廊下を進んだ先に、木製の長テーブルに占められた部屋があった。フランチェスカは一、二時間で戻ってくるといい残して、ヤチマたちと三人の警備員——ほかのものだと考えるのは不可能だ——をあとに立ち去った。ヤチマは抗議しそうになったが、架橋者全員を集めるには数日を要するというオーランドの言葉を思いだした。地球規模の集会を一時間で手配する——それも、身分詐称しているかもしれない自称《コニシ》市民による、地球上の全生命に危機がさし迫っているという主張を討議するために——となれば、超絶的な交渉術が必要になるはずだ。

ヤチマとイノシロウは長テーブルの一方の側に腰をおろした。警備員たちは立ったままで、沈黙の中に緊張が感じられた。《トカゲ座》に関する会話は警備員の三人も余さず耳にしていたが、それをどう思ったかはヤチマにはわからない。

しばらくして、男性が不安そうにたずねた。「さっき、宇宙からの放射線の話をしていたな？　戦争がはじまったのか？」

イノシロウがきっぱりと、「違う。これは自然現象だ。たぶん数億年前にも地球はそういう目にあってるだろう。もしかすると何度も」ヤチマは、こうつけ加えたくなるのを思いとどまった。『ただし、こんなに近く、こんなに強力なのははじめてでしょうが』

「だが、ふたつの星は正常を上まわる速さで落下しあっているんだろう？　兵器として使われたんでないと、なぜわかる？」

「ふたつの星は、天文学者たちの予想を上まわる速さで落下しあってるだけだ。天文学者たちがまちがってたということだよ、物理学の知識に誤りがあった。それだけの話だ」

男性は納得していないようだった。ヤチマは、戦争を避けられないほどに未発達なモラルと、中性子星を操作できるほどの技術的能力とをあわせもった異星種族を想像しようとした。

それは非常に不快な概念だったが、インフルエンザ・ウイルスが水爆を発明するくらいにありえなくもあった。

三人の架橋者たちは小声で話しあっていたが、男性はまだ目に見えて動揺していた。ヤチマは安心させようとして、「どんな事態になろうと、《コニシ》はつねにみなさんすべてを歓迎します。おいでになりたいかたならだれでも」

男性の笑い声は、その言葉を信じていないようにきこえた。

ヤチマは右手をあげて、人差し指を見せた。「いえ、ほんとうです。ここにもってきた移入ナノウェアで――」

男性が表情を変えるよりも早く、イノシロウが警告タグを送ってきた。男性はのしかかるようにヤチマの手首をつかむと、テーブルに叩きつけた。そして叫ぶ。「ブロートーチをもってこい！　切断できる道具を！」警備員のひとりが部屋を出ていった。もうひとりは用心深く近づいてくる。

イノシロウはおだやかな声で、「許可なしにナノウェアをだれかに対して使うことは、絶対にしない。おれたちはただ、事態がまずいことになった場合に、あんたたちに移住の手段を提供できるよう準備しておきたいだけだ」

男性は空いたほうの手で拳を作ってイノシロウに突きつけ、「下がってろ！」男性の顔から汗がしたたる。ヤチマがなにか抵抗したわけでもないのに、化け物じみた敵と格闘しているかのように、男性がヤチマをつかんだ手に力をこめたのが、グレイズナーの皮膚から伝わってきた。

男性はイノシロウから目を離さないまま、ヤチマに問いかけた。「ほんとはなにがどうなるんだ？　教えろ！　グレイズナーが宇宙で爆弾を爆発させて、おまえらはおれたちをひとり残らずおまえらの機械の中に追いこむって寸法か？」

「グレイズナーは爆弾などもっていません。それに、あなたがたに対してはわたしたちに対するより、はるかに敬意の念をいだいています。グレイズナーがなにをいちばん望まないかといえば、肉体人をポリスに追いやることです」以前もおかしな誤解と出くわしたことはあるが、このレベルのパラノイアは経験がなかった。

さっき部屋を出ていった警備員の女性が戻ってきた。半円形に湾曲した金属製の棒を一端にとりつけた機械をもっている。女性が制御部に触れると、棒の両端を結ぶ青いプラズマのアークがあらわれた。ヤチマは移入ナノウェアに、腕の修理システムのダクトを這いあがってグレイズナーの胴体に戻るよう命じた。男性がヤチマを押さえつける力を強め、女性が近づいてきて、肘の上で腕を切断しはじめた。

ヤチマは常時状況報告を求めてナノウェアのエネルギーを浪費したりはせずに、この不思議な体験が終わるのをひたすら待った。インターフェースにはグレイズナーのハードウェアがよこす損傷報告をどう処理したらいいかわからず――しかし、ヤチマの自己シンボルに手をのばして、それを物理的外見と一致させる処置を施すのは拒んだ。だから、プラズマ・アークが腕の反対側に抜け、男性がロボットの切断された腕をとり去っても、ヤチマのアイコンのそれと対応する部位は、精神的には切断部から突きだしたままだった——一種の幻肢的な存在で、実体とのフィードバックループから半分だけ解放された状態だ。

ヤチマが意を決してチェックしてみると、十五人分の移入ナノウェアが無事だった。残りは失われるか、熱で損傷して修復不能だった。

ヤチマは男性と目をあわせると、怒りをこめて、「わたしたちは波風を立てないようにしてここへやってきた。肉体人の自由を侵害する気はまったくなかった。だがあなたがたは、ほかの人たちの選択肢をこうして狭めてしまったんだ」

無言のまま、男性はプラズマ切断機をテーブルの端に置くと、グレイズナーの腕をアークの中に前後にくぐらせ、精密機械を鉱滓（スラグ）と煙に変えていった。

・

やがて戻ってきたフランチェスカは、ナノウェアが居留地にもちこまれたという予想外の事実を知って警備員と同じくらい激怒したが、警備員たちがそれに対処するためにとった外交的特別措置に対する怒りほどではないようだった。

二一九〇年の協定に従うなら、ヤチマとイノシロウは即刻アトランタから追いだされてしかるべきだったが、フランチェスカはふたりが集会で話ができるよう、ルールを曲げるつもりでいた——そしてヤチマが驚いたことには、警備員たちも同意した。あきらかに警備員たちは、肉体人を集めた前で公開尋問するのが、グレイズナーと《コニシ》の共謀を暴く最善の手段だと信じていた。

集会ホールにむかって廊下を歩いている途中で、イノシロウが赤外線でいった。「肉体人全部がこんな連中のわけがない。オーランドやリアナを思いだせ」

「オーランドが悪のグレイズナーとその邪悪な計画について、ひとくさりぶったのを覚えています」

「そしておれは、リアナがあの男のまちがいを正したのを覚えてる」

集会ホールは大きな円筒形の空間で、建物自体とだいたい同じ形状をしていた。座席は円形のステージをむいて、同心円状に列をなし——およそ千人の架橋者で埋まっていた。座席後方と上方の円筒の壁にかかった数枚の巨大なスクリーンに、ほかの居留地の代表者の映像が表示されている。有翼型と水陸両生型の改変態はヤチマにもすぐ見わけがついたが、外見は無改変に見えるほかの人々の中にも、多種多様な変種が混じっているのはまちがいなかった。

夢猿人の代表はいない。

フランチェスカがふたりをステージの上に先導していくあいだも、警備員たちは背後から離れなかった。ステージは三段にわかれていた。九人の架橋者が聴衆のほうをむいていちばん外の段に立ち、三人が二段目に立っている。

「この人たちがあなたがたの通訳をつとめる」とフランチェスカが説明した。「一文話すごとに間を置いて、この全員が通訳しおえるまで待ちなさい」ステージどまん中の少しくぼんだ部分を指さして、「ここに立てば、声が通る。ほかの場所では、話してもききとれないことがあるから」ヤチマはすでに、音響がふつうでないことに気づいていた――歩いてくる途中に背景雑音が密すぎるところと疎なところがあり、フランチェスカの声の強度も妙な具合に変化していたからだ。複雑な音響ミラーと干渉防止隔壁が天井から下がっていて、グレイズナーの皮膚は、なんらかのかたちの音響障壁ないしレンズによるものと思われる空気圧の急勾配を伝えていた。

フランチェスカは中央のステージにあがると、会衆に話しかけた。「わたしはアトランタのフランチェスカ・カネッティです。これからみなさんにご紹介するのは、《コニシ》ポリスのヤチマとイノシロウだとわたしは信じています。このふたりは重大な報せをたずさえてきたと主張していて、もしそれがほんとうなら、それはわたしたちすべてに関わることなのです。どうかふたりの話を注意深くきいて、徹底的に質問してください」

フランチェスカが脇にどいた。イノシロウが赤外線でつぶやく。「おかげさまで自信がわいてきたよ」

イノシロウはトカゲ座G-1に関して、ジャングルでフランチェスカにした説明を繰りかえした。一文ごとに間を置き、通訳からの問いあわせに応じて専門用語に説明を加えつつ。内側の段にいる三人の通訳が最初にしゃべってから、外側の九人が自分たちの訳を口にする。数人の通訳が同時にしゃべってもだいじょうぶなように音響設計されていてさえ、その段どりはじれったいほど遅かった。この過程を機械化するのが架橋者の文化と根底から対立することであるのはヤチマにもわかってはいたが、それでも非常時用にもっと効率的な伝達手段が用意されているべきだろう。もしかするとそういう手段もあるのだが、あらかじめ決められた自然災害時にしか使われないのかもしれない。

イノシロウが地球への予想される影響の話にはいったところで、ヤチマは聴衆の空気を見てとろうとした。体の構造に制約される肉体人のゲシュタルトは、ポリスのものよりもずっと控えめだが、ヤチマは驚愕の表情を浮かべる顔の数が増えつづけているのを数えられると思った。ホールじゅうを劇的な変化が駆け抜けるというようなことはなかったが、ヤチマはこの状況を前むきに解釈することにした。パニックよりはなんだってましだ。

フランチェスカが質疑を仕切った。最初の質問を発したのは、不変主義者の居留地の代表だ。その男性は英語の方言をしゃべったので、インターフェースは発言をヤチマの精神に直接流しこんだ。

「この恥知らずども。この世から去っていった臆病者どもの亡霊のシミュラクラに信義を求めようとは思わないが、それにしてもおまえらは、この星の表面から生命力を痕跡も残さずぬぐい去ろうとするのを決してあきらめない気なのか？」不変主義者は面白くもなさそうに笑った。「おまえらは、この〝クォーク〟だの〝ガンマ線〟だのが空から降ってくるという笑える作り話でわれわれをおびえさせられると、そしてわれわれがみな、おまえらの死んだような仮想の楽園におとなしく列をなしてはいっていくと、ほんとうに信じていたのか？　安っぽい、ぞっとするような言葉を少し並べれば、われわれが苦痛と歓喜に満ちた真の世界から、悪夢めいたおまえらの完全無欠な世界へ逃げだすと考えたのか？」男性は憎悪に酔ったかのようにヤチマたちをじっと見おろした。「なぜおまえらは、永遠に活力を失った自分たちの城壁の内側にとどまって、われわれを放ってはおけない？　われわれ人間は堕落した生物だ。われわれは決して、おまえらの人工のエデンの園に蛇のように這いいることはない。きくがよい。世の中にはつねに肉が、つねに罪が、つねに夢と狂気が、戦争と飢饉が、拷問と奴隷制が存在するのだ」

言語接合してもまだ、ヤチマにはこの発言はほとんど意味をなさず、現代ラテン語に翻訳しても相変わらず意味不明瞭だった。説明を探してライブラリをさらう。いまの演説の半分は、伝染性の強いパレスチナの有神論複製子群に対する言及からなりたっていたらしい。

驚きのあまり、ヤチマはフランチェスカにささやいた。「宗教などというものはとっくに消滅したと思っていたんですが、不変主義者のあいだでさえ」

「神は死んだ、けれど常套句は生きのびた」拷問と奴隷制も生きのびたのか、とたずねる気になれずにいたヤチマの表情を読んだらしく、フランチェスカはつづけて、「自由意志についての混乱したレトリックの数々も含めて。不変主義者の大半は暴力的ではないけれど、残虐行為をなしうることを徳の本質だと考えている――哲学者いうところの、『時計仕掛けのオレンジ』の錯誤。だからあの人たちの目には、自由ゆえにポリスはエデンを偽ったアモラルな地獄のたぐいと映る」

イノシロウは英語で、なんとか答えを返そうとしていた。「あんたが望まないなら、ポリスいりを誘いはしない。それに、あんたがたをおびえさせようとして嘘をついてるんでもない。ただ、事態に備えていてほしいんだ」

不変主義者はおだやかな笑みを浮かべて、「備えならつねにできている。ここはわれわれの世界で、おまえらのではない。われわれはこの世界にある危険をよく知っている」

イノシロウはシェルターや新鮮な水、新しい環境に対応できる食糧供給の選択肢について、必死で話そうとした。だが不変主義者はそれをさえぎって、高らかに笑った。「われわれに対するおまえらの最後の侮蔑的な行動が、千年王国の選択だった。いまもその話は、悪い子をしかるときに迷信として使われている」

イノシロウは途方に暮れて、「そんなのは何ギガタウも昔の話だろ！」

「おまえらがわれわれをさげすんでいることがわからなくなるほど昔ではない」ふざけたおじぎを最後に、不変主義者の映像は消えた。

ヤチマは空白になったスクリーンを見つめ、それが意味するであろうことをうけいれる気になれずにいた。フランチェスカにたずねる。「あの男性の居留地に住むほかの人たちは、イノシロウの話をきけたんでしょうか？」

「何人かは、ほぼ確実に」

「その人たちは、この先の話もきこうと思えばきけますか？」

「もちろん。だれもネットは検閲していない」

それならまだ希望はある。夢猿人と違って、不変主義者はまったく接触不能になったのではない。

次の質問は、見かけは無改変の改変態の女性からのもので、ライブラリの知らない言語が使われていた。訳されてみるとその女性は、ふたつの中性子星から角運動量を奪っている仮説上のプロセスをよりくわしくききたがっているのだとわかった。

イノシロウはコズチ理論の包括的知識を精神接合していたので、答えるのは雑作もないことだった。ヤチマは〈鉱山〉と接するときに白紙でいたかったので接合はしておらず、イノシロウより少々理解度が低い。それでも、コズチの方程式をふたつの中性子星の力学と結びつける計算が手に負えないほどむずかしいものであることや、この現象の原因としてカラー偏極がもっともありえそうな理論として残ったのが、おもに消去法の結果でしかないことは、よくわかっていた。

質問した改変態は静かに答えをきいていた。それはその女性が礼儀正しいだけなのか、ついに自分たちの報せを真剣にうけとる人が出てきたしるしなのか、ヤチマにはなんともいえなかった。外側の段での通訳が終わると、質問した女性が自分の意見を述べた。

「そのように低い潮汐力では、カラー偏極状態が暴走してエネルギー障壁をトンネル効果で通り抜け、閉じこめ状態よりも支配的になるには、宇宙の寿命の数回分はかかるはずです。だからカラー偏極は原因ではありえません」ヤチマはびっくりした。この確信に満ちた断言は単なる誤り――または誤訳――なのか、それともこの改変態にはそう断言する確固たる数学的根拠があるのか？　「しかしながら、観測結果に疑う点がないことは認めます。ふたつの中性子星は衝突し、ガンマ線の閃光が発生します。わたしたちはそれに備えるでしょう」

この女性がもっと発言できればとヤチマは思ったが、通訳が十二人も関与していたのでは、その方向でさらに議論をつづけたら数日がかりになってしまう。それでも、ようやく手にしたひとつのささやかな勝利をヤチマは味わっていた。中性子星の物理学の検死解剖はあとでいい。

フランチェスカが次の発言者を指名すると、聴衆の何人かが席を立って会場を出ようとした。ヤチマはこれをいい徴候だと思うことにした。たとえこの人たちが完全に納得したのではないとしても、警戒措置にとりかかったなら、数百、数千の命が救われるだろうから。

包括的精神接合とライブラリの自由使用権のおかげで、イノシロウは専門的な質問を右に左にさばいていった。水陸両生改変態から、紫外線がプランクトンにおよぼす被害と海洋表面水のペーハーの変化について質問をうけたときには、《カーター‐ツィマーマン》で作られたモデルを引用。会場の架橋者が〈テラゴ〉の信頼性を問うと、イノシロウはほかの重力波源からの混信が問題の中性子星の重力波が早まる一方であることの原因ではありえない理由を説明した。成層圏の精妙な光化学から、トカゲ座でもうすぐ誕生するブラックホールの形成がガンマ線をすべてのみこむほど迅速で地球に害はおよばないという可能性がありえないことまで、この件への対応を切迫度の低いものにしうる反論を、イノシロウはほとんどすべて退けた。

ヤチマは心から賞賛しながらも落ちつかなかった。イノシロウは実利的に今回の危機が要求するとおりの存在にたしかになった。これだけのうけ売りの知識を、自分自身の人格への影響を考えずに接合することで。たぶんその知識の大半はあとで除去するつもりだろう。ヤチマにとって、それは手足をもがれるようなものに感じられるのだが、イノシロウはことのすべてを、グレイズナー・ボディを着脱するほどにも精神的衝撃とは感じていないようだ。

サインオフする居留地の代表たちが増えていった。じゅうぶん納得した人もいれば、あきらかにそうでない人も、またヤチマに判断材料をあたえない人もいた。ホールを立ち去る架橋者も増えたが、あらたにはいってくる人がその席を埋め、自宅から質問をするアトランタ住人もいた。

三人の警備員は聴衆席にすわって、議論を黙ってきいていたが、ヤチマの腕を切断した女性がとうとうしびれを切らして、ぱっと席から立ちあがった。「こいつらは移入ナノウェアをこの街にもちこんだの！　わたしたちがその武器をあのロボットの体から切り離さなかったら、いまごろはもう使っていたはずよ」ヤチマを指さして、「否定できる？」

この告発に対して架橋者たちは、ガンマ線バーストの報せをきいたときにそうなるものとヤチマが予想していた反応を示した。可聴音での悲鳴、動揺の身ぶり、立ちあがってステージに罵声をぶつける数人の人。

ヤチマはイノシロウと交替して、音響の焦点に立った。「わたしがナノウェアをもってきたのは事実ですが、依頼がなければ使う気はありませんでした。いちばん近いポータルでも千キロメートル離れていますから、わざわざそんな長い旅をする手間をかけなくとも、みなさんに移住という選択肢を提供できるようにしておきたかっただけなのです」

さらに叫び声があがっただけで、まとまった反応は見られなかった。ヤチマは数百人の怒れる肉体人たちを見まわし、その人たちが示している敵意をなんとか理解しようとした。この全員が警備員と同様のパラノイアのわけはない。《トカゲ座》自体は強烈な一撃で、最低でも数十年の苦難の日々が待ちうけることになる……だがもしかすると、〝移住という選択肢〟の話のほうが大きな問題なのかもしれない。それは人々をポリスへむかわせることができるだけだ。だが《移入》のあと追いをすることは、歓迎すべき避難用ハッチ、死をあざむく手段というよりも、自分たち自身の絶滅を目撃できるようにする屈辱的な手段に思えるのかもしれない。

通訳たちが確実にききとれるよう、ヤチマは声を張りあげた。「ナノウェアをもちこんだのは、わたしたちのまちがいでした――ですがわたしたちは部外者で、この行為は悪意ではなく無知から出たものだったのです。わたしたちはみなさんの勇気といちずさを尊敬し、技能を賞賛しています――そしてわたしたちは、みなさんのおそばで、みなさんが選んだかたちで生きつづけるための戦いを手助けさせてほしいとお願いしているだけなのです。肉体のいいいい中で生きつづけるための」

この発言で聴衆は二分されたようだった。嘲笑の野次で応じる人と、落ちつきをとり戻し、熱意すら見せる人と。ヤチマは、ほとんど理解していないゲームを、考える気にもなれない高額の賭け金のためにプレイしている気分だった。ヤチマもイノシロウも、どちらもこの仕事むきではまったくなかった。《コニシ》では、どんなにひどい愚行でも、友なる市民ひとりのプライドをわずかに傷つけるかどうかという程度だ。いまここでは、二、三の言葉の選択をまちがえれば、数千の命が犠牲になる。

ひとりの架橋者が声を張りあげ、その言葉は次のように訳された。「おまえはいまはもう移入ナノウェアをもっていないし——もう作りもしないと誓うか？」

この質問にホールは静まりかえった。架橋者たちは、自分たちの多様な仲間の中にグレイズナー・ボディの機能を知っている者がいると信じている。警備員たちはにらむようにヤチマを見あげ、単にそうした可能性の存在に言及せずにいることでおまえは聴衆をあざむいてきた、といわんばかりだ。

「いまはもうもっていませんし、もう作りはしません」ヤチマは両腕を広げた。肉体人の世界には触れられない罪なき幻肢が切断部から突きだしているのを、示そうとするかのように。


集会は夜を徹してつづいた。人々は会場を出いりし、バーストに対する備えを調整しているグループに加わるために出ていく者もあれば、あらたな質問をするために戻ってくる者もあった。朝の早い時間、三人の警備員が出席者たちに、ヤチマとイノシロウを即刻アトランタから追いだすべきだと提案した。投票に負けると、三人は会場を立ち去った。

夜明けまでには、架橋者の大部分と多くの居留地の代表が、ヤチマたちの側に立ったようだった。たとえそれが、不要な警戒措置に力を浪費する危険をおかしても、バーストの起こる確率からいってじゅうぶんに見あうと認められた範囲内でのことだとしても。午前七時、フランチェスカは第二シフトの通訳たちに睡眠をとるように告げた。ホールは決してがらがらではなかったが、残っているいくらかの人々もまわりの人との切迫した議論に没頭していたし、壁面スクリーンはすべて消えていた。

架橋者のひとりが、〈テラゴ〉のデータを肉体人の通信ネットワークにのせる手段を見つけたといってきた。フランチェスカはヤチマたちもいっしょにアトランタの通信中枢――同じ建物内の大きな一室――につれていき、当直のエンジニアの手伝いをさせて、ドローン経由の連合へのリンクを確立させた。ゲシュタルト・タグを視聴覚的にそれに相当するものにうまく翻訳するのが最難関かと思えたが、ライブラリにまさにそれ用の数世紀前のツールがあることが判明した。

すべての問題が片づくとエンジニアの女性は、トカゲ座の重力波の図表とふたつの中性子星の軌道の注釈つき映像を、コンソール上方のふたつの大きなスクリーンに呼びだした。さまざまな要素からなるポリスの観境を枠囲みされた平面画像に落としこんだ、骨組みだけのバージョンだ。過去の数値を基準に比較すると、重力波は周波数が二倍になり、出力は十倍以上に上昇していた。G－1aとG－1bはまだ三十万キロメートルより若干離れているが、高次の時間微分の動向は、20：00グリニッジ時（UT）――アトランタ現地時間で午後二時――あたりでその距離が突然、急激に縮まると予測しつづけている。そしていままでは、最小限の計算資源をもっている地球上の肉体人のだれでも、生データを使ってそれを確認できるのだ。もちろん、そのデータ自体がでっちあげの可能性はあるが、それでも自分やイノシロウの言葉しか根拠がないよりは説得力があるはずだとヤチマは考えていた。

「二、三時間休ませてちょうだい」フランチェスカは目がすわり、声が平板になっていた。あきらかにバーストに対するフランチェスカの疑念はとうに消えていたが、それでも感情をおもてに出さず、集会を最後まで仕切りつづけたのだ。ヤチマはこの女性になんらかの救いをあたえたいと思ったが、そのためにヤチマがもちあわせている唯一の手段は、有害と見なされ、口にすら出せないものだった。「あなたがたがこれからどうする気か、知らないけれど」

それはヤチマも同じだったが、イノシロウが、「リアナとオーランドの家につれていってもらえないか？」

外に出ると、人々が建物のあいだに屋根つき通路を作ったり、食料の袋や樽を台車で倉庫に運んだり、溝を掘ってパイプを埋めたり、防護カバー（ターポーリン）を広げて影になったところを新しい通路にしたりしていた。反射した紫外線でさえ、すぐに火傷や失明を引きおこす強さになる、という情報がきちんと伝わっているものと、ヤチマは期待していたのだが。熱さの中で作業している架橋者の中には、手足や胴が剝きだしの人もいて、肌のどの一平方センチメートルをとっても放射線に弱そうだった。空は前に見たときより暗かったが、どんなに雲が厚くても弱くて不安定なシールドにしかならない。

畑の作物は死んだも同然だった。人々が中期的に生きのびられるかどうかは、手もちの食糧供給が底を突くまでに、植物を設計・創出し、生育可能な新種を収穫する能力いかんによるだろう。エネルギーの問題もある。アトランタは動力の大部分を光発電植物に負っていて、それは現状の大気圏のスペクトル窓にあわせて作られていた。《カーター‐ツィマーマン》の植物学者たちがすでにいくつかの試案を提出していて、イノシロウはそれを集会でくわしく描いてみせ、いまではオンラインで完全なかたちで利用できるようになっている。肉体人はそれをまちがいなく、素人理論家の机上の空論だと考えるだろうが、なにもないところから試行錯誤をはじめるよりはいい。

一行はオーランドたちの家に着いた。オーランドは疲れて心ここにあらずに見えたが、それでもヤチマたちを温かく出迎えた。フランチェスカが帰ると、三人は居間に腰を落ちつけた。

オーランドがいった。「リアナは眠っている。腎臓のウイルス感染症だ」オーランドの視線は、ヤチマたちとのあいだの空間にむけられていた。「RNAが眠ることはない。リアナはよくなるだろう。きみたちが戻ってきたことは話した。喜んでいたよ」

「きっとあなたに新しい肌と角膜をデザインするのは、リアナですよ」とヤチマはいってみた。オーランドは愛想のいい声で同意した。

そこでイノシロウがいった。「あんたたちふたりは、おれたちといっしょに来るべきだ」

「なんだって？」オーランドは充血した目をこすった。

「おれたちが《コニシ》に戻るときに」それをきいたヤチマは、驚いてイノシロウのほうをむいた。無事なナノウェアが残っていることは話してあったが、これまでに肉体人が見せてきた反応を考えれば、これは正気の沙汰ではない。

イノシロウは静かに話をつづける。「あんたたちはこんな思いをする必要はなにひとつない。恐怖も、先行きの不安も。もしことが悪いほうへ進んで、そのときもリアナの具合が悪かったらどうだ？　あんたがポータルまで旅できなかったら？　あんたはリアナのために、いまそのことを考える義務がある」

オーランドはイノシロウを見もしなかったし、返事もしなかった。少ししてヤチマは、汗が光っているのでほとんど見わけられなかったが、オーランドの顎髭に涙が流れこんでいるのに気づいた。オーランドは両手で頭をかかえこんで、「なんとかなるさ」

イノシロウが立ちあがった。「リアナにたずねてみるべきだ」

オーランドはゆっくりと顔をあげた。怒りより驚きが先に立っているようだ。「眠っているのだぞ！」

「起こしてでもきかせなくちゃいけない重要な話だとは思わないのか？　リアナには選択する権利がないってのか？」

「リアナは病気で、いま眠っていて、わたしには彼女にそんなことをさせる気がない。いいか。わかったな？」オーランドはイノシロウの顔を探り、イノシロウも頑として見返した。

ヤチマは不意に、ジャングルで覚醒して以降にどんな経験をしたときよりも、途方に暮れた気分になった。

オーランドが、「それに、リアナはこんな話、まだきいてもいない」その言葉の最後で声の調子が急に変わった。両手を握りしめ、怒ったように、「どうしたいというのだ？　なぜこのようなことをしている？」

オーランドはイノシロウの個性を欠く灰色の顔をじっと見つめてから、急にはじけるように笑った。すわったまま顔をゆがめて狂ったように笑い、手の甲で眼を拭いて、気を静めようとする。イノシロウは無言だった。

オーランドが椅子から立ちあがった。「よろしい。上に来たまえ。リアナにきこう、自分で決めさせるのだ」階段をのぼりはじめる。「来ないのかね？」

イノシロウがあとにつづいた。ヤチマはすわったままでいた。

三つの声がききとれたが、なにをいっているかはわからなかった。叫び声はしなかったけれど、数回の長い沈黙があった。十五分後、イノシロウが階段をおりてくると、そのまま外の通りに出ていった。

ヤチマはオーランドがあらわれるまで待っていた。

そして、「すみませんでした」

もうすべてすんだことだというように、オーランドは両手をあげてからだらりと垂らした。前よりも落ちついて、意志も堅いように見える。

「わたしはイノシロウを探しにいかなくてはなりません」

「そうだな」オーランドがいきなり前に出てきたので、ヤチマは暴力をふるわれると思って、あとずさった。(わたしはいつの間にこんな反応を覚えたのだろう?)だがオーランドはヤチマの肩に触れただけだった。そして、「わたしたちの幸運を祈ってくれ」

ヤチマはうなずくと、オーランドから離れた。「もちろんです」


ヤチマは都市の端近くでイノシロウを見つけた。「待ってください!」

イノシロウはふりむいてヤチマを見たが、歩きつづけた。「おれたちはここでやるべきことをすませた。おれは帰る」

だが、《コニシ》に戻るのは、どこからでもできる。居留地を離れる必要はない。ヤチマが自分の視点の前進速度をあげるように意識すると、インターフェースは体の足どりを異なるモードに切りかえた。畑のあいだの道でイノシロウに追いついた。

「なにをおそれているんです? ここにとり残されるとでも?」バーストが到達するとき、高層大気の一部はプラズマと化し、そのため衛星通信はしばらく途絶するはずだ。「〈テラゴ〉からちゃんと警告が届きますから、スナップショットを送りかえす時間はあります」そしてそのあとは? 《トカゲ座》後の現実が身にしみはじめたら、凶報をもたらした者に敵意をいだいて、殺そうとさえする架橋者も増えるだろうが、もしそうなったときには、ヤチマたちは事態が耐えがたくなる前に、ここでの自己を消去すればいいだけだ。

イノシロウは顔をしかめて、「おれはこわがってはいない。警告は届けたんだ。耳を貸せるすべての人にも話をした。これ以上うろうろするのは、のぞき見でしかない」

ヤチマはそれをきいてまじめに考えをめぐらせた。

「それは違います。わたしたちは不器用すぎて、労働者としてはあまり役立ちませんが、バースト後には、ここで紫外線への耐性が保証されているのはわたしたちだけになります。たしかに、ここの人たちも体を覆い、眼を保護することはできるし、注意深くやればなんでもできるでしょう。それでも、濾過されていない太陽光の中で働くように作られた二体のロボットが、有用なことに変わりはないはずです」

イノシロウの返事はなかった。縁のあいまいな影が頭上低くを流れる細い雲から落ち、競うように畑を横切っていく。ヤチマは都市をふり返った。雲が積み重なって、黒い拳のような形を作っている。大雨が来るなら、望ましいといえた。気温を下げ、人々を屋内にとどめ、最初に射しこむ紫外線を鈍らせるだろうから。雲と雨があまりに厚い覆いとなって、架橋人たちに高をくらせずにいるかぎりは。

「リアナはわかってくれると思ってたんだ」イノシロウは自分を嘲るように笑った。「もしかすると、わかってくれたのかもしれん」

「なにをわかるんです？」

イノシロウは頭をふった。このロボット・ボディにイノシロウがふたたびはいっているのを見るのは、妙な感じがした。こちらのほうが、本人が現在《コニシ》で使っているアイコンよりも、ヤチマが心の中で長年いだいてきたイノシロウのイメージに近かったからだ。

「ここに残って助けてください、イノシロウ。お願いです。架橋者のことを覚えていたのは、あなたのほうだ。わたしを恥じいらせてここに来させたのは、あなたですよ」

イノシロウはヤチマを横目で見て、「おまえに移入ナノウェアをあずけたのがなぜか、わかるか？　役割を逆にして、おまえがドローンを作ることもできたんだ」

ヤチマは肩をすくめた。「なぜです？」

「移入ナノウェアをもってるのがおれだったら、いままでに全部使ってしまってただろうからだ。機会のあった架橋者に、ひとり残らず撃ちこんでただろう。その全員をひとまとめにして、運びだしてたはずだ、そいつらが望もうが望むまいが」

イノシロウは未舗装の平らな道を先へ歩いていった。ヤチマは立ち止まったまましばらくそれを見送っていたが、やがて都市に引きかえした。


ヤチマはアトランタの通りや公園をさまよい、どこだろうと、相手が作業中ではなく、あからさまな敵意も見せなければだれかれかまわず近寄って、情報を提供した。公式の通訳がいなくても、少人数の集団となら、各人の協力でギャップをおぎなってもらって、意思疎通が可能なこともしばしばだった。

最初は、「純度の境界とはなにか？」という意味不明だった架橋者の言葉が、「空はいまのところ信頼できるか？」――発言者は雲に目をやる――に変わり、「もしきょう雨がふったら、それに触れたら火傷をするのか？」という質問になる。

「いいえ。酸性度が上昇するのは数ヵ月後になるでしょう。窒素酸化物が拡散して成層圏からおりてくるには、それだけの期間がかかりますから」

訳されたヤチマの答えは、メビウスの輪をまわって裏返されて戻ってきたかのようにきこえることもあったが、その途中ですべての意味が消え去ったわけでも、〝上〟がすっかり〝下〟に変わったわけでもない、という希望にヤチマはすがりついていた。

正午までには、都市は見捨てられたような姿になった。あるいは、包囲戦でだれもが隠れているかのような。と思っていたヤチマは、ふたつの建物の連絡通路で数人が作業しているのを目にとめた。摂氏四十度の熱さだというのに、その人たちは長袖の服を着て手袋をはめ、溶接工のマスクをつけている。その警戒ぶりにヤチマは励まされたが、保護服の重さが気力を削ぎ、閉所恐怖を呼ぶほどのものであることも感じとれそうに思えた。架橋者たちも、人類が代を重ねてうけいれてきた自らの物質的存在としての制約に従っているのはたしかだが、肉体をもつことの喜びの半分は生物学的な限界を押し広げることにあり、残りはほかの重荷のすべてを最小化することにあるように見える。もしかすると、マゾヒスティックな不変主義者の中でいちばん狂っている人なら、紫外線に赤剝けにされながら、《トカゲ座》が強いるあらゆる障害と不快さを享受し、〝苦痛と歓喜に満ちた真の世界〟に狂喜するかもしれない。だがほとんどの肉体人にとっての《トカゲ座》は、肉体を選ぶことを価値あるものにする種類の自由を蝕むものでしかないだろう。

公園のひとつに、フレームから綱で吊りさげられた座席があった。ヤチマは、永遠の昔に、人々がそれにすわって前後にゆれ動いているのを見たことを思いだした。なんとか転げ落ちずにそこにすわって、残っているほうの手で綱の一本をしっかり握ったけれど、インターフェースに振り子をゆらせようとしても、なにも起こらなかった。ソフトウェアがその方法を知らなかったのだ。

午後一時には、トカゲ座の重力波は以前の出力レベルの百倍に強まっていた。ほかの重力波源からの干渉を排除するために、散在する〈テラゴ〉の検知器の二、三からデータが届くのを待つ意味は、もはやない。いまではブリアルドスから直接、リアルタイムで通信が届くし、トカゲ座の重力波は、空にあるほかのあらゆるものを消し去るほど大きかったからだ。重力波は目に見えて〝かん高くさえずり〟、それぞれの周期がそのひとつ前のものよりあきらかに狭かった。最新のふたつのピークはわずか十五分間隔で、それはふたつの中性子星が二十万キロメートルのマークを通過したことを意味する。一時間でその距離は半分になり、そしてさらに数分でゼロになるだろう。ヤチマは力学的な変化が起こるというあわい期待にしがみついていたが、急勾配になるばかりのグレイズナーの外挿結果は、自らの正しさを証明しつづけていた。

ヤチマのすわっている座席がぐらついた。半裸の子どもが片端を引っぱって、注意を引こうとしている。ヤチマは唖然としてその子を見つめ、自分の傷つかないポリマーボディで子どもの剝きだしの肌をくるんでやりたくなった。大人がいないかと人けのない公園を見まわしたが、ひとりの姿も見えなかった。

ヤチマは立ちあがった。すると子どもが唐突に泣き叫びはじめた。ヤチマはすわり、また立って、片方だけの腕で子どもをすくいあげようとしたが、うまくいかなかった。子どもが拳を空いた座席に叩きつける。ヤチマはそれに従った。

子どもが膝にのぼってきた。ヤチマは気を揉みながら〈テラゴ〉観境を一瞥する。子どもは腕をのばして両側の綱をつかむと、体を少しうしろに反らした。ヤチマがその動きを真似ると、座席がそれに反応した。子どもが身を乗りだし、ヤチマも同じようにした。

ふたりはいっしょにこいで、そんなことをしている場合ではないのに高くあがっていき、子どもは大喜びではしゃいだが、ヤチマは恐怖と歓喜に引き裂かれていた。雨がぽつぽつと落ちてきたかと思うと、太陽を囲む雲が薄くなり、晴れ間がのぞいた。

突然の澄んだ光は心をゆさぶった。ようやくこの世界の中でなめらかに動くようになった視点で、日に照らされた公園を見まわしながら、ヤチマは抗しがたい希望を覚えた。まるで《コニシ》精神種子が、どんなに暗くても雷雲はかならず晴れるし、どんなに長くても夜はかならず夜明けにとってかわられるし、どんなに厳しくても冬のあとにはかならずおだやかな春が来る――やがては――という本能的な知識を、いまもまだ符号化しているかのように。地球がその棲息者たちに強いてきたあらゆる苦難は、限界があり、周期的で、生存可能なものだった。肉をもって生まれてきたあらゆる生物がもつ先祖の遺伝子の中には、この世界が課すことのできるもっとも残酷な罰を生き抜いたものがあった。

もはやそうではない。雲間から漏れる日光は、いまではまやかしだった。未来は最悪の過去よりも悪くなるはずがないといい張る本能は、どれももう用ずみだ。そして、ヤチマはだいぶ前から理解していたのだが、ポリスの外では、宇宙は気まぐれであり、理にかなったものではなかった。いままではそんなことはなんの問題でもなかった。自分に影響することではなかったからだ。

ヤチマは座席を安全に停止させる自信がなかったので、文句をいう子どもにかまわず体の動きを止めると、ゆれは自然に小さくなった。それから金切り声をあげる子どもを最寄りの建物につれていくと、それがどこの子か知っているらしい人がいて、すごい勢いで子どもを奪っていった。

雷雲がまた空を覆っていた。ヤチマは公園に戻ってじっと立ちつくし、空を眺めて、暗い雲が次に晴れるときを待った。

ふたつの中性子星は、十万キロメートル離れて急な螺旋を描きながら、五分かからずに相手のまわりを最後にフルに一周した。ヤチマは自分の目撃しているのが、五十億年がかりではあるが、宇宙論的スケールでいえば希少さも重要さも一匹のカゲロウの死と同程度のプロセスの、最後の数瞬であるとわかっていた。ガンマ線観測所はほかの銀河で起きたそっくりな事象の痕跡を、一日五回はひろっている。

それでも、トカゲ座G－1の大変な年齢は、中性子星をあとに残したふたつの超新星が太陽系より古いことを意味した。超新星から発した衝撃波は周囲のガスや塵の雲に波紋を生じさせながら進み、星の形成の引き金を引く。だから、G-1aかG-1bが太陽や地球や太陽系のほかの惑星を作りだしたというのも、考えられないことではない。集会でイノシロウが不変主義者に答えていたときに、自分がそれに気づいていればよかったのだが、とヤチマは思った。ふたつの中性子星を〝ブラフマー〟と〝シヴァ〟と改名すれば、不変主義者の神がかりでぼやけた頭にもきちんと届くような神話的共鳴を呼んだだろうから。この空虚なメタファーでも、いくつかの命は救えただろう。それを別にすると、命をもたらしたトカゲ座がその命を自ら奪い去ろうとしているにせよ、あるいはトカゲ座は、よその死んだ星がたまたま生んだ子どもたちにガンマ線を降らせようとしているのであるにせよ、もたらされる傷は同じように痛み、同じように無意味なはずだった。

ブリアルドスからの信号が上昇し、以前の一万倍のレベルで頂点に達すると、急降下した。中性子星の軌道を模した観境では、内むきの螺旋のふたつの腕がよりあわさって完全に動径方向をむいた直線になり、それぞれの星の軌道を予測した細い円錐は縮んで合体して一本の半透明なトンネルになった。中性子星のそれぞれは他方にとっては極微の標的なので、異常接近が終わるまで五分か十分の猶予があるという可能性もありえなくはなかったが、衝突を遅らせる横方向の動きは、もはや測定可能な範囲では見られなくなったという評決がくだった。ふたつの中性子星は、最初の接近時に合体する。

あと二十一秒で。

もだえるように泣き叫ぶ声がきこえた。観境から目をそらしたヤチマは、さっきの肉体人の子どもが親もとから抜けだしてここへ戻ってきて、その捜査隊が危険な空の下に出てきたのにちがいないと一瞬思い、ロボットの視線で公園をさっと見渡した。けれどその声は遠くくぐもっていて、視界に人はいなかった。

あと十秒。

五秒。

（すべてのモデルがまちがいだったことになれ。事象の地平線に衝撃波をのみこませろ。グレイズナーが嘘をついて、データを捏造していたということになれ。いちばんパラノイアのひどい肉体人が正しかったということになれ）

オーロラの輝きが空いっぱいに広がった。桃色と青の放電が作る、目もくらむ複雑なカーテン。ヤチマは一瞬、雲は焼きはらわれたのだろうかと思ったが、目の彩度を減少させ、反応を調節していくと、光は雲を突き抜けて輝いているのがわかった。窓ガラスのよごれのように、雲はきたならしいかすかな覆いでしかなくなり、そのむこうで白と緑色の輝きに縁どられた優美なパターンが渦巻き、イオン化した気体がかすかな塊や渦になって十億アンペアの電流の流れをなぞる。

と、空が薄暗くなって、約一キロヘルツでストロボのように明滅をはじめた。ヤチマは本能的にポリスのライブラリに手をのばしたが、通信は途絶していた。イオン化した成層圏が電波を通さなかったのだ。（なぜ振動が？）ブラックホールの外に中性子の殻があって、忘却の淵にすべり落ちていきながら鈴のように鳴り、最後のガンマ線をあちこちへドップラー偏移させているのだろうか？

　明滅は、バースト自体が原因にしては長すぎるほどつづいていた。トカゲ座G－1の残骸が振動しているのでないとしたら、ではなにが？　ガンマ線は全エネルギーを地上のはるか上で投下しおえ、窒素と酸素の分子をばらばらに吹き飛ばして過熱されたプラズマにした。そのプラズマ内の電子と陽イオンは、再結合できるようになる前に十億テラジュールのエネルギーを処理しなくてはならない。エネルギーの大半は化学変化に使われ、光として地面に到達する分もいくらかあるのはまちがいないが、プラズマ内の強力なサージ電流は低周波の電波も発生させ、それが大地といまはイオン化された成層圏のあいだを跳ねかえって行き来する。それが明滅の原因だ。ヤチマが覚えている《C－Z》の分析によれば、その電波は一定の条件下では深刻な害をおよぼすというが、どんな影響があるにせよ、紫外線と地球寒冷化の問題に比べれば、きわめて局地的かつ微々たるものになってしまう。

　雲のむこうのオーロラ光が消えていくと、青白い刺が空を横切って一瞬光った。ヤチマがそれをきちんと記録するより早く、次の放電が大地と雲のあいだで光った。ききとれないほどに大きな雷鳴。グレイズナーの音響センサは自衛のために回路を閉じた。

　雲に隠れていた太陽に食が起きたかのように、空がいきなり暗くなった。プラズマが冷えて、窒素酸化物の形成がはじまったのにちがいない。ヤチマは自分の皮膚から届くタグをチェックした。気温は四十一度から三十九度に下がったところで、さらに降下している。雷がふたたび、こんどは近くに落ち、閃光の中で、風ですじ状になった暗い雲が頭上を流れていくのが見えた。

　草地に波が生じ、最初は葉が押し倒されるだけだったが、つづいて葉のあいだから土ぼこりが舞いあがるのが見えた。空気が強力な突風となって押し寄せ、気圧があがると気温もあがった。ヤチマは熱い風の中に手をあげて、指を吹き抜けるそれを感じようとし、この異様な嵐に触れられることがなにを意味するのか理解しようとした。

　稲妻が公園のむこう端の建物に落ちた。建物が爆発し、赤熱した燃え殻がまき散らされる。ヤチマはためらってから、足早に壊れた建物にむかった。近くに草の燃えている一画があった。建物の中に動く人影は見えなかったが、稲光のあいまは星のない夜も同然で、燃え殻や草地の火が消えていく中に、なにもかもが闇に覆われて、つつみこまれているように思える瞬間があった。ヤチマはグレイズナーの視覚を赤外線にまで拡張した。瓦礫（がれき）の中には体温の熱放射が見られる部分もあったが、その形状は不明瞭だった。

　どこかで人々が狂ったように叫んでいたが、その建物からきこえるのではないようだ。風で音はくぐもってひずみ、距離と方向の手がかりはまったくでたらめになって、さらに街に人けがないため、まるで体と切り離した声をサウンドトラックにしている観境にいるようなものだった。

　風と戦いながら建物に近づいていったヤチマは、そこには人がいないことに気づいた。体温と思われたのは焦げた木材にすぎなかった。そのときふたたび聴覚が遮断され、インターフェースはバランスを崩した。ヤチマは顔を地面にぶつけ、ある映像が網膜に残りつづけた

——自分の影が青い光の海に黒くくっきりと浮かんで、草地の上をのびていく。あわてて立ちあがってふりむくと、ほかにも三つの建物が黒こげで煙をあげ、壁が割れて口をあけ、天井が落ちていた。ヤチマは公園を駆けもどった。

ぼろぼろになった服をまとい、血を流しながら、人々が崩壊した建物からよろめき出てくる。瓦礫の中を血眼(ちまなこ)でなにかを探している人もいる。ヤチマは建物の破片に半ば埋まった男性を目にとめた。両眼はひらいているがうつろで、長さのある裂けた黒い木材が腿から肩にかけて男性の体にのっている。ヤチマは手をのばして角材の一端をつかむと、なんとかそれをもちあげて横へ投げ飛ばした。

男性の脇にしゃがんでいると、だれかがヤチマの頭や肩をうしろから殴ったり平手で打ったりしはじめた。なにごとかとふりむくと、こんどはその架橋者は支離滅裂なことをわめきながら顔を殴りつけてきた。ヤチマはしゃがんだまま、怪我をした男性からおろおろとあとずさり、別の人がヤチマを襲った相手を引き離そうとした。ヤチマは立ちあがると、その場を離れた。襲ってきた架橋者の叫び声がうしろから、「死肉喰い！　あっちへ行け！」

当惑と落胆を感じながら、ヤチマは逃げだした。

嵐が激しくなるにつれ、架橋者たちが施していた応急措置は次々と崩壊していった。くしゃくしゃになった防護カバーが通りを飛ばされていき、いくつかの通路の天井は外れて地面で砕けていった。ヤチマは暗い空を見あげ、視覚を紫外線に切りかえた。この波長だと太陽の円盤状の形は、大量の雲にはばまれてはいたものの、成層圏の窒素酸化物は難なく貫通してはっきり見てとれた。

イノシロウのいったとおり、ヤチマにできることはなにもなかった。架橋者たちは死んだ仲間を埋葬し、怪我人を手当てし、被災した自分たちの街を修復するだろう。真昼でさえものが見えない闇の世界であっても、人々はそれなりに生きのびるすべを見つけるだろう。ヤチマがそこへさしだせるものはなにもない。

《コニシ》とのリンクは切れたままだったが、ヤチマはこれ以上復旧を待つ気になれなかった。通りで動きを止めて立ちつくし、苦痛や悲嘆の叫びをききながら、消滅する覚悟を決める。ここでのできごとを忘れるのは、心の荷を軽くすることにほかならない。《コニシ》に残してきた自分はなんの躊躇もなく、もっとしあわせだった日々の架橋人を思いだすことができる。

そのとき空が吠えたけり、稲妻が雨のように落ちてきた。

通りは一連のまばゆい断続的な映像と化して青と白に染まり、ジグザグの電弧があらたに走るごとに影が狂ったように飛び跳ねる。建物が次々と爆発しはじめ、突然、オレンジ色の閃光がやむことなく流れ落ちて、火花と拳大の燃える木の塊をまき散らす。頭をかばい、悲鳴をあげながら、人々が非力なシェルターからあわてて逃げだしてきた。ヤチマはなすすべもなく立ちすくんだまま、それを見つめていた。まず、消えかけている成層圏のプラズマが地上に到達する道を見つけ、その無線周波数のパルスが低層大気を抜けて膨大な量のイオンを注ぎこんで、雷雲と地上のあいだに大きな電位差を誘導した。だがいまや、塵でいっぱいの下の空気の絶縁破壊しきい値を電圧が越え、システム全体が急激かつ暴力的に短絡していた。アトランタはたまたまその短絡の途中に位置していたにすぎない。全地球規模で見れば、微々たる局地的損害だ。

　ヤチマは励起光の輝く中をゆっくりと進んでいった。稲妻が自分に落ちて記憶喪失という慈悲がもたらされるのを半ば期待していたが、いまここで架橋者たちを見捨てる選択をすることもできなかった。家から逃げだすほかなかった人々は、猛り狂う嵐と雷の下で縮こまり、多くの人が火傷し、裂傷を負い、流血していた。大股で舗を歩いていった女性が、両腕を大きく広げ、顔を天にむけ、挑むように叫んでいた。「だからどうしたって？　だからどうしたっていうの？」

　子どもがひとり、まだ成長段階の少女が通りのまん中にすわっていた。顔の片側と剥きだしの片腕はピンク色に皮膚が剥け、リンパ液がしたたっている。ヤチマは近寄っていった。少女は身を震わせていた。

「こんなものからはすっかりおさらばできますよ。ポリスにいらっしゃい。その気はありませんか？」少女はなにをいわれているかわからないようすで見つめかえしてきた。片方の耳から出血している。雷で耳がきこえなくなったのだろう。ヤチマはグレイズナーのメンテナンス・ナノウェア用の命令を詳細に調べて、失われた射出システムを左手の人差し指に再構成させた。それから無事に残っていた移入ナノウェアに待機位置まで移動するよう命じた。

　ヤチマは腕をあげて、射出システムのねらいを少女にむけて、叫んだ。「移入ナノウェア、ですか？　これがほしいのですか？」少女は悲鳴をあげて顔を覆った。あれは否定を意味しているのだろうか、それとも衝撃に備えているだけなのか？

　少女はすすり泣きはじめた。ヤチマは意気をくじかれて、うしろに下がった。ヤチマには十五人の命を救うことが、十五人の人々をこの無意味な地獄から引っぱりだすことができるのだが、ヤチマがもたらそうとしているものを理解したと確実にいえるのはだれだろう？

　フランチェスカ、オーランド、リアナ。

　オーランドとリアナの家は遠くなかった。ヤチマは固い決意で、カオスの中、崩れた建物やおびえる架橋者の横を足早にすぎていった。稲妻はようやくおさまりつつあった――また、耐火性の建物が燃えたのは直撃された場合だけだった――けれど都市は、爆弾が空から雨あられと降ってきた野蛮時代の光景に変貌してしまっていた。

　オーランドたちの家は部分的に残っていたが、判別不能だった。ヤチマが自分は正しい場所を探しあてたとわかったのは、グレイズナーのナヴィゲーション・システムが唯一の根拠だ。二階は焼け落ち、一階の天井や壁も穴が空いていた。

　だれかが影の中にひざまずいて、灰になった二階の大部分が積もったものらしい大きな山の端から瓦礫をとり除けていた。「リアナですか？」ヤチマは思わず走りだした。人影がこちらをふりむく。

　それはイノシロウだった。

　イノシロウは死体を途中まで掘りだしていた。肉は黒く干からび、白い骨が見えている。

ヤチマは死体を見おろしたが、見当識を失ってあとずさった。この黒焦げの頭蓋骨は、ポリスのつまらない芸術作品におけるなにかのシンボルではない。生きている精神が心ならずも消去された証拠なのだ。物質世界にはこういう真似ができる。宇宙論的なカゲロウは死に際してこういうことができる。

イノシロウが、「リアナだ」

ヤチマはこの事実に対処しようとしたが、なにも感じなかったし、なんの意味もとれなかった。

「オーランドは見つかり――？」

「まだだ」イノシロウの声には感情がなかった。

ヤチマはイノシロウから離れて、死体が周囲より温かい状態でいるのはどれくらいの時間だろうと思いながら、赤外線で瓦礫のスキャンをはじめた。そのとき、家の正面からかすかな音がきこえた。

オーランドは吹きとんだ天井の破片に埋まっていた。ヤチマはイノシロウを呼び、ふたりで急いで破片をとり除いた。オーランドはひどい怪我をしていた。両脚と片腕がつぶれ、深手を負った腿からは血が噴きだしている。こんな傷はどう手当てしたらいいか見当すらつかず、ヤチマは《コニシ》へのリンクをチェックしたが、成層圏はまだイオン化されていた上に、二機のドローンの片方が嵐で行方不明になっていた。

死人のような顔色だが意識はあるオーランドがふたりを見あげ、両眼でなにかを訴えていた。イノシロウが力なく、「彼女は死んだ」というと、オーランドは黙って顔をゆがめた。

ヤチマは顔をそむけて、赤外線でイノシロウに話しかけた。「これからどうします？　手当してもらえるところへオーランドを運びますか？　それともだれかを呼んでくる？　どうするのがいいんでしょう？」

「怪我人は何千といる。だれも看てくれはしない。だいたいそれまで生きてないだろう」

ヤチマはかっとなって、「架橋者たちがこの人を死ぬまで放っておくなんてありえません！」

イノシロウは肩をすくめた。「じゃあおまえ、この状況で通信リンクを見つける気になるか？　それで医者を呼ぶ？」壊れた壁から外をのぞいて、「それとも病院まで運んでみるか、そのあいだに死なないことに賭けて？」

ヤチマはオーランドの横にひざまずいた。「どうしたらいいですか？　怪我人が大勢いて、助けが来るまでにどれくらいかかるかわからないんです」

オーランドが苦痛にわめいた。弱々しいひとすじの太陽光が天井の穴から射しこんできて、オーランドの折れた右腕の肌を照らしたのだ。ヤチマは空に目をやった。嵐は終わり、雲は薄くなって流れ去りはじめていた。

ヤチマは光をさえぎる位置に移動し、イノシロウはオーランドのうしろにしゃがんで、腕の下に手をいれて体を半分起こし、瓦礫の上を物陰まで引きずっていった。腿の傷が濃い血の跡を残す。

ヤチマはあらためてオーランドの脇にひざまずき、「わたしはまだ移入ナノウェアをもっているんです。あなたがそうすることを望むなら、それを使用します」

オーランドははっきりといった。「わたしの望みは、リアナと話をすることだ。リアナのところへつれていってくれ」

「リアナは死にました」

「そんなことは信じられん。つれていけ」息が苦しそうだったが、それでもオーランドはその言葉を傲慢にいい放った。

ヤチマは天井に空いた穴の下をうしろに下がった。通常光の中では、太陽は成層圏の茶色い霞ごしに見えるやさしいオレンジ色の円盤だったが、紫外線の中のそれは、散乱する放射線のきらめきの中央で苛烈に輝いていた。

ヤチマは部屋を出ると、一本だけの手でリアナの死体の鎖骨をつかんで運んできた。オーランドは折れていないほうの腕で顔を覆って、声をあげて泣いた。

イノシロウが死体を運び去った。ヤチマはもういちどオーランドの脇にひざまずいて、相手の肩にぎこちなく手をかけた。「リアナのことは残念です。そのことであなたが心を痛めたのも残念です」オーランドがすすりあげるごとに全身が震えているのが感じとれた。「なにを望みます？　死ですか？」

イノシロウが赤外線で、「おまえ、チャンスがあるうちに戻ればよかったものを」

「そうですか？　それなら、あなたはどうして戻ってきたんです？」

イノシロウは答えなかった。ヤチマは体をまわしてイノシロウとむきあうと、「嵐になるのを知っていましたね？　どんなひどい嵐になるかも！」

「ああ」イノシロウはしかたがなかったという身ぶりをして、「だが、ここへつれてこられる前になにかしゃべってたら、ほかの肉体人たちに話をきかせるチャンスはなくなってただろう。かといって、集会のあとでは遅すぎる。パニックを引きおこすだけだったはずだ」

正面の壁がきしったかと思うと、前に傾いて天井から外れ、大量の黒い塵を降らせた。ヤチマはとっさに立ちあがってうしろに下がり、オーランドに移入ナノウェアを撃ちこんだ。

ヤチマは凍りついた。壁はなにかの障害物にぶつかって、そのなにかはあぶなっかしく傾いたがもちこたえた。数波にわかれたナノウェアの群れがオーランドの全身を洗って、侵襲のショックを最小化するために神経を閉ざし、血管を封鎖した。肉が読みとられ、つづいてエネルギーとして食われると、瓦礫の上に湿った桃色のかすが残った。数秒のうちに、ナノウェアの波はすべてオーランドの顔の上に集まって灰色のマスクを作ると、それが頭の中にもぐっていって、頭蓋骨をほとんど食べてしまった。ナノウェアのコアは液体と水蒸気を吐きだして収縮しつつ、シナプスの決定的な特性を読みとってコード化し、脳をそれ自身のより簡潔な記述へと圧縮して、冗長な部分を廃物処理した。

イノシロウがかがんで、最終生成物である透明な球体をひろいあげる。オーランドという人物だったあらゆるもののスナップショットを含んだ分子メモリ。

「さて、どうする？　何人分残ってる？」

ヤチマは茫然としてスナップショットを凝視していた。オーランドの自由を侵害してしまった。稲妻と同じに、紫外線の爆発と同じに、ほかの人の皮膚を裂いてしまった。

「何人分だ？」

ヤチマは答えた。「十四」

「じゃあ、できるうちにそれを使いにいったほうがいいな」

イノシロウはヤチマを廃墟からつれだした。ヤチマは、死が近づいていると思われるがだれにも面倒を見てもらっていない人に出くわすと、片っぱしからナノウェアを撃ちこんでいった——そしてすぐさまスナップショットを読みこんで、データを自分のグレイズナー・メモリに赤外線で送りこむ。オーランドに加えて十二人の架橋者を収容したところで、ふたりは境界の警備員たちに率いられた群衆に見つかった。

群衆はまずヤチマを切り刻みはじめた。ヤチマは架橋人たちのスナップショット・データをイノシロウにも送ってから、自分のデータもそうした。

人々がヤチマの古びたボディを破壊しおえる前に、《コニシ》とのリンクが回復した。二機のドローンは嵐を耐え抜いていたのだ。

6　分岐（ダイヴァージェンス）

《コニシ》ポリス、地球
二四　六六七　二七二　五一八　四五一　CST
三〇一五年十二月十日、三時二十一分五十五秒六〇五　UT

ヤチマは観測室の窓から地球を見おろした。地表のすべてがNO_xでぼやけているわけではないが、その大半は錆色を帯びたやわらかな灰色になって、かろうじて見わけられるにすぎない。くっきりしているのは雲と氷冠だけで、成層圏に下からむらなく光を照りかえし、そこを赤みがかった茶色に見せている。雲の上や雪の上に広がる成層圏は、酸と排泄物混じりの腐りかけた血液のようだ。きたならしく、腐食し、不潔。《トカゲ座》が暴力的なすばやい一撃で残した切り傷は、二十年近く化膿しつづけていた。

この観境はヤチマとイノシロウがいっしょに構築したものだ。覚醒した避難民たちが、あたかも物質世界内で酸性雪とまばゆい空を抜けてここへあがってきたかのように、あとに残してきた世界を眺められる軌道上の中継ステーション。現実には、避難民たちがいるのは荒廃した土地のまん中の地下二百メートルなのだが、そんな閉所恐怖をまねくような本質的でない事実に直面させてもなんの意味もない。いまではステーションはさびれていた。最後の避難民はすでに立ち去ったし、もうあらたに避難してくる人はいない。最後まで生き残った数カ所の居留地も飢饉に屈し、仮にあと数年がんばれていたとしても、プランクトンも地上の植物も急速に死滅の道をたどっているので、この星はまもなく致命的に酸素が欠乏するはずだった。肉の時代はここに終焉を迎えたのである。

物質世界への帰還を口にする人々もいた。安全なポリスで頑強な新しい生物圏をデザインし、それを分子ひとつずつ、種ひとつずつ合成するというもの。それが実行される日は来るかもしれないが、その計画に対する支持は早くもしぼみつつあった。なじんだ姿かたちで生きていくために艱難辛苦に耐えるのと、肉体所有という思想を実現するだけのために、異質な世界で異生物の体の中に転生するのとは、別ものだ。現状で避難民たちがかつて送っていた生活を再現する方法としてもっとも容易なのは、ポリス内にとどまって、自分たちの失われた世界をシミュレートすることであり、ヤチマが思うに、結局は大半の人が、現実と仮想の肉体の抽象的な相違云々よりも、なじみ深さをはるかに重視するのではなかろうか。

イノシロウがやってきた。前よりずっと落ちついたようだ。ふたりがいっしょに行った最後の旅はひどいものだった。ヤチマはいまでも、ある地下シェルターで発見した、全身が傷と寄生虫だらけで、飢えのあまり錯乱状態になっていた、骨と皮ばかりの人々を思いだせる。その人々は施しものをする二体のロボットの手や足に接吻し、潰瘍を生じた胃の内部を治して血流に直接はいりこむはずの栄養ドリンクを吐きもどした。イノシロウはその種のできごとにひどく落ちこんだが、恐怖の終わりが近いことに気づいたからだろう、避難支援活動の最後の数週間にはあまり騒がなくなっていた。

ヤチマはいった。「ガブリエルが話してくれたのですが、《カーター－ツィマーマン》ではグレイズナーと同じ道を進もうという計画がいくつかあるそうです」グレイズナーが最初の有人恒星間船団を発進させたのは十五年前で、六十三隻の船が二十一の別々の星系をめざしていた。

イノシロウは当惑した表情で、「同じ道を進む？　なぜだ？　同じ旅を二度おこなって、なんの意味がある？」

それがジョークなのか、ほんとうに誤解しているのか、わからなかったヤチマは、「同じ星にむかうのではありません。異なる目的地に、探査の第二波を送りだすのです。しかもグレイズナーと違って、核融合推進でのろのろ進むのではありません。派手なんですよ。ワームホールを作る計画なんです」

イノシロウの顔は、皮肉をほのめかすときの声の抑揚でさえくどく感じられるほど特徴のない純粋さと強さで、〝感銘〟のゲシュタルトを形作った。

「テクノロジーの開発には数世紀かかるでしょう」ヤチマはそう認めてから、「ですが、長期的に見れば、スピードに関して優位に立てます。それになにより、千倍はエレガントですし」

イノシロウは、そんなのはみなどうでもいいことだというように肩をすくめると、窓のほうをむいて眺めを観賞しはじめた。

ヤチマはとまどった。イノシロウならこの計画に狂乱して、ヤチマ自身の慎重な賞賛がどうしようもなく冷淡に見えてしまうだろう、と思っていたのに。だが、この件で議論する必要があるなら、そうするほかはない。「トカゲ座G‐1のような事態が地球のこれほど近くで起きることは、この先数十億年はないでしょうが、なぜそれが起きたかわかるまでは、確証はもてません。ほかの中性子星の連星が同じようにふるまうかどうかさえ、はっきりしないんです。ほかのどの連星も、同じしきい値を切ったら落下しあうと仮定することもできません。トカゲ座G‐1はある種の異常な偶発事で、二度と繰りかえされることはないのかもしれないし——あるいは、あれは起こりうる事態としてはもっともましなもので、ほかの連星はどれももっと急速に落下するのかもしれない。とにかくなにもわかっていないんです」

かつての中間子ジェットを原因とする仮説は短命だった。ジェットが通り道にある星間物質を吹き飛ばしている痕跡はまったく見られなかったし、詳細なシミュレーションによって、コアのカラー偏極は厳密にはありうるが、きわめて疑わしいことが最終的に証明されていた。

イノシロウが瀕死の地球を静かに眺めながら、「第二の《トカゲ座》がもはやどんな害をおよぼせるというんだ？　それに、その害を防ぐためにできることなんてあるのか？」

「そんなことをいうなら、《トカゲ座》も、ガンマ線バーストも忘れたらどうです！　二十年前、わたしたちは地球にとっていちばん危険なのは、小惑星の衝突だと考えていたんですよ！　今回のことをわたしたちは生きのびて、肉体人がそうでなかったからというだけで、安穏としているわけにはいきません。《トカゲ座》によって明白になったのは、わたしたちが宇宙の仕組みを知って**いない**ということです――それは、自分たちを殺すかもしれないものを、わたしたちが知らないということです。それとも、ポリスの中なら永遠に安全無事でいられると思いますか？」

イノシロウは小さく笑った。「いいや！　数十億年すれば、太陽が膨張して地球をのみこむだろう。おれたちがそれより早くにほかの星系へ逃げだせるのはまちがいない……だが、どこへ行こうと、既知のものでも未知のものでも、あらたな脅威がのしかかってくるだけだ。ほかになにもなくても、最後にはビッグクランチが待っている」ヤチマにむきなおったイノシロウは笑みを浮かべていた。「さあ、どんなかけがえのない知識を《カーター＝ツィマーマン》は星々からもち帰ってこれるというんだ？　百億年じゃなく、一千億年生きのびられる秘密か？」

ヤチマは観境にひとつのタグを送信した。窓の外の地球が飛び去り、星の光が尾を引いて移動してから急に凍りついて、トカゲ座全体の眺めになった。真空度の高い一帯にあるブラックホールはかつてのふたつの中性子星と同様に不活発で、どんな波長でも検知不能だったが、ヤチマはハフ一八七とトカゲ座十番星の中間に点のような暗闇のひずみがあるものと想像した。「これを理解せずにいられるんですか？　わずか百光年彼方から手をのばしてきて、五十万人を殺したんですよ」

「すでにグレイズナーのプローブがトカゲ座G-1の残骸にむかっている」

「そのプローブではなにもわからないでしょう。ブラックホールはそれ自身の履歴をものみこんでしまいます。そこへ行ってもなにかが見つかるとは期待できません。もっと外側を見なくてはならないんです。ひょっとすると、宇宙の彼方には別の、もっと古くから存在する生物がいて、なにが衝突を引きおこしたか知っているかもしれない。それともわたしたちは、銀河を行き交っている異星種族がひとつもいない理由を知ったところなのかもしれません——ある種族が自分たちを守れるようになる前に、ガンマ線バースターが滅ぼしてしまうんです。もし《トカゲ座》が千年早く起きていたら、地球上にはだれひとり生き残らなかったでしょう。ですが、もしわたしたちが宇宙旅行のできる唯一の文明だとしたら、わたしたちは地面の下で身をすくめていないで、宇宙へ進出してほかの異星種族に警告し、守ってあげるべき——」

ヤチマの声は小さくなっていった。イノシロウはおとなしくきいているが、かすかに浮かんだ笑みは、まちがいなくひどく面白がっている証拠だ。そのイノシロウがいった。「おれたちにはだれも救えないよ、ヤチマ。だれも救えやしない」

「救えない？　それならあなたは、この二十年間なにをしてきたというんですか？　時間を無駄にしていただけだとでも？」

それが馬鹿げた問いかけであるかのように、イノシロウは頭をふった。

ヤチマは当惑して、「わたしを〈鉱山〉から引っぱりだすのをやめなかったのは、外の世界へ引っぱりだしたのは、あなたじゃないですか！　こんどは《カーター－ツィマーマン》が外へ出ていこうとしているんです、肉体人に起きたことがわたしたちに起きないようにしようとして。仮定の存在でしかない異星文明には関心がもてなくても、あなたが連合のことを気にしないはずがない！」

　イノシロウの答えは、「おれは意識をもつすべての存在を深く思いやっているよ。だからといって、なすべきことはなにもない。苦しみはつねに存在する。死もつねに存在する」

「ねえ、自分のいったことを考えてみてください。つねに！　つねにですって！　それじゃまるで、アトランタ郊外であなたが焼き払ったリン酸複製子(レプリケイター)ですよ」ヤチマは顔をそむけて、気を静めようとした。肉体人の死をイノシロウが自分よりも深くうけとめたのは、わかっている。この話題をもちだすのは、もう少し待つべきだったのかもしれない。こんなに早く地球を見捨てていく話をするのは、死者への敬意を欠いているように思えるのだろう。

　しかし、もう手遅れだ。ヤチマはここに来た目的である用件を、話しおえなくてはならなかった。

「わたしは《カーター－ツィマーマン》に移住します。あの人たちがやっていることには意義を認められますし、わたしもその一部になりたいんです」

　イノシロウは関心なさそうにうなずいて、「そうか、幸運を祈るよ」

「それだけですか？　幸運を、よい旅(ボン・ヴォヤージ)を？」ヤチマは相手の表情を読もうとしたが、イノシロウは精神胚のように無垢な視線を返してくるばかりだった。「なにがあったんです？　自分になにをしたんです？」

イノシロウは聖人のように微笑すると、両手をさしだした。それぞれの手のひらの中央に睡蓮の花が咲き、どちらもまったく同じリファレンス・タグを放った。ヤチマはためらってから、そのにおいについていった。

それは《アシュトン－ラバル》のライブラリに埋もれていた古い価値ソフトで、肉体人を悩ませた古代のミーム複製子(レプリケイター)から、九世紀前にコピーされたものだった。それが押しつけてくるのは、自己の本質と努力の無益さに関する、いわば気密封印された信念ひとそろいだ……核となる信念の弱点を浮き彫りにしてしまうあらゆるモードの論証の、徹底否認こみで。標準的なツールによる分析は、その価値ソフトが例外なく自己確証的であることを裏づけていた。ひとたびそれを走らせた人は、心変わりは不可能になる。それを走らせてしまったら、もう逃れられない。

ヤチマは心が麻痺していた。「そんな馬鹿なことをする人ではなかったのに。そんなことはしない強い人だったのに」だが、《トカゲ座》で傷心したイノシロウが、変化をもたらしてくれるかもしれないものに手を出さずにいられただろうか？　かつての自分であったあらゆるものを消してしまう感覚麻痺のたぐいを、不要にしてくれるかもしれないものに？

イノシロウは笑いながら、「では、いまのおれはなんなんだ？　弱くなれるほどに賢い人か？　それとも、馬鹿になれるほどに強い人か？」

「いまのあなたは――」その先はいえなかった。

いまのあなたは、イノシロウではありません。

ヤチマは悲嘆と怒りと無力感に吐き気がする思いで、その人物の横にじっと突っ立っていた。ヤチマはもう肉体人の世界にいるのではない。この仮想の体に撃ちこめるナノウェア弾はここにはない。イノシロウは古い自己を破壊して、古代のミームのいいなりになる新しい自己を作りだすという選択をしたのであり、そのことに異議を唱える権利はだれにもないし、それをとり消す力となればなおさらだ。

ヤチマは観境に手をのばすと、ステーションをくしゃくしゃにして、ふたりのあいだに浮かぶねじれた金属のボールに変え、ただ地球と星々だけがそこに残った。それからもういちど手をのばして天空をひっつかんで裏返し、手にのった輝く球になるまで押し固めた。

「あなたにもまだ《コニシ》を去ることはできます」ヤチマはその球に《カーター‐ツィマーマン》の入口（ポータル）のアドレスを発信させて、それをイノシロウにさしだした。「すでになにをしていようと、その選択肢は残っています」

イノシロウはおだやかな口調で、「それはおれの選択肢にはならないんだ、孤児よ。おまえの幸運を祈るが、おれはこれ以上見る気がない」

そして姿を消した。

ヤチマは長いあいだ闇の中に浮かんで、《トカゲ座》の最後の犠牲者を悼んだ。

それから、空っぽの宇宙にひと握りの星を高速で駆けめぐらせると、そのあとを追いかけた。

〈創出〉は孤児がポータルを通過して、《コニシ》ポリスを去っていくのを感知した。公共データにアクセスした〈創出〉は、孤児の最近の体験を知った。もうひとりの《コニシ》市民が同じ体験を共有し、けれど同じ選択はしなかったことも。遺伝子が複製を作ろうとするのとは違って、〈創出〉は《コニシ》のシェイパーを遠く広くまき散らすことには関心がない。その目標は、ポリスの資源を効率的に利用して、ポリスそのものを豊かにすることにある。

因果関係を証明する方法はなかった。責めを負うべきはまちがいなく孤児の突然変異したシェイパーだと確認する方法はない。しかし〈創出〉は、あやまちをおかすなら慎重すぎるがゆえにそうなるようにプログラムされていた。〈創出〉は、孤児の変異したフィールドから変異していない古い値だけを有効なコードとして探しだし、残りはすべて、危険で無駄な、二度と試されるべきではないものとして廃棄した。

第三部

パオロが強い口調でいった。「次に話すべきは〈長炉〉のことだ。きみもその設計を手伝ったんだろ？」

「そこまでは行きません。ささいな役は演じましたが」

パオロはにやりとして、「成功には千人の親がいるが、失敗にはひとりの孤児もいない」

ヤチマは目を剝いた。「〈長炉〉は失敗じゃありません。ですがトランスミューターは、相対論的電子プラズマのモデル化における分析方法に対するわたしの大いなる貢献のことなど、ききたがらないでしょう」

「そうかな？　ともかく、ぼくはこの件にはまったく関わらなかったからね、トランスミューターに話すことは全部きみしだいだ」

ヤチマは考えこんでいたが、「この件でほんとうに重要なふたりの人物と、わたしは知りあいでした」微笑を浮かべて、「これはラヴ・ストーリーだといっていいでしょう」

「ブランカとガブリエルのことか？」

「もしかすると〝三角関係〟というべきだったかも」

パオロはとまどったようすで、「ほかにだれが関係していたんだ？」

「わたしはその女性と直接会ったことはありません。ですが、だれのことをいっているのか、想像はつくと思いますよ」

7　コズチの遺産

《カーター－ツィマーマン》ポリス、地球
二四　六六七　二七四　一五三　二三六　CST
三〇一五年十二月十日、三時四十九分十秒三九〇　UT

ガブリエルは《カーター－ツィマーマン》のライブラリに、通過可能なワームホールの構築計画を、記録にあるかぎりすべて提示するよう請求した。この問題は、必要なテクノロジーがかろうじてでも射程にはいるよりはるか以前に、理論物理学の課題として、またありうる未来文明の姿を描きだそうとする試みとして、探求されたことがある。この古代の成果をすべてなかったことにしてゼロから再出発するのは、資源の浪費であると同時に忘恩の行為であるように思えたから、ガブリエルは過去に提唱された方法と機械装置のすべてを手間暇惜しまず整理して、もっとも有望なものを十個、詳細な予備調査をおこなう候補として選びだしていた。

ライブラリは即座に、かつて立案された三千十七の異なる計画案からなる索引観境を構築し、それを観境の架空の真空に数百キロデルタにわたって広がる概念の系統樹として並べた。ガブリエルは一瞬面食らった。計画案の数は知っていたが、この課題の歴史が目で見えるかたちになってみると、それはやはり威圧的な光景だった。人々はワームホール・トラベルについて、ほぼ千年ものあいだ考えてきた。古典的な一般相対論にもとづく早い時期の構想を数にいれればもっと長期間になるが、この分野が真に花ひらいたのは、コズチ理論の登場によってだった。

コズチ理論においては、ありとあらゆるものがワームホールだった。真空でさえ、十のマイナス三十五乗メートルのプランク－ホイーラー長で見ると、短命なワームホールの泡になる。ジョン・ホイーラーは一九五五年という早い時代に、一見なめらかな一般相対論的時空も、このスケールだと量子ワームホールのもつれあった迷路であることが判明するだろうと示唆した。だがそのワームホールを、探知可能な限界をはるかに超えた難解な珍説から、物理学における最重要構造へと一変させたのは、ホイーラーのもうひとつの発想であり――その発想はホイーラーの百年後に、レナタ・コズチによってようやくまとめあげられ、めざましい成功をおさめたのだった。その発想とは、素粒子そのものがワームホールの〝口〟であるというもの。電子、クォーク、ニュートリノ、光子、W－Zボソン、グラビトン、グルーオン、といったものはすべて、やや長命だったバージョンのはかない真空ワームホールの口にすぎないのだ。

コズチは二十年以上をかけて、ほかの数ダースの専門家の有望に見えたが頓挫した業績をまとめあげ、ペンローズのスピン・ネットワークから紐理論のコンパクト化された余分な次元にいたるまでのあらゆるものを拝借して、ホイーラーの仮説を精緻化した。彼女は通常の時空の四つの次元とともに六つの極微小の次元を考えにいれることで、異なる位相（トポロジー）をもつワームホールがいかにして既知の粒子すべての特性を生みだすかを示した。まだだれもコズチ–ホイーラー・ワームホールを直接観察してはいないが、千年のあいだ実験によるテストに耐えてきたことで、このモデルは粒子に関する計算の大半に使える最良のツールとしてばかりでなく、物質世界の基礎をなす秩序としても広く認められている。

　ガブリエルは子宮内にいたときにコズチ理論を学び、それはつねに現実の有効な叙述としてもっとも深く、もっとも明快なものに思えた。粒子の質量は、粒子が特定の種類の真空ワームホール――仮想のグラビトンが両端にあるもの――に引きおこす崩壊の結果だった。バスケット織りの生地の並行した糸をくっつけることで表面を曲げられるのにも似て、ワームホール間の連結の通常のパターンを乱すと、時空はじっさいに湾曲する。その乱れはまた、数本の糸をほどけさせる。時空が湾曲されているところならどこでも、〝織り目をつむ〟ことでほかのワームホールが真空から絞りだされ、ブラックホールからのホーキング放射とともに、もっと弱い通常の物体のアンラー放射さえ生じさせる。

　電荷、カラー、フレイバーも同様の効果から生じるが、そこには真空ワームホールの口としての仮想の光子、グルーオン、W–Zボソンが関係し、グラビトンの影響をうけない巻きあげられた六つの次元が決定的な役割を果たすようになる。スピンが示すのは、ワームホールの口における余分な次元でのある種のねじれの存在だ。二分の一ねじれの各々が、スピンへ半単位ずつ寄与する。フェルミオンは、たとえば奇数の二分の一ねじれをもつ電子のような粒子がそうで、それ自体がリボンのようにねじれることのできるワームホールをもつ。もしひとつの電子が三六〇度回転されたら、そのワームホールは一定のねじれを得るか失うかし、測定可能な結果をもたらす。ボソン、たとえば光子は、そのワームホールの口がひとまわりねじれているが、三六〇度回転させても変化しない。ワームホール内のよじれがそれ自体を相殺するからだ。ボソンは、単独で〝自分とリンクしている〟――輪を描いているワームホールの入口にして出口である――か、あるいはそっくり同じボソン――数はいくつでも――がひとつのワームホールを共有している。一方、フェルミオンはつねに偶数が結合していて、もっとも単純なのは、ワームホールの一方の端に粒子が、もう一方の端に反粒子があるケースだ。

時空の曲率が極端だった初期宇宙では、無数の真空ワームホールが〝織り目から絞りだされ〟て、より実体をもつ存在となった。その大半は電子と陽電子のような粒子‐反粒子のペアを作ったが、ごくまれに対称性の低い組みあわせができた。ワームホールの一端にひとつの電子があり、他方の端には三つ組みのクォークにつながる三叉の分岐があって、ひとつの陽子を形作っているような場合だ。

ここにすべての物質の起源がある。まったくの偶然から、真空は膨張と冷却によって粒子の産出が終わる前に、電子‐陽子のワームホールを、その反物質の等価物たる反陽子に結びついた陽電子よりも、わずかに多くわきださせた。そうやってたまたま、ごくわずかに数で上まわっていなかったなら、電子と陽子はペアになる反粒子によって最後の一個にいたるまで対消滅させられて、宇宙にはただ空っぽの空間に反射するマイクロ波背景放射があるばかりになっていただろう。

コズチ自身が二〇五九年に指摘したとおり、もしこのバージョンのビッグバン宇宙論が正しいとしたら、現存のあらゆる電子はどこかで陽子と結びついていることになる。単に電子と陽電子のペアを作りだせば、出口のわかっている新品のワームホールを意のままに製造できるわけだが、それ以前に既存のワームホールが恒星間宇宙を縦横に貫いているのだ。隣りあうように真空から引きはがされて生まれた粒子の多くも、進化・膨張する宇宙の中を二百億年漂ったあとでは、何千光年も離れてしまっているだろう。だから、地球上のありとあらゆる砂粒、ありとあらゆる水滴が、銀河系の数千億の星の各々への入口(ゲートウェイ)を含んでいる可能性はあるし、中にはそれより遠くへの入口もあるかもしれない。

問題は——この宇宙のなにものも、素粒子のワームホールの口を通過できないことだ。既知のすべての粒子はひとつ分の量子的単位面積をもち、その粒子のどれかが別の粒子のワームホールを通過できる確率は、まったくのゼロだった。

だが、これは克服不能な課題ではない。ひとつの電子とひとつの陽電子が衝突するとき、両者のワームホールは端と端が接合され、衝突したふたつの口を消滅させる。その際にふたつのガンマ線光子が作られるが、もしワームホールの電子の端と陽電子の端ではなく、電子の端と電子の端を接合できれば、通常はガンマ線として失われるエネルギーがとらわれて、接合された新しいワームホールの幅を広げることになるだろう。

この電子の端どうしの接合を実現するには、適度なエネルギー――二ギガジュールで、それだけあれば六トンの氷塊を溶かせる――を、その氷塊を観測可能な宇宙全体とした場合の原子一個に相当する体積に集中させることが要求される。電子‐電子接合によって作られるワームホールを通過できるのは素粒子に限られるが、数十億個を接合すれば、結果として生じるワームホールを、伸張させるのではなく、さらに幅広くして、適度に複雑なナノマシンが通過可能になるだろう。

ガブリエルのきいた噂では、グレイズナーはワームホールを宇宙進出の選択肢として検討したが、今後数千年は考慮しないでおくことに決めたという。足もとに散らばっている星々への入口を破りあけるのに要する種類のテクノロジーに比べたら、平凡な恒星間宇宙船を建造するのはなんでもないことに思えたにちがいない。

それでも、選択肢として三千十七も計画案があれば、たとえ実現までには千年かかるとしても、《カーター‐ツィマーマン》の手の届く案がひとつはあるはずだ。ガブリエルはタイムスケールにひるみはしなかった。自分の長い寿命を意味あるものにするこうした遠大な計画を、長いこと探していたのだ。数世紀にわたる目標がなくては、さまざまな関心事や美意識のあいだを、友人たちや愛人たちのあいだを、勝利と失望のあいだをさまようばかりになってしまう。一、二ギガタウごとに新しい人生を生きているうちに、ある時点で存在をつづけている自分と、その自分と交代する新しい自分とのあいだになんの違いもなくなるだろう。

希望に胸ふくらませて、ガブリエルは最初の計画案にむかって観境を移動していった。

8　近道（ショート・カット）

《カーター‐ツィマーマン》ポリス、地球
五一　四七九　九九八　七五四　六五九　CST
三八六五年八月七日、十四時五十二分三十一秒八一三　UT

ブランカは、ひとつの新奇な対称群とひと握りの漸化式から育てた最新の世界の中を漂っていた。上方に浮かぶひっくり返しの巨大なピラミッドが、ロココ様式のシャンデリアのように輝く枝をのばしていく。羽毛状の二次元の結晶がいくつも、周囲で回転しながら成長し、それからぶつかりあって新しい奇妙な物体へと融合しはじめる。そのさまはダイヤモンドとエメラルドの薄膜ででたらめに折紙をしているかのようだ。下方では、コマ落としで浸食される広大な山脈と峡谷が、拡散の法則の猛襲をうけて、緑色と青にきらめくメサや、ありえない張り出しや、化学的に未知の鉱物が縞模様になったそびえ立つ彫刻のような地層に変わっていく。

《コニシ》でだったら、ブランカはこれを〝数学〟と呼んだだろう。だが《カーター‐ツィ（C‐Z）

マーマン》では、〝芸術〟と呼ぶ必要がある。それ以外の呼びかたでは、現実の宇宙とまっこうから対立する仮想宇宙を思わせてしまうからだ。《肉滅》直後にはショックをうけていたのに、やがてここ以外のポリスがふたたび自分の殻に引きこもってしまったことにブランカは落胆したが、それでも《C‐Z》で、現実の物理現象を解明できない規則体系の探求は有害な唯我論につながる、という主張が主流の思想として力を増しているのにはいらだちを覚えた。物理世界の美は、物理世界が害をなす力――そんなのは打ち捨てられた不変主義者のドグマがうわべを変えたものでしかない――とはまったく無関係で、物理世界の法則の単純さや無矛盾性との関係が大きい。《C‐Z》の物理学者やエンジニアは宇宙の次なる危険な不意打ちから連合を守るための仕事に一意専心すべしという主張に、ブランカは首肯できなかった。物理学者やエンジニアに仕事をつづけさせているのは、コズチ理論のエレガントさや〈長炉〉そのものの壮大さだ。指針となる原理か〈長炉〉の設計のどちらかにほんの少し醜悪なところがあったなら、とっくに手を引いていただろう。

ガブリエルが隣にあらわれた。柔毛がたちまち小さな結晶にまみれる。ブランカは手をのばすと、愛情をこめてガブリエルの肩をはらった。ガブリエルがそれに応えて、片手をブランカの胸の闇に押しいれると、手のはいってきた空間全体にやさしい温もりが生じた。際だって敏感なのは、ブランカのアイコンの触知可能な境界がなくなるように思える場所だ。そういう場所はガブリエルの手と三次元で接触することになる。

「ぼくたちは一方のリングで中性化を確認したよ」ガブリエルは喜んでいるようだが、その声にもゲシュタルトにも、〈長炉〉研究者グループ全体が過去八世紀ものあいだ、この瞬間にむけて働いてきたという事実をうかがわせるものは皆無だった。ブランカは小さくうなずいた。恋人にだけデコードできる温もりを、その仕草につめこんで。

ガブリエルが、「ぼくと高速化する気はある？　もう一方での中性化が確認されるまでのあいだ？」そうたずねる声は、わずかにやましげだった。

〈長炉〉の磁気蓄積（ストレージ）リングの一方で六十五時間前に陽電子が電荷を失って周囲のレーザー・トラップに逃げだした、という報せが地球に届いたばかりだとしたら、加速器の反対端にある第二のリングから決め手となる対の結果が届くには、さらに約三時間――十メガタウ――かかる。ガブリエルはこれまでも何度となく同様の待機時間を一タウまた一タウと送りながら、百テラメートル規模での物質操作にともなう氷河のような時間経過の遅さをじっと耐えてきた。だがブランカは、そうした姿勢が論理的に重要なものだと思ったことは、まったくない。

「全然かまわないけど」ふたりはコバルトブルーの吹き溜まりの中で手を握り、ふたりの界面ソフトは同期して減速した。観境はブランカの精神とダイレクトに同期していたので、ふたりから見たその進行速度は変わらなかった。

待ち時間をブランカは一跳びで越えるのではなく、ガブリエルの顔を見つめてすごし、時間を百万倍に高速化することで忘れた。物質世界との関わりには、倫理的問題がないとしても、程度の問題が絡んでくる。物質世界と関わるときには、重要なできごとから重要なできごとへ飛びまわって、ほかのものをすべて排除した人生を送るべきなのだろうか？　それはおそらく違うが――では、待ち望んでやまない瞬間までのあいだ、どれだけの主観時間を実直に耐えるべきなのだろう？　ガブリエルはその時間を連合標準速度で送っていた。たいていは将来のワームホールの配置を綿密に計画することに没頭していて、そのあいまに建造・テスト中の〈長炉〉の機械装置のようすをごくたまに点検する。だがガブリエルは、未来の時間のほとんどについて、なすべき計画を立てておえてしまっていた。この前ブランカがガブリエルからきいた話は、宇宙全体の慎重な、ナノマシンを用いない非指数的探査の詳細な戦略案だった。局所的ワームホールは、その形成後に口が移動できたのは一定の距離でしかないので、あらゆる場所とつながっているわけではないだろうが、宇宙が有限で閉じているなら、口で結ばれた領域――重なりあう部分もある――をつぎはぎすれば全体を網羅できるはずだ。そして、たとえ太陽系内のワームホールがせいぜいで数億光年先としかつながっていないとしても、その距離にある銀河内のワームホールはさらに数億光年先とつながっているだろう。

没頭しきったおだやかなガブリエルの表情が満足のそれに変わったが、安堵といえるほど劇的ではなかった。「もうひとつのリングでも確認された。ぼくたちはワームホールの両端を握ったわけだ」

ブランカがガブリエルの腕をふると、柔毛から青い水晶が雨のようにばらばらと落ちた。

「おめでとう」第二の中性化された陽電子が宇宙に抜けだしていたら、発見は不可能だっただろう。運よくガブリエルたちは、すぐに光子がワームホールを通過できることを確認できたが、ワームホールのどちらのちっぽけな口に光子を雨あられとぶつけても、他方から出てくるのはせいぜいしずく程度だ。

ガブリエルは思いにふける口調だ。「ぼくはずっと、失敗なんてありうるだろうかと思ってきた。つまり……ぼくたちはいくつかの設計上のまちがいをおかし、それは数世紀後まで発見されなかった。シミュレーションを破綻させる電子ビームのカオス的モードに行きあってしまい、全状態空間を経験頼みでマップして、トライアル・アンド・エラーで抜け道を探さなくてはならないこともあった。ぼくたちは何十万という小さなまちがいをおかし、時間を浪費し、事態を困難にした。だけど、とり返しがつかないほど完璧にしくじるなんてことがありえたんだろうか？　打つ手がないなんてことが？」

「それを問うのはちょっと早すぎない？」ブランカは疑問があるかのように首をかしげた。「これが空騒ぎでないとしても、あなたたちは〈長炉〉のふたつの端を結びつけただけ。それは出発点だけれど、まだトンネルからプロキオンをのぞきこんでもいないのよ」

ガブリエルは陽気な笑みを浮かべた。「基本原理は証明ずみだ。あとは根気強くやるだけのこと。今回、陽電子が中性化されるまでは、コズチーホイーラー・ワームホールが単に使い勝手のいい仮説で終わることもありえたんだ。低エネルギーでは正しい予想をおこなうけれど、厳密に精査していくとぼろが出るメタファーのひとつにすぎないかもしれなかった」

そこで自分の言葉が少々気にくわなかったかのように、一瞬口を閉じる。その可能性を〈長炉〉グループが口にすることはめったになかった。「でもこれで、ぼくたちはコズチ－ホイーラー・ワームホールが現実のもので、自分たちがその操作方法を理解していることを証明した。なのに、この先なにを失敗するっていうんだ？」

「さあね。でも、ことが星系間ワームホールとなると、恒星の中心部や惑星のコアに直結していないものが見つかるには、あなたたちが考えているより時間がかかるかもしれないでしょ」

「それは正しい。けれど、あらゆる星系の物質のうちある程度の量は、小型の小惑星や惑星間塵のかたちで存在するはずだ——そういうところなら、かんたんに掘り抜いて外に出られる。たとえその見こみが千倍あまかったとしても、使いものになる新しいワームホールを見つけて拡張するには、ひとつにつき一、二年しか要しない。それも失敗のうちにいれるのかい？　グレイズナーは一世紀ごとにひとつの星系を探索して、それを成功と呼んでいるっていうのに？」

「わかった」ブランカはさらに頭をひねった。「じゃあこういうのはどう？　あなたたちはこれで、自分たちが同一の電子－陽電子ワームホールを電子の側の端で接合できることを証明した。でも、いざその陽電子のひとつを陽子と置換したときに、うまくいかなかったなら？」星々への手軽な近道（ショート・カット）をあたえてくれる可能性があるのは、始源から存在する電子、陽子ワームホールだけだ。現状の実験では、各ワームホールの両端をアクセス可能にしておくだけのために、あらたに作られた電子－陽電子のペアを使っている。電子－陽子ワームホールに限定して作業したほうが理屈の上ではかんたんなのだが、ビッグバンが起きる条件下でなければ、両端のわかっている電子‐陽子ワームホールを実用になる割合であらたに作ることはできない。

ガブリエルが口ごもったので、ブランカは一瞬、相手がそのすじ書きを真剣に気に病んだのかと思ったが、「そうなったら失敗だな」とガブリエルは認めてから、「でもコズチ理論ははっきり予言している。陽子に結びついた電子を陽電子に結びついた別の電子とぶつけたら、陽子は崩壊して中性子になり、陽電子は中性化され……最終的に生まれるワームホールは、ぼくたちがいま作ったものよりもっと幅広くなる、とね。そして、コズチ理論がまちがっているなんていうくだらない空論をもてあそぶ余地は、もうどこにもないんだ。だから——

——」ガブリエルはブランカにべろべろばあをすると、〈長炉〉観境にジャンプした。

ブランカは追いかけた。ふたりの前方に、針金程度の細さの円筒を描いた図表がある。太さはまったく縮尺にあっていないが、長さは正確に描かれていて、冥王星の軌道の十倍以上に達している。太陽系内の全惑星の軌道も描きこまれていたが、内側の四つ、水星から火星までは小さな太陽の輝きに隠されていた。

〈長炉〉は十四兆以上の自由飛行する構成要素からなる、巨大な粒子加速器である。要素の各々は小さな光帆（ライト・セイル）で太陽のわずかな重力の引きとのバランスを保って、千四百億キロメートルの長さにわたる精確な直線上にその位置を固定している。帆の動力は、水星の内側の軌道をまわる太陽動力の紫外線レーザーのネットワークから扇形にひろがりつつ送られてくる光線だ。帆は加速器を作動させるのに必要なエネルギーも光線から得ている。

構成要素の大部分は単体のペーザー（PASER）・ユニットで、十メートル間隔で順に一列に並んでいる。ユニットは電子ビームを再収束させて、そこを通過する各粒子のエネルギーを約百四十マイクロジュールずつ増加させる。その程度では大したことがないようにきこえるが、電子一個あたりにすると九百兆ボルトに等しい。ペーザーはシャクター効果を利用している――レーザー光を浴びせられた適切な物質の原子が高エネルギー状態になり、そしてその物質を貫通する狭いチャネルを荷電した粒子が通り抜けると、粒子の電界が引き金となって周囲の原子にエネルギーを放出させる。それはまるで、レーザーが無数の小さな電子加速器を準備して、そこへやってきた粒子が加速器すべてを次から次と作動させ、各々から前むきの小さな反動を得るような感じだ。

各ペーザー内部で保持されるエネルギー密度は莫大なもので、ブランカは放射圧によって爆発した初期テスト・モデルの記録を見たことがある。ただし、その爆発は大きなものではなかった。ペーザーはザクロ石様の小さな結晶で、一個ずつの質量は一グラム以下。幅数百メートルの小惑星がいくつも採掘されて、〈長炉〉の建造に必要な何千万トンもの原料になったが、《カーター‐ツィマーマン》のもっとも熱狂的な宇宙物理エンジニアでさえ、ケレスやベスタやパラスといった最大規模の小惑星に手をつける必要が生じる設計は却下していた。

ブランカは〈長炉〉の一方の端にジャンプした。そこの観境は、信号が地球に届くのに要する六十五時間の遅れはあるものの、現実の装置の〝ライヴ〟映像だった。線形加速器の両端で、電子‐陽電子のペアが小さなサイクロトロンの中で作りだされ、陽電子はストレージ・リング内にとめおかれるが、電子はメイン加速器にまっすぐ送りこまれる。むきあったビームが〈長炉〉の中央でぶつかり、そのときもしふたつの電子が正面から、静電気の反発力に打ち勝つだけの速さで衝突したなら、コズチ理論はふたつの電子がワームホールを接合させると予言していた。電子自体は痕跡も残さず消滅するだろう——局所的に電荷およびエネルギーの保存則を破って——が、失われた負の電荷は、新しいワームホールのはるかな端で陽電子が中性化することで相殺される。また、消滅した電子のエネルギーは、陽電子が転じたふたつの中性の粒子となってあらわれるが、その粒子は幅約十のマイナス十五乗（フェムト）メートルと予想されることから、〈長炉〉グループの理論家たちはそれを〝フェムト口（マウス）〟または〝FM〟と呼んでいた。

　ブランカは慎重を期して懐疑的な姿勢を崩さなかったが、予想されていた一連のできごとがとうとう現実になったらしい。〈長炉〉の中央での電子の消滅をじかに観測した機器があるわけではなかった。電子の流れを追跡し、山のようなニアミスの中から一回の完璧な衝突を見つけるのは、不可能といっていい。しかし、どんぴしゃりの質量の中性の粒子、重さはほこりの一片程度だが原子核より小さいものが、ふたつのストレージ・リングそれぞれをとりまくレーザー・トラップでまったく同時に捕捉されていた。

　ガブリエルもブランカのあとを追ってきて、ふたりはいっしょにストレージ・リング施設の外殻を移動していき、レーザー・トラップの上に浮かんだ。観境はカメラからの装置の眺めと、機器の数値から作りだされた図表を融合させたものだった。現実との最大の違いは、推定上の存在であるFMをふたりが目で見ていることだ。自らの重要性を主張するタグを発信するひとつの黒い小点が、徐々に変わるレーザー光強度の勾配沿いにのろのろとトラップを通過しながら、ちょうどレーザーにそっと押させる程度の紫外線光子を散乱している。

FMがトラップから次の段階に引き渡されるまでには一時間以上かかる。ブランカとガブリエルは、さっきほどではないが高速化した。

「〈長炉〉グループのほかの人たちも、これを見ているんでしょ？」ふたりはこの観境にプライベートではいってきたので、ほかのユーザーには見えてもいないし、気づかれてもいない。ガブリエルがアドレスをそういうかたちに変化させたのだ。

「たぶんね」

「仮説が立証される瞬間に、その人たちといっしょにいたくはないの？」

「ないみたいだね」ガブリエルがふたたび手をブランカの中に、さっきより深く押しいれた。温もりが脈打つようにブランカの胴体の中心から広がっていく。ブランカはガブリエルのほうをむくと、相手の背中をなでながら、柔毛が——本人がそれを選択すれば——限界に近く敏感になるところに手をのばした。《C‐Z》の文化にもそれなりの問題はあるが、これが《コニシ》だったら、こんなふうに単純な快感をあたえあうことさえ、想像もできなかっただろう。ブランカたちふたりは、身体化しているからといって束縛をうけているわけではない。このかたちでも危害を加えられることはありえなかったし、なにかを強要されるのも不可能だ。それなのに《コニシ》は、不変主義者が肉の陥穽を神聖視したのと同じ馬鹿げた流儀で、自律性を神聖視していた。

ＦＭがガンマ線チャンバーに到着すると、一連のガンマ線パルスの激しい集中砲火がはじまった。ガンマ線光子の波長は十のマイナス十五乗メートル前後で、これはだいたいＦＭの直径と等しい。光子の波長はワームホールの口の大きさとは無関係で、研究者グループがどれくらい正確に口の位置を固定して、選んだ標的にむけさせられたかを測るのが光子の役割だ。

ブランカは半分本気で文句をいった。「地球までのタイムラグが両端で同じになる位置に〈長炉〉を設置できなかったの？」ガンマ線は間髪をいれずにワームホールの反対側の口から出てくるはずだが、地球から遠いほうの加速器の端は、近いほうの端よりさらに三十億キロメートル離れているので、もう三時間待たなければ、遠いほうの端で六十八時間前に起こったことはわからない。

ガブリエルは「妥協の結果こうなったんだ。彗星を避けて、重力効果を平衡させて……」と弁解したものの、上の空に近い。ガブリエルの視線をたどった先ではガンマ線の輝きが明滅していて、ブランカは相手の考えていることが即座にわかった。いまここで目撃している事態は、非常に奇妙な可能性をもたらそうとしているのだ。〈長炉〉の軸線沿いに遠いほうの端へ飛行している観測者から見ると、ガンマ線光子は――それは光より速く運ばれるので

——ワームホールにはいる前にそこから出てくることになる。ものごとの順序がそんなふうにおかしくなるというのは、ほぼ理論上の話にすぎない。ワームホールの両端の光子が観測者に届くだけの時間が経つまでは、観測者は光子の出入りを知ることさえないからだ。しかし、もし観測者が自分でもワームホールの口をもち運んでいて、その口が後続の別の宇宙機に乗った仲間のもっている口と結ばれているとしたら、観測者は〈長炉〉の遠いほうの端を通過するときに手もちのワームホールで仲間に信号を送り、近いほうの端のガンマ線源を破壊させることができる……遠いほうの口から出てくるのをたったいま見たばかりのガンマ線光子が、送りだされる前に。

ワームホールがもうひとつ手にはいったら、〈長炉〉グループはこの古来の思考実験をじっさいにおこなえるようになる。このパラドックスの解決法としていちばんそれらしいのは、〈長炉〉ワームホールと宇宙機搭載ワームホールの両方を含むループを移動している複数の仮想粒子——真空ワームホールの口——を考えにいれることとだ。仮想粒子は使うことのできるあらゆる経路で絶え間なく時空を流れており、ふたつのワームホールの口のあいだの通常時空を移動するには一定の長さの時間がかかるけれど、宇宙機搭載ワームホールを通過すると仮想粒子は過去に戻されて、ループを周回するのに必要なトータルの時間は減少する。未来から過去へ信号を送ることが可能になる地点に二機の宇宙機が接近するにつれ、ループ周回時間はゼロに近づき、各仮想粒子は自分のドッペルゲンガー——すでに周回の旅をしてきた未来バージョンのそれ自身——の大群があとからあとから幾何級数的に増えていくのを見ることになる。ドッペルゲンガーがたがいに完璧な位相にはまりこんでいくと、急激に増加するそのエネルギー密度によってワームホールの口は内破して小さなブラックホールになってから、ホーキング放射のひと吹きとともに消滅する。

時間旅行を禁止する以外にも、この結論は重大かつ実際的な意味をもつ。銀河に縦横にワームホールが作られたら、仮想粒子のループがそのすべてを貫くことになり、口の操作にちょっとでも不注意があれば、ネットワーク全体を対消滅させてしまうのだ。

ガブリエルが、「そろそろ時間だ。さあ……」ふたりは〈長炉〉の遠いほうの端にジャンプした。ここの観境は入手可能な最新の現地データを表示しているが、それはまだ、もう一方の端でガンマ線集中砲火がはじまる数分前のものだった。第二のFMが観測チャンバーに据えられて、円柱状に列をなすガンマ線検知器に監視され、どまん中に位置しつづけるよう紫外線レーザーでときおりつつかれている。FMがほんとうにそこにあることを示すのは、レーザーのかすかな散乱だけだ。電荷も磁気モーメントももたないFMは、原子一個よりもはるかに存在をとらえがたい物体だった。

「ほかの人たちといっしょにいるべきだとは思わない？」〈長炉〉がいつかは成功するという話をあまりに長いこときかされてきたブランカにとって、未来に待つものを示唆する初のできごととはいえ、こんな微視的なことに感激するのはむずかしかった。けれど、もしほんとうに自分たちが次の一万年間の連合の歴史を決めるかもしれない変化のとば口に立っているのなら、公式な祝典をひらくじゅうぶんな口実になるように思える。

「喜んでくれると思ったのに」ガブリエルは機嫌を損ねたようすで、つっけんどんに笑った。「八世紀間の苦労の果てに、この瞬間をぼくたちはいっしょに送っている。なのにきみはなんとも思わないのか？」

ブランカは相手の背中をなでながら、「心の底から感動はしているの。でも、あなたは研究者仲間のことを考え――」

ガブリエルは腹立たしげにブランカから離れた。「わかった。きみの望みどおりにしよう。ぼくたちも野次馬の仲間いりだ」

ガブリエルはジャンプした。ブランカはあとにつづいた。ふたりが公共モードで再入場すると、観測チャンバーが劇的に巨大化した。《カーター‐ツィマーマン》の市民の半数がチャンバーの上方の空間に浮かんでいて、全員を表示できるように映像の縮尺が変わったのだ。人々はたちまちガブリエルに気づいて、まわりに集まってくるとお祝いをいった。ブランカは脇に移動して、興奮した人々の賛辞に耳を傾けた。

「やったな！　次の星に着いたグレイズナーどもが、おれたちに出し抜かれたと知ったらどんな反応をするか、想像してみろよ」といった市民のアイコンは、猿の形をした籠いっぱいに小さな黄色い鳥が飛びまわりつづけているというものだった。

ガブリエルは如才なく返事をした。「ぼくたちはグレイズナーがむかっている星系は避ける予定です。それが当初からの計画ですから」

「おれはやつらと競争で星系を探索すべきだとかいってるんじゃないよ。まちがいようのないしるしを残しておけばいいんだ」拡張できたワームホールの最初の数千個の中に、グレイズナーの当面の目的地が含まれている可能性はきわめて低い、とブランカは口をはさみそうになったが、思いとどまった。

この観境へジャンプしたときに、ブランカたちはデフォルトでここの滞在者たちの平均速度に同期していた。十万倍の高速化。だがそれは絶えず変化していた。じれてくる人がいるかと思えば、緊張感(サスペンス)を引きのばそうとする人もいるからだ。ブランカは平均に逆らわず、群衆の気まぐれにまかせて時間の中をすり抜けていく気分を楽しんでいた。観境内をぶらついて、見知らぬ人々とかたちだけのあいさつを交わしているうちに、ブランカは観測チャンバーの巨大な機械装置がほんものと思えなくなっていることに気づいた。ついさっきまで、全体が両腕を広げたより小さくなるような縮尺で、それを見ていたからだ。遠くでヤチマが、〈長炉〉グループのほかのメンバーと話しこんでいるのが見えた。親めいた誇らしさがわいてきて、ブランカはちょっとおかしくなった——孤児に教えた技能の大半は、《C－Z》の物理学者よりは《コニシ》の採掘者の役に立つものだったというのに。

その瞬間が近づいてくると、人々は声をあわせて秒読みをはじめた。ブランカはガブリエルを探した。興奮気味の赤の他人たちに囲まれていたガブリエルは、近づいてくるブランカに気づいて、抜けだしてきた。

「五！」

ガブリエルはブランカの手をとって、「さっきはごめん」

「四！」

「ほかの連中がそばにいるのがいやだったんだ。きみとふたりきりでいたかった」

「三！」

不安がガブリエルの目にひらめいた。「感情を鈍らせるように価値ソフトはプログラムしてあるけど、自分がどんなふうに感じることになるか、見当もつかない」

「二！」

「通過可能なワームホールがひとつできれば、あとはもう大量生産だ。ぼくにとってこれが人生のすべてだった。これだけを目標にしてきた」

「一！」

「別の目標を見つけて、それを新しい目標に決めることはできるだろうけれど……そのとき、い、い、い、いも、ぼくはぼくなのか？」

ブランカはなにをいったらいいのかわからず、さしのばした手でガブリエルの頬に触れた。ブランカ自身の価値ソフトはそこまで対象を絞ってはいない。こんな極端な変転に直面するのははじめてだった。

「ゼロ！」

群衆を沈黙がつつんだ。ブランカは熱狂を、喝采を、勝利の叫びを待った。

なにも起きない。

ガブリエルが視線を下げ、ブランカもそれにつづいた。フェムトロは相変わらずレーザーの紫外線を散乱させているが、ガンマ線はあらわれてこなかった。

ブランカが、「もう一方の口が焦点からさまよい出ちゃったのよ、きっと」

ガブリエルは神経質な笑い声をあげた。「いや、そんなことは起きていない。ぼくたちはそのときあそこにいて、計器はなにも表示しなかった」ふたりのまわりの人々は、自分なりの考えをひそひそとささやきあっていたが、だれのゲシュタルトも嘲笑ではなく寛容な興味を示しているようだ。たしかに、八世紀も失敗を重ねてきたあと、〈長炉〉が一発で決定的な成功の証拠をもたらしたら、できすぎというものだろう。

「じゃあ計器の衡正エラーよ。口がさまよい出ちゃったのに、計器はまだ口が焦点にあると考えているなら、システム全体を再衡正しなくちゃ」

「そうだね」ガブリエルは顔の柔毛を両手ですくと、笑いながら、「ぼくは世界の縁から落ちていく覚悟をしていたのに、あと一歩がうまくいかなくて、救われたんだ」

「最後のツメで失敗して、変転の必要がなくなった。願ったりかなったりじゃない？」

「まったく」

「それで、これからどうするの？」

ガブリエルは不意にこの件全体が気まずくなったように、肩をすくめた。「さっききみがいったじゃないか。〈長炉〉のふたつの端を結びつけるのは、出発点にすぎない。ぼくたちはまだワームホールで宇宙をくるんだわけじゃないんだ。それにこの分だと、変転を八百年間不要にする失敗が、まだまだありそうだし」

ブランカは半ギガタウを費やして、自分の新しい架空世界を探索し、パラメータを微調整して千回も再スタートさせたが、風景に直接手をいれて整えることは絶対なかった。それは邪道だ――芸術性が退き、物質のまがい物に近づく――とはいえ、そんなことに気づく人がいるはずはない。ブランカがこの世界を一般公開したら、人々はその無矛盾性と自発性の完璧な混合に驚嘆することだろう。

ブランカが深い峡谷の縁に腰かけて、若葉色の塵雲が鮮明な幻の滝のようにまわりに流れこんでくるのを眺めていたところへ、ガブリエルがあらわれた。ブランカは幾ばくかの時間を割いて〈長炉〉に関する問題を気に病みはしたが、最初の一メガタウもすぎないうちに、その件は意識から完全に消え去っていた。これまでもあらゆる障害を乗りこえてきたガブリエルたちが、今回の問題も乗りこえるはずなのだから。それはつねに忍耐の問題でしかなかった。

ガブリエルが落ちつきはらった声で、「遠いほうの端からガンマ線が出っぱなしになったよ」

「おめでとう！　どこが悪かったの？　レーザーの調整不良？」

「悪いところはなかった。ぼくたちはなんの修理もしていない。なにひとつ変えていないんだ」

「それって、口が勝手にふらふらと焦点まで戻ってきたってこと？　トラップの中を前後に往復しているの？」

ガブリエルは緑色の流れに両手をさしいれた。「口はつねに焦点に位置している、まったくズレることなく。ぼくたちがいま見ているガンマ線は、実験開始時点で口にはいっていった分だ。全部のパルスにタイム・スタンプをコードしたことは、話しただろ？　そう、反対側の端から出てきた最初のパルスには、五日半前に送りこまれたガンマ線のタイム・スタンプがついていた。反対側から出てくるまでに、ふたつの口のあいだの通常空間を通過するのと同じ時間がかかったんだ。ピコ秒単位まで正確に。ワームホールは通過可能だけれど、近道じゃない。やっぱり千四百億キロメートルの長さがあるのさ」

ブランカはなにもいわずにその話を咀嚼した。それはたしかなのかときくのは、いい考えではなさそうだ。〈長炉〉グループはここ数メガタウのあいだ、もっと好ましい結論を探して血眼になっていたはずだから。

ブランカはようやく口をひらくと、「なぜなの？　なにか思いついている？」

ガブリエルは肩をすくめた。「ひねり出した仮説の中で、少しでもすじが通るのはこれひとつしかない。ワームホールの総エネルギーは、ほぼ完全に口の大きさと形しだいで決まる。仮想グラビトンと相互作用するのはワームホールの口だ。ワームホールのトンネルはお好みどおりに長くも短くもできるけれど、そうしても口の質量はまったく変わらない」

「そうだとしても、外側の空間で口が引き離されたからというだけで、トンネルが長くなることにはならないでしょう？」

「まあ待って。ワームホールの総エネルギーには少しばかりの修正がおこなわれていて、それはトンネルの長さで決まるんだ。あるワームホールが外側の空間を通る経路よりも短いとしたら、そこを通過する仮想粒子のエネルギーは、通常の真空エネルギーよりごくわずかに高くなる。だからワームホールが自分の長さを自在に調節してエネルギーの差を最小限にできるとしたら、内側での口のあいだの距離は最終的に外側の距離と同じになるだろう」

「でも、ワームホールは自在にそんなことなんかできないわ！　コズチ理論はワームホールが十のマイナス三十五乗メートルより長くなることを禁じている。六つの余分な次元では、全宇宙の幅がそれだけしかないんだから！」

ガブリエルは淡々と、「コズチ理論にはいくつかの問題があるようだ。最初が《トカゲ座》で、あの件はまだ説明がついていない。そしてこんどはこれだ」グレイズナーは非知性プローブを《トカゲ座》ブラックホールをめぐる軌道に乗せていたが、中性子星の衝突の原因についてあきらかになったことはなにもなかった。

ふたりはしばし言葉もなく、峡谷の縁にすわって足をぶらぶらさせながら、緑色の霧がなだれ落ちるのを眺めていた。純粋な知的挑戦として考えれば、ガブリエルにとってこれは最高の状況だ。コズチ理論はどうやら徹底した再評価をうけるか、後進に座をあけ渡す必要があり、この転換期にあたって、ガブリエルが過去八百年間その建造に手を貸してきた機械装置がその中心に位置している。

〈長炉〉が完璧な時間の浪費だったとしても、それは星々への近道としてのことでしかない。

ブランカは口をひらいた。「あなたたちは、わたしたちを真実により近づけてくれた。それは絶対に敗北なんかじゃない」

ガブリエルは苦々しげに笑って、「そうか？　《カーター－ツィマーマン》のコピーを千個クローンして、それを全部別々の方角に急派すれば、グレイズナーに追いつける見こみがあるかも、なんていう話がもう出ているんだよ。もしワームホールが一瞬で通過できるのだったら、それで銀河全体が結ばれていただろう。観境から観境へジャンプする気安さで、星から星へも飛びまわれたはずだ。だがいまではぼくたちは断片化する定めにある。《C－Z》のクローンのいくつかは星々へ飛び去り、何世紀もがすぎて……もしなにかの報せが返ってきたとしても、そのころにはほかのポリスはそんなことを気にかけなくなっているだろう。ぼくたちはみな、離ればなれになっていくんだ」ガブリエルは地面の塵を手のひらで押しだして、崖っぷちを越えて落ちていくのを早めてやった。「ぼくは宇宙に張りめぐらされたネットワークを構築しようとしていた。それがぼくという人間だった。宇宙を全部ぼくたちの手のひらにおさめようとしていた市民。だが、いまのぼくはなんなんだ？」

「次なる科学革命の煽動者」

「違う」のろのろと頭を横にふって、「ぼくにはそれを乗りこえられない。自分の失敗を認めて生きていくことはできる。恥をさらしながらでも生きていける。すごすごとグレイズナーのあとを追って、光より遅く宇宙を渡りながら、これ以外の手段などありはしないと納得することもできる。でも、ぼくの夢をだめにしたものを、それが輝かしい啓示かなにかのようにうけいれられるとは思わないでくれ」

　むっつりと遠くを見つめるガブリエルを、ブランカは見守った。この何世紀ものあいだずっと、ブランカはまちがっていたのだ。ガブリエルにとって、コズチ理論がエレガントだというだけでは全然じゅうぶんではなかった。だからその欠陥を暴いて除去する機会があっても、ガブリエルにはなんのなぐさめにもなりえない。

　ブランカは立ちあがった。「来て」

「え？」

　ブランカはかがんでガブリエルの手をとった。「いっしょにジャンプして」

「どこへ？」

「ほかの観境へ跳（ジャンプ）ぶんじゃない。ここで。崖の縁から跳ぶの」

　ガブリエルの視線は疑わしげだったが、立ちあがると、「なぜ？」

「あなたの気分をよくできるから」

「そうは思えないけど」

「なら、わたしのために跳んで」

　ガブリエルは悲しそうに微笑んだ。「わかったよ」

　ふたりは岩壁の端に立ち、足もとの塵が渦を巻いて落ちていくのを感じた。ガブリエルが驚きの声をあげる。「自分のアイコンのコントロールを手放そうとしていると思うだけで、不安になるよ。退化した生物になろうとしているみたいだ。有翼の改変態でさえ自由落下を嫌悪していたって知っているかい？　急降下が戦術として役立つことは多かったけれど、有翼人はできるだけ早くそれを終わらせたいという本能的欲求をもちつづけていた」

「さあ、パニックを起こして逃げだしたりしたら、絶対許しませんからね。準備はいい？」

「よくない」ガブリエルは首を前にのばした。「どうしても好きになれないよ」

ブランカがガブリエルの手を握って足を踏みだすと、架空世界の法則がふたりを崖下に転げおとした。

9　自由度

《カーター‐ツィマーマン》ポリス、恒星間宇宙
五八　三一五　八五五　九六五　八六六　CST
四〇八二年三月二十一日、八時〇六分〇三秒〇二〇　UT

ブランカは最低でも年にいちど〈船殻〉をおとずれるのを、義務だと感じていた。《カーター‐ツィマーマン》の住人のだれもが、ブランカがフォーマルハウト星系行きの宇宙船ではある主観的時間経過を体験するという選択をした――ガブリエルはその旅のあいだじゅう凍結したままでいるのだが――のを知っていて、その理由として納得のいくものは事実上ひとつしかなかった。

「ブランカ！　覚醒したんだね！」そういう前からエニフはブランカを見つけていて、この男性は微小隕石で穴だらけのセラミックの上を四つ足で、前と変わらぬ安定したペースでこちらへむかってきた。アルナスとメラクがそれよりはわずかに慎重な足どりで、あとを追ってくる。オスヴァルー党のほとんどは身体化ソフトウェアを使って、実在しなかった真空適

応型肉体人をシミュレートし、その体には気密性の断熱皮膚、赤外線通信機能、可変接着力をもつ手のひらと足裏があり、さらに放射線損傷とその修復作用までシミュレートされていた。デザインは非の打ちどころなく機能的だが、宇宙航行中の《カーター＝ツィマーマン》ポリスの各クローンは、星子犬と呼ばれるその架空の改変態一匹よりかろうじて大きい程度なので、ほんものを作って乗員にするのは問題外だった。〈船殻〉はもっともらしい作りごとでしかない。現実の天空と数百メートル長の架空の宇宙船を混合させた合成観境だ。ポリスの数千倍の重さがあるそんなものを実現するには、《ディアスポラ》を数千年延期して、燃料の反水素をたっぷり製造しなくてはならなかっただろう。

エニフはブランカとぶつかる寸前、かろうじて足をすべらせることなく、進行方向をそらした。エニフはみがきをかけた〈船殻〉芸をしじゅう披露しているが、もし手足の接着力を読み誤って宇宙へ跳びだしてしまったら、ほかの人たちはどうするのだろう、とブランカは思うのだった。入念にシミュレートした物理法則に反して、魔法のようにエニフを引きもどすのだろうか？　それとも粛々と救助ミッションを準備する？

「覚醒だ！　きっかり一年ぶり！」

「たしかに一年ぶりね。わたしはあなたたちに春分を告げて、故郷の星の時間周期とつながりをもちつづけさせようと決めたの」ブランカは自分を抑えられなかった。オスヴァル一党の価値ソフトがこの種の宇宙がらみの古のたわごとを、それが目もくらむほど深遠だとでもいうようになんでも真にうけると気づいて以来、ブランカは恒星間旅行の精神的苛酷さに完全な順応を遂げたこの一党に、皮肉のセンスが痕跡程度でも残っているのかが知りたくて、こんなふうにつつきまわしてしまうのだった。

エニフはしあわせそうにため息をついた。「きみはぼくらののぼりくる暗黒太陽、ぼくらの集合網膜に映って郷愁を誘う残像だ！」アルナスとメラクも追いついてきて、三人は地球の古い季節のめぐりと同期を保ちつづけることの重要性について、熱心に議論をはじめた。三人が全員《C‐Z》ポリス生まれの第五世代で、季節に心動かされたことなど一度もないという事実は、触れるに値しないらしい。

《カーター‐ツィマーマン》ポリスが千のクローンを作って、そのクローンが千の目的地にむかって発進したとき、この《ディアスポラ》計画に参加した市民の圧倒的大多数は、目的地到着まで自分の全スナップショットを凍結しておいて、倦怠と危険の両方を回避するという賢明な決定をした。もしスナップショット・ファイルが、クローンされた瞬間以来いちども走らされることなく旅の途上で破壊されたとしても、それは損失も死もなにひとつ引きおこさない。多くの市民はそれに加えて、到着した星系がじゅうぶんに興味深いところだと判明したときにだけ自分を再スタートさせるように界面ソフトをプログラムして、失望を味わう心配すらないようにしていた。

それとは正反対に、市民のうち九十二人は千の旅をひとつ残らず全行程にわたって体験することを選択していて、その中には高速化して各々の旅を主観時間で数メガタウに短縮させた人もいるが、残りの人々は物質世界と関わるにあたっては、肉体人と同等の主観時間だけが唯一の〝正しい〟速度だという奇妙な信念にくみしていた。この最後の人々はもっとも動作の重い価値ソフトなしでは、発狂を防げないのだった。

「で、なにか新しいことは？　わたしはなにを見逃したの？」ブランカは年に一、二度しか〈船殻〉に姿を見せず、残りの時間は凍結してすごしているものとオスヴァル一党には思わせておいた。ブランカは目的地が地球にいちばん近く、最短期間の旅となるこのフォーマルハウト行きの宇宙船以外では覚醒しないという選択をしていたので、年に一、二度の覚醒という手ぬるい《ディアスポラ》体験のしかたでも、この船のほかの乗員たちの目には、とても立派とはいわなくても、すじの通った態度だと映っているにちがいない。

メラクがかわいらしく顔をしかめ、うしろ足で立ちあがった。全力疾走したあとで、まだ喉の血管が紫色の皮膚の下で脈打っている。「ほんとに気づいてないの？　あなたがこの前ここに来てから、プロキオンが六分の一度近くも動いてるのよ！　アルファケンタウリなんかその二倍も！」メラクは目を閉じ、一瞬陶酔のあまりに言葉がつづかなくなった。「感じないの、ブランカ？　そんなわけないよね！　三次元の星々のあいだを移動しながら、鋭敏に視差を感知して……」

ブランカがこの価値ソフトを使っている市民たち——全員ではないが大半が星子犬だ——をひそかに〝オスヴァル〟と呼ぶのは、イプセンの『幽霊』で意味もなく「太陽。太陽」と繰りかえして劇の幕をおろす登場人物に由来している。『星々。星々』この連中は視差の変化に歓喜して言葉を失っているとき以外は、変光星の脈動か、ふたつの星をかんたんに見わけられるいくつかの連星のゆっくりした軌道にうっとりしているのだった。ポリスは大きさからいって本格的な観測設備を搭載していないし、どのみち星子犬たちは限界のある自らの模擬生物学的視力だけをおとなしく使っている。それでも星子犬たちが星光浴をしながら、この旅の距離やタイムスケールを思って歓喜に打ち震えられるのは、精神を再形成して、あらゆる体験の細部が無限に快く、無限に魅力的で、無限に意味のあるものになるようにしているからだ。

ブランカは〈船殻〉に数キロタウとどまって、エニフとアルナスとメラクが架空の宇宙船じゅうを案内してまわり、天空の数百のこまごました変化を指し示して、その意味を説明し、そこかしこで立ち止まって友人たちにブランカを見せびらかすのにつきあった。やがてブランカが時間切れの近いことをほのめかすと、三人はブランカを船首につれていって、うやまうように目的地を見つめた。この一年でフォーマルハウトは目に見えて明るくなったわけではないし、そこから見かけの上で遠ざかりつづけている近傍の星もなかったので、メラクでさえ目的の星を特定するものがこれといってないことを認めるほかなかった。

ブランカは、ポリスが移動しているというなによりも華々しい証拠を、三人が故意に自らの目から隠していることを思いださせるほど親切ではなかった。光速の八パーセントだと、フォーマルハウトに中心を置くドップラー偏移による星虹は、ほのかすぎて三人には見つけられない。とはいえこの観境自体は、光子一個にも反応する感度とオングストローム以下の波長の分解能をもつカメラからのデータで作られているので、請求さえすれば星虹があらわれる。けれど、身体化ソフトをごまかして、その情報を直接とりこんでいるように自分たちの見せかけの体に思いこませるとか、単にドップラー効果を視認可能なところまで誇張して擬似カラーの天空を構築するという発想にさえ、三人は震えあがるだろう。三人は宇宙航行中の肉体人に擬した五感を通してこの旅を体験してきた。そこになにかよけいなものをつけ加えたら、その体験のもっともらしさを損ね、自分たちを抽象主義に熱中させる危険をまねくだけだ。

ブランカは三人に次回までのお別れをいった。星子犬たちはまわりを飛び跳ねながら騒々しく不満の声をあげ、行かないでと訴えたが、ブランカには三人がそうそういつまでも自分のことを思っていたりしないのがわかっていた。

自分の専用観境に戻ったブランカは、いまの訪問を自分が楽しんでいたことを認めた。子犬たちのいちずな狂信に短時間さらされるのは、自分自身の強迫観念を見直すのにかならず役立つ。

ブランカの現在の専用観境は濃いオレンジ色の空の下の、地割れが走るガラス状の平原だ。地面からほんの数デルタ上で激しく形を変える銀色の雲が、上昇気流に乗り、昇華して目に見えない蒸気になってから、急に再凝結してまた降りてくる。地面は地震にさいなまれていたが、ゆれを引きおこす力は、現実世界の物質とはなんの類似点もない雲に由来していた。ブランカは大地震の前兆となる空のパターンの見当がつきはじめていたが、厳密なルール、より低いレベルの決定論的法則の複雑な発現特性はまだつかめていなかった。

けれどこの世界もその地震学も、単なる飾りであり気晴らしにすぎない。この観境を何キロデルタもジグザグに走る地割れこそが、ブランカがとにかく航宙中に覚醒していることに決めた理由なのだし——さらに、放棄されたさまざまなコズチ図(ダイヤグラム)、〈距離問題〉を解決しようとして失敗した試みがつらなってできる小道が、最大の地震による地割れをも凌駕して、まもなく平原のもっとも際だった景観になるだろう。

ブランカは小道のできたての端の上に浮かんで、自分の最近のお粗末な努力の成果をつくづく眺めた。ここ数メガタウは、コズチのオリジナル・モデルに、見苦しい〝高次の修正〟の体系をあてがおうとしてきた。無限後退するワームホール内ワームホールが、任意に大きいが有限の長さ——陽子より二十桁小さい空間につめこまれた千億キロメートルのフラクタル——にならないかと期待していたのだ。その前には、真空の生成と消滅をいじりまわして、ワームホール内の時空を口の位置が動かされるのにあわせて拡張したり収縮したりさせようとした。どちらの試みもうまくいかず、いま思うとそれでよかった気がする。そんなまにあわせの不細工な手直しが、真実であっていいはずはない。

〈長炉〉は《ディアスポラ》船の燃料となる反水素を作るのに使われたあと、本来の目標を果たせなかったからといってすっかり見捨てられることもなく、地球の《C‐Z》の素粒子物理学者の小グループに再利用されていた。このグループの実験によって、いまやプランク‐ホイーラー長にいたる既知のあらゆる種類の粒子の精査が終わり、通過可能なワームホールが作られない場合の実験結果はいずれもコズチ理論と完璧に一致していた。このことはブランカには、コズチが提唱した素粒子のタイプとワームホールの口を一致させるという発想は正しくて、ほかのなにに手を加えたり破棄したりする必要があるとしても、その基本的な発想はそのまま修正版理論の核になるべきだという確たる証拠に思えた。

だが地球では、コズチのモデルはすべて破棄されるべきだという意見が大勢を占めつつあった。ワームホールの口に多様性をもたらす六つの余分な次元はすでに、〝二千年のあいだ物理学者たちに誤った道を歩ませた数学的フィクション〟と呼ばれ、理論家たちは不幸の原因となったことを悔いる者の禁欲的な熱意をもって、競うようにもっと〝現実的な〟アプローチを採用していた。

ブランカも、コズチ理論が正しく予想したことのすべては、別の理論にもとづくワームホール幾何学の論理的構造を〝正確に模倣していた〟結果にすぎない、という可能性は認めていた。小惑星の中心を通る鑿井を重力下で落下する物体の運動は、理想的な固定されたバネの自由に動くほうの端につながれた物体の運動と、本質的には同じ数学に支配されている——だが、どちらのモデルも他方のメタファーとして話を押しすすめていくと、やがてはたわごとになってしまう。コズチのモデルが成功したのは、ほとんどの場合、じっさいにはバネが小惑星と違うくらいに余分な次元のワームホールとは違っている深部の物理的プロセスの、あまりにうまいメタファーだったという事実によるものでしかなかった、ということはありうる。

問題なのは、この結論が《C‐Z》を覆っている気分とあまりにもよく合致していることだ。ワームホール・トラベルの失敗に対する非難、ほかのポリスが物質世界からの引きこもりをつづけていることへの反発、そしてほかのポリスのあと追いを避けるには《C‐Z》文化を先祖直系の体験という基盤にゆるぎなく固定し、ほかのあらゆるものを形而上学的道楽として追放するほかにないという、人気上昇中の信条。そんな風潮の中でコズチの六つの余分な次元が、じっさいに起きていることを一時的に誤解した結果という以上のものと考えられるはずもなかった。

　ブランカははじめのうち、この件にせいぜいで二十か三十メガタウを費やしたのち、解決法を見つけるのがどれほど困難かを正しく理解するために自分が時間と努力をじゅうぶんにかけたことに満足して、航宙の残りは眠ってすごすつもりでいた。〈長炉〉の一件での意気消沈からガブリエルが脱する役に立てる、などという希望をふくらませすぎないよう注意はしていたけれど、覚醒したガブリエルを、気の滅入る〝失敗〟が次の二千年間を支える物理学の鍵に変貌していたという報せをたずさえて出迎える、という楽しい空想もいだかなくはなかった。しかし、レナタ・コズチが効率的で調和のとれたひと組の法則に律せられる無類にエレガントな宇宙を発明したという事実は残る――だが地球からの通信はこのコズチの驚くべき創造物を、プトレマイオスの周天円並みに後世に悪影響をおよぼし、燃素（フロギストン）やエーテル並みに往生際の悪い、忌まわしい誤りの仲間として語りはじめていた。ブランカは自分にはコズチ本人のために、力強い擁護をする義務があると感じていた。

ブランカは自分のコズチ・アバターを走らせた。死んで久しい肉体人の映像が、観境内で隣にあらわれる。コズチは黒髪の女性で、背はかなり低く、最重要論文を発表したのは六十二歳のときだった——その時代にあっては、科学の分野でめざましい業績をあげるには例外的な年齢だ。アバターは非知性で、ましてやコズチの精神を忠実に再現したものではない。コズチが死んだのは《移入》初期の時代で、なぜスキャンを拒んだかはいまではまったく不明だ。けれどソフトウェアには、非常に多種多様な話題に関する公になったコズチの見解にアクセスし、ある程度まで行間を読んで、量は限られているが言外の情報を引きだすことができた。

ブランカは三十七回目の同じ質問をした。「ワームホールは最長どれくらいになれるの？」

「標準ファイバーの外周の半分」アバターはコズチの声に、ゆえないことではないがかすかないらだちをにじませていた。アバターは工夫していろいろにいいかえていたものの、答えは毎回同じだった。約五かける十のマイナス三十五乗メートル。

「標準ファイバー？」アバターから憤りに近い表情をむけられたが、ブランカは動ぜずに頼んだ。「もういちど説明して」ブランカは基礎に立ちかえる必要があった。モデルの根本的な前提を再検討して、〈距離問題〉をすじの通ったものにしつつ、ワームホールの口の根本的な対称性を損なわないかたちでその前提を修正する方法を見つけなくてはならない。

アバターは態度をやわらげた。コズチ本人ならどうしたかはわからないが、アバターはいつも、結局は協力的になる。「ミンコフスキー宇宙の二次元の空間的切片から話をはじめましょう——平らで変化のない、いじりまわすためのおもちゃとしては考えうるもっとも単純なものです」アバターは長さ一デルタ、幅半デルタの半透明の長方形を作りだすと、それをU字形に丸めて、半分がもう半分の上に手の幅くらい離れて平行になるようにした。「ここでの曲率は、もちろんなにも意味しません。図（ダイヤグラム）を作る上では必要ですが、物理的には少しも重要ではありません」ブランカはうなずきながら、居心地の悪さを感じていた。これはカール・フリードリヒ・ガウスに九九を暗唱してくれと頼んでいるも同然だ。

　アバターは図から小さな円盤をふたつ切りとった。ひとつは上の平面から、もうひとつはその真下から。「このふたつの円をワームホールでつなごうとしたら、方法はふたつあります」細い長方形の帯を図に貼りこんで、上の穴の縁の小さな一部分を、下の縁の対応する部分と結ぶ。それからこの部分的な橋を両方の穴の縁ぞいにぐるりとのばして、トンネルを完成させた。トンネルはくびれ部分（ウエスト）にむかって細まって砂時計形になったが、くびれ部分で閉じてしまうことはなかった。「一般相対論によると、この方法は、とくにそれが通過可能な場合、いくつかの基準系で負のエネルギーをもつように見えるはずです。けれどふたつの口は正の質量をもったままでいられるので、わたしはしばらくこれの量子重力バージョンの仮説をいくつか探究しましたが、結局、安定な粒子のモデルにすることはできずじまいでした」

　アバターは砂時計形トンネルを消して、ふたつの穴をつながれていない状態に戻してから、上の縁の左側と下の縁の右側のあいだに狭い帯を貼りこんだ。前回同様、帯を両方の穴の全周に、つねに反対側の縁を結ぶようにしてのばしていき、ワームホールの口どうしのあいだの一点で接する一対の円錐を作りだす。「この方法は正の質量をもちます。事実、もし一般相対論がこのスケールでも有効なら、これは単に特異点を共有する一対のブラックホールになるでしょう。もちろん、もっとも重い素粒子にとってさえ、シュワルツシルト半径はプランク－ホイーラー長よりもはるかに小さく、そのため量子不確定性があらゆる潜在的な事象の地平線を崩壊させ、おそらく特異点さえも除去してしまうでしょう。しかしわたしは、その不確実性の基礎をなす単純な幾何学的モデルを見つけたかったのです」

「そしてあなたは、余分な次元をつけ加えることで、それを表現した。アインシュタイン方程式が四つの次元で最少スケールの時空の構造を明確にできないのなら、その古典的モデルのあらゆる〝固定点〟は余分な自由度をもっているにちがいない」

「そのとおり」アバターが図に手をふると、図は微妙に変形した。半透明のシートが小さな泡の塊になり、泡のそれぞれはまったく同一の真球だった。その眺めはきわめて様式化されたもの——円を隣接して並べて長い線状にすることで円筒を描くようなもの——だったが、ブランカはそこにある決まりごとを理解した。図上のあらゆる点はシートのふたつの次元では固定されているが、いまやそれ自身の小さな球の表面のどこにでも自在に位置できるものと見なせる。「各点が占めることのできる余分な空間は、モデルの〝標準ファイバー〟と呼ばれます。それはたしかに長くも繊維（ファイバー）のようでもありませんが、この用語は数学史の遺産なので、そのまま使うことにします。わたしは標準ファイバーをあらわすのに二次元球面からはじめました。変更した点は、すべての粒子を説明するには六つの次元が必要であることがあきらかになったとき、それを六次元球面に変えたことだけです」

アバターはメインの図の上に浮かぶ拳大の球を作りだし、なめらかに色の変わっていくパレットでその球の全表面を覆った。「あらゆる点に逃げ場となる二次元球面をあたえると特異点を回避できるのは、どのような仕組みによるのか？　ワームホールの中心にむかってある角度から接近していて、余分な次元にこのような変化をさせたとします」アバターが球の北極から赤道にむけて一本の白線を引くと同時に、メインの図上に色つきの線――上の平面からワームホールの上側の円錐へまっしぐらにはいっていく経路――があらわれた。経路の色は球上に引かれた線に由来し、線上の各点に割りあてられたふたつの余分な次元の値をあらわしてなめらかに変わっていた。

球上の線が赤道を越えるのにあわせて、経路はふたつの円錐のあいだを渡った。「あそこが特異点だったはずですが、なにが起きたのかはすぐに見せますよ」アバターが経線を南極までのばすと、ワームホールを通る経路は下側の円錐上をのびていって、通常空間である下の平面に達した。

「さあ、いまのが測地線のひとつです。そして古典バージョンでは、ワームホールの一方の口から他方の口にむかうすべての測地線は特異点に収束するはずでした。しかしこれで……」アバターは球上にもう一本の経線を引いた。それはやはり北極からはじまっているが、さっきとは一八〇度離れた赤道上の点にむかっている。今回、ワームホールの図にあらわれた色つきの経路は、上の平面のさっきとは反対側から上の口にむかっていた。

前回と同様、経線が球の赤道を越えると、ワームホールを通る経路はふたつの円錐のあいだを渡った。ふたつの円錐の頂点はただ一点でのみ接しているので、第二の経路も最初の経路と同じ点を通過しなくてはならなかった――だがアバターは拡大鏡を作ると、それを通してブランカにその点の標準ファイバーを見せた。小さな球の赤道上の正反対の側に、それぞれ色つきの小点がある。ふたつの経路はじっさいにはまったくぶつかりあっていなかった。通常空間では同じ点に収束していても、余分な次元ではたがいを回避する余地があったのだ。

アバターが図に手をふり、たちまち図の全表面が余分な次元を示す色で塗りわけられた。ワームホールのふたつの口から遠いところでは、空間は一様に白かった――これは余分な次元が拘束されておらず、どの点についても標準ファイバー上での位置は知りようがないことを示している。けれど各円錐内では、空間はだんだんと色あい――上側の円錐は赤、下側は紫色――を明白にしていってから、接点が近づくと、そこにむかう角度によって、色は驚くほど異なるものになりはじめた。上側の円錐の一方の側は鮮明な緑色で、一八〇度反対側の深紅色をすっかり駆逐し――このパターンは下側の円錐でも位置を逆にしたかたちであらわれてから、その周囲の紫色となめらかに混ざっていき、それから薄れて白くなる。それはまるで、ワームホールを放射状に通るあらゆる経路が、接点に近づくにつれて、この二次元空間の平面からわずかに異なる〝高さ〟へ〝もちあげられ〟、すべての経路がぶつかりあう心配なしに中心を〝渡る〟ことができるようになるかのようだ。唯一ほんとうに違うのは、余分な次元で〝平面上の高さ〟に相当するものが、輪を描いて自分に戻っていく空間の中で生じることで、そのため三六〇度回転するあいだに一本の線は、つねになめらかに〝高さ〟を変えつづけ、それでいて始点と終点はぴたりと一致するのだった。

この概念をブランカはうんざりするほど熟知していたが、それでも図を凝視して、あらたな視点からそれを見ようとした。「そして六次元球面は全種類の素粒子を作りだす、なぜなら特異点を異なるかたちで回避する余地があるから。でも、あなたは二次元球面からはじめたといった。それは、三次元をとりあつかったあとでということ？」

「いいえ」アバターはその質問にやや当惑したようだ。「わたしは、あなたがここで見ているとおりのものからはじめました。二次元空間と、標準ファイバーをあらわす二次元球面から」

「だけど、なぜ二次元球面なの？」ブランカは図を複製したが、標準ファイバーをあらわすのに球ではなく円を用いた。今回もまた、ワームホールを通る経路の中に、円錐から円錐へ渡る点で同じ色のものは、ひとつとしてなかった。おもな違いは、経路の色が周囲の白からいきなりそれぞれで異なる色になっていることで、これは今回、全経路がそこから広がっていく〝北極と南極〟がないからだ。「二次元空間では、余分な次元がひとつだけあれば、特異点を回避できる」

「そのとおり」アバターは気の進まない声で認めてから、「けれど、わたしが二次元標準ファイバーを用いたのは、このワームホールがふたつの自由度をもっているから。ひとつの自由度は測地線が中心でぶつかりあわないようにしている。もうひとつはワームホールのふたつの口自体を離れたままにしている。もし円を標準ファイバーに用いていたら、口のあいだの距離はゼロぴったりで固定されていたでしょう——モデルがなによりも量子不確実性を模倣しようとしているのに、そんな制約は不合理です」

ブランカは自分の情報解析器が発火するのを感じ、いらつきながらも希望を感じていた。ここからが〈距離問題〉の核心だ。図の円錐は大きさが誇張されていて、誤解をまねきやすい。通常空間での素粒子の周囲の重力曲率はごくわずかで、ワームホールの長さには実質的になんら関係しない。ワームホールを通る経路が、ふたつの口が単に縁どうしをあわせてぴったりくっついているときよりもわずかに長くなりうるとすれば、それを可能にするのは経路が標準ファイバーの余分な次元に巻きついている、その巻きつきかただ。

現実には、わずかにどころではなく長くなっているわけだが。

「ふたつの自由度」ブランカは考えこんだ。「ワームホールの幅と、長さ。でもあなたのモデルでは、各次元は最初からそのふたつの役割を分担している――そしてもし、その分担のしかたが均一でなかったら、結果は馬鹿げたことになる」ブランカは標準ファイバーの形をゆがめて、もっと長いワームホールができるようにしようとしたことがあるが、結果はひどいものだった。六次元球面を引きのばして天文学的な大きさの六次元楕円面にすれば、〈長炉〉が作ったような全長数千億キロメートルのワームホールになるが、それは天文学的長さの紐のような形をした〝電子〟の存在をも意味していた。また、標準ファイバーの形だけでなく位相（トポロジー）をも変化させれば、ワームホールの口と粒子との対応が無効になってしまう。

アバターは弁解気味に答えた。「もしかするとわたしも、円からはじめて測地線を離しておくという、あなたの方法でやれたのかもしれません。ですがその場合、ふたつの口を離しておくために、もうひとつの円を導入する必要が生じたでしょう——そして標準ファイバーは二次元トーラスになります。もしその手法を採用していたら、粒子の対称性を組みあわせるところまでたどりついたときには、十二次元を相手にじたばたしていたことでしょう。測地線と口のそれぞれを離しておくために次元が六つずつ。それでもやはりうまくはいったでしょうが、それは二重の無駄というものです。それに紐理論が瓦解したあとでは、六つの次元をうけいれさせるのでさえ、ただごとではありませんでした」

「でしょうね」ブランカはいまアバターがいったことをじゅうぶん理解しないうちに、生返事をした。一瞬後、その言葉の意味に気づいた。

（十二次元？）ブランカは現実主義のゆり返しを相手どるのに手いっぱいで、コズチ理論の六次元を〝抽象主義〟という批判から擁護するという以上のことは、考えてもみなかった。（二重の無駄？）なるほど二十一世紀にはそうだったのかもしれない、ワームホールの長さがじっさいにどれだけかをだれも知らなかった当時には。

しかし、いまは？

ブランカはアバターを終了させて、あらたに一連の計算をはじめた。コズチ本人は高次元をあつから代替案について、さっきのように明白なことはなにもいっていなかったけれど、経験にもとづくアバターの推測には、非の打ちどころのない正しさのにおいがした。ある円のあらゆる点を、最初の円と直角に交わる別の円に拡張すると二次元トーラスになるのとまったく同様、六次元球面のあらゆる点をそれぞれ別の六次元球面に置き換えれば、十二次元トーラスができる——そして十二次元トーラスを標準ファイバーにすれば、すべては解決するのだ。粒子の対称性や、プランク－ホイーラー・サイズのワームホールの口は、ひと組の六つの次元から生じる。一方、ワームホールが天文学的長さになりうるのは、残りの六つが原因だ。

もし十二次元トーラスが、六つの〝幅の〟次元よりも六つの〝長さの〟次元でのほうがずっと大きいとしたら、ふたつの規模(スケール)は完全に独立なものになり、ふたつの役割はまったく分離される。じっさい、新しいモデルを具体的に思い浮かべるには、四プラス十二次元宇宙全体を、オリジナルのコズチ理論における十次元宇宙とほぼ同じかたちで分割するのが、いちばんかんたんだ——ただしふたつではなく、三つのレベルで。最小の六つの次元は以前と同じ役割を果たし、四次元時空のあらゆる点は六つの極微小の自由度を得る。だが六つのもっと大きい次元のほうは、役割がそれまでとは逆になったほうが、より意味をなすものになる。つまり、四次元宇宙のあらゆる点に別々の六次元〝マクロ球〟があるのではなく……ひとつきりの、巨大な、六次元マクロ球のあらゆる点に、別々の四次元宇宙があるのだ。

ブランカはアバターが作ったワームホールの図に立ち戻った。いままでは、空間を折り曲げずに平らにしたほうがわかりやすかった。そうすると、空間はマクロ球の小さな——そしてそれゆえおおよそ平らな——一部分を通るたくさんの切片のひとつと見なせる。山ほどの数の、、、、、宇宙を通る一切片。ブランカはワームホールの中心にあるひとつきりのミクロ球を、隣接する宇宙の真空から生まれた仮想ワームホールの列をつなぐことで、一方の口から他方へ数珠つなぎに橋渡しされたミクロ球の長い鎖に置き換えた。素粒子は作りだされた瞬間に一定不変のワームホールの長さに固定されるが、通過可能なワームホールは任意の大きさの迂回路に自在に潜りこめるだろう。〈長炉〉で作られたフェムトロがいったいなにをやらかしたかは、明白だった。マクロ球の余分な次元のかなり遠くまでこっそり出ていって、自分の長さが外側での口のあいだの距離と等しくなれるだけの真空を、ほかの宇宙から盗んだのだ。

もちろん《C‐Z》では、こんな話はだれにもひとことも信じてもらえないだろう。こんな傍若無人をきわめた抽象主義は。この仮説上の〝隣接する宇宙〟は——ましてや、その隣接する宇宙が全体として構成する〝マクロ球〟などというものは——なにがあろうと観察不能なのだ。たとえもし、小さなロボットが飛び抜けられるほどワームホールを幅広くできたとしても、光はワームホールの横断的な球面のまわりをまわるので、横をむいてもロボット自身のゆがんだ像しか見えない。ほかの宇宙はつねに変わらず、ロボットが見たり、移動したりできるどの方向からも九〇度離れたままでいるだろう。

それでも、〈距離問題〉は解決されたのだ。レナタ・コズチの偉業をなにひとつ破棄することなく、その理論を単に発展させたモデルによって。地球《C‐Z》の連中に、これをしのぐ解決法を考えさせてみるがいい！　ブランカもガブリエルも、いま地球で走っているバージョンの自分はいなかった――すべての《ディアスポラ》船が破壊されるという万が一の事態があったときにのみ走らせるスナップショットは残してきたが――けれど、ブランカは熟考の上、自分の成果を要約した通信文を、地球あてにしぶしぶ急送した。結局、それが正しいプロトコルなのだ。論文が笑い飛ばされ、忘れ去られてもかまいはしない。フォーマルハウト行き《C－Z》の中で、議論するに値する人がだれか覚醒しさえすれば、ブランカはこの件を論じあえるのだから。

ブランカは循環する銀色の雲を眺めた。まもなく大きな地震がくるが、もう地震学への興味は失っている。また、発展版コズチ・モデルにはまだ探求すべきことが無数にある――マクロ球に対して〝標準ファイバー〟の役を果たす四次元宇宙が、どのようにしてそれ自身の奇妙な素粒子物理学を決定するのか、というのがそのひとつ――けれど、ブランカはガブリエルが探求すべきことをなにか残しておきたかった。ブランカとガブリエルは、実在するけれど決してそこへは行けないその世界をふたりでマップできるだろう。物理学者と環境芸術家であり、ともに数学者であるふたりで。

ブランカはガラス状の平原とオレンジ色の空、そして雲を終了させた。闇の中で、輝く球を階層状に積みあげ、自分の隣で回転させる。それから界面ソフトに命じて、フォーマルハウトに到着する瞬間まで自分を凍結させた。

ブランカは光を見つめながら、報せをきいたガブリエルの顔に浮かぶ表情を見るときを待った。

第四部

ヤチマは希望に満ちた視線をワイルと名づけた星に投げた。それが鎖の最後のリンクでないとしても、最後は近いはずだ。「八世紀半後、《ディアスポラ》はスウィフトに到達した。そこから先は、あなたの知っていることはわたしのと同じです」

パオロが、「スウィフトのことはいい。オルフェウスはどうだ？」

「オルフェウス？」

「きみのクローンがそこでは覚醒しなかったからというだけで――」

ヤチマは笑った。「そのことは無関係です。太古からの歴史をもつ宇宙航行文明が、わたしたちが旅の途上で遭遇したありとあらゆる新奇なものの話をききたがると思いますか？」

パオロは動じることなく、「オルフェウスのことがなければ、ぼくらはここにいなかったかもしれない。オルフェウスがすべてを変えた」

10 ディアスポラ

《カーター‐ツィマーマン》ポリス、地球
五五 七二一 二三四 八〇一 八四六 CST
三九九九年十二月三十一日、二十三時五十九分五十九秒〇〇〇 UT

一千のクローンを作られ、一千万立方光年の空間に散っていくときが来るのを待つあいだ、パオロ・ヴェネティはお気にいりの儀礼用の風呂——金色のまだらいりの黒大理石の中庭にしつらえられた、段つきの六角形のプール——でくつろいでいた。伝統型完全人態をまとったパオロは、はじめこそそのいでたちを心地悪く感じたものの、温かな水流に背や肩をなでられるうちに、ゆっくりと快いまどろみに引きこまれていった。それと同じ状態には心に決めれば一瞬にしてなれるのだが、この時と場は、実物らしさを完璧に演じるという儀式を求めているように思われた。凝った飾り文字を手書きするような手間をかけて、物理的な因果関係を模倣するという儀式を。

中庭の上には、おだやかで青く、雲がなく太陽もない、等方的な空が広がっていた。《ディアスポラ》発動の瞬間がさらに迫ったとき、小さな灰色のトカゲが爪を床に立てて中庭を駆け抜けた。トカゲはプールのむこう端で動きを止め、パオロは正確なリズムを刻むその息づかいに目を見張った。トカゲとパオロはたがいを見つめあっていたが、トカゲはまた動きはじめ、中庭をとりまく葡萄園に姿を消した。この観境は、鳥や虫、齧歯類や爬虫類であふれている。それは単なる装飾ではなく、もっと深い美意識を満たすためでもあった。観察者がひとりきりだと調和がとれすぎて作りものめいてしまう景観に変化をつけ、多数の視点からとらえることでシミュレーションを強固なものにするのだ。いわば存在論的な支え綱である。とはいえ、トカゲたちはクローンされたいかどうかたずねられたわけではなく、いやおうなしに道づれにされたのだが。

パオロは、考えうる六つの運命のどれかが来るのを静かに待ちうけた。

11　ワンの絨毯

《カーター - ツィマーマン》ポリス、オルフェウス周回軌道
六五　四九四　一七三　五四三　四一五　CST
四三〇九年九月十日、十七時十二分二十秒五六九　UT

目に見えないチャイムが軽やかに三回鳴った。パオロは笑い声をあげて喜んだ。

もしチャイムの鳴ったのが一回なら、それはパオロが地球にいるままであることを意味した。拍子抜けなことこの上ないが、それを埋めあわせる利点もある。パオロがだいじに思う人は、ひとり残らず《カーター - ツィマーマン》ポリスの住人だが、その全員が《ディアスポラ》でパオロ並みの役割を果たす道を選んだわけではない。だが地球にいるかぎりは、そのだれひとり失わずにすんだろう。千隻の宇宙船が無事に発進できるよう支援する仕事も、意義あるものだ。そして、全惑星規模の文化にリアルタイムでプラグインできるポリス連合の一員でありつづけることは、それだけでも魅力的といえた。

チャイムが二回鳴っていたら、《C - Z》ポリスのそのクローンが到着したのは、生命の

存在しない恒星系だということだった。パオロはクローン前に精妙だが非知性の自己予言モデルを走らせた上で、その状況でも覚醒することに決めていた。ひと握りの異星世界を探検することは、たとえそこがどれほど不毛の地であろうとも、実り豊かな体験だと思えたからだ。しかも、その際には、異星生命が存在したときに義務づけられる複雑な予防措置に拘束されることがいっさいないという、とびきりの利点もある。その状況では《C-Z》の覚醒人口は半分以下になり、多くの親友も不在になってしまうだろうが、パオロはあらたな交友を築いたにちがいなかった。

四回のチャイムは、知性をもつ異星生命の発見の合図。五回なら、テクノロジー文明。六回なら、宇宙航行種族。

それに対して、三回チャイムが鳴ったということは、探察プローブが生命の存在する明白な徴候を検知したのにほかならない。それだけでも、喜ぶべきできごとだ。地球発進前にクローンされた時点──パオロの主観でチャイムが鳴る直前の瞬間──では、グレイズナーからはもっとも単純な異星生命発見の報せすら地球にもたらされていなかった。《C-Z》の《ディアスポラ》船のどれかが異星生命を発見する保証もなかったのである。

パオロは、ポリスのライブラリに状況説明を命じた。即座にライブラリは、当座の好奇心を満たせるだけの情報で、パオロの伝統型脳シミュレーションの陳述的記憶を再結線した。《C-Z》のこのクローンが到着したのは、目標に選ばれた千の恒星の中では二番目に地球に近い、二十七光年離れたヴェガ。いまパオロがいるのが、目的地に到着した最初の宇宙船だった。地球にいちばん近い目標であるフォーマルハウト行きの船は、デブリと衝突し、旅の途上で木っ端微塵になっていた。パオロには、覚醒状態でその事故にあった九十二人を悼む気持ちはほとんどわかなかった。クローン以前にそのだれとも親しかったわけではないし、自らの意志を通した結果として二世紀も前に恒星間の虚空に散ったクローンたちのこととなると、《トカゲ座》の被害者なみに縁遠くしか感じられないのだ。

パオロはあらたな故郷の恒星を、探察プローブの一機のカメラ——と不思議なフィルターのかかった先祖の視覚器官——を通して観察した。伝統的な色彩の言葉を使えば、ヴェガの表面は苛烈に青白く、プロミネンスに縁どられている。質量は地球の太陽の三倍、大きさは二倍、温度も二倍で、輝度は六十倍もある。水素を急速に燃焼させ、主系列段階の五億年のうち、すでに半分を経ていた。

ヴェガ星系唯一の惑星であるオルフェウスは、太陽系からでは特徴のない光点にしか見えなかった。いまパオロは、《カーター‐ツィマーマン》そのものの下方一万キロメートルの、青緑色をした三日月を見おろしていた。オルフェウスは地球型の、ニッケル‐鉄‐珪酸塩世界だ。地球よりわずかに大きく、わずかに温かく——十億キロの距離がヴェガの熱をやわらげていた——ほぼ惑星じゅうが液体状の水に覆われている。パオロが肉体時間の千倍に高速化し、《C‐Z》の惑星周回時間を二十主観タウに設定すると、ヴェガの陽光が幅広い帯になって、徐々に惑星のベールを剝いでいった。山脈をもつ細長い黄土色の大陸がふたつ、半球を占める海洋に括弧を描き、まばゆいばかりの浮氷群が両極を広く覆っている。はるかに大きな浮氷群のある北極の真冬の暗闇の中から、鋸歯状の海岸線をもつ白い半島が四方にのびていた。

オルフェウスの大気は大部分が窒素で、地球の六倍はあり、微量の水蒸気と二酸化炭素も存在したが、どちらも温室効果をもたらすには足りない。大気圧の高さは、蒸発がほとんど起きないことを意味した。現にパオロはひとすじの雲も目にしていない。一方で広大で温暖な海洋は、二酸化炭素が固定されるのを促進していた。トカゲ座からのガンマ線バーストはここでは地球以上に強烈だったが、破壊すべきオゾン層がなく、またヴェガ自体の強烈な紫外線によってふだんから大気がイオン化されているから、化学的環境や、標高の低い土地での放射線レベルは、比較的変化が小さかっただろう。

地球の基準からすると、この星系のすべてが若く、原始ダストもより濃かった。しかし太陽よりはるかに大きなヴェガの質量と、より濃密な原始星雲によって、核の点火や初期の恒星の輝度の変動、微惑星どうしの合体や隕石の衝突といった星系誕生時の大変動の大半は、太陽系よりも短期間で終わっただろう。少なくとも過去一億年間、オルフェウスの気候は比較的安定したもので、大規模な隕石衝突もなかったとライブラリは推定している。

原始生命が出現するのにじゅうぶんな時間だ——。

一本の手がパオロの足首をがっしりとつかまえて、湯の中に引きずりこんだ。パオロはとくに抵抗もせず、惑星はするりと視野から消えた。この観境に自由にアクセスできる《C－Z》の市民は、ほかにふたりしかいない。そのうち、パオロの父は、千二百歳になった息子とたわむれたりはしなかった。

エレナはプールの底までパオロを引きずりこんでから手を離すと、明るい水面を背負った黒い影になって、勝ち誇ったようにパオロの上に浮かんだ。エレナは肉体人形態をしてはいたが、実物らしさへの配慮はいまひとつで、水中なのに口をひらくと声は明瞭で、気泡もあがらなかった。

「この寝ぼすけ！　五百万(メガ)タウも待ってたのよ！」

パオロは無関心を装ったものの、たちまち息苦しくなってきた。界面ソフトに命じて水陸両用改変態に転身する。じっさいにこんな姿の先祖はいなかったにせよ、これは生物学的にも歴史的にも根拠のある形態だった。改変された肺に湯があふれ、改変されたパオロの脳はそれを喜んだ。

パオロはいった。「なにを好きこのんで、探察プローブが観測結果を処理するのを漫然と待ちながら、覚醒時間を浪費しなくちゃならないのさ？　現にぼくは決定的なデータが出た直後に覚醒したんだよ」

エレナはパオロの胸を殴りつけた。パオロは手を上にのばしてエレナを引きずりおろしつつ、本能的に自分の浮力をそれと相殺するように減らし、ふたりはプールの底を転げながらキスを交わした。

エレナがいった。「知ってる？　あたしたちは目標に到着した最初の《C－Z》なの。フォーマルハウト行きの船は遭難した。だから、あたしとあなたという組みあわせは、ほかにばならないのだ。

「だから？」といってから、パオロは思いだした。エレナは、すでに自分のほかのクローンが異星生命と遭遇していた場合は覚醒しない、という選択をしたのだ。ほかの船をどんな運命が待っているにせよ、ほかのあらゆるバージョンのパオロは、エレナなしで生きていかねばならないのだ。

パオロはまじめな顔でうなずいてから、もういちどエレナにキスをした。「こういうときはどういえばいいのかな？　ぼくにとって、きみは千倍かけがえのない人になった？」

「そういうこと」

「待てよ、でも、地球にも〝きみとぼく〟はいる。五百倍といったほうが真実に近いな」

「五百じゃあちっとも詩的じゃないわ」

「情けないことをいうなよ。言語中枢を再結線すればいいじゃないか」

エレナはパオロの胸の両側に這わせた手を、腰まで下げていった。ふたりは、ともに伝統型に近い体――と脳――で愛を交わした。自分の大脳辺縁系が暴走をはじめたとき、パオロはそれを面白く感じて気が散りかけたが、以前の体験の教訓を活かして、自分の意識はおもてに出さず、謎の存在が体を乗っとるのにまかせた。こういう愛しあいかたは洗練された方法のどれとも違っていて、そもそもふたりのあいだでの情報交換度がきわめて低いのだが、そこには先祖たちの快楽の多くと共通の生々しく激しいなにかがあった。

やがてふたりはプールの水面に浮上し、太陽のない輝く空の下に浮かんだ。

パオロは思った。（ぼくは二十七光年を一瞬で渡った。いまは、異星生命の存在がはじめて確認された惑星の軌道をめぐっている。しかも、なにひとつ犠牲にせずに――心底だいじに思うものを、なにひとつ置き去りにすることなく。なんてしあわせなんだろう。しあわせすぎるくらいだ）ほかのバージョンの自分たちを少しだけ不憫に思った。エレナもおらず、オルフェウスと出会うこともなく旅しているなんて。だからといって、なにもしてやれることはない。ほかの船のどれかが目標に到着するより先に地球と連絡しあう時間はあるはずだが、パオロはクローン前に、自分のいくつもの未来のはじまりが、その後の心変わりによって左右されることがあってはならないと決心していた。地球の自分が同意するしないにかかわらず、このふたりのパオロに覚醒の基準を変更する力はない。千人分の選択権をもつ自己はもう消えていた。

パオロは気にするのをやめた。ほかのクローンたちも、それぞれのしあわせを見つけるなり、作りだすなりするだろう。そのうちのひとりが、チャイムの音を四回きいて覚醒することもありうるのだ。

エレナがいった。「もっと長く凍結されてたら、あなたは票決に参加しそこねたかもしれないわ」

（票決だって？）低軌道をまわる探察プローブは、すでに能力の限りにオルフェウスの生物学的データを収集していた。海洋そのものにマイクロプローブを送りこまなければ、それ以上の進展はない――それはコンタクトを次の段階に進めることを意味し、ポリスの人口の三分の二の承認を必要とした。数百万の微小ロボットがなにかの害をなしうる、などと考えるに足る理由はない。数ジュールの廃熱を水中に放出するくらいが関の山だろう。にもかかわらず、慎重な態度をとるべきだと主張する一派があらわれたのだ。惑星に侵入するのは、《カーター－ツィマーマン》の市民がもう十年、あるいはもう千年期でも遠方からの観測をつづけて、より精緻な観察にもとづく精密な仮説を立ててからにすべきで……反対者は、侵入のときまで凍結されているか、ほかに興味の対象を見つければよい、とその一派はいうのだった。

パオロはライブラリから仕入れたての知識の中から、〈絨毯〉について掘りさげた。それは、現時点までに発見されたオルフェウス唯一の生命形態である。赤道付近の深海底を漂っていて――もし海面に近づきすぎたら紫外線で破壊されてしまうだろうが、通常の棲息領域でなら《トカゲ座》にもまったく影響されなかったほどにじゅうぶん保護されていた。数百メートルの広さにまで成長してから、数十の娘断片に分裂し、そのそれぞれがまた成長をつづける。それが巨大褐藻類のような単細胞生物のコロニーである、というのは魅力的な仮説だが、具体的な証拠はまだひとつもない。ヴェガからのおびただしいニュートリノに照らされていても、一キロメートルの海水ごしに〈絨毯〉の全体像やふるまいを観察するのは、探察プローブの能力にあまった。生化学的分析どころか、顕微鏡レベルの遠隔観察も夢のまた夢。分光器によって、海面近くが興味深い分子片の宝庫であることはわかっていたが、そのどれかと生きた絨毯との関係を推測することは、遺灰の調査から肉体人の肉体の生化学的組成を再現しようとするのに等しい。

パオロはエレナに顔をむけた。「きみの考えは？」

エレナはわざとらしくあくびをした。パオロが凍結されているあいだに、この話題は死ぬほど議論されたにちがいない。「マイクロプローブは無害よ。分子ひとつ動かすことなしに、〈絨毯〉の正確な組成がわかるんだから。どんな危険があるというの？ カルチャーショック、ックをあたえるとでも？」

パオロは愛情のしるしに、エレナの顔に湯を跳ねかけた。その衝動は水陸両用の体に由来するらしい。「〈絨毯〉に知性がないとは、断言できないじゃないか」

「誕生から二億年後の地球に、どんな生物がいたと思う？」

「シアノバクテリアかな。なにもいなかったかもしれない。でも、ここは地球じゃないよ」

「そうね。だけど、万にひとつ〈絨毯〉に知性があったとして、自分の百万分の一の大きさのロボットに気づくと思う？ 仮にあれが統合された生物だとしても、周囲の環境に反応してるようすはまったくない――捕食者はいないし、食物を探すわけでもなく海流にのって漂うだけ――だから、複雑な感覚器官をもつ理由もないし、ミリメートル未満の単位で機能する器官なんていうにおよばず。あるいは、もし〈絨毯〉が単細胞生物のコロニーだとしたら、そのひとつがたまたまマイクロプローブと接触して、体表の受容器にその存在を記録したところで……どんな害があるというの？」

パオロは肩をすくめて、「なにも思いつかないね。だが、ぼくが無知だからといって、安全が保証されるわけじゃない」

こんどはエレナが湯を跳ねかけた。「あなたを無知から救う唯一の方法は、マイクロプローブを降下させる票決をくだすことよ。慎重な態度をとることに異存はないけれど、海の中でなにが起きてるのか、いますぐ調べるのでなければ、ここにいる意味がないわ。この星に、生化学の講義を宇宙へ発信するほど賢い生物が進化するまで待つのなんていや。皆無に等しい危険もおかそうとしないのでは、なにも学ばないうちにヴェガが赤色巨星にさえなるでしょうよ」

エレナは深い考えもなくそういったのだろうが、パオロはその光景を目撃するところを想像してみた。二億五千万年後の《カーター‐ツィマーマン》ポリスの市民は、オルフェウスの生物に対して救助という名の干渉をおこなうことに関する倫理的問題を論じているかもしれない。あるいは、全市民がこの星に興味をなくして、ほかの星へむけて旅立っているかもしれないし、有機生命体への懐古的な同情心などいっさいもたない存在へと自らを改変しているかもしれなかった。

わずか千二百歳にしては、われながら雄大なことを考えるものだ。フォーマルハウト行きのクローンは、小さな岩のかけら一個のためにこの世から消え失せた。ヴェガ星系内部には、恒星間宇宙よりはるかに多くのゴミが存在する。装甲に覆われ、船を離れたすべての探察プローブにデータをバックアップしてはいても、《C‐Z》のこのクローンの防御は万全ではないし、無傷で目標に到着したこともなんの保証にもならない。エレナのいうとおりだ。この機会をとらえるのでなければ、自分たちだけの閉ざされた世界に引きこもって、旅をしたことさえ忘れるほうがましだろう。

エレナがいった。「いつまでもここに浮かんではいられないわ。みんながあなたと会うのを待ってるんだから」

「場所は？」パオロははじめてちくりと郷愁を感じた。地球にいたときは、仲間たちのグループはいつも、観測衛星からかすめとってきたピナツボ火山の火口のリアルタイム映像の中で会っていた。録画では、なにかが違ってしまうだろう。

「こっちよ」

パオロは腕をのばしてエレナの手をつかみ、ジャンプするエレナにつづいた。プールも、空も、中庭も、消滅し——パオロはふたたびオルフェウスを眺めおろしていた。夜の半球だが、暗くはない。パオロの心的パレットはいま、あらゆるものに色の情報を付加していたからだ。深海底流の放射する長波のエネルギーは青白い波になり、同位元素のガンマ線や後方散乱する宇宙線の制動放射は多色のきらめきに見える。惑星についてライブラリから供給された抽象的な知識の半分が、いまやひと目で理解できた。しだいに弱まっていく海上の熱の輝きは、すなわち三百度Kを意味し、大気中の赤外線の明瞭な輪郭を下から照らしていた。

パオロは、光り輝く宇宙の大伽藍に剝きだしの巨大なジオデシック球を支える、一見金属製の長い大梁の一本の上に立っていた。顔をあげると、あまたの星のあいだを星間塵が埋めつくした天の川の帯が、天頂から天底までの全周をとりまいているのが見えた。ガス星雲というガス星雲の輝きを認識し、吸収線と放出線のそれぞれすべてを識別しているうちに、パオロは自分が銀河円盤の平面によってまっぷたつに切断されているような気がしてきた。形のゆがんでいる星座もあったが、全体の眺望は異質さよりも親しみが先に立つ。古い標識星の大半は、色でそれとわかった。自分がどこにいるのかを把握すると、近傍の星が明るさを増していたり失っていたりするようすから、自分たちの旅してきた方向がわかってきた。かつては目もくらむばかりだったシリウスの輝度の減少がもっとも際だっていたので、パオロはその周辺の宙域を探った。五度——地球でしか通用しない表現を使えば、南へ——離れたところにある、ぼんやりした星が、だがまちがいなく、太陽だ。

エレナはパオロのうしろにいて、ふたりとも外見は変えていないが、生物学的な束縛を脱ぎ捨てている。ここの観境は、物質宇宙の真空中で自由落下状態にある巨大物体の物理学的な決まりごとを模倣していたが、生身の体のそれを筆頭にした化学的特性には、いっさい従っていなかった。ふたりのいまの姿はごくふつうの《C‐Z》アイコンで、決まった形状をもち触知可能だが、いりくんだ微細構造はもっていない——また、ふたりの精神は観境に埋めこまれているのでもなく、各自の界面ソフトの中で純粋な〈シェイパー〉として走っていた。

常態に戻ったことで、パオロはほっとしていた。儀式としてときおり先祖型の姿に回帰すれば、父を喜ばせておける——それに肉体人になることは、少なくともそのあいだは、自己確認にもなる——が、その体験を終えるたびに、パオロは十億年におよぶ拘束を解かれたような気分になった。ポリスの中には、パオロのいまの構造をかなり古風だと感じる市民たちの住んでいるところがあるが、パオロにはこのバランスが正しいと思えた。パオロは体表が触覚をもつことや自己受容フィードバックによる身体化の感覚を楽しんでいるが、狂信者でなければ、無意味に数キログラムの内臓をシミュレートしたり、あらゆる観境を不完全な感覚器官を通して認知したり、精神を不愉快で気まぐれな肉体人の神経生物学的性質の数々に支配させたりしつづけてはいられない。

たくみな自由落下のアクロバットを見せびらかしながら、仲間が近くに寄ってきて、パオロにあいさつしたり、もっと早くに覚醒するよう設定しなかったことをたしなめたりした。〝冬眠〟から目ざめたのは、仲間うちではパオロが最後だったのだ。

「われらがつましき新会合場所は気にいってくれたか？」腕や脚と感覚器官のキメラ状の塊という姿をしたハーマンが、パオロの肩の近くに浮かんで、赤外線を変調して真空中でしゃべっていた。「おれたちはここを〈ピナツボ〉衛星と名づけた。たしかに上のここはとてもさびしい場所だが――オルフェウスの地表を歩くような観境を選ぶのは、慎重さを尊ぶ精神に反するかと思ってね」

パオロは心の中で探察プローブの映像をクローズアップして、典型的な乾燥地帯の広がりや、不毛な赤い岩を見た。「下のあそこはもっとさびしいみたいだね」パオロは地面に触れて、ひとりきりで見ている映像に実体感をあたえたくなったが、我慢した。心ここにあらずで会話するのはエチケット違反だ。

「ハーマンの相手をしてはいけません。あの人は、どんな影響があるかもわからないのに、わたしたちの異星の機械をオルフェウスにあふれさせようとしているのです」といったリーズルは緑と碧青の蝶で、様式化された人間の顔が、羽のそれぞれに金色の斑点のようにはいっていた。

パオロは意外だった。エレナの話しぶりから、仲間たちはマイクロプローブの使用に賛成することで意見の統一を見ていると思っていたのだ。論議などするのは、寝坊して、はじめてこの問題を知った自分だけだろう、と。「影響がある？〈絨毯〉は――」

「〈絨毯〉のことは忘れてください！もし〈絨毯〉が見かけどおりの単純な存在だとしたところで、ほかのなにがあそこにいるのか、わたしたちは知らないのですよ」リーズルの羽がはためき、鏡像になった顔どうしが同意を求めるように見つめあった。「ニュートリノ映像では、空間的分解能はメートル単位、時間的分解能は数秒単位がやっと。それ以下の生物形態については、なにもわかっていません」

「そしてあなたの主張に従っていたら、いつまでたってもわかることはないだろう」カーパル――元グレイズナーで、当時と同じ肉体人形態をまとっている――は、パオロの前回の覚醒時にはリーズルの恋人だった。

「わたしたちがここに来てから、一オルフェウス年の何分の一も経っていません！少しの根気があれば、非浸食的手段でまだまだ山のようなデータを集められます。海の生物が海岸に打ちあげられることだって、ありえなくは――」

冷ややかにエレナがいった。「ありえないわね。オルフェウスには潮の干満はないに等しいし、波もほとんど立たないし、嵐もまずない。もしなにかが打ちあげられても紫外線で灼かれて、あたしたちには海面近くの水中で見つけたもの以上に意味のあるものを拝む暇もないでしょうよ」

「そうとは限りません。〈絨毯〉は脆弱そうですが、もっと海面近くに住んでいる生物がいれば、その種は紫外線から体を保護するもっとましな仕組みをもっているはず。それにオルフェウスは地震性活動が活発ですから、わたしたちは最低限、津波が数立方キロメートルの海水を海岸線に運んでくるのを待って、それを調べてみるべきです」

パオロは笑みを浮かべた。そんなことは考えもしなかった。津波は待ってみるだけのことがあるかもしれない。

リーズルがつづける。「数百オルフェウス年待ったところで、なにが失われます？　最悪でも、季節ごとの気候パターンの基礎データは集められます。啓示的な機会があれば、異常気象や嵐や地震さえ観測できるかもしれません」

数百オルフェウス年？　（地球の数千年期じゃないか）パオロの中で、リーズルにも理はあるかもしれないという気分は萎えていった。もし地質年代単位で生きる気があったなら、《ロークハンド》ポリスに移住して、観測修道会の一員となり、高速化して地球の山脈が数千主観タウで浸食されるのを眺めていればいい。だが、オルフェウスはこの足もとの宇宙に浮かぶ、解かれるのを待っている美しいパズルであり、理解されることを求めているのだ。

パオロは口をひらいた。「でも、〝啓示的な機会〟とやらがなかったら？　いつまで待てばいいんだい？　ぼくらには、生命がどれほど希有なものかわかっていない――時間的にも、空間的にも。もしこの惑星が貴重な存在だとしたら、いまそこで起きているできごとにも同じことがいえる。ぼくらは、オルフェウスの生物の進化の速度を知らない。よりよいデータを集めることの危険性について思い悩んでいるうちに、いくつもの種が出現しては消滅しているかもしれないんだ。〈絨毯〉――でもほかのなにかでもいいが――は、ぼくらがなにひとつ学ばないうちに死滅してしまうことだってありうる。とんでもない損失だよ！」

リーズルは自説を曲げなかった。

「では、わたしたちの性急な行動が、オルフェウスの生態に――あるいは文化に害をおよぼしたとしたら？　それは損失ではありません。悲劇というものです」

パオロは、地球の自分からの送信記録、ほぼ三百年分を収納し、返信の作成にとりかかった。初期の通信の中には、精神接合式の詳細なものもあって、おかげで《ディアスポラ》船団の発進――小惑星からナノマシンによって造りだされた千隻の宇宙船が、対消滅のガンマ線の輝きとともに旅立っていく光景――を、その場にいるも同然のかたちで見守ることができ、興奮をわかちあえた。その後の通信内容は、平凡な日常のできごとに移っていった。エレナのこと、仲間たち、みだらなうわさ話、《カーター－ツィマーマン》で進行中の研究プロジェクト、ポリス間の文化的緊張のあれやこれや、かならずしも周期的ではない芸術の大変革（知覚的美意識が、感情的なそれをふたたび放逐していた……もっとも、《コニシ》ポリスのヴァラダスが、両者のあらたなジンテーゼを構築したと主張していたが）。

最初の五十年がすぎると、地球のパオロは隠しごとをするようになった。フォーマルハウト行きクローンの遭難の報せが地球にもたらされたころには、通信はすでにゲシュタルト映像とリニア音声のみの独白になっていた。パオロにはその理由が理解できた。その選択はまったく正しい。ふたりのパオロはすでに別人になっているのであり、他人とはめったに精神接合しないものだ。

通信のほとんどは、すべての船にむけて一律に発信されていた。ところが四十三年前、地球のパオロは、ヴェガ行きのクローンに特別な通信を送っていた。

「月面に昨年完成させた新しい分光器が、オルフェウスに水が存在するという明白な徴候をとらえた。こちらで作ったモデルが正しければ、広大な温帯性の海洋がきみたちを待っているはずだ。だから……幸運を祈る」月の裏側の岩から突きだした観測機器のドームの映像。オルフェウスのスペクトル・データの図表。さまざまな惑星モデル。「たぶんきみには不思議に思えるだろう——きみたちがまもなく、間近に目にするもののごく一部を知るために、ぼくらがこれほど骨を折っていることが。どう説明したらいいか——ねたみやあせりではないと思う。単なる自主性の欲求かな。

例の古い議論が復活している。ワームホールが失敗したいま、ぼくらは自分たちの精神を設計しなおして、恒星間の距離を包含できるようにすべきではないか、というね。個々人がクローンによってではなく、光速による遅延を含む自然の時間尺度を受容することで、何万もの星々に広がるわけだ。精神的な活動どうしのあいだに、何千年期もがすぎるだろう。ひとつの星での偶発事態には、意識をもたないシステムが対応することになる」賛否双方の論文が添付されていて、パオロは梗概を摂取した。「この案が多くの支持を集めるとは思わないし、最近では新天文プロジェクトの数々が解毒剤になっている。ぼくらはこれまでどおり彼方から星々を見ることができるけれど、自分たちが地球に残ったという事実と折りあう必要はあるんだ。

けれど、ぼくらはこの先どうなるだろうとじつは自問しつづけている。歴史は道を示してくれない。進化もぼくらを導いてはくれない。《C‐Z》憲章にいわく、『宇宙を理解し、尊重せよ』……でも、どんな姿で？　どんなスケールで？　どんな種類の感覚や精神をもって？　ぼくらはどんなふうにでもなれる。将来、人間が広がっていくはずの宇宙から見れば、銀河系はちっぽけなものでしかないだろう。ぼくらは道を見失うことなく、その宇宙を探検していけるだろうか？　肉体人は、異星人が〝貴重な〟物質的資源を奪ったり、〝競合〟をおそれて人類を抹殺したりするために、地球を〝征服〟に来るという空想をもてあそんだという……宇宙を旅してこれる種族が、自身から古くさい生物学的要請を除去するだけの能力も知性も想像力も、もちあわせていないかのようにね。銀河を征服するのは、宇宙船に乗ったバクテリアのやることだ。分別もなければ、ほかに選択の余地もないのだから。

ぼくらの現状は、それとは正反対だ。際限のない選択肢がある。ぼくらがほかの宇宙航行文明を見つけることの必要な理由は、それだ。《トカゲ座》を理解するのは重要なことだし、生存のための宇宙物理学も重要だが、ぼくらは同じ決断に直面して、いかに生き、なにになるべきかを理解した他者を見つける必要がある。ぼくらは、宇宙に存在することの意味を知る必要がある」

パオロは未処理の断続的なニュートリノ映像で、とびとびに動いていく〈絨毯〉を十二面体の専用観境に投影していた。上を漂っているぎざぎざな辺をもつ二十四個の長方形は、もっと大きなぎざぎざの長方形から分裂したばかりの娘断片だ。モデルによれば、全プロセスが海流の力のみで説明可能であり、引き金は単に親が臨界の大きさに達することだという。純粋に機械的なコロニーの分裂は——それがそういうものだったとして——コロニーを構成する生物のライフサイクルとは、ほとんど無関係らしい。考えるうちにいらいらしてきた。自分の関心事についてはは奔流のようなデータが得られることに慣れていたパオロにとって、《ディアスポラ》の最大級の発見を前にして、モノクロで粒子も粗い連続スナップショットしか入手できずにいるのは拷問だった。

パオロは探察プローブのニュートリノ検知器の設計図に目をやったが、明白な改良の余地はなかった。検知器の原子核は微調整されたガンマ線レーザーに励起されて不安定な高エネルギー状態になり、その状態に保たれる。このレーザーは、より低エネルギーの固有状態を、それが出現し、遷移を引きおこすよりも早くつみとっていた。ニュートリノ束の一部が十の十五乗分の一の単位で変化しただけでも、このあやうい均衡を破るのにじゅうぶんすぎるほどのエネルギー準位の変化を引きおこす。だが、〈絨毯〉のごくおぼろな影が相手では、この完璧に近い設計でさえお手あげだった。

オーランド・ヴェネティの声がした。「覚醒したのだな」

パオロはふりむいた。腕をのばしたくらいの距離に父が立っていた。飾りたてた服装で、年齢不詳の肉体人の姿だ。それでも、パオロより確実に年上に見えた。オーランドはつねに、パオロより年長者であることを強調しようとする。いままでは年齢差はわずか二十五パーセントで、さらに狭まっているのだが。

パオロは〈絨毯〉を部屋から五角形の窓の外の宇宙へ追いやると、父と握手した。パオロと接合したオーランドの精神の一部は、パオロが凍結から覚醒したことに喜びの意をあらわし、愛情をこめて過去の共有体験を延々と語り、父と子の良好な関係がつづくよう希望していた。パオロのあいさつも同様に、自身の感情の状態が〝あらわれてしまった〟かのように注意深く作られたものだった。それは意思疎通の行為というよりは、儀式だった。もっとも、エレナといるときでさえ、パオロは障壁を作ってしまう。だが、他人に対して完全にありのままの自分を見せる人はいまい――そのふたりが永久に融合するつもりでもなければ。

オーランドは〈絨毯〉を顎で示した。「おまえはあれの重要性を認識しているものと思うが」

「もちろんですとも」だが、それはパオロのあいさつにはこめられていなかった。「はじめて見つかった異星生命なんですから」そしてついに、《C‐Z》はグレイズナー・ロボットどもの鼻を明かしてやったのだ——父はこの一件を、そんな目で見ているに決まっていた。ロボットどもはだれよりも早くにアルファケンタウリに到達し、太陽系外惑星にも最初に着陸した。それがスプートニクに相当するなら、最初の異星生命はアポロ十一号に匹敵する、とたとえたがるむきもあるだろう。

オーランドがいった。「これこそ、境界ポリスの市民たちに態度を決めさせるために、わしらが必要としていたものだ。連中はまだ唯我論に引きこもりきっていないのだから、これで目をさますだろう——そうは思わんか」

パオロは肩をすくめた。地球の市民たちがなんなりと自分たちの好きなものに引きこもるのは、当人たちの勝手だ。それは、《カーター‐ツィマーマン》が物質宇宙を探検することのさまたげにはならない。だが、グレイズナーを打ち負かせてさえ、オーランドは満足しないだろう。多くの《肉滅》難民と同様、オーランドには伝道師的な性向があった。ほかのポリスというポリスにそれぞれの主義主張の誤りを認めさせ、《C‐Z》のあとにつづいて星星へむかわせるのが願いなのだ。

パオロはいった。「《アシュトン‐ラバル》には知性をもつ異生物がいますよ。巨大な海藻のニュースに地球じゅうが釘づけになるものでしょうかね？」

オーランドは毒舌を吐いた。「《アシュトン‐ラバル》はやつらの〝進化〟シミュレーションとやらに何度も干渉したあげく、六日間の創造の最終結果を作りだしたにすぎん。やつらが口をきく爬虫類を望むと――おお、なんたる不思議！――口をきく爬虫類が手にはいりましたとさ。ここのポリスの自己改変した市民の中には、《アシュトン－ラバル》の異生物より、よほど異生物らしいのがいる」

パオロは苦笑した。「わかりました。《アシュトン－ラバル》の話はやめです。ですが、境界ポリスの話もやめてください。ぼくらは、物質宇宙に価値を見出すことを選択しました。それがぼくらを特徴づけています。けれどそれも、ほかの価値を選択することも、同様に自由裁量によるものです。なぜそれをうけいれられないんです？　これは異教徒を唯一の正しき道に改宗させるのとは話が違うんですよ」自分が半分は議論のために議論しているのはわかっていたが、オーランドを前にすると、決まって反対陣営に立ちたくなる。

オーランドが手まねきすると、〈絨毯〉の映像が途中まで室内にはいってきた。「おまえはマイクロプローブに賛成票を投じるのだろうな？」

「もちろんです」

「いまやすべてがそこにかかっている。はじめは隔靴掻痒なわずかばかりの映像でかまわないが、間を置かずにくわしい情報を送らなければ、地球の連中はたちまち興味をなくすだろう」

「興味をなくす、ですか？　そもそもわずかでも注意をむける人がいるかどうか、五十四年後でなければぼくらにはわからないんですよ」

オーランドは失望を浮かべた目でパオロを見た。「おまえがほかのポリスに関心がないのはかまわんが、せめて《C‐Z》のことを考えろ。これはわしらの利益になるし、力を強めてもくれる。それがなにより重要なことだ」

パオロは当惑した。「力を強めてどうするんです？　なにかが危険にさらされているようないいかたをしますね」

「さらされているのだ。千の目的地すべてに生命が見つからなかったら、わしらはどうなると思う？」

「それはもはや机上の空論ですが？　まあいいでしょう、おっしゃるとおりです。これは《C‐Z》の力を強めてくれる。ぼくらは幸運だった。ぼくはうれしい。感謝感激だ。これでよろしいですか？」

オーランドは苦々しげだった。「おまえはあまりに多くを当然のことだと考えすぎる」

「そういうお父さんは、ぼくの考えることに口をはさみすぎです！　ぼくはお父さんの……跡継ぎじゃない」ときどきパオロの父は、子孫という概念が古い時代にもっていた意義がすべて失われたことを、うけいれられずにいるように見える。「《カーター‐ツィマーマン》の未来を守りたいなら、ぼくを代理にする必要はないんだ。連合全体の未来についても。それはあなたが自分自身でやれることなんだから」

オーランドは傷ついたように見えた。その外見は意識的に選択されたものだが、それでもなにかの符号なのはたしかだった。パオロは悔恨の痛みを感じたが、嘘偽りなく撤回できるようなことは口にしていなかった。

パオロの父は金色と真紅のローブの袖をたくしあげると――パオロを裸でいて落ちつかなくさせる、《C‐Z》でただひとりの市民だ――部屋から消える前にもういちどいった。

「おまえはあまりに多くを当然のことだと考えすぎる」


パオロの仲間たちは、マイクロプローブの発射をいっしょに見守った。その場にはリーズルもいたが、喪服がわりに巨大な黒い鳥の姿をしていた。カーパルがその羽をそわそわとなでつけている。ハーマンはエッシャーの絵から出てきた生物のような姿――体節のある虫から膝のついた六本の脚が生え、その先に肉体人の足がある――で、円盤状に丸まり、ひとりで〈ピナツボ衛星〉の大梁の上を転がっていた。パオロとエレナは、同時に口をひらいて同じことを口にしてばかりいた。いましがた愛を交わしたばかりだったのだ。

ハーマンは〈衛星〉を探察プローブのひとつのすぐ下にある仮想の軌道上に移動し、観境の縮尺を変化させていたので、検知器モジュールや姿勢制御ジェットなどが作るプローブの底面の複雑な眺めが、空の半分を覆っていた。大気圏突入カプセル――全長三センチメートルのセラミック製涙滴――がそれぞれの発射管から射出され、丸石のように突進していったかと思うと、オルフェウスにむけて十メートルと降下しないうちに視界から消えた。いま見たものはすべてが細部にいたるまで正確だったが、一部はリアルタイム映像であり、一部は外挿であり、一部は作りごとだ。パオロは思った。（すべてをシミュレーション映像で処理する手もあったのだ……そうすれば、降下するカプセルを追跡している幻想が楽しめる）エレナがやましげな／諭すような顔をこちらにむけた。（そうね——でもそれなら、マイクロプローブをじっさいに発射する必要はあったの？　オルフェウスに生まれうる生物形態でいっぱいの、オルフェウスの海洋のありうる姿をシミュレートすることにとどまらずに？　なぜ《ディアスポラ》のすべてをシミュレーションですませなかったの？）《C－Z》に異端の罪はない。ポリスの憲章は創設者たちの価値観を表明したものにすぎず、追放の脅迫と引きかえにうけいれさせる信条のたぐいではないのだ。けれど、シミュレーションのいちいちを分類しようとすること——物質宇宙の理解に寄与するもの（よいシミュレーション）、単になにかの都合や娯楽や芸術のためのもの（許容範囲）、現実の事象の優越性の否定につながるもの（移住を考える時期）——が綱渡りめいて感じられることもあった。

マイクロプローブに関する票決は接戦だった。賛成者は七十二パーセントで、棄権五パーセントを含めた全投票者のうち、必要とされる三分の二をかろうじて越えたにすぎない。ヴェガ到着後に形成された市民に投票権はなかった。そんな方法で投票数を増やそうと考える市民が、《カーター－ツィマーマン》にいるわけもないのだが。パオロは票差の小ささに驚いた。マイクロプローブが害をなすというシナリオで、納得できそうなものをきいたためしがなかったからだ。パオロは、オルフェウスの生態や仮説上の文化への危惧とは別の、口にされない理由の存在を疑った。たとえば、惑星の秘密を解明していく楽しみを引きのばしたいという欲求とか？　その衝動には、パオロもいくらかは共鳴するところがある。だが、マイクロプローブを送りだしたことが、オルフェウスの生命が進化するのを観察し理解するというはるかに長期間におよぶ楽しみを損ねることは、まったくないのだ。

「海岸線浸食モデルによれば、ラムダ大陸の北西の海岸は、平均して九十オルフェウス年ごとに津波をかぶっています」とリーズルが哀れっぽい声でいって、仲間たちにデータを示した。パオロはそれをひと目見て納得のいくもののように思ったが、いまではそんな議論は無用の長物だ。

ハーマンの眼柄がリーズルをむいた。「わたしたちは、それまで待てたはずです」「海岸は化石で埋まっていたっけね？」

「いいえ、けれども条件がとても――」

「けれどもはやめたまえ！」ハーマンは大梁に体を巻きつけ、足を蹴りだしてはしゃいだ。

ハーマンがスキャンされたのは二十一世紀のことで、《カーター‐ツィマーマン》はまだ存在もしていなかった。だが何兆タウものあいだに、ハーマンは人生経験の記憶の大半を消去し、十回以上も人格を書きかえていた。以前パオロはきかされたことがある。「おれは自分自身の曾々々孫だと思っている。死ぬのもそんなに悪いものじゃないね、何度にもわけて経験するなら。それは不死と同じだ」

エレナがいった。「ずっと想像しようとしてるんだけど、あたしたちがここで海藻の塊を研究してるあいだに、ほかの《C‐Z》のクローンがはるかにましなもの――たとえば、ワームホールを短縮できる異星生物――と遭遇したら、どんな気分がするかしらね」エレナのアイコンはいつもより様式化されていた。無性で、なめらかな肌に毛はなく、顔は無表情で両性的だ。

パオロは肩をすくめて、「ワームホールを短縮できるなら、その種族のほうがぼくらを訪ねてきただろうね。そのテクノロジーをわけあたえてくれて、ぼくらは《ディアスポラ》の全宇宙船どうしを通信可能にできたかもしれない。いや、きみのいいたいことはわかる。ぼくらはついに異星生命を発見した……とはいえそれは、海藻程度の複雑さしかもたない生物らしい。でも、これでジンクスは破られたんだ。二十七光年ごとに海藻が見つかるとすれば、神経組織は五十光年ごと？ 知的生物は百光年？」不意にエレナがなにを思っているのか悟って、パオロは口をつぐんだ。最初の生命が見つかったあとは覚醒しないという選択を、《ディアスポラ》のあたえてくれる機会をふいにする誤りだったと思いはじめているのだ。

パオロは共感と支援を示しながら精神接合を申しでたが、エレナは辞退した。

「いまは自分の心の領域をはっきりさせておきたいの。ひとりで解決したいから」

「わかった」パオロは、ふたりが愛を交わすことで得たエレナの不完全なモデルが心の中から消えるままにし、ほかのあらゆる知人たちについてもっているのとほぼ同じ、推量にもとづく通常のエレナのシンボルだけが残った。親密な関係は重い責任をともなうとパオロは思っていた。エレナの前に愛した女性は、自分についての全情報を消去するよう求め、パオロはほぼそれに従った。その女性については、消去を求めたという事実だけをいまも覚えている。

ハーマンが高らかに告げた。「着水！」パオロが目をむけると、探察プローブの映像がリプレイされて、最初の数個の突入カプセルが海の上で分解し、マイクロプローブを放出した。

ナノマシンがセラミック製シールドを（つづいてそれ自身を）二酸化炭素と単純な無機物——オルフェウスに不断に降りそそいでいる微小隕石に含まれていないものはなにもない——に変換するので、破片が海面を打つことはない。マイクロプローブは無線類の発信機能をもたない。データ収集を完了すると、海面に浮上し、紫外線反射率を調節する。マイクロプローブが突入カプセルと同様にして完全に自壊する前に、その小さな点を探しあててデータを読みとるのは、探察プローブの役目だ。

ハーマンがいった。「これはお祝いをしなくては。おれはこれから〈心臓〉に行くが、だれかいっしょに来るか？」

パオロはエレナを見やった。エレナは頭をふった。「あなたは行って」

「いいのかい？」

「そうよ！　行って」エレナの肌は鏡状になって光っていた。表情のない顔には、下の惑星が映っている。「あたしは平気だから。ひとりでいろいろじっくり考えたいだけ」

ハーマンは〈衛星〉の大梁に巻きついて進みながら青白い体をのばし、体節や脚の数を増やしていた。「さあ、行こう、みんな！　カーパルは？　リーズルは？　お祝いだ！」

エレナは消えた。リーズルはあざけるような音を立てると、真空という観境設定にあてつけるように、羽ばたいて遠ざかっていった。パオロとカーパルが見守る中、ハーマンはどんどん長く、動きが早くなり、かすんで見えるほどのスピードで変形しながら、ジオデシック球の梁をまるごとつつみこんでしまった。パオロは笑いながらジャンプした。カーパルも同じことをしている。

するとハーマンは、大蛇のように体を締めつけて、〈衛星〉をばらばらにしてしまった。二体の肉体人形態の生物と一匹の巨大な虫は、しばらくのあいだ、回転する金属の雲のただ中に浮かんでいた。存在しない破片の無秩序な塊が、ほんものの星の光にきらめく中に。

〈ハート〉はパオロが前に見たときよりも大きかったが、混みようは変わらなかった。ハーマンは騒ぎを起こさないよう、本来の大きさに戻っていた。巨大な筋肉質の広間が頭上に弧を描き、音楽にあわせてぬめぬめと脈打つ中で、三人は雰囲気を楽しむのに最適な場所を探した。

適当な場所が見つかって、三人は備品を作った。テーブル一卓と椅子二脚。ハーマンは立ったままを選んだ。床が広がって場所を作る。パオロは周囲を見まわし、外見でだれかわかった相手には大声であいさつしたが、わざわざシグネチャーは確認しなかった。ここにいる全員が知りあいということもありえたが、とくに親しくもない相手との儀礼的なあいさつで次の数キロタウをつぶす気はない。

ハーマンがいった。「おれはわがポリスのささやかな恒星観測設備のデータ流をモニターしている。ヴェガ星系に視野狭窄しないための解毒剤としてね。シリウスの周辺で奇妙なことが起きている。メガケルヴィンのX線や重力波……そして原因不明のホットスポットがシリウスBで観測されたのだ」カーパルのほうをむくと、悪気なさげに、「あのロボットどもはなにをもくろんでいるのだと思う？　あいつらが白色矮星を軌道から外して、巨大宇宙船の一部にしようと計画しているといううわさもあるのだが」

「うわさに耳を貸す趣味はない」カーパルはつねに、自分の過去のグレイズナー・ロボットのボディを忠実に再現した姿をしている。同族のもとを去って《C‐Z》へ移住してくるのが、たいへんな勇気を必要とすることだったのは想像に難くない。グレイズナーたちは決して帰還者をうけいれないのだ。

パオロは口をはさんだ。「グレイズナーがなにをしようとかまわないじゃないか。どこに行こうと、どうやってそこに行こうと。宇宙はぼくら両方にとってじゅうぶん以上に広い。たとえ連中が《ディアスポラ》船団のあと追いをしたとしても――たとえばこのヴェガに来たところで、オルフェウスの生物をいっしょに研究すればいいじゃないか」

ハーマンの漫画じみた虫の顔がぎょろりと目を剝き、眼柄をぐっと離して、誇張された驚きを表現した。「あいつらは白色矮星を引っぱってくるというのに！　次はダイソン球の建造に着手するぞ」カーパルにむきなおって、「きみはいまでも衝動に駆られることはないか、その……宇宙物理工学的な？」

「《C‐Z》がヴェガ星系の小惑星で採掘した数メガトンの資源でできる範囲でなら」

パオロは話題を変えようとした。「最近、地球から連絡はあったかい？　アンプラグな気分になりかけていてさ」パオロに届いた最新の通信は、タイムラグを除外して十年前のものだった。

カーパルが答えた。「大したことは起きていない。地球《C‐Z》はオルフェウスの話題でもちきりだから。月の新しい観測機器が水の徴候を見つけて以来。むこうでは生命の可能性があるというだけのことで、確実な証拠を前にしたわれわれよりも興奮しているようだ。そして大きな期待をかけている」

パオロは笑った。「まったくだ。地球のぼくなんか、《ディアスポラ》が連合の実存的問題すべてに答えてくれる進歩した文明を見つけるものと、期待しているらしい。でも、海藻からでは、宇宙的な導きはとても得られないだろうね」

「宇宙船発進後に、《C‐Z》からの移出者が急増したのを知らんのか？　移出と、自殺だ」ハーマンはのたくったりくねったりするのをやめて、ほとんど静止していた。じつにめずらしく真剣になっている証拠だ。「それが天文プロジェクトのそもそもの引き金だろうと思う。そして、少なくとも短期的にはその流れは止まったらしい。地球《C‐Z》は、《ディアスポラ》のどのクローンよりも早く、水の存在を検知した。それゆえに、おれたちが生命を発見したと知ったら、共同発見者のような気分になることだろう」

パオロは不安のうずきを感じた。（移出と自殺？　父があんなに陰鬱だったのは、そのせいなのか？）〈長炉〉の大失敗があり、その後さらに三百年間待つあいだに、期待はどこまで高まったことだろう？

興奮のささやきがフロアを横切り、会話の調子が急に変化していった。ハーマンがわざとらしいうやうやしさでささやいた。「最初のマイクロプローブが海面に出てきた。データもちょうど届きはじめたぞ」
〈ハート〉は非知性だが、利用者たちの望みを推察できるくらいの判断力はある。個々人が別個にライブラリを呼びだして結果を知ることも可能だったが、音楽が中断され、概要データを示した巨大な公共映像が広間の高いところにあらわれた。パオロはそれを見ようと首をのばしながら、こんな体験ははじめてだと思った。

　マイクロプローブは〈絨毯〉のひとつを高解像度でマッピングしていた。その映像は予想どおりの、数百メートル幅のぎざぎざな長方形だ——だが、二、三メートル幅のニュートリノ断面撮影は、それが精妙にして複雑きわまる平面であることをあきらかにしていた。単層の皮膚のように薄い平面が、精巧な曲線を描いて空間を満たすように折り重なっている。パオロは完全版データをチェックした。見た目こそ病的に複雑だが、それは位相幾何学的にはまごうことなき平面だった。穴もなく、接合個所もない。とんでもなく曲がりくねっているので、遠くからはじっさいより一万倍も厚く見えるだけの平面なのだ。

〈絨毯〉の縁からはじまって、ゆっくりと中央へむかう海水の流れによって、微細構造を知ることができた。パオロは流れる分子の描く線図を数タウ見つめてから、ようやくその意味するところがのみこめた。

〈絨毯〉は単細胞生物のコロニーではない。多細胞生物でもない。それは一個の分子なのだ。重さ二万五千トンの二次元ポリマーなのである。折り重なった多糖類——アルキル基とアミドの側鎖がついた、五炭糖と六炭糖の連結した複雑な網状構造——の巨大なシート。植物の細胞壁と若干似てはいるが、こちらのポリマーはセルロースよりはるかに強靭で、表面積も二十桁大きい。

カーパルがいった。「突入カプセルが完全に無菌であったことを願う。地球のバクテリアはこれに飛びつくだろう。巨大な炭水化物のディナーが、防御手段もなしに浮かんでいるのだから」

ハーマンはしばらく考えていた。「ありえなくもない。バクテリアが、あれのかけらをもぎとる酵素をもっていればだが──それは疑わしかろう。どのみちおれたちには、それを知る機会はない。たとえ、肉体人の初期の宇宙探査が太陽系の小惑星帯にもたらしたバクテリアの胞子が生きのびていたところで、《ディアスポラ》の船という船は、汚染されていないかを発進後にダブルチェックされている。今回は新大陸に天然痘はもちこまれていない」

パオロはまだ衝撃から立ちなおっていなかった。「それにしても、あれはどんなふうに組みあがっているんだ？　どうやって……成長しているんだ？」パオロがライブラリを調べるより先に、ハーマンが同じことをして答えを出した。

「〈絨毯〉の縁が、それ自身の成長の触媒になっている。ポリマーは不均整で非周期的だ──単純に反復されている構造単位はひとつもない。だが、基本的構造ユニットは二万種類あるらしい──二万種類の異なる多糖類製の構築ブロックだ」パオロも分子の映像を見た。二百ミクロンの厚さの〈絨毯〉の中をのびる、交差結合した長い鎖の束。各々の鎖、つまり構造ユニットの断面はおおよその正方形で、隣接する四つの構造ユニットと数千カ所で結合している。「これだけの深海も、紫外線によって生じて海面から沈下してきた遊離基で満ちている。海水に触れている構造ユニットがそのラジカルからさらに多糖類を作りだし、あらたな構造ユニットとしているのだ」

パオロはもういちどライブラリを見やり、そのプロセスをシミュレートさせた。触媒部位は各ユニットの側面に散らばっていて、ラジカルとのあいだにあらたな結合が作られるまで、それをその場にとらえておく。いくつかの単純な糖は、生成された時点でポリマーに組みこまれる。それ以外は、必要とされるまでの一ないし二マイクロ秒のあいだ、溶解状態で自由に漂っている。このレベルで見ると、関与しているのはごく少数の基本的な化学的作用だけなのだが……最初は偶然に生まれた、自触媒作用をもつ数個の小さな別々の分子が、いつしかこのような相互自己増殖する二万の巧妙な構造へと進化してきたのである。もし、〝構造ユニット〟のそれぞれが独立した分子として海を漂っているだけだったら、それが構成する〝生物形態〟は事実上目にとまらなかっただろう。だが、それは相互に結合して、二万色の巨大なモザイクになったのだ。

これは驚くべき話だった。どこにいるかはわからないが、エレナがいまこのとき、ライブラリを呼びだしていることをパオロは願った。藻類のコロニーには、これよりも〝高等な〟もののもありうるだろう。しかし、この驚異的な原始生物は、生命の起源の可能性について、限りなく多くのことを示していた。ここでは炭水化物がありとあらゆる生化学的役割を果たしている。情報担体、酵素、エネルギー源、構造物質。それを食料とする能力をもつ生物が出現してしまった地球では、これと同じようなものは生きのびられなかっただろう。やがてオルフェウスに知的生物が出現することがあっても、この奇異な先祖の痕跡を発見することは、まずないにちがいない。

カーパルが秘密めかした笑みを浮かべていた。

パオロはきいた。「どうしたんだ？」

「ワンのタイルだ。〈絨毯〉はワンのタイルでできている」

ハーマンがまたライブラリを調べまわった。

「ワンとは二十世紀の数学者、ハオ・ワン。タイルは、平面を覆うことのできる形のひとセット。ワンのタイルは、四辺にさまざまな異なる色のついた正方形で、隣接する正方形の接する辺と相補的な形になるように並べなければならない。タイルを並べるすべての段階で正しい選択をすれば、ひとセットのワンのタイルで平面を覆うことができる。この〈絨毯〉の場合は形がうまく組みあわさるように、選択するのではなくて正しく育てるわけだが」

カーパルが、「この生物は、ハオ・ワンを称えて〈ワンの絨毯〉と呼ばれるべきだ。二千三百年を経て、その理論に生命が宿った男のために」

パオロもその提案が気にいったが、気になることもあった。「三分の二の同意を得るのは、むずかしいんじゃないかな。いまひとつあいまいなところがある」

ハーマンが大笑いした。「三分の二の同意など不要だ。おれたちがそれを〈ワンの絨毯〉と呼びたいと思ったら、おれたちはそれを〈ワンの絨毯〉と呼べばいい。《C－Z》で現在使用されている言語は九十七あるが、その半分はポリスが創設されてから作りだされたものだ。非公式な名前をひとつ作ったくらいのことで、追放されるとは思わんな」

パオロは少々バツの悪い思いをしながら同意した。じつのところ、ハーマンとカーパルがじっさいは現代ラテン語をしゃべっているのではないことを、すっかり忘れていたのだ。

三人は自分たちの界面ソフトに、その名称が公認されたものと判断するよう命じた。これで、以後三人には、〈絨毯〉という言葉が〈ワンの絨毯〉ときこえ——ほかの人の前でその言葉を使うときは、逆の翻訳がおこなわれる。

マイクロプローブによる発見を記念してオーランドがひらいた祝賀会は、まさに《肉滅》難民的なものだった。日のあたる果てしない庭園に、料理で埋まったテーブルが散らばっているという観境設定で、招待状は厳密な先祖型の姿での出席を丁重に求めていた。パオロはささやかないんちきをした。大部分の生理機能はシミュレートしたが、自分の精神はそれに拘束されないままにしておいて、体を操り人形モードで動かしたのだ。

パオロはテーブルを渡り歩き、体裁を保つために料理を試しながら、エレナがいてくれればと思っていた。ここでは〈ワンの絨毯〉の生態は、ほとんど人々の口にのぼっていない。来場者の大半は、マイクロプローブ反対派に勝利したことを祝っているだけだ。あの一派は、いまや〝侵略的〟観察行為がなんの害もおよぼしえないことがよりはっきりしたことで、面目まるつぶれのはずだった。リーズルの懸念には根拠のないことが証明された。海にいるのはさまざまなサイズの〈ワンの絨毯〉だけで、ほかの生物はいないのだ。天の邪鬼なことに、いまごろ公平な気分になったパオロは、ここに来ているうぬぼれた有力者たちに思いださせてやりたくてたまらなかった。（この惑星にはどんなものがいてもおかしくなかった。繊細で、ぼくらには予期不能なかたちで傷ついてしまう、不思議な生物が。ぼくらは運がよかっただけなんだ）

パオロは偶然からオーランドとふたりきりになった。ともに別々のうっとうしい客のグループから逃れてきて、芝生の上で出会ったのだ。

パオロはきいた。「故郷では今回のことにどんな反応をすると思います？」

「はじめて見つかった生命だぞ？　原始的であろうとなんであろうと。最低でも、これが《ディアスポラ》に対する関心を持続させるだろう、別の生物圏が発見されるまでのあいだ」オーランドにしては控えめな言葉だった。自分たちのささやかな発見と、地球側の期待する世界をゆるがすような成果とのあいだに深い溝のあることを、ようやく認める気になったらしい。「少なくとも、化学的にははじめて見るものだ。もしこれがDNAとタンパク質からできていたりした日には、地球《C‐Z》市民の半分は退屈のあまりたちまち死んでいただろう。じっさい、DNAの可能性は死ぬほどシミュレートされてきたわけだしな」

パオロはその異端的発言に笑みを浮かべた。「もし宇宙が少しばかりの新機軸をひねりだしていなかったら、憲章に対する市民の忠誠に悪影響が出たと思われますか？　もし唯我論者たちのポリスが宇宙そのものより創造性があると思えてきたら……」

「そう、そのとおりだ」

ふたりは無言で歩きつづけた。やがてオーランドが足を止めると、パオロに顔をむけた。

「おまえにきかせたいことがあったのだ。地球のわしは死んだ」

「なんですって」

「どうか騒ぎたてんでくれ」

「でも……どうして？　なにが理由で？」死んだ、とは、自殺した、ということだ。ほかの死因は存在しない。

「なぜかはわからん。それは《ディアスポラ》に対する信任投票を意味するのかもしらんし」――オーランドは、異星生命が存在した状況でのみ覚醒する選択をしていた――「わしらから朗報が届く見こみがないものと思い、待ちつづけることにも、落胆を味わう可能性にも、耐えられなくなったのかもしれん。理由はいってよこさなかったのだ。単に自分がなにをしたかという通信を、界面ソフトに送らせただけで」

パオロは動揺した。「それはいつのこと？」

「宇宙船発進の約五十年後だ」

「地球のぼくはなにもいっていなかった」

「おまえに話すのはわしの仕事だ、地球のおまえではなく」

「ぼくにはそうは思えそうにない」

「いや、そう思うようになる」

パオロは混乱して黙りこんだ。自分がほんものとして考えているオーランドが目の前にいるのに、その遠隔地バージョンを悼むことなど、どうしてできようか？　クローンのひとつの死は部分的な死という奇妙な代物で、慣れるのはむずかしい。地球のパオロは父を亡くし、ここにいる父は地球の自分を亡くした。それはここにいるパオロにとって、いったいなにを意味するのだろう？

オーランドは地球《C - Z》の文化をなにより気にかけているように見える。パオロは気をつかいながらいった。「ハーマンがいうには、地球《C - Z》では移出と自殺者が増加していたとか――ただし、分光器がオルフェウスに水を検出して以来、士気はうんと高まっていて、そこへ単に水があるどころではないという報せが届いたなら……」

オーランドはきつい調子でパオロをさえぎった。「下手に気はつかわんでもよい。ここでもわしが同じ行動を繰りかえすなどという心配は無用だ」

ふたりはむきあって芝生に立っていた。パオロは父に伝えたいと思う気分の組みあわせを一ダースほど考えてみたが、どれもなにかが違っていた。自分が感じていることのすべてを完全無欠な情報として父に伝達することもできるが、その情報から相手はなにをうけとるだろう？　結局は、融合するか、さもなくば別人でいるかなのだ。その中間はありえない。

オーランドが口をひらいた。「自殺して――連合の運命をおまえの手にゆだねるだと？　わしがそんなことをすると思っているなら、おまえの腐れ頭は腐りきったようだな」

ふたりは声をあげて笑いながら、並んで歩きだした。

カーパルは考えをまとめて言葉にできるようすではなかった。パオロには精神接合を提案して、自分のもっとも冴えた瞬間から純化させた落ちつきと集中をわけあたえる用意もあったのだが、カーパルが決して承諾しないことはわかっていたので、かわりにこういった。「はじめやすいところから説明してくれればいいよ。わけがわからなくなったら、口をはさむから」

カーパルは信じられないという表情で白い十二面体の部屋を見まわした。「あなたはここで暮らしているのか？」

「そうすることもある」

「だが、ここはあなたの専用観境だろう？　なのに木もないのか？　空も？　家具さえも？」

パオロは、ハーマンお得意の〝愚直なロボット〟ジョークを口にしそうになるのをこらえた。「そうしたいときにはつけ加えるよ。ちょうど……音楽みたいに。さあ、ぼくの室内装飾の好みは気にしないで、きみの好きなように――」

カーパルは椅子を作りだすと、どっしりと腰を据えた。

そしてしゃべりはじめた。「ハオ・ワンは二千三百年前に強力な定理を証明した。ここにひと並びのワンのタイルがあるとして、それをチューリングマシンのデータテープのようなものだと考えてくれ」パオロはライブラリに、その用語に関する知識を送らせた。それは、一般的計算装置の原型となった概念だった。この仮想機械は、無限長の一次元のデータテープの上を行ったり来たりし、所定のひと組のルールに従って、記号を読みとるか書きこむかする。

「正しい組みあわせのタイルがあったとして、そこに正しいパターンをあたえてやれば、そのタイルの並びはチューリングマシンが一ステップの計算を処理したあとのデータテープのようになるだろう。次の段階では二ステップ後のデータテープになり、その先も同様につづいていく。いかなる所与のチューリングマシンに対しても、それを模倣できるひとセットのワンのタイルが存在する」

パオロはすなおにうなずいた。このどこか不思議な話は初耳だったが、とくに意外でもなかった。「〈絨毯〉は毎秒何十億回もの計算を実行しているわけか……だが、それはその周囲にある水の分子も同じだ。およそ物質的なプロセスの中で、なんらかの種類の計算行為をしていないものはないよ」

「そうだ。しかし、〈絨毯〉に関しては、ランダムな分子運動とはまったく話が違う」

「たぶんね」

カーパルはにやにやするだけで、なにもいわない。

「なんだ？　そのパターンを見つけたのか？　いや、当ててみせよう。多糖類製のワンのタイル二万種類のセットは、偶然、円周率を計算するチューリングマシンを構成したんだ」

「違う。それが構成しているのは、万能チューリングマシンだ。なんでも計算することができる——出発点となるデータしだいで。〈絨毯〉から分裂した娘断片のそれぞれは、化学的コンピュータに提供されるひとつのプログラムのようなもの。成長すなわちそのプログラムの実行だ」

「なるほど」パオロは好奇心に駆られた。ただ、この仮説のチューリングマシンのどこに読み書きヘッドがあるのかが、うまく想像できなかった。「きみがいっているのは、ふたつの並びのあいだでは、たったひとつのタイルしか変化しないということか？　つまりそこが、〝マシン〟が〝データテープ〟上にしるしを残す場所にあたるわけだが……？」パオロがじっさいに目にしたモザイクは複雑さが爆発していて、わずかでも似ている列はひとつもなかった。

カーパルがいう。「いや、そうではない。ワン本人が提示した例は、議論を単純化すれば、標準的チューリングマシンそのままに機能するものだった。だが、〈絨毯〉はそれよりも、任意の数の異なるコンピュータが部分的に重複するデータをもち、そのすべてが同時に動いているのと似ている。これは生物であって、設計された機械ではない。そのでたらめなくらいの乱雑さは、そうだな、哺乳類のゲノムと似ている。じっさい、そこには遺伝子制御との数学的類似性がある。わたしはタイル並べのルールにはじまって、あらゆるレベルにカウフマン・ネットワークを確認した。全システムが、静的状態とカオス的ふるまいのあいだの超適応状態の縁で安定している」

パオロはライブラリの助けを借りて、そこまでを吸収した。地球の生物と同様、〈絨毯〉

は自然淘汰の利を最大限に活かせるように、強靭さと柔軟性の組みあわせを発達させてきたわけだ。オルフェウスの誕生直後に、自触媒作用をもつ化学的ネットワークが何万種類も出現したにちがいない。だが、ヴェガ星系形成初期の大変動があった数千年期のあいだに海洋の化学的性質や気候が変化すると、淘汰圧に対応する能力そのものも淘汰され、そして残ったのが〈絨毯〉だった。比較的安定した時代が一億年つづき、見える範囲に捕食者も競合者もいない現在では、〈絨毯〉の複雑さは過剰に見える。遺産だけがそのままなのだ。

「〈絨毯〉が進化の果てに万能コンピュータになったなら……いまや現実問題として周囲の環境に対応する必要はないわけだし……このとんでもない計算能力をなにに使っているんだ」

おごそかにカーパルが、「見せてあげよう」

パオロがカーパルのあとについて観境を移動すると、ふたりはひとつの〈絨毯〉の概略図の上に浮かんでいた。それは彼方まで広がる抽象的な景観で、実物と同じく複雑に皺が寄っているが、ほかの点ではきわめて様式化されており、多糖類製構築ブロックのひとつひとつが、四辺に異なる色のついた正方形のタイルとして表現されていた。隣接するタイルの接している辺どうしは補色になっていて、これは構築ブロックの縁の相補的に組みあわさった形状をあらわしている。

「マイクロプローブのあるグループが、とうとうひとつの娘断片の全配列を割りだした」カーパルが説明した。「ただし、その断片がどの縁から生まれたかは、主として当て推量だ。

マイクロプローブがマップしようとするあいだにも成長はつづいているから」カーパルがいらだたしげに手をふると、とくに意味もなく、すべての皺やひだがのびた。ふたりはぎざぎざな辺をもつ〈絨毯〉のひとつの縁に移動し、カーパルがシミュレーションを走らせはじめた。

パオロの目の前で、モザイクがタイル並べのルールに完璧に従って自身を拡張していった。それは整然とした数学的プロセスだった。偶然にラジカルが触媒部位と衝突することもなければ、新しく育った隣接するふたつの〝タイル〟の縁がうまく組みあわさらなくて、双方の解体がはじまることもない。そうしたすべてのランダムな動きから蒸留された、高次なレベルの結果だけがそこにはあった。

カーパルはパオロを高みへと誘った。そこからだと、いくつもの微細なパターンが編みあげられ、マルチプレックスな周期性にのって成長する縁を越えてゆき、集まって、ときには相互に作用し、ときにはたがいにすれ違って終わるのが見えた。可動性擬似アトラクタ、一次元宇宙の準安定的波形。〈絨毯〉の第二の次元は空間よりも時間に近いもので、そこには縁の歴史が永続的に記録されていた。

カーパルはパオロの考えを読んだかのように、「一次元。単なる平面よりもっと低級だ。連結性なし、複雑性皆無。そんなシステムの中でなにが起こりうるのか？　興味を引くことなどなにも起こらない？」

カーパルが手を叩くと、観境は爆発的に広がってパオロをとりまいた。色の軌跡がパオロの感覚器をかすめて飛びさっていくと、絡みあい、崩壊して、発光する煙になった。

「まちがいだ。すべては多次元周波数空間で進行しているのだ。わたしはいま、〈絨毯〉の辺を千以上のベクトル成分にフーリエ変換した。そのすべてに独立した情報がある。われわれがいまいるのは非常に狭い断面で、わずか十六次元の薄片にすぎないが、主要な成分と最大限の細部がわかるよう修正してある」

パオロは意味不明の色のにじみの中で目がくらみ、完全に見当識をなくし、周囲の状況も理解不能だった。「きみはやはりグレイズナー・ロボットだよ、カーパル！　わずか十六次元だって！　なんのためにこんなことをするんだ？」

姿は見えないが、カーパルの声は傷ついてきこえた。「なぜわたしが《C－Z》へ来たと思うのだ？　あなたがたは柔軟な考えかたをする人々だと思っていたのに！」

「きみがしていることは……」なんだというのだ？　異端か？　そんなものは《C－Z》には存在しない。公式には。「これをほかのだれかにも見せたのか？」

「まさか。だれを思いつく？　リーズルか？　それともハーマン？」

「よかった。ぼくなら秘密を守っていられる」パオロは十二面体の部屋にジャンプし、カーパルもついてきた。「もっとも、説明のしようもないけれど。物質宇宙は三つの空間的次元プラス時間からできている。《カーター－ツィマーマン》の市民はその物質宇宙で生きているんだ。結局まちがっていたコズチ理論のせいで、ぼくらが星をめざすのは千年遅れた。それより高次元のことを知的にもてあそぶのは、唯我論者だけがすることだ」そういいながら、パオロはそれが尊大にきこえることに気づいていた。

機嫌を損ねているというよりは困惑している声で、カーパルが返事をした。「なにが起きているかを知るには、これしか方法がない。それを理解するための唯一の知覚的手段だ。〈絨毯〉の真の姿を知りたくはないか？」

パオロは自分がその気にさせられているのを感じた。（千次元周波数空間の十六次元の切片を体験する？）けれど、それは現実の物理的システムを理解するのに役立つことだ——新奇な体験そのものが目的ではない。

それに、だれかに気づかれることもないだろう。

パオロはかんたんな自己予言モデルを走らせた。決断をくだすまでに一キロタウ思い悩んでから誘いにのる可能性が、九十三パーセントと出た。そんなに長くカーパルを待たせるのが、正しいことだとは思えない。

パオロはいった。「きみの精神形成アルゴリズムを貸してくれることが条件だ。ぼくの界面ソフトでは、どんな準備をしたらいいかもわからないだろうから」

準備が完了すると、パオロは決心を固めてカーパルの観境へジャンプして戻った。最初の一瞬は、さっきと同じ意味不明のにじみがあるだけだった。

それから、突然、なにもかもが明晰になった。

ふたりの周囲を生物たちが泳いでいた。それは複雑に分岐したチューブで、サンゴが動きまわっているかのように見えた。パオロが心に思い描けるかぎりのすべての色であざやかに彩られているのは、カーパルがたったの十六次元では表現できない情報を、いくらかでもつめこもうとしたからだろうか？　自分の体を見おろすと、なにも失われてはいないが、体を見まわせる十三の次元のすべてで、針の頭のような点にしか見えない。パオロはあわてて目をそらした。改変されたパオロの知覚マップには、十六の次元すべてで広がっている上に、色あいによってそれ以上のものも使っていることを示唆されている〝サンゴ〟のほうが、自分の体よりもはるかに自然なものに感じられた。そしてパオロは、サンゴが〝生きて〟いることになんの疑いもいだかなかった——〈絨毯〉そのものとは比較にならないほど生物らしいのだ。

カーパルがいった。「この空間内の点という点は、タイルに見られるある種の準周期的パターンを符号化したものだ。それぞれの次元が、異なる固有サイズ——あまり適切なアナロジーではないが、ある波長のような——をあらわしている。各々の次元での位置はほかの属性をあらわし、そのパターンが使っているタイルと関連している。いま周囲に見えている局所的なシステムは、類似の波長においておよそのところ類似した属性をもつ数十億のパターンの集まりなのだ」

ふたりは泳ぐサンゴから離れて、クラゲに似たなにかの群れの中へ移動した。ふにゃふにゃした超球がか細い巻きひげをうねらせている（その一本一本にパオロより実体感があるのだ）。そのあいだを宝石のような小生物が飛びまわっていた。パオロはようやく、ここで動いているもののなにひとつとして、通常空間を浮遊している固体の物質と似たものはないことを理解しはじめた。運動は、進行方向をむいた超平面が明滅しつつ変形することで起こっているようで、それは分解と再構成のプロセスが見えているのだろう。

カーパルはパオロに秘密の海を案内しつづけた。そこには螺旋状の虫がいて、何匹ともわからない数が巻きつきあって群れを作っていた。一匹一匹がそこから離れては、一ダース以上のうごめく細片になり、やがて再結合するが、同じ群れの虫どうしとは限らない。そこにはまばゆい色とりどりの、茎のない花があった。そのいりくんだ超錐体は、〝漂うクモの糸（ゴッサマー）のように細い〟十五次元の花びらからできていた。花びらの一枚一枚が亀裂や毛細管からなる、眠気を誘うフラクタルの迷宮だ。そこには鉤爪をもつ怪物がいた。鋭い昆虫めいた器官の結節部がのたうつさまは、断頭されたサソリの乱交を思わせた。

パオロはおぼつかない口調でいった。「きみはこれを三つの次元だけでかいま見せられるはずだ。それでもみんなにははっきりとわかるだろう……ここに生物のいることが。このままでは、みんなを動転させすぎてしまう」この生物は、〈ワンの絨毯〉という偶然生じたコンピュータの中に本体をもち、外の世界と関係をもつ可能性がまったくない。それは、《カーター＝ツィマーマン》の根本的な哲学に対する正面からの侮辱だった。もし宇宙が、どこよりも内面世界の探究に専心しているポリスの住人たち並みに現実と絶縁した〝生物〟を進化させたのだとしたら、物質宇宙の特権的地位は、実在と幻想の明確な区別は、どこに行ってしまうのだろう？　そして、《ディアスポラ》からの朗報を三百年間待ちつづけていた地球では、これにどんな反応をするだろう？

カーパルがいった。「あなたに見せる必要のあるものが、もうひとつある」

カーパルはその生物を、イカと名づけていた。理由は明白。それはたがいに触腕で突っつきあっていて、そのようすはとても肉欲的なものに見える。だが、カーパルの説明は違っていた。「ここには光に相当するものが存在しない。われわれがここでものが見えているのはすべて、この世界の物理現象とはまったく無関係な、われわれ専用の特別法則に従ってのことだ。この世界の全生物がたがいに関する情報を知ることのできる手段は、接触のみ。それはじつのところ、これほど多くの次元が関与している場合、データを交換する非常にすぐれた手段といえる。あなたがいま目にしているのは、接触による情報伝達なのだ」

「なにを伝達しているんだ？」

「単なる世間話かと思う。こいつらにとっての人づきあい」

パオロは、のたくる触腕の塊を凝視した。

「こいつらに意識があるといっているのか？」

点のように見えるカーパルが、満面の笑みを浮かべた。「こいつらにはわれわれ市民の脳よりも接続性の高い制御構造があって、そこで皮膚の集めたデータを相関させている。わたしはその器官のマップを終えて、機能分析にとりかかったところだ」

カーパルがパオロを案内したあらたな観境は、イカの一体の〝脳〟のデータ構造を表示したものだった。それはありがたいことに三次元で、非常に様式化され、精神的なシンボルを示すいくつもの半透明の色つきブロックからできていて、ブロックのあいだを結ぶ広い線が、相互の重要な関係を示していた。パオロはこれと類似した市民の精神の図解を見たことがあった。こちらのほうがはるかに複雑さの度あいが低いが、にもかかわらず、気味悪いほど見慣れた感じがする。

カーパルが、「これはイカの周囲の知覚マップだ。ほかのイカたちの体でいっぱいで、いくつかのもっと小さな生物が最後にどこにいたかについてのわかる範囲での漠然としたデータもある。さて、ほかのイカの物質的存在を感知することで活性化されるシンボルが、ここの」とブロックを結ぶ線を指でたどり、「表示とつながっているのがわかると思う。この表示は、いま見ているこの構造すべての大ざっぱなミニチュアだ」

この構造すべてには、記憶検索や単純な向性、短期目標などを意味するゲシュタルト・タグがついていた。それは、存在と行為ということが、おおよそ意味するところにほかならない。

「イカはほかのイカについて、体のみならず、精神のマップももっている。どのようなかたちであれ、ほかのイカが考えていることを知ろうとして。そして」とカーパルは、ほかの一連のブロック間の線が、さっきのよりは精妙なイカの精神のミニチュアにつながっているのを指し示して、「イカは自分自身が考えていることについても、やはり考えているのだ。わたしはそれを、意識と呼びたいのだが、どうだろう？」

パオロの声には力がなかった。「きみはこのすべてを、ずっと秘密にしてきたのか？　ひとことも洩らさずに、自力でここまで――」

カーパルは冷静だった。「自己中心的な行為だったとは思う。だが、ひとたびタイルのパターンの相互作用が解読できると、他人に説明をはじめるまでの時間さえ惜しくて、ここを離れられなくなってしまった。あなたに最初に話しにきたのは、この発見を公表する最良の方法はなにか、助言がほしかったからだ」

パオロは辛辣に笑った。「はじめて見つかった意識をもつ異星生命は生物学的コンピュータの奥深くに潜んでいた、という発見を公表する最良の方法、ね？　《ディアスポラ》が連合の残りの連中に証明するはずだったなにもかもが、ひっくり返されてしまったという発見を？　三百年の旅をしてきた《カーター‐ツィマーマン》市民に、地球を離れないで、物質世界との類似を可能なかぎり最小にしたシミュレーションを走らせていたほうがましだった、と説明する最良の方法だって？」

まくしたてるパオロに、カーパルはみごとなユーモアを返した。「いや、むしろわたしの考えていたのは、《C‐Z》市民に次のようなことを指摘する最良の方法なのだが。すなわち、われわれがオルフェウスまで旅してきて、〈ワンの絨毯〉を調査しなかったとしたら、《アシュトン‐ラバル》の唯我論者に、やつらの精巧な人造生物やら奇抜な架空宇宙やらを一瞬で色褪せさせるものが、ここには現実に存在するぞと——そして、それを発見できたのは、《カーター‐ツィマーマン》の《ディアスポラ》だけだと——いってやる機会は決してなかっただろう、ということを」

パオロとエレナは〈ピナツボ衛星〉の縁に並んで立って、探察プローブのひとつが、宇宙の彼方の一点にメーザーの照準を定めるのを見守った。パオロには、ヴェガの鉄に富むダストの暈を抜けていくマイクロ波のかすかな散乱が見える気がした。（あれは、エレナの精神が宇宙じゅうに散っていくところだろうか？）そんなことは、考えないにしくはない。

パオロはいった。「きみが、オルフェウスを体験していないバージョンのぼくと出会ったら、そのぼくがねたんだりしないように、精神接合をしてやってくれるといいんだが」

エレナは顔をしかめた。「さて。そのときあたしはどうするかしら？　あたしがクローンを作る前に頼んでくれればよかったのに。でも、ねたまれる心配はないわ。オルフェウスよりも、ずっと不思議な世界はいくつもあるはずだもの」

「どうだろう。本気でそう思っている？」

「そう信じてなかったら、こんなことしないわ」エレナには、凍結された自分の同世代クローンたちの運命を変える力はない。だが、自らのクローンを移出する権利は、だれにでもあった。

パオロはエレナの手をとった。ビームの照準は、紫外線が強烈で明るいレグルスにほぼむけられていたが、視線をそらすと、太陽の弱々しい黄色の光がパオロの目をとらえた。

ヴェガ《C－Z》は、イカに関する発表を、意外なほど冷静にうけとめていた。いまのところは。カーパルの発表のしかたが、ショックをやわらげた面もある。これだけの長い距離、ほんものの物質宇宙を渡ってきたからこそ、これほどの発見があったのだ、とカーパルはいったのだ。さらに、もっとも教条的な市民でさえ、きわめて実際的な対応をしていることには、驚くほかなかった。地球からの発進前であれば、〝唯我論者の異星生命〟は、考えうるもっとも不愉快な発想であり、《ディアスポラ》がひょっとしたら発見しうるもっとも憎むべき存在であっただろう。だが、いまこの星までやってきて、この事実に直面したとき、人人はそれを自分たちにとっての利点として考えられることに気づいたのだ。オーランドはこんなことさえいっていた。「これで文句なしに境界ポリスに決心させることができる。『ほんものの異星の仮想現実を目撃するための現実宇宙の旅』——わしらはこれを、ふたつの世界観の統合だと宣伝するのだ」

だが、それでもパオロは地球のことが気がかりだった。そこでは地球のパオロやほかの人人が、いまも道を示してもらえると期待している。地球の人々は、〈ワンの絨毯〉の報せをうけて悲しみに沈んで、自分たちだけの閉ざされた世界に引きこもり、物質的な現実から目をそむけてしまわないだろうか？　《トカゲ座》を生きのびられたのだから、なんだって生きのびることはできる。じゅうぶん深くに身を隠せば。

パオロは憂いを帯びた口調で、「異星生命はどこにいるんだろうな、エレナ？　ぼくらが対面できるようなのは？　話ができるようなのは？　なにかを学べるようなのは？」

「さあね」といってエレナが急に笑いだす。

「どうしたんだ」

「ちょっと思いついたの。あのイカたちもまったく同じことを自問してるんじゃないかって」

第五部

ヤチマがいう。「スウィフトはトランスミューターが直接見た星です。自分たちがそこを去ってからの変化のいくつかには、びっくりするでしょうが」

パオロがつづけて茶化すように、「それに、ぼくらがあの星で肝心なことに気づくまでに、ずいぶんかかったことにもね」

「だれも完璧ではありえません」ヤチマは口ごもった。「わたしはあなたよりも専門的な側面で関わりましたが、あそこでの話をまとめるには、やはりあなたに手伝ってもらう必要があります」

「なぜ？」パオロは大梁につかまって休みなく回転している。

「ポアンカレでのできごとは、トランスミューターに話すことにしますか？」

「もちろんだ」

「そうなると、オーランドのことをもっと知ってもらわなくてはなりませんから」

12　重い同位体

《カーター - ツィマーマン》ポリス、恒星間宇宙
八五　二七四　五三二　一一二一　九〇四　CST
四九三六年七月四日、一時十五分十九秒〇五八　UT

九世紀で十二回目の覚醒を迎えたオーランド・ヴェネティは、すっきりした頭で希望に満ち、当然このヴォルテール星系行き《C - Z》は目的地に到着ずみだと思っていた。これまでの覚醒コールはすべてポリスのほかのクローンからの通信が理由だったたが、今回の眠りにはいる前に、もはや自分たちより先に目的地に到着するクローンがないのは確認してある。こんど消息を発信するのは、ヴォルテール《C - Z》の番だ——仮にそれが、オルフェウス後の期待外れな結果(アンチクライマックス)の一覧に、ひと組の不毛な惑星をまたひとつ加えるものにすぎないとしても。

オーランドは寝返りを打って枕もとの時計をチェックした。輝く記号類が漆黒の船室に浮かんでいるように見える。到着まではあと十七年。どこかの《C - Z》でだれかが何年も前

に発見したなにかを、界面ソフトが覚醒に値すると判断したのだろう。だまされた気分だった。何光年も離れたポリスで何十年も前に見つかった新事実に熱狂する気分には、もはやなれない。

寝そべったまましばらく毒づいているうちに、先ほど見ていた夢が思いだされてきた。アトランタの家でリアナとパオロが議論をしかけてきて、ふたりがオーランドに、パオロがリアナの息子だと納得させようとしていたのだ。リアナは出産の映像まで見せた。オーランドが精神発生の説明をしようとすると、パオロはにやにやしながらこういった。「それを試験管の中でやってみせてください！」そこでオーランドは、自分に選択の余地がないことに気づく。ふたりに《トカゲ座》の話をするほかはない。そしてそのときまで、パオロが無傷で《トカゲ座》を生きのびるだろうと思っていたオーランドは、絶対そうはならないことを知る。パオロも肉体人なのだ。二体のロボットたちは、この家の残骸で三つの黒焦げ死体を見つけることになるだろう。

オーランドは目を閉じて、心痛が引くのを待った。パオロには、道中は凍結したままで、完全に不活性状態だと伝えてある。じっさいはそうではなく、夢見ることを選択しているのは、だれにも打ちあけていない。フォーマルハウト行きの船の運命を考えても、それでよかったのだと思う。あの船でまどろんでいた自分のクローンも、事故までにはっきりと異なる人格に分岐していたことだろう。感覚インプットの違いがなくても、身体化ソフトウェアのランダムなノイズが原因でそうなっていたのは確実だ。けれど、オーランドはそれを死だとは思わなかった。地球で覚醒していた自分の自殺でさえ、死は意味しない。オーランドは最初から、《ディアスポラ》終了時には、同意する自分のクローンの全員と融合するつもりでいたが、それまでにクローンがひとりかふたり失われたところで、それは千日ごとに一日かニ日分の記憶がどこかへ行くのと大差ない不幸としか思えなかった。

船室を出て、裸足で冷たいガラスの上を〈浮き島〉の端まで歩く。観境は地球での月のない夜くらいに暗かったが、地面は平らだし、道すじはよく知っている。オーランドはむしろ積極的に自分の体を排便という退屈な作業が不要なように設定していたが、性行為をできなくする気がないのと同様、膀胱を空にする快楽を手放す気もなかった。どちらの行為も完全に随意で、もう生物学的要請とは無縁だが、結果としてそのふたつはほかの無意味な快楽、たとえば音楽に近いものになっていた。ベートーベンに永遠の価値があるなら、排尿も同様。オーランドは張りだした岩の下の星に満ちた闇に消えていく細流が、リサジュー図形になるように設定していた。

オーランドは自分の性質のわずかな部分しかパオロに押しつけていなかった——すぐれた架橋者がつねにそうしていたように、ふたりがたがいを理解できる程度にしか。そして、後続の世代たちがソフトウェアとして生きることのあらゆる可能性をうけいれているのを、うれしく思っていた。だが、自分でも同じことをしようとして自らを再デザインするのは、自損にしかなるまい。昔の生きかたが夢に出てくるのは、それが理由だった。混乱して、説得力がなく、制御もできない夢だが、わかりやすく、微にいり細をうがった、願望充足の幻想でもないし、文化的に同化された者むけの治療目的が露骨なサイコドラマでもない。この夢をほんものの哺乳動物だったころに見ていたなら、リアナを登場させることは絶対になかっただろう。リアナの死をうけいれさせるためのアレゴリーとカタルシスでねじれた小道に、オーランドを無理やり歩かせもしなかっただろう。いま見る夢は、なにも啓示せず、なにも意味せず、なにも変えない。けれど、それを削除したり変化させたりするのは、自分の肉体にナイフを突きたてるようなものだった。

オーランドが東だと考えている方角の天空低くに、ヴォルテールがあった。この距離からだとそれは赤みがかった薄暗い小点で、明るさは地球から見た水星ほどの、光度わずか太陽の六分の一の年老いたK5星だ。五つの地球型惑星と、木星よりは海王星に似たガス巨星五つの存在が、《ディアスポラ》発進のはるか以前に観測ないし推測されていたが、個々の内惑星のスペクトルは、故郷の巨大な機器でも、このポリスが搭載しているきわめて簡素な装置でも、判然としないままだった。

「おまえはなにをもたらしてくれるのだ？　聖域か？」オーランドは目標の星を凝視した。聖域ということはあるまい。二、三のあらたな不毛の惑星。生命のはかなさと、無頓着にそれを作り、破壊する力についての二、三のあらたな教訓。

船室に戻ったオーランドは、このまま覚醒コールを無視して眠りに戻ろうかと考えた。凶報——第二のフォーマルハウト船、あるいはもっと悪いなにか——がもたらされたのかもしれないし、生命の徴候が見つかったがあまりに微妙で、一、二世紀調査しなければ明確にならないのかもしれない。ひょっとしたら、ペガサス座五十一番星を周回するガス巨星の衛星のひとつで、未踏査だった亀裂のどこかから微生物の化石が発掘されたのかも。ほんとうに地球とオルフェウスに次ぐあらたな生物圏の証拠が出てきたなら、きわめて重大ではあるが、オーランドはもう、夜明け前の闇の中で遠方の世界のこまごましたことに考えをめぐらすのに、うんざりしていた。

だがしかし、もしかするとついにオルフェウスのイカが、海を漂う自分たちの宇宙の本質に漠然と気づいたのかもしれない。オーランドはあきれたように笑った。疑いをもちつつも、興味を引かれていく。イカの文化に発展があったという可能性は、無関心をすっかり追いやっていた。

オーランドが手を叩くと、船室に明かりがついた。ベッドの上に起きあがって、壁面スクリーンに「レポートを」と命じると、界面ソフトがオーランドを覚醒させた理由を要約したテキストがあらわれた。オーランドは、言葉を返してくる非知性ソフトウェアをきらっていた。

報せはこの船に関する（ローカルな）ものだったが、その背後にある一連のできごとのはじまりは地球にあった。地球《C－Z》で改良版小型分光器を設計した者がいて、それはいま各宇宙船のポリスが運んでいるモデルをナノウェアで改造すれば作れるものだった。この船の天文ソフトウェアはその作業を実行に移し、新しい装置によってヴォルテール星系の十の惑星の大気組成が判明したのである。

　第一の驚きは、もっとも内側の惑星、スウィフトの大気が、予想とはかなり違っていたこと。大部分が二酸化炭素と窒素で、全圧は地球の五分の一だが、はっきりした硫化水素と水蒸気の痕跡も見られる。重力は地球の六十パーセントしかなく、表面温度は平均すると摂氏七十度だから、スウィフトの水は事実すべてが、惑星形成からの百二十億年で――紫外線によって水素と酸素に分解され、水素が宇宙に逃げて――失われていなければおかしい。

　第二の驚きは、硫化水素がほかの大気と熱力学的に平衡していないらしいこと。惑星内部から――百二十億年も経っているというのに――放出されているか、ヴォルテールの光によるなんらかのかたちの非平衡な化学作用の副産物かだ。生物による可能性が非常に高い。

　しかし、第三の驚きはオーランドの肌をぞくぞくさせ、悪臭を放つバクテリアでいっぱいの煮えたぎる湖というしょぼくれた想像を圧倒した。スペクトルによると、スウィフトの大気中の分子は、ふつうの水素も、炭素12も、窒素14も、酸素16も、硫黄32も、含んでいない。宇宙でもっとも豊富な同位体は微塵も見られず、だがヴォルテール星系のほかの九つの惑星には、どれもが標準的な割合で存在した。スウィフトにあるのは、重水素、炭素13、窒素15、酸素18、硫黄36。各元素のもっとも重い安定な同位体だ。

　いまだに水蒸気が存在する理由は、それで説明がつく。そうした重い分子は惑星の表面近くにとどまり、分裂するときには重水素が近くにあって再結合する可能性が高くなっただろう。けれど、より軽い同位体が先に失われたからといって、ありえないほどゆがんだ存在度（アバンダンス）の説明にはならない。惑星形成時のスウィフトの大気は、本来あるべき量の数十万倍の重水素を含んでいたことになる。

その意味するところを、ソフトウェアはなにも示唆しなかったが、オーランドに疑問はなかった。なにものかが、そうした元素を変性（トランスミュート）したのだ。なにものかが故意に、この惑星の大気を重くして沈降させたのである。そこに存在する生命の生存期間をのばすために。

13　スウィフト

《カーター・ツィマーマン》ポリス、スウィフト周回軌道
八五　八〇一　五三六　九五四　八四九　CST
四九五三年三月十六日、十五時二十九分十二秒〇〇三　UT

ヤチマはオーランドと並んでプローブを飛ばしていた。二機ともフィンつきの流線形で全長三デルタ、スウィフトの平坦な赤い砂漠の上を舞っているように見える。現実のプローブは幅半ミリメートルの球形で、ヴォルテールの光を動力源とし、たいていは風に運ばれているが、回転によって揚力を発生させ、分子繊毛に覆われた導管のネットワークから大気ガスを噴射して前進することもある。操縦ソフトウェアは精巧なものだったが、車のステアリングホイールをまわしても、かならず望んだとおりの結果が得られるわけではなかった。

「オアシスです！」

オーランドが周囲を見まわして、「どこだ？」

「あなたの左側」ヤチマはオーランドの車との衝突をおそれて、まだ方向転換していなかっ

た。プローブ自体どうしが接触することはまずありえなかったし、仮にそうなってもほとんど問題はないのだが、《コニシ》からこのポリスへやってきたヤチマが最初にしたことのひとつは、自分の各ナヴィゲーターに衝突への強い忌避感を結線することだった。《カーター－ツィマーマン》の人々は、他人が自分と観境の同じ部分を占めようとするのを好まない。

オーランドが車のむきを変え、ふたりはオアシスにむかった。それはポリマーの膜の下にとらわれた幅数メートル――ヤチマたちの現在の縮尺で数十キロデルタ――の池だった。表面張力でゆるやかに張りのばされて凸面鏡になった膜に、淡紅色に広がる空が映って、地面の下数センチメートルのところに浮かんでいるように見える。大気の薄いスウィフトでは純水が六十度前後で沸騰するため、雨は夜側でしか降らないが、流れる雨水が一片の胞子にじゅうぶんな量集まれば、干からびていたミクロ生態系が復活し、可能なかぎりのあいだ水を手放すまいと懸命になる。膜が蒸発を抑え、ほかの化学作用がいり混じって沸点を最大で十度上昇させるが、五百七時間あるこの星の一日の午後半ばには、前夜にできたオアシスのほんの一部分しか残っていない。それでもスウィフトの生命は、少なくとも最初期の地球の生命が氷結の危険にうまく対処した程度には、蒸発と乾燥に対処していた。

クローズアップにすると、反射率が完全ではない表面を通して、膜の下のめくるめく世界が見えた。幅の広い螺旋形の食虫草が金色と碧青色に輝いている。その毒のある葉を避けているダニの群れのひとつは濃くあざやかな赤で、別の群れは（《トカゲ座》以前の地球の）空色。スウィフトの全生物は硫黄の化学的性質を大いに利用していた。支配的なのは炭素だが、原初のなんらかの偶然によって硫黄も構造上の役割をいっしょに担うことになったらしく、色の鮮明さはその副作用のひとつだった。

「もしかするとこれはすべて、ゼロから工学的に作りだされたのかもしれませんね」ヤチマは考え考えいった。「装飾的な目的で。生命もなく空気もなかったスウィフトになにものかがやってきて、この生態系を分子ひとつずつ組みたてた。生態系が少しでも長くつづくように、重い同位体を使って。金に彫刻することで腐食を避けるように」

「いや。トランスミューターがいまどこにいるにせよ、ここが連中の生まれた生物圏に違いない」オーランドは自説に絶対の確信があるようで、ほかの可能性は考えるまでもないほどでたらめでくだらないといわんばかりだった。「連中は同位体をゆっくりと置換していき、数千年がかりで大気に供給して現在のかたちにした。故郷の星を保護球で覆ったり、軌道を動かしたり、太陽に手を加えたりしなかったのは、敬意のしるしだな。可能なもっとも低いレベル、生化学の下層に変化をしのびこませたのだ」

ヤチマは自分の車を池の上に誘導した。体長数ミリメートルのあざやかな緑色のウナギが、プローブよりずっと速く、うねりながら通りすぎた。赤と黄色の十二本足の蜘蛛が、膜の内面を逆さまに歩いていき、膜に埋まって暮らしている平面ナメクジをほじくり出している。ヤチマは餌食になっている生物にあまり同情を感じなかった。平面ナメクジがのうのうと餌にしている保護ポリマーは、ほかのほとんどすべての生物が苦労して合成したり分泌したりしてきたものだからだ。とはいえ、それも埋められる必要のある生態的地位（ニッチ）なのだし、ここには意識的に目標をもってなにかをしている生物などひとつもいないのだが。

「トランスミューターが生物学的いとこたちをそんなに気にかけていたというなら、《トカゲ座》は予想していなかったんでしょうね。ガンマ線バーストに対する保護手段が組みこまれている形跡は皆無なんですから」

オーランドは動じなかった。「連中に可能だった唯一意味のある方策が、忌避的なものだったのかもしれん。そして、たとえ大量絶滅があっても、そこから復活できるだけの多面的な回復力を生物圏にあたえたと、わかっていたのだろうさ」

スウィフトではほとんど化石が見つかっておらず、バーストによって生物がどれくらいの害をうけたかは判断がむずかしかった。モデルによると、現存の種の大半は比較的うまく対処したようだが、生きのびた種が現存しているわけで、それは《トカゲ座》前の生物の典型ではないのだから、その結論は当然すぎるといえる。ここでの遺伝物質は、連続する世代で五つの異なる分子構造符号化のあいだを継代する。いくつかの種は〝純粋な〟スキームを採用していて、ある世代ではすべてがアルファで、次の世代ではすべてがベータになり、次はガンマ、デルタ、イプシロンとつづいていくが、ほかの種は各世代で五つすべてが混在している。《トカゲ座》が原因の遺伝上のボトルネックを確認したと主張している生物学者たちもいるが、正常なレベルの多様性がどれくらいだったかがわかるほど、すでにスウィフトの生化学を理解している人がいるとは、ヤチマには思えなかった。

「じゃあ、トランスミューターはいまどこにいるんです？　《移入》にのみこまれましたか、それとも《ディアスポラ》で散り散りになったんですか？　あなたがほかのあらゆることについてトランスミューターの心を読めるなら、この質問にもかんたんに答えられるはずですよね」

オーランドは堂々と自信をもって答えた。「時間の浪費だと思ったら、わしがここにいると思うか？」声は皮肉っぽかったが、ヤチマにはその言葉が全部冗談だとは思えなかった。《C‐Z》は軌道からこの惑星を大ざっぱに検分して、都市や、廃墟や、大きな重力異常や、隠された構造物を探した。しかしトランスミューターほど進歩した文明なら、自分たちのポリスを偶然の発見もありえないほど小型化できたはずだ。ひとつのか細い希望は、トランスミューターはわざわざスウィフトの生物の運命に介入しているのだから、ときおりオアシスに姿を見せるはずだ、というものだった。ヤチマは楽観的にはなれなかった。もしトランスミューターがまだこの惑星上にいるなら、訪問者に気づいていないはずもなく、なのにこれまでのところコンタクトするという選択をしていないのだ。そして、トランスミューターが姿を見られたがっていないなら、大きくて不細工な、ミリメートル単位の幅があるドローンを池の水面に走らせているはずもなかった。

ヤチマはめったに見ない半透明の生物が、中空の体を収縮させて噴射した水を推進力に、プローブの下を泳いでいくのを観察した。ヤチマはこうした世界を研究し、生物学者たちがもっとも地味な地球外生物圏にさえ見られる進化の法則について、なんらかの洞察を引きだすのを根気強く手伝う心づもりでいた。この星には、際だった新しい体制（ボディ・プラン）もライフサイクルもなく、採餌や生殖について地球では見られなかったような戦略もなく、しかし分子レベルではあらゆる作用が地球とは異なっていて、マップを要するまったく新奇な生化学的経路の巨大な迷路が存在する。けれどトランスミューターのせいで、そうしたことに注意をむけるのはほとんど不可能になっていた。トランスミューターの不在——または完璧なカモフラージュ——がスウィフト《C‐Z》の関心を独占していて、生物圏の複雑な仕組みは、だれもが夢中になっているがまだ白紙のままのトランスミューターに関するページの、長い長い脚注と化してしまっている。

ヤチマはオーランドのほうをむいて、「トランスミューターが隠れているとは思いません。大気を『文明あり！　訪問者待つ！』と叫んでいるようなスペクトルにした種族が、そんなに内気なわけがない。わたしたちは接近してから気づきましたが、大きなテクノロジーの発展がなくても、数千光年彼方からでも見つけられるでしょう」

オーランドは返事をせず、池をじっと見おろしたまま、深紅色の幼生の群れが脱皮し、たがいの捨てた皮を食べるのを観察していた。トランスミューターとコンタクトしようとするオーランドの目的は、ヤチマも理解している。《ディアスポラ》が終了して、宇宙に散らばっていたオーランドのクローンが再収束するまでには、地球はふたたび居住可能になっているだろう——しかし、《トカゲ座》の説明がつくまでは、オーランドは決して安心して肉体に戻れない。連合で提出されたどの理論も、トカゲ座G‐1の中性子星は衝突までに七百万年かかるという最初に信じられていた説と、疑わしさでは大差ないように思える。けれど、もしトランスミューターが数百万年のタイムスケールでの銀河の動力学について経験による知識をもっているとしたら——そして、自分たちの遠い子孫を絶滅から救うだけのために、この星の大気を原子ひとつずつ変化させるほど慈善的なら——幼い文明が長期間生きのびるためのささやかな情報と助言を渋ることはよもやあるまい。

「なるほど」オーランドは顔をあげた。「では、スペクトルの目的は、ビーコンのように目立つことだったのかもしれない。もしかすると、それだけが目的だったのだろう。大気をほかの無数のかたちに保つことができたのに、自分たちの存在を気づかせることになる道を選んだのだから」

「わざと注意を引いたというんですか？　どうして？」

「人々をここへ来させるためだ」

「なら、どうしてこんなに無愛想なんです？　それとも、わたしたちに待ち伏せをしかける気でいるんですか？」

「面白い冗談だ」オーランドはヤチマと目をあわせた。「だが、きみのいうことは正しい。トランスミューターがわしらから隠れているなどというのは笑止千万（しょうしせんばん）、そんなことはない。連中はこの星を去ったのだ。だが、なにかを残していったにちがいない。わしらに見せたいものを」

ヤチマはオアシスを手で示した。

オーランドは笑って、「きみはこれが観賞用に作られた池で、全銀河をここへ招待して愛（め）

でさせようとしたとでもいうのか？」

「もうあまりそうは思えませんが」とヤチマは認めてから、「しかし、重水素と酸素18がたっぷりつまっていても、これはゆっくりと干上がりつつあります。六十億年前なら、壮麗な見せ物だったでしょう」

オーランドは納得しなかった。「生物圏のことでは、わしらはふたりともまちがっているのかもしらんぞ。トランスミューターが去ったときには、ここには生命は存在しなかったのかもしれん。生物がそのあとで進化したこともありうる。水蒸気が絶えないのは、スウィフトをまともな分光器とわずかな知性をもつだれにでも目立つものにしようとして選んだ手段の、副作用でしかないのだろう」

「そしてわたしたちは、見つけることになっているはずのなんだかを探す努力が足りないだけだと？　擬似餌は決してあいまいなものではないんですから、報酬も見落としようのないものであるはずです。それはもう塵と化してしまったか、わたしたちはいままさにその残りかすを見ているんでしょう」

オーランドはちょっとのあいだ黙っていてから、苦々しげに、「もしそうなら、連中が使ったビーコンも塵と化しているはずだ」

ヤチマは、適切な半減期をもつ同位体を選択するのは技術的に困難だとは、指摘しないでおいた。かわりに、「トランスミューターはほかの星をおとずれて、もっと永続的なものを残したかもしれません。次に目的地に到着する《C－Z》は、なにかの遺物を発見するかも……」ヤチマは上の空になって言葉を途切れさせた。もうひとつの可能性が、意識の端に浮かびつつある。数タウ待ったが、それは中心に出てこなかった。そこで自分のアイコンをスウィフト観境に残したまま――オーランドが言葉を発した場合に備えて、リニア入力もいっしょに――ヤチマはゲシュタルトの視点を自分の精神のマップに移動させた。

その観境は連結したニューロン状物体の巨大な三次元ネットワークを表現したものだったが、その物体はシンボルで、個々のデータ・パルスを処理する最低レベルのネットワーク内の接合部ではない。各シンボルは、すでにネットワークを支配しているほかのシンボルからうけとる強化――ヤチマが意識を集中させているもの――に比例した強度で輝いている。単純な直線的流れはたちまち試され、陳腐なものとして抑制される――そうでなければヤチマの精神は、熱い／冷たい、湿っている／乾いている、といったつまらない考えが正のフィードバックループとなって、麻痺してしまうだろう――けれども、シンボルの新奇な組みあわせはずっと発火をつづけ、もしそれがその時点での活動とじゅうぶんな強さで共鳴していれば、その結合は強くなり、意識の表面にのぼっていくことさえあるかもしれない。思考は生化学とよく似ている。常時何百万もの衝突が起きているが、現存の鋳型にぴったりはまる正しい形状の産物を作りだす必要性が、プロセスを統一のとれたかたちで先に進めていく。

マップはスローモーションのリプレイだった。ヤチマが見ているのは、マップを見るという行為が引きおこすリアルタイムの発火ではなく、もやもやしたまま意識の端に引っかかっている思考を形成する発火パターンだ。そしてマッピング・ソフトウェアによる色わけのおかげで、そのパターンとつながるものはかんたんに見つけだせたが、いまはそのつながりがしきい値を越えて自律した活動になることはなかった。シンボルが発火した言葉は、同位体、永続、明白……そして中性子。

ヤチマはしばしまごついたが、つながりの意味がわかったという感覚がふたたびこみあげてきて、これまでなにを見落としていたかがはっきりわかった。もしスウィフトの大気中の重い、だが安定な同位体が、永続的ななにかに注意を引きつけるためのものだというなら、原子そのもの以上に永続的なものがあるだろうか？　同位体はトランスミューターからのメッセージではあるが、それは、『この惑星へ来たりて探せ、得がたい知識に満ちたわれらのライブラリを……すでに塵と化しているかもしれぬが』でも、『来たりて驚嘆せよ、われらの作りしこの生命に……絶滅ずみかもしれぬが』でもないのだ。

同位体は、『来たりて見よ、これらの同位体を』と告げているのである。

オーランドが絶叫した。「この馬鹿者！　なにをしている？」

ヤチマはジャンプして全面的にスウィフト観境に戻った。自分の車がオアシスに半分沈んでいるのが見えた――プローブそのものか、そのガス噴射が膜に穴を空けたのはまちがいない。車が上昇するのにあわせて、外気にさらされた水は幅数十デルタの泡になって噴きだし、破裂して水蒸気の雲になるとたちまち消散した。膜の表面は沸騰しているが、ちぎれた端は裂け目を越えて粘着性の巻きひげを飛ばし、さらにその糸のいくつかがぶつかりあって融合して、ゆるやかな網で裂け目を縦横に覆い、再重合（ポリマリゼーション）の支柱となる。だが穴は大きすぎ、蒸気の勢いと泡立つ水に細い柱は引き裂かれていった。膜の裂け目が広がる。事態はもはや止めようがなかった。

　オーランドは車の座席の上に立って、身ぶりをまじえて叫んでいた。「馬鹿者めが！　きみはあいつらを殺してしまったのだ！　どうしようもない愚か者！」ヤチマはいったんためらってから、コニシ式に直接オーランドの車にジャンプして、相手の両肩をつかんだ。「心配いりません！　オーランド、あの生物たちは生きのびます！　そういうふうに適応しているんですから！」オーランドはヤチマを押しやると自分の腕を打って、悲しみと怒りにわめいた。ヤチマはもういちど手を触れようとはしなかったが、相手に視線をむけたまま、静かに繰りかえした。「あの生物たちは生きのびます」それは完全な真実ではなかった。個個の生物のうち煮沸と再水和をくぐり抜けるのはおよそ三つにひとつだけだ。

　ヤチマは視線を下げた。オアシス全体が泥の小片と変わらない大きさのねばねばした残りかすになって、ポリマーに覆われた二、三の水蒸気の泡が限界点にむかってゆっくり拡大していくのにしがみついていた。判別できるボディ・プランの輪郭ひとつなしに、スウィフトの生物のすべての色が溶けあって茶色になり、ぼんやりと虹のように光っている。立体幾何学的に見た生物機能は二次元的近似物と化学的標識(マーカー)の混合物に圧縮されているが、そのプロセスはかならずしも可逆的ではなく、コーディングも完全に明白ではない。乾燥の過程でいっしょになった異なる種の構成員でさえ、相互の遺伝子キメラとして加水されることがあり、たがいから吸収した生殖細胞を再構成された体の組織として使っていた。

「どこに行っていた？」オーランドの表情は恐怖と侮蔑をまき散らしていた。「あいつらは現実の、生きている存在だったのに——きみはそこから目を離さずにいることもできんのか！」

「突然の下降気流があったのでしょう。オートパイロットになんらかの手段があれば、プローブを水に触れないようにしていたはずです」

「そもそもきみの位置が低すぎたのだ！」

ふたりは同じ高度で飛んでいたのだが。ヤチマはそれはいわずに、「きいてください、こんなことになったのは遺憾です。プローブの安全限界も引きあげる必要があるでしょう。ですが、同じことは風に乗った砂粒が原因であっさり起きたかもしれない。それにどのみち、十分以内に蒸気圧だけのせいで膜が破裂していたはずなのは、あなたも知っていたはずです」

オーランドの目から怒りが引いた。オーランドはそっぽをむくと、両腕で顔を覆った。ヤチマは黙ったまま待った。こういう場合、ほかになにもしようがないことは、ずいぶん前に学んでいた。

しばらくしてから、ヤチマは声をかけた。「トランスミューターがわたしたちになにを見つけさせたがっていたのか、わかったと思います」

「どうだか」

「水素になにを加えたら重水素になりますか？　炭素12になにを加えたら炭素13になります

か？」

オーランドは見えない涙をこれ見よがしにぬぐいながら、ヤチマのほうをむいた。オーランドの公共アイコンは、本人の身体化に対する考えを反映して、意のままに感情を隠すこともあらわにすることもできたが、そのふたつのレベルを境目なく操る方法はきちんと習得できていなかった——いま怒りのおさまったオーランドは、その場で倒れて力つきそうなほど弱々しく見えた。もうひとつ失望の種があれば、ほんとうにそうなるかもしれない。

ヤチマはおだやかな声で、「答えはずっとそこにあったんです」

「中性子か？」

「そうです」

「中性子は中性子だ。それ以上のなにがあるというのだ？　なんのために八十二光年も旅をしてここまで来た？」

「中性子はワームホールです」ヤチマは両手をあげて、一端が三つに分岐した標準コズチ図を作りだした。「もしブランカの死んだクローンが正しければ、トランスミューターはスウィフトの中性子をほかに類のないものにするのに必要な自由度すべてをもっていたことになります」

14　埋めこまれたもの

《カーター‐ツィマーマン》ポリス、スウィフト周回軌道
八五　八〇一　七三七　八八二　七四七　CST
四九五三年三月十八日、二十三時十七分五十九秒九〇一　UT

ヤチマはオーランドとの会合場所にリリパット基地の観境を選んだ。オアシスが形成されている温帯の低地から遠い、赤道付近の台地にある科学機器でいっぱいの二十メートルのドームだ。ドームと内部のあらゆるものを組みたてたのはごくふつうのナノマシンだが、原料をその場で手にいれるのは、はるかに進んだテクノロジーなしには不可能だっただろう。エニフという元星子犬が、ペガサス座五十一番星に到着したときに価値ソフトを切りかえて、大車輪で核物理学にとり組んだ結果、ヴォルテール《C‐Z》が目的地に到着する約一世紀前に、初のフェムトマシンの組みたてに成功していた。ふつうの原子の電子雲と似たところのあるハロー核のゆるやかに結合した中性子を使って、エニフは電子結合の場合より五桁小さい〝分子〟を作りだすと、そこから一歩一歩フェムトマシンを作りあげていった。フェム

トマシンは中性子と陽子を個々の原子核へ運びこんだり、そこから運びだしたりでき、必然的な結合エネルギーの増加分をそれ自身の構造のひずみとしてたくわえている。この発明は、スウィフトではかけがえのないものになった。いくつかの実験に必須の変性された五つの元素の、自然な軽い同位体ばかりでなく、ほかの元素の多くもこの惑星の表面ではいかなるかたちでも希少だったからだ。

〈倉庫〉が空くまで、ふたりは二日間待たなくてはならなかった。ヤチマが観境にはいったときには、それまで太古の鉱物粒に含まれる酸素16の痕跡を探すために使われていた装置が分解されて、各構成元素の貯蔵タンクに戻されている最中だった。一センチメートルが一デルタという縮尺だと、一メートル四方の〈倉庫〉は考えられるどんな実験にも余裕のある広さに思えるが、じっさいはぎゅうぎゅうづめになりそうだ。ヤチマはライブラリで、かつてレナタ・コズチの生徒だったマイクル・シンクレアその人が設計した中性子位相転移(フェーズ・シフト)アナライザーの計画案を見つけていた。ブランカの提出した発展版コズチ理論が地球に届いたとき、物理学者のほとんどはその新しいモデルを形而上学的ナンセンスとして退けただけだが、シンクレアはそれを綿密に検討し、〈長炉〉で作られた通過可能なワームホールの長さを現実のあと追いで説明することに成功したその理論以上の成果をもたらす実験テストを、考案しようとしたのだった。

オーランドが姿を見せた。観境ソフトウェアはオーランドの呼気をいったいどう処理したものかわからなかったようだ。リリパット基地のドームは高真空に保たれていて、最初は息拡散して冷えるのにあわせて氷の結晶がぼんやりした雲のように実体化し、オーランドの前に落ちたが、少しするとどこかのサブシステムが気を変えて、このあきらかな汚染物質が口から出たとたん、魔法のように消滅させるようになった。

格子状の足場を組みあげおわると、〈倉庫〉のナノマシンはアナライザーの建造にとりかかり、貯蔵タンクからバリウム、銅、イッテルビウムの細線を吸いあげて、それを撚って磁気ビーム分裂器――この場合、〝ビーム〟は中性子一個だけでできているので、この装置には似あわない名前だが――に使われる超伝導ワイヤの細い灰色のコイルを作った。オーランドはその作業の手並みを疑わしげに眺めていた。「こんなささいな実験をするだれかをトランスミューターが気にかけると、きみは本気で思っているのか？」

ヤチマは肩をすくめて、「なにがささいなんでしょう？　重水素と水素のあいだでの変化はスペクトルにすると一万分の二、三の移動ですが、だれだって気づくと思いますね」

オーランドは冷淡に、「重水素が通常の存在度の六千倍あれば、それはささいなことではない。通常より二十パーセント重い水蒸気も、ささいなことではない。しかし、この実験の粒子は――ふたつの量子状態に分裂させ、ひとつを七二〇度回転させてから、再結合させて位相差(フェーズ)をチェックするまでは、中性子そっくりにふるまう粒子はどうだ？　それもささいなことではないような気もしなくはないが」

「それはいえるかもしれません。しかし、トランスミューターには選択の余地がほとんどなかった。中性子を二十パーセント重くすることはできませんから。可能だったのは、自分たちに注意を引きつけるようなほかの層で中性子をつつむことだけでした。なにがスウィフトを特別なものにしているのか？　大気中の重い同位体です。その同位体を特別なものにしているのは？　そこに含まれる余分な中性子。その中性子を特別なものにしているのは？　まったく別のなにかにしてしまうのでなければ、中性子で変化させられることはひとつしかありません。ワームホールの長さです」

オーランドは反論しかけたようだが、しかたないというふうに両手をあげた。議論はするだけ無駄だ。答えはどのみちすぐに出るのだから。

ブランカの発展版コズチ理論では、従来のバージョンと同じく、大半の素粒子ワームホールは狭いし、短くもある。ふたつの口、つまりふたつの粒子は、同じ極微の六次元球面を共有している。それは真空から作りだされたワームホールのもっとも蓋然的な状態で、通過可能なワームホールとは違い、いちど形成されてしまうと長さを自在に調節することはできない。けれど理論上は、もっと長いワームホールが存在できない理由はなかった。短いワームホールの端と端をつないだ鎖、ミクロ球を連結して余分な六つのマクロ次元に輪を描いてはいっていく紐。それは、いちど作りだされてしまうと安定なはずだった。あと問題なのは、そもそもどうやったらそれが作れるのかわからないこと。通常の接合法——無理やり激しくぶつける——では、ふたつのミクロ球をひとつに合体させるだけだ。

シンクレアは数兆の電子、陽子、中性子をテストして、長いワームホールはただのひとつも見つけていなかったが、それはそういうものが物理的に存在しえないことの証明ではなく、自然界にはめずらしいことを確認したにすぎない。そしてもしトランスミューターが、永続的な科学的遺産をひとつだけ残していこうとしたなら、これにまさる選択肢をヤチマは考えられなかった。長い中性子は、それ抜きで幼い文明が解決するには何千年期もかかるだろう基本的問題を解明する可能性をもっている。ゆっくり燃える太陽をめぐる惑星上の安定な同位体に閉じこめられたそれは、三百から四百億年のあいだ入手可能なままでいるだろう。それ自身の生成とは対極に位置する問題に光明をもたらすことすらありうる。通過可能なワームホールを短いままにしておくという問題、すなわち銀河を橋渡しするための秘密に。

　ナノマシンの作業はビーム分裂器から、次のコイルの組に進んだ。これは、中性子がふたつのとりうる経路を同時に進むときに、片方の量子状態を回転させるよう設計されたものだ。ひと目見ただけで長い粒子と短い粒子を明白に見わける方法はなかった。どちらも通過可能なワームホールはもっていないので、信号を通過させて所要時間を計ることはできない。しかしシンクレアは、長い粒子が存在を許される場合には、粒子をフェルミオンとボソンに分類するふつうの方法が、やや複雑になることに気がついた。フェルミオンの古典的な特性は、半単位のスピンをもつこと、パウリの排他原理（原子の中のすべての電子と、原子核の中の中性子と陽子とが、同じ最低エネルギー状態になるのを防いでいる）に従うこと、そして三六〇度の回転に対して、位相（フェーズ）が回転されていないバージョンから一八〇度ズレることだ。だからフェルミオンは同じフェーズに戻るのに完全な二回転、七二〇度を必要とする。ボソンははじめと同じ状態にいたるのに一回転しか必要としない。

別々のフェルミオン奇数個からできた長い粒子はどれも、フェルミオンの特性の最初のふたつをもっているが、そこにボソンもいくつか含まれていたなら、その存在は粒子を回転させたときのフェーズ変化のパターンにあらわれる。ワームホールが〝フェルミオン‐ボソン‐フェルミオン‐フェルミオン〟の順につづいている長い粒子は、最初の回転のあとではフェーズを外れて次の回転で戻るのは一個のフェルミオンのときと同じだが、もう一回転したときは即座にもとのフェーズに戻る。連続して回転させることで、ワームホールの構造をどんどん深く探れるのだ。鎖を作る個々のフェルミオンそれぞれについて、粒子のフェーズをもとへ戻すには二回転が必要だが、ボソンのそれぞれについては一回転でいい。群論と位相幾何学をまくしたてはじめたヤチマにむかって、三次元のアナロジーを探していたオーランドが指摘したように、これは螺旋階段の手すりにまたがって粒子のワームホールの中へすべりおりていくようなものだった。手すりがところどころねじれているので、階段をちょうど一周したときに上下が逆になっていることがあり、その場合、階段の正しい方向がふたたび上に見えるようになるにはもう一周する必要がある。ほかの場合には、一周したあとでもすべてはふつうに見えている。

ナノマシンが装置の仕上げとして、中性子源と検知器を〈倉庫〉のデータリンクに結線するあいだ、ヤチマはブランカと連絡をとることを考えていた。だが前にいちど会ったとき、ブランカのヴォルテール《C‐Z》のクローンは、死んだフォーマルハウト《C‐Z》の自分の発想にまったくなんの関心も示さなかった。どの《C‐Z》のブランカも、《ディアスポラ》船団じゅうで目的地到着後のデファクト・スタンダードに選ばれている肉体人相当の実体に喜んではいる気はないと表明していて、結果としてかなり孤立しつつあった。シンクレアはこの実験に立ちあいたがるだろうが、それには八十二年待たなくてはならない。どの《ディアスポラ》船にも乗らなかったのだから。

ヤチマは中性子源の横についたスイッチを手で示した。それはふたりの視野の中でだけ機械に継ぎ足された観境内物体だったが、それを動かすと信号がリリパット基地に送られて、最初の中性子を循環させる。「この場の主役を演じたいですか？」

オーランドはためらいを見せた。「自分がなにを望んでいるのか、まだよくわからん。トランスミューターのエキゾチック物理学なのか……きみがまちがっていたときに責任逃れをしようとするのを見て気晴らしにしたいのか」

ヤチマはなんの曇りもない笑顔で、「望むことのなにがすばらしいかというと、それがどんなものにもまったくなんの影響もおよぼさないことです。さあ、スイッチをいれて」

オーランドは前に出て、そのとおりにした。たちまちスイッチの横のディスプレイ・スクリーン――これも観境内物体――は記号でいっぱいになり、それはどんどんスクロールして読みとり不能だった。ヤチマは最大でも五、六回転のあと、その短いパターンが繰りかえされるだけだと思っていた――もし悲しいことに中性子がふつうのものだったら、たった二回転。二、三のセグメントでも肝心な点はじゅうぶん証明できるが、もしかするとトランスミューターは全体の長さをまったく抑制しなかったのかもしれない。

オーランドが、「これは装置の故障か、それともとんでもない成功なのか？」

「とんでもない成功。であってほしい」

ヤチマは巻きもどしのゲシュタルト命令をスクリーンに送った。データの最初の部分は、中性子が回転の繰りかえしでフェーズを外れたり戻ったりするようすを示していた。


－＋＋－＋－＋＋＋－＋－＋－＋＋＋＋－＋－＋－＋－＋＋＋＋＋……。

すぐ下にはその解読結果。

FbFFbbFFFbbbFFFFbbbb……


オーランドがそれを声に出して読む。「フェルミオン、ボソン、フェルミオン、フェルミオン、ボソン、ボソン……」

ヤチマはいった。「これはでっちあげじゃありません。誓って」

「信じるよ」カウントは百二十六までつづいて、そこでパターンは終わり、はるかに解読困難ななにかがとってかわった。オーランドは畏怖に近い表情で、「これはメッセージだ。トランスミューターはメッセージを残したのだ」

「そこまではまだわかりませんよ」

「これはトランスミューターのポリスのライブラリまるごとに相当するものかもしれん。一本の紐の結び目で情報を伝えるように、一個の中性子ワームホールに結ばれているのだ」オーランドはあいまいな笑みを浮かべていた。身体化ソフトウェアはこのショック状態からオーランドを抜けださせられるだろうか、とヤチマはいぶかった。

「あるいは、中性子が〝遺物〟であることの証拠にすぎないかもしれません。だれもこれを自然現象とまちがえて、自分たちの物理学をそれが説明できるかたちにねじ曲げたりしないように、ありえない並びかたにしただけなのかも。結論に飛びついてはいけません」

オーランドはうなずいて、手のひらで額をぬぐった。スクリーンに手をふって、最新データをスクロールさせていく。文字の奔流がつづいているが、速度は目に見えて遅くなっている。信頼できる数値を得るには、異なる回数の回転のそれぞれについて数回ずつテストする必要があった——そして十億回転と干渉観測一回のあとで十億一回転のテスト結果を得るには、中性子をもういちどだけ回転させてもだめで、ふたたび最初からやり直すほかはない。

ふたりはパターンが繰りかえされるのを待った。二十二分後、中性子はいちどの繰りかえしもないまま崩壊した。理論上は、結果として生じる陽子も同じ隠れた構造を保っているはずだが、ヤチマは陽子をつかまえる準備をなにもしていなかったし、荷電した粒子をあつかうには機械全体の改造が必要だった。

ヤチマはアナライザーに、回転頻度をもっとあげるよう命じた。ふたつ目の中性子は最初のとまったく同じ並びをたどってから、六かける十の十八乗のセグメントのあとでパターンの繰りかえしがはじまったときにも崩壊していなかった。六百京バイトのデータはポリスひとつのライブラリには足りないが、製作者の押印やとくに意味のない原子内落書きには多すぎる分量だ。

スクリーンはデータの並びを、オーランドの様式化された螺旋階段に変換していった。そのねじれたリボンはDNAを連想させるが、どんなゲノムや精神種子よりもはるかに長い。いまこの瞬間まで、ヤチマはそこに異星文明の手がはいっていると実感したことはいちどもなかった。同位体のシグネチャーはあいまいなものではないが、それ自体が遺物であるという以上のことを伝えるには漠然としすぎている。この惑星では廃墟も、記念碑も、陶器片も見つかっていない――そしてオアシスの生物がトランスミューターの生物学的いとこなのか、作られたペットなのか、それともトランスミューターとはまったく無関係な単なる偶然の産物なのかを判断するのは不可能だった。だがいまやこの惑星は、どんな摩天楼やピラミッドよりも古く、どんなパピルスや光ディスクよりも内容のある遺物でいっぱいであることが判明したのだ。それは大気中の二酸化炭素一ピコグラムにつき三千億個ずつある。

ヤチマはオーランドのほうをむいた。「いますぐこの報せを広めますか、それとも先に解読を試みますか？」ライブラリはパターン分析ソフトウェアであふれている。この瞬間のために用意されてきた三千年期分の努力の結果だ。人々はすでにそうしたソフトの大半をスウィフトのさまざまなゲノムを対象に走らせて隠されたメッセージを探したが、成果はあがっていなかった。

オーランドは共犯者の笑いを浮かべて、「墓荒らしとは違うのだ。見ただけでこれを損なうことはありえん」

ヤチマは異星言語学インデックス観境にジャンプした。いくつもの模造ロゼッタストーンだとか、崩れそうな巻物や手書き文書、古風な電気仕掛けの暗号解読器をおさめた展示ケースでいっぱいの部屋だ。中性子データのストアからそうした一群の分析プログラムへのパイプラインを作る。オーランドがあとを追ってきて、ふたりは絨毯敷きの部屋で、データをあらわす青白い蛍の群れがアイコンからアイコンへ動きまわるのを黙って見守った。

つらなったアイコンの十二番目は、あきれるほど素朴なプログラムであることを意味する古代の陰極線管ディスプレイで、ヤチマがそれを含めたのは実行時間がほとんどかからないからでしかなかった。そのアイコンのベークライトの箱に蛍がとまった瞬間、スクリーンが爆発的に活性化した。

画像は一本の短い垂直線からはじまってゆっくりとズームアウトしていき、数十本、やがては数百本の同様な線があらわれてきた。ヤチマはパターンを見てとれなかったが、ソフトウェアにはそれができた。各線の下の端点は星々の位置を示している——ある角度から見た、五千万年前の、ヴォルテールとその背景に広がる星だ。なんとも奇妙なことに、それは透視図ではなく正射影だった。（これはトランスミューターの知覚システムとなにか関係あるのだろうか？）ヤチマは考えを先に進めたくなるのをこらえた。地球の地図にも、平らにしたオレンジの皮から、巨大なゆがんだ鏡に映った惑星の姿まで、さまざまなかたちに見えるものがあった。そのどれひとつとして、肉体人のふだんの視野についてはなにひとつ明かすものではない。

　オーランドが深いため息を漏らした。「画素（ピクセル）の列だと？　そんな単純なものだというのか？」落胆しかけているような声だったが、そこで大得意で笑いだし、「時間とともに変わる、古きよき二次元画像！　抽象主義の解毒剤にいいのではないか？」間を置いて言葉をつづける。「たとえこれがデータのかけらにすぎないとしても」陰極線管アイコンは補足情報をまとめたゲシュタルト・タグをどんどんまき散らしていて、ヤチマはそれをうけとっていたが、オーランドはわざわざ同じ内容を、自分の界面ソフトが観境に貼りこんだ翻訳ウィンドウのリニアなテキストで読んでいた。

　星々の動きから、画像の各フレームは二百年間隔と推定された。ソフトウェアは一タウごとに五十フレーム、一万年を表示した。画面全体がきわめて様式化されていて、画像はバイナリだった。グレースケールですらなく、黒と白だけだ。しかしソフトウェアの出した結論によると、星の各々に結びついた垂直線は一種の真光度（太陽の光度と比較した恒星の光度）スケールで、星の放射のエネルギー密度が一立方メートルあたり六十一フェムトジュール――偶然にせよ違うにせよ、宇宙マイクロ波背景放射と同じだ――に下がる距離を示している。その距離はヴォルテールでは約十八分の一光年、太陽では七分の一光年だ。正射影だと、数百の星の〝真光度線〟を同時に、すべてを同じスケールで見ることができる。銀河のどこかからの現実的な透視図法では、二、三の星以外は距離のために明るさが減じて不可視になってしまい、意図された意味あいがずっとわかりにくくなっていただろう。

だが視界が拡大をつづけていくと、すぐに星の線は縮んで、結果的に見わけのつかないピクセルひとつ分の斑点になった。ヤチマは当惑したが、判断は保留した。

銀河全体が、かならずしも端まではないが見えるようになったところで、ズームアウトは止まった。そして、いきなり短い垂直線があらわれた。長さ千二百光年で、銀河円盤の平面から上を指し、一フレームだけで消えてしまった。それまでヤチマは、二百年未満しか輝かなかった放射源をマップがどうやって表示するのだろうと思っていた。もっとも単純な方法は、そうした放射源の総エネルギーを、平凡な星ひとつの二世紀にわたる出力と並べて表示することだ。その方法だと、千二百光年の真光度線は、太陽の百四十億年間の出力に匹敵する放射のバーストに相当する。それはふたつの衝突する中性子星が生みだすようなバーストだ。

（中性子星を警告するために中性子を使った？）それは同位体がもつ重層的な意味の、また別のレベルなのだろうか？
二、三十万年ごとに、あらたなバーストが銀河のどこかに出現した。比較的短い線がぱっと輝く頻度がより高く、その大半はたぶん超新星だ。既知の爆発跡と対応するものも二、三ある。オーランドが重々しくたずねた。「いったいこれは歴史なのか、予測なのか？」
「どうでしょうね、地殻内の重い同位体のパターンからすると、トランスミューターが大気を加工したのは少なくとも十億年前です」だから、トランスミューターにとっての遠未来であるこうした事象についての予測が正確だとしたら、それはトランスミューターが中性子星の連星の力学について、《C‐Z》やグレイズナーの天文学者よりもはるかに理解していたことの証明になる。肉体人のガンマ線天文学にすら先行する太古のバーストの記録は判断不能だが、もしトカゲ座G‐1の衝突の時期を正確に予想していたとなったら、トランスミューターはとんでもなく信頼のおける予測者だということになる。

ヤチマが横目で見ると、オーランドの視線はスクリーンに釘づけだった。トランスミューターはオーランドに、あらたな《トカゲ座》のない、肉体人としての永遠を約束できるかもしれないのだ。地球に戻っても安全であること、そしてかつてオーランドが重んじていたあらゆることを、保証してくれるかもしれない。

現在まで十万年あたりで、縮尺がふたたび変化をはじめた。ヤチマが落ちつかない気分で見守るうちに、アンドロメダ星雲が、局部銀河群全体が、さらにはもっと遠くの散開星団が、視野にはいってきた。そして現在の二万六千年前に、ほとんど二十億光年の長さがある一本の線があらわれて、小さな天の川銀河を串刺しにした。

画像は急激にズームバックして、現在の二千年前には、あるガンマ線が見てとれる縮尺になった。トカゲ座G‐1が。トランスミューターの予測は、そのバーストの時期をいちばん近い二百年単位のフレームで、位置とエネルギーをいちばん近くにあるピクセルで、正確に示していた。

マップがさらに二千万年分走りつづけるあいだ、オーランドはずっと沈黙していた。そのあいだじゅう、マップには地球の生物圏に害をなす近さのガンマ線バーストは表示されなかった。

だが、マップの予測がすべて同レベルで信頼できるとすれば、二万六千年前に銀河の核で、通常のあらゆるバーストをかすませてしまう事象が起きていた。千年強のうちに、その結果がついに宇宙のこの区画を一掃するだろう――たとえもし、《ディアスポラ》船と、グレイズナーと、地球に存在するポリスが、いっせいに脱出をはじめたとしても、放射のパルスがいよいよ押し寄せたときに、その強さは《トカゲ座》の三千万倍になるはずだ。

パオロは断言した。「ありえない。そんな大量のエネルギーを放出するには、太陽質量の六、七十億倍が重力崩壊する必要がある」

ヤチマがパオロに面会を申しこんだのは、オーランドのことを話すためで、もう千回目になる中性子データの意味の議論のためではなかった。しかしパオロは、コア・バーストそのものに決着をつけるまではほかの話題にはひとことも耳を貸さないと決心しているようで、それもたしかにもっともなことかもしれない。いまではその件を信じるか信じないかで、ほかのあらゆることが決まるのだから。

「銀河のコアはじゅうぶん以上の質量をもっていますよ、どこに境界線を引くかにもよりますが」

「そのとおりだが、あそこの星々は全部軌道上にある。落下しあって巨大なブラックホールになろうなんてしていない」

ヤチマはおかしくもなさそうに笑って、「トカゲ座G‐1のふたつの中性子星も、軌道上にありましたよ。まだ七百万年は落下しあわないはずでした。というわけでわたしは、自分の命を角運動量の保存に賭ける気はありません、《トカゲ座》で角運動量のすべてがどこに消えたのかがわかるまでは」

パオロはそれをきき流すように肩をすくめた。証明の義務はパオロにはない。たとえトランスミューターのメッセージが正しく読みとられていたとしても、そこに偽りがないことにはならなかった。偽りがないことが意図されていても、無謬の真実とはいえなかった。さらに、《トカゲ座》を説明できないからといって、保存則を随意に退けていいことには、まったくならない。もしこれが純粋に理論上の議論ならば、ヤチマは喜んでそうした指摘をすべてうけいれるだろう。

ヤチマは〈ハート〉の中を一瞥して、雰囲気を推し量ろうとした。人々は少人数で静かに会話し、いらだったりふさいだりしている人はいるが、自暴自棄からはほど遠い。中性子データが公表されて以来、ヤチマがヴォルテール《C‐Z》で目にした反応は、《トカゲ座》についてきかされたときに肉体人がヤチマの前で見せたそれと同じくらいに幅広かった。多くの市民は単に、コア・バーストが現実に可能性のあることだとは認めようとしなかった——一方、肉体人のさまざまな被害妄想的空想といい勝負の想像に屈した少数の人々は、トランスミューターのメッセージは、〝敵の〟文明にパニックと衰亡をもたらすべく仕組まれたものだと主張した。ほかの人々は、この事象を生きのびる手段を模索中だった。惑星の影の側にいるようにすれば、ポリスはガンマ線からは守られるが、ニュートリノ束は避けようがないし、それはもっとも頑強な分子構造でさえ損なわれるほど強烈なものになるだろう。ヤチマがこれまでに耳にしたもっとも納得のいく計画は、ポリスのありとあらゆるデータを惑星表面の深い溝のかたちで符号化し、さらに小はナノウェアからはじまる多種多様な大きさの非知性ロボットの大群を作って、割合ではそのうちのわずかしか無事に残らなくても、もとの数が莫大なのでポリスの復元が可能なようにする、というものだった。

「仮にこのバーストがほんとうに接近中で、メッセージが警告だとしたら」といいながらパオロは椅子の背にもたれ、親しげにヤチマを見て、「それなら、わざわざ惑星ひとつ分の符号化された中性子を作りだすほどに善良な心をもっているトランスミューターは、なぜ醜悪な事実以上のものをぼくらに残していってくれなかったんだろう？　生き残るための二、三のヒントでも、きっと役に立ったというのに」

「データの残りに見切りをつけるのはまだ早すぎます。そこにはなにがあっても不思議じゃない。通過可能なワームホールを短縮するための指示であってくれたりするかもしれません。そうでなくても、ワームホールの口を閉じてまたひらく確実なテクノロジーだったら、ワームホールの内側にナノマシン流として隠れて、バーストをやりすごせます」

そのシナリオを思うとヤチマはひどい閉所恐怖に襲われたが、ガブリエルはもっと考えを進めて、中性子データの大半を占める未解読部分は、トランスミューターそのものだと提唱していた。デジタル・スナップショットが粒子という墓におさめられていて、コア・バースト後の生物というものが進化したなら、偶然その粒子に出くわし、親切にも自分たちをふたたび活性化させてくれるのを期待しているのだと。もしそのとおりなら、トランスミューターは自分たちの聖域に加わりたいと熱望するだれに対しても、明白な手がかりを残していなかった——また、十億年前にバーストについて知っていたなら、ワームホールを使ってにせよ、もっと月並みな手段にせよ、別の銀河にむけて出発したというほうが、はるかにありうる話に思える。

パオロが、「じゃあきみは、トランスミューターがわかりやすいピクセル配列を警告に使い、そのあと悪魔めいた暗号化技術に切りかえて有益な助言をしたっていうのか？　なぜ、そんなことを？　もしかして、ささやかな種の選別のため？」

ヤチマは頭をふると、皮肉を無視して淡々と答えた。「トランスミューターのやったことはすべて、最初は突飛だったりあいまいだったりするように思えました——しかし、わたしたちがそこに意味を見出してしまうと、それは明白で明快なものになりました。そのどれひとつ、最初は不明瞭だったのが故意だとはわたしには考えられません。また、トランスミューターの精神がわたしたちとはあまりに違っていて、単純なメッセージであろうものをわたしたちが大幅に誤解するおそれがあるとも考えていません。これまででわたしたちがおかした最大の誤りは、あまりにも早く同位体を解釈する試みに見切りをつけていたかもしれないことです。

けれどトランスミューターは、わたしたちの思考法と使用するテクノロジーの種類を予想するのにいくつかのことを仮定しないわけにはいかず——その仮定のいくつかは確実にまちがっているはずです。たとえば宇宙航行種族でも、中性子のフェーズ実験に手をつけるまでに百万年かかる場合だってあるでしょう。だから、わたしたちにはデータの残りの意味は解明不能なのかもしれない……しかし、もしそうだとしても、それは悪意によるものではないし、トランスミューターの概念の枠組み全体がわたしたちの理解のおよばないものだからでもない。純粋に運が悪かったせいなのです」

パオロの顔から、たわごとにつきあってやっているといいたげなにやにや笑いが消えていた。それがどんなに無邪気であっても、魅力的なトランスミューター像であることを、ためらいがちに認めたかのように。ヤチマはその機を逃さなかった。

「そして、あなたがマップをどう思っているにせよ、オーランドがあなたのようにはそれを捨て去れないのを忘れないでください。これに関するなにもかもが、あの人を《トカゲ座》に引きもどすんです」

「わかっているよ」パオロはいらだたしげにヤチマに目をやり、「だが、それが痛ましい記憶を呼びもどすのが事実だからといって、父が正しいことにはならない」

「そうです」ヤチマは気を引きしめて、言葉を重ねた。「わたしがいっているのは、自分の身を守る処置をするようオーランドにいわれたら——」

「父のご機嫌とりをする気はないね」パオロは腹立たしげに笑った。「それにぼくは、元

《コニシ》唯我論者から《肉減》のトラウマについて教えてもらう必要もない」

「そうですか？」ヤチマは相手の顔をじっと見て、「あなたの精神構造はオーランドに近いのかもしれませんが、あなたのふるまいはオーランドがどんな体験をしてきたのか、まるで知らないかのようです」

パオロは目をそむけた。「リアナのことは知っている。でも、あのとき父になにができたっていうんだ？　無理やり移入ナノウェアを使わせる？　ふたりはともに同じ決断をした。父に非はない」挑むように顔をあげて、「それに、コア・バーストからぼくを救っても、リアナが帰ってくるわけじゃない」

「そうです。しかし、そのためにオーランドが傷つくことはないでしょう」

しばらくしてから、パオロがむっつりと、「ぼくは《ディアスポラ》船団じゅうの正気な市民という市民に嘲笑われながら、自分を惑星の地形に符号化して、千年間を無駄に生きることはできる。でも、父に屈服しはじめたら、それはどこまでつづくんだ？　のちのち肉体に戻るとき、ぼくがいっしょにそうすると父が思っているなら――」

ヤチマは声をあげて笑った。「心配いりません、あの人はそんなことを考えていませんから。それに、小さな肉体人の子どもをたくさん作った暁には、オーランドはあなたと縁を切るでしょう。あなたのことは不幸な失敗としてなかったことにする。あなたのところには二度と連絡が行くことはありません」

パオロは確信がもてずにいるようだったが、やがてはっきりと傷ついた表情になった。

ヤチマはいった。「いまのは冗談です」

ブランカはパステルカラーの液体がくっきりとした層をなすおだやかな海の中に浮かんでいた。各層は約四分の一デルタの深さがあり、不透明な青いコロイドのシートで区切られている。唯一の光源は、散乱性で観境じゅうに行きわたる生物発光らしい。ヤチマはこの観境を泳いでブランカのもとへむかいながら、暗号解読の依頼の話をするより先に、礼儀としてこの奇妙な世界の物理学についてたずねるべきなのだろうかと考えていた。

「こんにちは、孤児」ヤチマは層から層へ視点を動かしていった。ブランカの濃い黒はコロイド・シートの中では消えていて、両者の交差部分は曲面の臨界点の図を一連の曲線群として描いたもののようにも見える。あるシートの上面の大ざっぱな楕円はブランカの肩の部分で、そのシートの下面では楕円の両側にふたつの卵形が加わる。次のシートの上面では卵形のそれぞれが割れて五つのもっと小さな卵形になり、それは胴体の楕円形がふたつにわかれる直前に消える。アイコン全体をいちどに見られないので、ヤチマにはブランカのゲシュタルトが読みとり不能に近かった。「おひさしぶりね」

「あなたにとってはとくに。元気ですか？」ブランカのこのクローンは星系到着後まもなくガブリエルと疎遠になり、ヤチマの知るかぎりでは、本人が最後にこの観境から外に出たとき以来、だれもブランカと話をしていなかった。

ブランカは問いかけを無視したか、修辞的なものとうけとったようで、「あなたの送ってきたデータは興味深かったわ」

「目を通してもらえてうれしいです。ほかの人は途方に暮れるばかりなので」ブランカがスウィフトにもトランスミューターにも興味がないのはあきらかだったけれど、ヤチマは中性子シークエンスを指し示すタグをメールしておいた。フォーマルハウトのブランカが正しかったと立証されたことを、ブランカのあらゆるクローンに知らせるのは、少しもまちがったことに思えなかった。

「地球の生化学を連想したわ」

「そうなんですか？　どんな点がです？」人々はピクセル列に隠されたデータをスウィフト版ゲノムとして解釈しようとしていたが、ヤチマには、昔のSETIソフトウェアのいちばん突拍子もないものでさえ、DNAコードにもとづく解読ほどに馬鹿げた試みをするとは思えなかった。

「タンパク質折りたたみ（フォールディング）と幾分似ているというだけだけれど。どちらもN次元におけるより一般的な問題の特殊例であることがわかった……でもその話であなたを退屈させるのはやめましょう」ブランカは自分の前のコロイド・シートにひとつづきの穴を空け、透明な空虚、幅約二デルタの球をひとつ作りだした。ブランカがこの舞台に両手を突っこむと、そのあいだにややこしくねじれたビーズの鎖のような、もつれた構造があらわれた。構造は複雑だが、なぜかあまり有機的には見えない。むしろ、一本きりの直線状の分子から設計され、前後の原子の結合角度だけで形を作らざるをえなかったナノマシンに似ている。

ブランカが、「解読すべきものも、復号すべきものもない。読まれるべくそこにあるメッセージを、あなたは全部読みおえている。中性子シークエンスの残りは、データなんかじゃ全然ない。ワームホールの形を制御するためにそこにあるだけよ」

「形？　形でなにが違ってくるんです？」

「ワームホールが一種の触媒としてふるまうことを可能にするの」

茫然としつつも、ヤチマの中には思考をつづけている部分があった。（わたしはなんとまぬけだったんだ。当然じゃないか）中性子は、遠くからでは注意を引きつけるビーコンとして、またクローズアップにすると警告メッセージとして、機能した。それならば、残っている構造の中にはまったく別のもうひとつの機能が埋まっていると推測してしかるべきだった。

「どんなふるまいを？　ほかの長い中性子を作るんですか？　トランスミューターはワームホールをひとつだけ作って、それが自分をこの惑星じゅうに複製した？」

ブランカはワームホールを目に見えない次元で回転させた。映像がほかの超平面に回転していくにつれて、ワームホールは異様なかたちに曲がっていった。「違うわ。よく考えて、ヤチマ。ワームホールはここではなにに対しても触媒となることはできない。この宇宙ではワームホールには形はなくて、わたしたちから見れば単なる中性子のひとつなの」

ブランカはワームホールを引きのばしてコズチ図にすると、ごくふつうの短い粒子との相互作用のデモンストレーションをはじめた。「これにニュートリノ、反ニュートリノ、電子、陽電子のいずれかをぶつければ、その影響はワームホールの全長にわたって伝播する」ヤチマは虜になったようにそれを見つめた。ワームホールが接合されない場合でも衝突のたびに構造は、タンパク質が準安定な構造のあいだを行き来するように、はっきりと変形した。

「わかりました。ワームホールの形は変えることができる。でもそれでなにができるんですか？」

「ある種の真空ワームホールを物質化するの。粒子の流れを作りだす」

「作りだすってどこに？」長い中性子は、何十億もの隣接する宇宙を縫うように進んでいるが、ワームホールはそのうちのどれにも口をひらいていないので、その存在がそこに影響することはほとんどない。あるワームホールがこの宇宙でなんの触媒にもならないなら、単に通過するだけのどこかの宇宙でそうなる可能性はもっと低くなる。

ブランカが図にゲシュタルトの指示を送ったとたん、触媒は数十のもつれた半透明の膜で貫かれた。電子やニュートリノがぶつかるごとに、触媒は変形し、ぼんやりと描かれた真空ワームホールのひとつが、触媒の埋めこまれた空間内で急速に離れていく実在するワームホールのふたつの口になる。

（この空間がマクロ球なんだ）長い中性子は、マクロ球の中で粒子を作りだす機械なのだった。

層状の海の中でご機嫌ならしろ宙返りを演じたヤチマは、自分が上下逆さまになっているのに気づいた。「あなたの足に接吻することをお許しください。あなたは天才だ」

ブランカが笑った証拠に、体の見えない部分からくぐもった笑い声があがった。「こんなのは自明の問題。肉体人みたいにあわてていなければ、あなたはとっくに自力で解決していたはずよ」

ヤチマは頭をふって、「そんなことはないです」といってから口ごもり、「ではあなたの考えでは、トランスミューターはもう――」

「移住したのか？　上位宇宙へ？　当然でしょ？　アンドロメダをめざすよりも手近な脱出路なんだから」

ヤチマは想像してみようとした。マクロ球への《ディアスポラ》。「待ってください。もしわたしたちの全宇宙、わたしたちの全時空がマクロ球物理学における標準ファイバーだとしたら、わたしたちの歴史まるごとはマクロ球時間の一瞬にしかすぎないことになります。マクロ球時間におけるプランクの一瞬に相当するもの。じゃあ、トランスミューターは時間の中に広がる粒子のつらなりを、どうやって作りだせたんでしょう？」

ブランカは触媒の一部分を手で示した。「この領域をもっとよく見て。マクロ球の時空は、わたしたちのとまったく同様、真空ワームホールから紡ぎだされる。それは同じ種類のコズチ-ペンローズ・ネットワークだけれど、ただし三プラス一次元ではなく五プラス一次元なの」ヤチマは体を起こして図がもっとよく見えるようにし、ブランカが指さしている複数の突出部をもつ結び目を凝視した。それは真空のおぼろげな構造に引っかけ鉤状に食いこんでいるように見えた。「あれがわたしたちの時間をマクロ球の時間にピンどめしている。はかないプランクの一瞬だったかもしれないものが、一種の特異点として存続する。そしてその特異点は、マクロ球の時間の中で粒子を放出・吸収できる」

ヤチマは頭がくらくらした。トランスミューターは、退屈した強力な文明がいかにも熱中しそうな宇宙物理工学的記念碑の建造という壮大な行為には、なにひとつ淫しなかった。惑星彫刻も、ダイソン球も、ブラックホール・ジャグリングも遺さなかった。けれど、この辺境惑星の中性子をいくつか改変することで、全宇宙を、想像不能なほどずっと大きな構造の時間流と同期させたのだ。

「待って。いま、放出と……吸収といいましたか？　もし特異点がマクロ球粒子を吸収したら、なにが起きます？」

「触媒の小さな一部分が、状態を変えるわ。その結果、この宇宙の長い中性子の小さな一部分がベータ崩壊を起こす、たとえそれが安定しているはずの原子核内の中性子でも。もしスウィフトの大気一トンを測定したら、約百億にひとつの確率で吸収の事象を検知できるでしょう」ヤチマが相手の頭の位置と同じ層に視点を据えると、ブランカが、面白がっているときいつもそうするように、首をかしげているのがわかった。「だから、やってみる価値はあるはず。こうして話しているあいだにも、トランスミューターのマクロ球クローンが特異点でメッセージを叫びたてているかもしれない」

「十億年経ってもですか？　それはどうでしょうね。でも、トランスミューターはいまもすぐ近くにいるかもしれません。オリジナルは銀河を脱出してしまっているでしょうが、クローンには特異点から遠くに旅する理由がとくにありませんから。だから、わたしたち自身がマクロ球にはいっていけば、トランスミューターを見つけられる可能性はまだじゅうぶんにあるはずです」

もしトランスミューターとのコンタクトをなし遂げられたら、《トカゲ座》とコア・バーストの原因がわかる可能性が出てくるし、そうなれば身を守る方法があることを懐疑論者にも納得させるのに役立つだろう。そしてほかに選択肢がなければ、望む人はだれでも、マクロ球の中に隠れてバーストから逃れることができる。

ヤチマはめまいのようなものを感じはじめていた。フォーマルハウトのブランカが提唱した机上の仮説だった、たくさんの宇宙で構成された六次元宇宙が、突然、《ディアスポラ》そのものがおこなわれている空間と同様に現実的なものになったのだ。現実的で、そしてたぶん、アクセス可能なものに。宇宙航行文明にとって、マクロ球に足を踏みいれることは、雨だれの中のバクテリアが大陸をひとまたぎする方法を見つけるようなものだった――けれど、先祖伝来の衝動の名残が、しびれるような畏怖とともに、いまあかされた事実のスケールと異質さに応えたがっている。ヤチマは必死で現実的問題に集中した。

「もしマクロ球の物理学をじゅうぶん詳細に解明できたら、特異点に粒子流を放出させ、それをつなぎあわせて正常に機能する《C－Z》クローンにできると思いますか？　それとも、大量の原料からまずナノマシンを作って、それにポリスを組みたてさせられるでしょうか？」

ブランカの答えは、「ナノマシンよりはフェムトマシンのようなものが必要になると思うわ。この宇宙よりも大きいフェムトマシン群が。マクロ球物理学の法則を知りたい？」観境内を数層くだって、青いコロイドに手をのばす。ヤチマが近づくと、ブランカは黒い手のひらをひらいて、ゲシュタルト・タグを発信するひとつの青い斑点を見せた。

「これは？」

「五つの空間的次元と、ひとつの時間。標準ファイバーは四次元球面。物理学、化学、宇宙論、物質のさまざまな特性、放射との相互作用、可能性のあるいくつかの生物学……あらゆるもの」

「いつのまにこれを作ったんですか？」

「わたしにはありあまる時間があったのよ、孤児。わたしはたくさんの世界を探求した」両腕を広くして観境全体をつつみこむ。「あなたが見ている点という点は、異なるルールの組なの」ブランカは青いシートの下に手を走らせて、マクロ球のルールを引っぱりだした。

「これはみんな六次元時空。下のは五次元。五次元のほうがすごく薄いのがわかる？　でも七次元のも薄いの。偶数の次元のほうが、豊かな可能性をもっているのよ」

斑点はブランカの手を離れて、インデックス観境の本来の場所に漂いもどっていったが、ヤチマはタグを記憶しておいた。

「わたしといっしょに行きませんか、ブランカ？　マクロ球の中へ？」

ブランカは笑いながらいくつもの世界を泳ぎ、無数の可能性につつまれた。

「その気はないわ、孤児。それがなんになるの？　わたしはもう、それを見てしまったのに」

第六部

ヤチマがいった。「ブランカはともにここにいるべきなのに。オーランドもわたしたちとともにいるべきなのに」

パオロは笑いながら、「父がここにいたら、みじめな思いをしただろうな」

「どうして？　どんなものでも自分の好きな観境で旅ができて、故郷にあった安らぎもすべて――」

「きみは自分で思っているほど、父のことをわかっていないね」

「ほう？　では教えてください」

15　5＋1

《カーター・ツィマーマン》ポリス、スウィフト周回軌道
八五　八〇三　〇五二　八〇八　〇七一　CST
四九五三年四月三日、四時三十三分二十五秒二二五　UT

クローンされる数メガタウ前、パオロはとうとう、オーランドを〈マクロ球大博覧会〉に引っぱっていくことに成功した。物理学者のグループがしつらえたこの観境には、錬鉄の肋材で強化された鉛ガラスでアーチ型に覆われた長いホールに、予測されるマクロ球の特徴のうちで、ある程度確実と思われるもののデモンストレーションがずらりと並んでいる。オーランドはこの見学会への参加を決心はしたものの、《C－Z》のあらたなクローンが生きていくことになるエキゾチックな現実に直面することを考えると、ひるんでしまうようだった。

パオロはホールを見渡した。自分をクローンすると決めた市民はまだ百人に満たなかったが、ポリスの半分がすでに〈博覧会〉に足を運んでいた。だがいまの会場はほとんどがらがらで、来訪者の数にあわせて変わる光の角度が、午後遅くの雰囲気を醸している。

ふたりは最初の展示物にむかった。三次元と五次元の重力井戸の比較だ。方眼つきのふたつの丸テーブルの表面が不思議な弾性をもたされていて、小さな球形の重りをのせると、それぞれが異なる宇宙の恒星ないし惑星の周囲の重力的な力を模倣した勾配で、漏斗形のくぼみを作る。力は距離とともに減じるが、そのようすは片方のテーブルでは逆二乗則に従ってずっと大きい二次元の平面に広がっていくように見え、もう一方では四次元超曲面に、距離の逆四乗のもっと急な勾配で広がっていくように見えた。それは単純化した擬似ニュートンモデルだったが、パオロは鼻で笑う気はなかった。厳密な六次元時空曲率を用いたブランカの説明は理解が困難で、質量のある粒子と仮想のグラビトンの相互作用の近似値を求めてアインシュタインのテンソル方程式を導く難解なくだりを、パオロはざっと眺めるだけですませていたからだ。

展示物が説明する。「この図解が示しているのは純粋な重力ポテンシャルで、それはつねに引力を作りだします」宙に浮いた手がテスト用の小さな粒子をそれぞれの井戸の端に置き、結果は予想どおり、どちらの粒子もまっすぐ井戸に落ちこんだ。「ほかの場所からはじめても、衝突は避けられません。しかし、もしなんらかの横むきの動きがあれば、力学はまったく違ったものになります」手がひとつ目の井戸の縁に粒子を置いたが、今回はそれを指ではじいて、中心の重りをめぐる楕円軌道に送りだした。

「じっさいになにが起きているかを知るには、物体とともに軌道をたどるのがいちばんです」粒子の動きを追って平面の方眼パターンが回転をはじめ、それとともに井戸の形が劇的に変わっていった。漏斗の中央がひっくり返って急勾配の高い刺（スパイク）になり、重りを周囲の平面より上にもちあげる。「回転する基準系では、一定量の角運動量に対する遠心力は、逆三乗の斥力のようにふるまいます」小さな距離では逆三乗が逆二乗に勝り、中心近くでは遠心力が重力に打ち勝つ。井戸の底の恒星や惑星は、いまや高い頂点にある。だが漏斗内の縁に近い領域は下方に傾斜したままなので、最初下降していた平面が上昇に転じる部分で刺のまわりは円形の溝になっていた。

パオロとオーランドが立っている床の小区画がテーブルの周囲をまわりはじめ、同時にふたりがひっくり返らないようにする程度だけ傾いた。オーランドはこの仕掛けにうめいたが、心の底では面白がっているようだ。ふたりが回転する基準系に追いつくと、粒子は固定された動径方向の線上を動いているように見えるようになった。粒子はこのエネルギー面のくぼみに閉じこめられゆすられて、溝の中を前後に転がり、いまでは楕円軌道の極値は、粒子が中央の刺やもっとゆるやかな漏斗外壁の斜面をのぼろうとするときに到達できる最遠点にしか見えなかった。

移動が終わると、展示物はふたりに、ふたつ目の重力井戸では自分で粒子をはじいて軌道にいれてみないかといった。挑戦できるのは三回。オーランドがその提案にのった。最初の二回は、はじいた粒子は螺旋を描いて落ちていって衝突したが、三回目はテーブルの縁をすべっていった。オーランドは、自分が耳も言葉も目も不自由なほうがよかったとかなんとかぶつくさいった。

展示物は遠心力の影響がわかるように平面を変形させた。逆四乗の重力は中心近くの逆三乗の斥力よりも強いので、基準系が回転をはじめても、井戸は井戸のままだった。しかし中心から遠ざかると遠心力が支配的になって、中心にむけて下降していた斜面が上昇に転じる。さらに傾斜がまた逆になって平面がくぼむところ、ひとつ目の井戸の円形の溝にあたる部分には円形の畝があった。三次元宇宙と比較すると、位置エネルギー平面全体がひっくり返しになっている。

展示物は基準系といっしょにふたりを回転させた。そして、宙に浮いた手がふたりといっしょに回転しながら、畝の外側の斜面に一個の粒子を置いた。意外なことではないが、粒子はそのまま中心から遠ざかるほうに落ちた。別の粒子が内側の斜面に置かれ、それはまっすぐ井戸の中に落ちた。

「安定な軌道はない」オーランドはテーブルの縁に転がっていった粒子をつまむと、畝の頂点でつりあいをとろうとしたが、ぴったりの位置に置くことができなかった。パオロは父の目に不安がひらめくのを見たが、オーランドがじっさいに口にしたのは、「だから少なくとも、《トカゲ座》のようなことは起こらないはずだ。たがいに落下しあう星はみな、とっくにそうなっているはずなのだ」

ふたりは次の展示物に進んだ。マクロ球の宇宙論的進化モデルだ。物質が初期マクロ球のはじめの量子ゆらぎによるたがいの引力下で凝集するときには、回転運動がどこかの時点で干渉して、凝縮するガス星雲を吹き飛ばすか、プロセスが〝畝を越えて〟崩壊は抑制されないままになる。星系、銀河、星団、超銀河団、そのすべてが軌道運動によって安定を保つということは、ここではありえない。原初の不均質性がフラクタルな分布だったせいで、崩壊プロセスの最終生成物の質量は広い範囲にわたった。物質の九十パーセントは巨大なブラックホールの中で終わりを迎えるが、長期間存在をつづけられるだけ孤立した、無数のより小さな物体も形成されたはずで、その中には恒星に匹敵する安定性とエネルギー出力をもつものが数百兆はあった。

オーランドがパオロにむかって、「惑星をもたない恒星たち。では、トランスミューターはどこにいるのだ？」

「恒星を周回しているんじゃないですか。光帆で軌道を安定させて」

「それをなにから作る？　採掘する小惑星などないのだぞ。もしかすると最初に境界を越えたときに特異点で大量の原料を作りだしたのかもしらんが、そのあと新しいものを作ろうとしたら、恒星自体を採掘せねばならなかったはずだ」

「不可能な話ではないでしょう。もしかするとトランスミューターは、その気になれば恒星の表面で生きられるのかも。原住生物が見つかる可能性があるのは、そこですしね」

オーランドはモデルにちらりと視線を戻した。そこには、表面温度と絶対等級で恒星の進化の分類をプロットした、ヘルツシュプルング＝ラッセル図と似たものが含まれている。

「多くの恒星の表面が、そこで生きられるほど低温だとはわしには思えん。例外は褐色矮星だが、そこではトランスミューターはたちまち完全に凍りついてしまうだろう」

「温度の比較に意味はありません。ぼくらは核反応が化学反応より何桁も高温であることに慣れていて、核反応を生物学的に有害だと思っている。でもマクロ球では、どちらの反応も同じような量のエネルギーをともなうんです」

「なぜだ？」オーランドのゲシュタルトはいまも不安な気分をさらけだしていたが、本人はあきらかに話に引きこまれていた。

パオロは先のほうにある展示物を手で指し示した。その上にかかった垂れ幕には、『素粒子物理学』。

マクロ球の四次元標準ファイバーは、通常の宇宙の六次元の素粒子よりもずっと少ない種類の素粒子一式を生じさせる。クォークの六つのフレイバーとレプトンの六つのフレイバーのかわりに、マクロ球の素粒子にはフレイバーがひとつだけ、プラス、反粒子がある。グルーオン、グラビトン、光子はあるが、WまたはZのボソンはない。このふたつはクォークがフレイバーを変化させるプロセスを仲介する素粒子だからだ。三つのクォークまたは三つの反クォークがいっしょになって、通常の陽子または反陽子の同類である荷電した〝核子〟または〝反核子〟を形成し、一種だけのレプトンとその反粒子は電子と陽電子によく似ているが、中性子に相当するクォークの組みあわせは存在しない。

オーランドは粒子の一覧表を詳細に調べて、「レプトンはやはり核子よりはるかに軽く、光子はやはり静止質量ゼロで、グルーオンはやはりグルーオンのようにふるまっている……では、化学エネルギーを核エネルギーに近いものに変えているのは、なんだ？」

「重力井戸で起きたことは見たでしょう」

「あれがどう関係するというのだ？　そうか。同じことが原子の中で起こるのか？　静電引力も逆二乗から逆四乗になるので、安定な軌道は存在しないと？」

「そのとおりです」

「少し待て」オーランドは目をきつく閉じて、あきらかに古い記憶の中から肉体人のころ教育された内容を引っぱりだしていた。「不確定性原理によって、電子は原子核にぶつからずにいるのではなかったのか？　たとえ角運動量がなくても、核の引力は電子の波動をきつく収縮させることはできない、なぜなら電子の位置を限定すれば、その運動量を増加させるだけだから」

「そうです。でも、増加というのはどれくらいでしょう？　波動を空間的に特定すれば、その運動量の広がりには逆の影響が出ます。運動エネルギーは運動量の二乗に比例し、広がりを逆二乗にする。なので、影響をあたえる〝力〟、距離による運動エネルギーの変化は、逆三乗になります」

オーランドは一瞬、理解できたという純粋な喜びに顔を輝かせた。「だから三次元では、陽子は決して電子と衝突はできない、なぜなら不確定性原理が遠心力と同様に有効だから。しかし五次元では、それではじゅうぶんではない」その論理の必然性と折りあいをつけるかのように、ゆっくりとうなずいて、「そしてレプトンの波動は縮小して核子の大きさになる。それから？」

「核子の内側にはいったなら、レプトンを内側に引っぱるのは、それより中心に近い一部の電荷だけになり、その力は中心からの距離のだいたい五乗に比例します。つまり、静電力が逆四乗であることをやめて、線形になるわけです。だからエネルギー井戸は底なしではありません。核子の外部では、電子が三次元でしているように、レプトンが〝ふんばろう〟としても、井戸の斜面が急すぎますが、核子の内部では斜面はいっしょに湾曲して、放物面で合流します」

ふたりは化学分野の展示物の最初のものに移動した。それは重力井戸の底にある放物体の容器で、半透明な鋼青色の鐘形曲線――エネルギーがもっとも低い基底状態のレプトンの波動――がその上にスーパーインポーズされている。オーランドが手をのばして触れると、波動は明滅して励起状態になり、ふたつにわかれて中心から離れ、ふたつの別個の断片になった。そのうちひとつは赤で色わけされていて、フェーズが反転したことを示している。数タウ後、波動全体が緑色にきらめいて、自然発生的に光子ひとつを放出すると、最低エネルギー状態に戻った。

「ではこれが、マクロ球の水素原子に相当するものだと？」

パオロは自分でも波動をつついて、次の最高レベルにしようとした。「水素原子と中性子をあわせたものといったほうが近いですね。マクロ球に中性子は存在しませんが、負のレプトンが埋めこまれて電荷を相殺されている正の核子は、中性子の大ざっぱな類似物といえるでしょう。ブランカはそれを〝ハイドロン〟と呼んでいます。それをふたつくっつけて〝ハイドロン分子〟を作ろうとしたら、その結果できるのは、むしろ重水素に似たなにかです」

展示物はパオロの言葉をちゃんときいていて、話にあわせて動画でデモンストレーションしてみせた。

オーランドは深くため息をついて、「これを前にして、おまえはどうしてそう落ちついていられるのだ。このルールに従って機能するポリスまるごとひとつを建造できる者が《C-Z》にいると、本気で思っているのか？」

「そうじゃありませんが、もし失敗があっても、ぼくらはそれを知ることさえないでしょう。ハードウェアが足もとでゆっくり崩壊してぼくらがマクロ球内で難破する、といったことにはなりません。これはオール・オア・ナッシングなんです。機能するポリスができるか、ランダムな分子の雲のままで終わるかの」

「それすら希望的観測だ。あらゆる化学結合が核融合を引きおこすなら、そもそもどうやって分子を作れる？」

「あらゆる結合が、というわけじゃないですよ。じゅうぶんなレプトンを寄せ集めれば、レプトンが原子核内部にしっかりとどめられるようなエネルギー・レベルはすべて埋められ、最外部のレプトンが、原子核間にそれなりの距離を残したままふたつの原子を結合させられる分だけ突きだす。最初のふたつのレベルは完全に埋めなくてはなりませんが、それにはレプトン十二個が必要です——だからあらゆる安定な分子は、慎重に配置された原子番号13かそれ以上の原子数個を必要とする。原子番号27の原子は十五個の共有結合を作れます。それがマクロ球内で炭素にもっとも近いものです」展示物は原子十六個からなる五次元分子を三次元に投影した映像を映した。原子27ひとつが、十五個のハイドロンと結合している。「これを馬力アップ・バージョンのメタンだと思ってください。このハイドロンのどれかを払いのけて分枝で置換すれば、どんな種類の複雑な構造物でも作れます」

オーランドは追いつめられたような表情になってきた。ホール奥の、生化学やボディ・プランを考察した展示に視線を走らせたオーランドは、なにかに目をとめた。『『U（Uスター）ポリマー』。〝U〟とはなんだ？」

パオロは父の視線をたどった。「単なるマクロ球の別名ですよ。Uは通常の宇宙、スターは〝双対空間〟――すべての種類の役割反転をあらわす用語です――の数学的表記。宇宙とマクロ球はともに十次元です……しかし、一方は六つの小さな次元と四つの大きな次元をもち、他方は六つの大きな次元と四つの小さな次元をもつ。つまり、両者はたがいの内と外が裏返しになったバージョンなわけです」パオロは肩をすくめた。「もしかすると、Uのほうがいい名前かもしれません。〝マクロ球〟には大きさの違いという意味あいははいっていますが、それは大して重要ではないし。そこへ行ってしまえば、ぼくらは自分たちと共通点をもつあらゆる生物とおおよそ同じスケールで活動するんですから。すべてを異なったものにするのは、物理学が裏返しになっているという事実です」

オーランドは薄く微笑んでいた。パオロはたずねた。「どうしました？」

「裏返し。それが公式判断だとわかってうれしいよ。わしはずっとそんな気分だったのだ」

パオロのほうをむいたオーランドの表情は、不意に痛ましいほど赤裸々なものになった。

「自分が生身の存在でないのはわかっている。ほかのあらゆる連中同様のソフトウェアであることは。だがわしはいまも、ポリスになんらかの事態が起きたなら、自分はその残骸から現実世界へ出ていけると半ば信じている。なぜなら、わしは現実世界に対して誠実でありつづけてきたからだ。いまも現実世界のルールで生きているからだ」目を下にやって、上にむけた手のひらをじっと見る。「マクロ球の中では、それがすべて終わってしまう。ポリスの外は、理解のおよばぬ世界だ。そしてポリスの内では、わしは妄想に閉じこもった唯我論者のひとりにすぎん」顔をあげてあっさりと、「わしはこわい」というと、オーランドは挑むようにパオロの顔を眺めまわした。マクロ球の中を旅するのはエキゾチックな観境を散歩するのとなにも違いませんよ、とでもいえるものならいってみろといわんばかりに。「しかしわしは、あとに残ることはできん。これに参加せねばならん」

パオロは「わかりました」とうなずいてから、間を置いて言葉を継いだ。「ただ、お父さんはひとつまちがっています」

「なにがだ?」

「理解のおよばぬ世界ですって?」パオロはにやりとした。「どこでそんなたわごとを仕入れたんですか? 理解のおよばないものなんてありません。展示物をもうあと百個見たら、まちがいなく、お父さんも五次元で夢を見るようになりますから」

16　双対性

《カーター‐ツィマーマン》ポリス、U*

　オーランドは船室の外に立って、自分が生きてきた宇宙の目に見える最後の名残が遠のいていくのを見つめていた。〈浮き島〉の上を覆う天空には、針穴を通したようなマクロ球の眺めがあるが、星がふたつ、かすかに見えているだけだ。特異点の脇に築かれたステーションは、西の地平線のすぐ上に明滅するちっぽけな白色光として見えているにすぎず、その光は急速に弱まっていった。特異点そのものはこの距離からでは見えないが、そこから発する規則的な光子流をステーションのビーコンがエコーして、その位置を示している。

　もしスウィフトのチームがその光子を作りだすのを止めることがあれば、特異点は視野から消滅する。真空の中の静止質量ゼロの重力異常、原子未満の粒子ほどの大きさしかないそれを発見するのは、ほとんど不可能になるだろう。だがしかし、送信する人がいなければ、だれにもきくことはできないわけで、真空の中で故郷の宇宙を探しまわっても意味はない。

そのときには、特異点に投げかえされるあらゆるデータがスウィフトの中性子に引きおこすベータ崩壊は、なんの意味ももたなくなるわけだ。特異点がトランスミューターの遺物で囲まれていると予期していた人々もいたが、リンクの故郷の世界の側になんの機械装置もなかったことを考えれば、この区画が空っぽだとわかっても、オーランドには意外ではなかった。

まるでポリスが急加速して遠ざかっているかのように、ビーコンは不自然な速さで弱まっていった。これもまた逆四乗則のあらわれだ。すべての方向に広がっているものは、ここではより急速に薄れていく。オーランドは心の支えとなる光のパルスが視野からしだいに消えていくのを眺めていたが、やがて本能的ともいえる見捨てられたかのような気分を笑い飛ばそうとした。どこでだって遭難することはありうる。地球にいたときも、家から二十キロメートルと離れていないところに遺棄されて死にかけたことがある。スケールに意味はない。距離に意味はない。この旅からうまく戻ってこれるか、これないか、どちらかしかないのだ——そしてこの世界がオーランドたちにできることで、寒さや脱水症状による緩慢な死と少しでも似たものはなにもない。

オーランドは観境に命じた。「全天を一掃表示」いついかなる一瞬も、〈島〉からの通常の視野——単なる二次元のドーム——は、マクロ球の四次元の天空の狭い一部分をとり囲んだものでしかない。だが、二次元人(フラットランダー)がスリットから見えている平らな眺めを回転させて通常空間をスキャンするような方法でスキャンすれば、半球でも天空全体を見渡すことができる。オーランドはまばらな星があらわれては消えるのを眺めたが、その数は満月の夜にアトランタから見たのよりもはるかに少なかった。それでも、星々が広範囲に散在し、その光もごく細くしか広がらないのに、これほど多くの星を見てとれるのは驚きだった。

きらめく錆赤色の光点が東にあらわれ、視野がその上を掃くように通りすぎると、たちまち消えていった。それがポアンカレ、特異点にいちばん近い星で、最初の探査目標だ。ポアンカレ到着までは四十メガタウかかるが、旅の途中を凍結してすごそうとする者はいなかった。考えることが多すぎたし、やるべきこともあまりに多い。

オーランドは気力をふるいおこして、「こんどはU*を見せろ」界面ソフトがコマンドに反応して、眼球を作りかえて超球にし、網膜を四次元配列に改造し、視覚野を再結線し、周囲の空間の神経モデルを増強して五次元を包含できるようにした。頭の中の世界が拡大して、パニックとめまいに襲われたオーランドは、悲鳴をあげて目をつむった。これと同じことはオルフェウスのイカを見物するために十六次元で体験ずみだが、あれは遊び、頭がくらくらする斬新な経験であり、彗星に乗ったり、血球と泳いだりするのと同じで、アドレナリンは放出されても瑣末なできごとだった。マクロ球は遊びなどではない。それは〈浮き島〉以上の現実であり、シミュレートされたこの肉体以上の現実であり、いまここでは、真空の彼方の小点に埋まっているアトランタの廃墟以上の現実なのだ。それはポリスがそこを疾走していく空間であり、オーランドが考えたり感じたりすることがそこでほんとうに起こる舞台だった。

目をひらく。

さっきより多くの星がいちどに見えたが、それがさっきよりまばらに分布している感じがした。埋めるべき虚空があまりに多すぎる。ほとんどなにも考えずに、オーランドは小点を結んで頭の中で単純な星座を描いた。ここには印象的な図形はなにもなくて、サソリもオリオンもいなかったが、ふたつの星のあいだの一本の線そのものが、驚嘆に値するものだった。いまのオーランドの視界は、ふたつの直行する方向からなる通常の領域を超えて広がっていた。パオロの友人のカーパルはそれを四向（クアドラル）と五向（クィンタル）と呼ぶことを提案しているが、そのどちらがどちらかを区別する明白な基準はなく、オーランドは集合的な用語にすがった。超実平面（ハイペラル）。

　新しい視覚野のネットワークと空間マップによって、生（なま）の知覚でも超実の方向が識別できるようになったが、その意味を認識するにはまだ意識的な努力が必要だった。超実方向はまったく垂直ではなかった。その認識は直接的な力をもたらした。重力のむきや自分の体の長軸のむきは、超実方向とはなんの関係もない。オーランドを自分のいる平面を超えた世界を見ている二次元人にたとえるなら、その平面はつねに垂直だったのだが、スリットからの眺めはいままでは横へ広がっていた。だが新しい方向は横むきでもなかった。垂直な二次元人と違って、オーランドはもともと〝横〟を認識している。オーランドが意識的に自分の視野を左右半分ずつに分割すると、垂直方向に離れたふたつの星がその左右の視野の一方におさまるのと同様のことが、超実方向に離れたふたつの星にもあてはまった。そして常識がなにを残された唯一の可能性として主張しようが、天空が深さをもつようになったとか、スクリーンから飛びだしてくるホログラフ映像のように星々が自分に迫ってくるとかいう感じは、まるでしなかった。

横むきでも、深さでも、飛びだしてくるのでもない、という三つの否定的概念を、オーランドは同時に把握した。それが自分の体の三つの軸すべてに垂直であることを忘れないかぎりは、超実平面はあきらかに自分の体を基準に定義できる。

漠然と十字形をなす星座が、超実平面に対してほとんど平らに位置していた。星座の四つの星はどれも、地平線からほぼ同じ高さで、左右の方位角が同じで、けれど天空の一ヵ所に固まってはいなかった。その四つの星は超実方向では、南十字星（サザンクロス）を作る星々と同じくらいに離れていた。オーランドは考えた末、四つの星に命名した。四向の組には左側（シニスター）と右側（デクスター）、五向の組には左手（ゴーシュ）と右手（ドロワ）。だがそれは丸い紙に書いた架空の地図に羅針盤の方位を割りあてるような、まったく恣意的なものだった。

左（レフト）‐上（アップ）‐デクスター‐ゴーシュに数度離れたところに、別の四つの星が見つかった。それは横‐垂直の平面、つまり〝通常の〟天空の平面上にあった。ふたつの平面を心の中で延長し、その交差部分を視覚化するのは、とても奇妙な体験だった。両者はただ一点で交わるのだ。平面は直線状に交差するはずなのに、このふたつの平面はそれに従おうとしなかった。超実十字（クロス）星のシニスターとデクスターの星を結ぶ四向の直線は、垂直十字星の遠い頂点どうしを結ぶ二本の腕と直角に垂直の平面を貫いている……五向の直線もだ。天空――あるいはオーランドの頭の中――にはすべてが相互に垂直な四本の直線があった。

そして天空はなおかつ平らに見えた。

不安になって、オーランドは視線を落とした。地平線の下にも星々が見えた――地面を通してではなく、地面をまわりこんで。まるでオーランドが、張りだした狭い崖か、とがった柱の上に立ってでもいるように。オーランドは従来の三次元観境の外へは頭や体をひねれない設定にしていたが、いまや眼は超実的に、文字どおり頭蓋骨から飛びだして、あらたに加わった広範な情報をとりこんでいた。垂直な二次元人のふたつの眼円――一方がもう一方の上にある――が突然、眼球に変わって、中心軸は相変わらず二次元世界内で回転するようになっているのに、水晶体や瞳孔や視野は二次元世界を超えて突きだしてしまった……オーランドはそんな連想をした。この折衷案的改造は、身体構造的には馬鹿馬鹿しいほどありえないばかりか、いまや混然となっためまいと閉所恐怖を誘いはじめていた。余分な次元での〈島〉の幅はないに等しく、自分の体がごくわずか超実的に動いただけでも、酔っぱらった宇宙柱頭行者のように宇宙空間に転げ落ちかねないことが、はっきりとわかる。同時に、それを防いでいる物理的制約のことを考えると、二枚のガラス板のあいだに押しこまれているか、特定の方向に移動する能力を奪う奇怪な神経系の病気に苦しめられている気分になった。

「わしをもとの状態に戻せ」

視野が縮んで、さっきまでと比べると針の穴同然になり、一瞬オーランドは矮小化された気がして腹が立ち、目隠しをふりはらうかのように激しく頭をふった。そこで唐突に、視覚が満足のいく正常なものに思えて、マクロ球の広大な天空は薄れゆく記憶の中の心迷わす錯視も同然になった。

オーランドは眼のまわりの汗をぬぐった。いまのが第一歩だ。ちょっとした現実の味見。

たぶんいずれは、五次元人態をまとって完全な五次元観境を歩きまわる勇気を駆りたてられるはずだ。視線を下げて自分の体内の臓器をちらりと眼にしてしまう――二次元人が頭をねじって平面からはみ出させてしまうように――という不安はあるけれど、四向や五向を自然にうけいれられるようになってしまえば、シミュレートされた自分の肉体にふたつの次元を加えなくても、紙人形がバランスをとって立つような能力が身につくだろう。

けれど五次元を動きまわれる構造と本能を手にいれても、それはまだ上っ面をなでたにすぎない。適応すべきことはつねに残っている。肉体をもっていたとき、オーランドは何十回もスキューバダイビングをしたが、水陸両生改変態とはほとんどコミュニケーションがとれなかった。トランスミューターはこの世界に来てから、少なくとも十億年――あるいは、トランスミューターが使っている可能性がもっとも高そうな生化学なりサイバネティクスなりのプロセスの速度で、おおよそそれに相当するマクロ球時間の期間――になる。もちろんトランスミューターは自分たちの運命をコントロールしている知的生物であり、浜辺に打ちあげられて、生きのびるには適切な突然変異を遂げるしかなくなった魚とは違う。この世界に来たときに、自分たちを変えたりは少しもしなかっただろう。よき現実主義者――あるいはよき抽象主義者――のように、昔いた世界のシミュレーションに固執したかもしれない。

だが数十億年のあいだには、あるいはトランスミューターは新しい環境に順応することに決めたかもしれない。もしそうなら、コミュニケーションは不可能だろう。この遠征隊のだれかが、相手の姿にある程度近づく覚悟をしないかぎりは。

だれかが隔たりに架橋する覚悟をしないかぎりは。

〈フライトデッキ〉は混みあっていて、予測不能な障害を避ける練習にはうってつけの場所だったが、オーランドは自分がほとんどの時間、そのありさまを眼にして立ちすくんでいるだけなのに気づいた。この五次元立方体観境の壁の一面がまるごと巨大な窓になっていて、そのむこうのポアンカレの拡大映像は、なにもせずに突っ立って景色を眺めているじゅうぶんな理由になる。公共五次元観境の中で動きまわっているとオーランドはいまでも自意識過剰になりすぎるが、それは倒れて床に這いつくばったりしないかと不安なせいというより、現にそうなっていないことで自分を誉めていいとはどうしても思えないからだった。オーランドの五次元身体には、ほんもののマクロ球生物の体がほぼまちがいなく備えていると思われる、おびただしい貴重な反射作用が備わっていたが、そうした異生物的本能に頼っていると、自分はとてもたくさんの自発的反応をプログラムされたテレプレゼンス・ロボットを操作しているつもりでいるだけで、自分が出している指示はじつはすべて不要ではないのかという気分になった。

オーランドは窓の底部に視線を下げた。五次元観境でもいちばんささいなディテールになら、いまでも魅了される。四次元立方体である窓と四次元立方体である床は、直線ではなく、嵩（かさ）のある大ざっぱな立方体として接していた。オーランドはその嵩の全体を同時に見てとれたが、そのことはそれを透明な窓の底部の超面と考えたときには意味をなすように思える。

けれど、点という点が不透明な床の表超面と共有されていることに気づくと、正常というふりはらえない錯覚はすっかり霧散するのだった。

ポアンカレについては、正常さという錯覚は最初からいだきようがない。その輪郭ですら、曲率と比率というオーランドの旧世界的認識を混乱させるものだった。一瞥すると、四次元円板形の星は、オーランドの想像の中で星を枠囲みしている四次元立方体の約三分の一だけ――正方形に内接した円よりもずっと少ない割合――を占めていて、オーランドの中のうまく適応していない部分は、星が四次元立方体と接する八つの点のあいだを弧を描くように動くにつれて内側にたわむ、と思ってしまう。もちろんそうではなかった。そして、大陸を見わけられるところまでポリスが星に近づいて以来、オーランドは眩惑させられっぱなしだった。マグマに浮かぶ結晶化した鉱物の巨大な板、つまり大陸の縁は、三次元の自然界ではまったくありえないほどいり組んでいた。風が刻んだ景観も、珊瑚礁も、この赤熱したマグマを背にした黒い岩塊のシルエットほどこまかくいり組んだものにはなりえない。

「父さん？」

オーランドは自分の体の示唆に従って、しかし自動操縦されることなく、意識的に、動作のすべてを考え抜きながらゆっくり動いた。パオロがうしろ（リア）‐左‐デクスター‐ゴーシュにいて、オーランドはまず水平の平面で、それから超実の平面でふりむいた。オーランドはシグネチャーが見られない設定にしていたが、視覚野は再結線されて、五次元の顔の特徴にも以前の三次元のそれと同様の意味を見てとれるようになっていたので、近寄ってくる四足生物が自分の息子だとすぐにわかった。

　マクロ球内での二足生物の安定性は、地球上でのポーゴー・スティックにも劣るだろう。じゅうぶんな資源を力学的にバランスをとることに集中させればなんだって可能だが、《C－Z》のだれもそんな不自然な五次元身体は選ばなかった。四次元超曲面上の四足生物の不安定度はひとつだけだ。もし左右それぞれの足の組を超実平面の直交線とするなら、それは一種のすじ交いとしてからだを支え、残る問題は前後に動くことだけになり——二足生物が二次元の地面の上で直面するのと同様、それはなんの問題でもない。六本足のマクロ球生物は地球の四足生物と同じくらいに安定的だが、二本の腕をもつ直立種に変異できるかどうかはやや疑問だ。手足が八本あったほうが、その変化は容易であるように思える。オーランドは自然選択の力学よりも、トランスミューターに可能だった選択肢に興味があったが、パオロと同じく四本腕と四本足の体を選んでいた。胴体をケンタウロスのようにのばさなくても、体をそのかたちにすることはできた。臀部や肩の周囲の超実空間には、関節をあらたにつけ足してもまだ余裕がある。

　パオロが話しかけてきた。「エレナは沿岸地域周辺の吸収スペクトルの観察をつづけています。あそこではあきらかになんらかの局地的な触媒的化学作用が進行中なんです」

「〝触媒的化学作用〟？　なぜだれも〝生物〟という単語を口にしようとせん？」

「たしかな根拠がないからですよ。故郷の宇宙でなら、どの気体が生物活動の結果としてのみ存在しうるか、ぼくらも自信をもっていえます。ここでは、どの元素が反応しやすいかはわかっても、それがなんらかの無機的なプロセスによって補給されうるかどうかは、推測しかできない。『生物』と叫んでいる単純な化学的シグネチャーはないんです」

オーランドはポアンカレの眺めにむきなおって、「まして、『トランスミューター、原住者に非ず』と叫んでいるやつはな」

「そんな化学的シグネチャーが必要ですか？　当人たちにきけばいいのに。それとも、自分たちがなにものかを相手が忘れているかもしれないとでも？」

「面白い冗談だ」といいながら、オーランドはぞくりとしていた。順応した——狂気に陥って意味不明なことをわめきちらすことなく、五次元立方体の中で四本足で立っていられる——とはいっても、オーランドは自分自身の過去や、自分自身の体や、自分自身の宇宙を忘れられるとは思っていなかった。しかしトランスミューターは、十億倍もの期間ここにいるのだ。

パオロが、「スウィフトのぼくによると、あちらではポリスのコピーをカフカの地表に彫りつけはじめたそうです」その声には、まったくどうしようもない、という響きがあった。もしコア・バーストが誤解だとわかった場合、その巨大な溝は野蛮時代以来のもっともひどい冒瀆的行為として歴史に残るだろう。「でも復元ロボットのモデルは、まだ信頼できるものには見えません。トランスミューターがニュートリノ・スペクトルにひとことも触れていないのが残念です。全周波数の全粒子の総エネルギー線量じゃ被害予測にはほとんど使えないし、ぼくら自身の推定値は、コアがなぜどんなふうに崩壊するのかまるでわかっていない以上、どうにもあてにならない」気がなさそうに笑って、「もしかするとトランスミュータ―は、バーストを乗りきろうとする者がいるとは思っていなかったのかもしれませんね。生きのびようがないと知っていたのかも。だから、耐ニュートリノ機械を作る手がかりのかわりに、マクロ球への鍵を残していったんですよ。銀河を逃げだすには手遅れになってしまった場合の唯一の脱出路がこれだと、わかっていたんでしょう」

その言葉が自分を煽るためのものだと知りつつ、オーランドは静かにいった。「たとえコア・バーストを生きのびようがないとしても、これが終着点でなくてはならん理由はない。ここの真空は四次元宇宙でできている。その中に侵入するのが不可能だとしても、ほかの特異点、内部から作りだされたほかのリンクがすでに存在するにちがいないのだ。そうした宇宙のどこかには、トランスミューター並みに進歩した種がいるにちがいない」

「いるかもしれませんね。でもここがそうした生物であふれていないところを見ると、非常にめずらしいこともまちがいありません」

オーランドは肩をすくめた。「まあ、ポリス連合の全部がマクロ球に片道旅行するほかないなら、それはそれでしかたない」傲慢なほど落ちつきはらった声を出してはいたが、じっさいにそうなるのはほとんど耐えがたいことだった。オーランドは内心でずっと思っていた。解決策はきっとあると。死ぬときは肉体に戻っていて、肉体人の子どもが自分を埋葬してくれて、そこはその後の千世代に、空から炎や毒が降ってくることはないと保証してやれる世界であると。マクロ球が唯一のほんとうの聖域だとしたら、オーランドにとって未来の選択肢は、三次元観境に完璧な白昼夢をでっちあげるか、この宇宙の異質な化学作用に従う肉体をもって、《アシュトン－ラバル》の連中が作ったどんなものよりシュールレアルな世界で子どもを育てようとするか、どちらかになってしまう。

オーランドの改変された眼にも見えるように、パオロが自分の改変された顔に悔恨の表情を浮かべてみせた。「片道旅行なんて忘れてください。もしトランスミューターと話すことができたなら、むしろぼくらがあらゆる解釈をまちがえていたときかされることになりますよ。警告なんてなかったし、コア・バーストなんてものも来ない。ぼくらがまちがえてしまっただけだと」

高速の片道飛行軌道に乗せて、プローブ群がポアンカレに送りだされた。オーランドは映像の数が増えていくのを見守っていたが、その中程度の分解能の地勢図および化学マップは、装置の観測範囲である湾曲した何本もの細片で星の超曲面をわずかにむしりとったものにすぎなかった。褶曲した山脈や各大陸内部の火成平面を、オーランドの旧世界的感性は驚くほど有機的だと思った。突風にさらされた高原には指紋のような渦が残り、溶岩流の刻んだ河床は毛細血管より複雑で、冷え固まったマグマのプルームから突きだした刺は奔放に成長する菌類を思わせる。ポアンカレの空は常時暗いが、地表の景観そのものは中心核（コア）からわきあがってくる熱を放射して、赤外線に近い波長に相当するもので輝いていた。レプトン遷移と分子振動のエネルギー・レベルの境界あたりだ。内陸の大部分では上空の大気の吸収スペクトルに原子27をもとにした環や分岐した連鎖の痕跡があったが、もっとも複雑な化学的シグネチャーは海岸近くで見つかった。

沿岸地域周辺には背の高い構造物が集まっていて、それは単なる浸食や地殻変動、晶化や火山活動の産物とは思えなかった。塔のようなその構造物は、マグマの海とそれよりは冷えた内陸の温度差からエネルギーを引きだすには理想的な位置にあったが、ポアンカレの巨大な樹木にあたるものなのか、なんらかの遺物なのかは不明だった。

動力軌道に投入されたプローブ群の第二波は、自分の角運動量の畝の外周部に寄りかかるように飛んでいるので、エンジンが故障すれば地面には墜落せず、深宇宙に飛びさっていくだろう。故郷の宇宙とスケールを比較しても意味はないが、《C‐Z》の人々の選んだ五次元身体を物差しにするなら、ポアンカレの超曲面には地球の百億倍の生物が棲息可能だった――あるいは、森とされる部分と広大な砂漠の隙間に数千の産業文明が隠れている可能性があった。この星の全体を、上海（シャンハイ）規模の《移入》前の都市が判別できるかつぶれてしまうかという解像度でマップ化するのは、天の川（あまのがわ）銀河のあらゆる地球型惑星をマップ化するのも同然の作業だ。プローブひとつが超曲面の軌道を一周して収集した環状の映像の帯を寄せ集めても針の穴未満にしかならず、軌道が星のまわりを三六〇度覆っている場合でさえ、そこに描かれる球がもつ意味は、割合でいうなら、通常の天体のひとつの場所をいちど撮影したのと同程度でしかない。

《カーター‐ツィママーマン》自体が遠い動力軌道にはいっていくにつれて、オーランドは

〈フライトデッキ〉からの眺望を圧倒的だと感じるようになっていった。あまりに詳細かつ複雑でひと目では見てとれないが、そうしたくなるほど気を引きつける。一瞥するたびに、難解な無調音楽を大音量できかされたような気分になった。選択肢は、耳をふさぐか、意味をとれないまま熱心に耳を傾けるか、どちらかしかない。オーランドは精神にいま以上の改変を加えようかと考えこんだ。この星の原住生物やこの宇宙に順応しているマクロ球生物が、自分の世界の風景を見て、それがドラッグの引きおこす幻覚、知覚の過負荷を知らせる神経ネットワークへの大量刺激にも劣る幻影であるかのように反応するわけがない。

オーランドは界面ソフトに視覚野をいっそう強化させると、さまざまな四次元の形と三次元的境界——肉体人にとっての山や巨岩と同様、マクロ球生物にとってはエキゾチックでないはずの、基本的と思われる形——に対応するシンボル群に結線した。するとポアンカレの眺望は面白味が薄れ、この新しいボキャブラリーで語れるものになったが、それでも人工衛星から見た地球やスウィフトのどんな眺めより、千倍も高密度であることは変わらなかった。けれど、〈浮き島〉は耐えがたいものになった。感覚の自由を奪う拘束服、釘の穴から空が見える棺。あらゆる三次元観境は同一だった。たとえ三次元的視覚を完全に復活させても、手にいれた新しいシンボルを削除すればポアンカレの記憶をも失って、刺激の欠如をつねに味わい、それを世界が白一色に変貌したかのような抑圧として感じるようになるだろう。

界面ソフトに命じて記憶のうち翻訳不能な部分をストレージに保存しておいて、ひとつは三次元観境の、もうひとつは五次元観境のシンボルの組のあいだを行き来するという選択もできた。それは実質的に、オーランドがふたりの人間、交代制のクローンになるということだ。（それがそんなに悪いことだろうか？）すでに千人の自分が《ディアスポラ》船団じゅうに散らばっているのに。

しかし、オーランドがここへ来たのは、この自分がトランスミューターと会うためであって、自分の代理でそれをするマクロ球生物の双子を生みだすためではない。また、《ディアスポラ》に参加しているクローンたちはみな、融合して、復興した地球へ戻る――それが可能なら――のをためらわないだろうが、多雨林で感覚遮断されて狂気に陥ったり、真夜中の砂漠の空の下にたたずんで、針の穴のような眺めにいらだって絶叫したりするようになったクローンについてはどうだろうか？

オーランドは強化をすっかり解除して、記憶喪失になったか、手足を手術で切断したような気分を味わった。〈フライトデッキ〉からポアンカレをじっと見つめたが、前よりも知覚が麻痺し、欲求不満に感じた。

パオロに、うまくやっていけているかときかれて、オーランドは答えた。「調子はいい。なにもかも順調だ」

オーランドはいまの自分の状況を理解した。旅してこれるかぎりの遠くまでやってきておいて、なおかつ戻ることを望んでいるのだ。ここには安定な軌道はない。速度を出してこの世界に接近し、必要なものを引っつかんで退却するか――自らここにとらわれ、衝突地点に螺旋降下していくかだ。

「微妙な影響ではありますが、あたしが見たかぎりの場所で、生態系全体がこの生物に有利なように少しだけ変えられてます。この生物が数や資源利用の面で優位にあるというのではなく、確実に食物連鎖の環が存在するんです――そのすべてがこの種の益になるかたちで。そしてそれは自然のものだと思うには、頑強すぎ、信頼性が高すぎます」

エレナはU《C‐Z》*のほとんど全員にむけて話していた。小さな集会室に集まった八十五人の市民。ここは目先を変えるために三次元観境になっていて、オーランドはほかにもマクロ球の現実から解放されたいと感じている者がいるとわかってうれしかった。ポアンカレを詳細にマップ化しても、テクノロジー文明の徴候はあらわれてこなかったが、異星生物学者たちは数万種の動植物を同定していた。スウィフトでと同様、トランスミューターがどこかにたくみに隠されたポリスにひそんでいる可能性は残されていたが、いまエレナは、生体工学の介入があった証拠を見つけたといい、その受益者と目される生物が仮にカモフラージュされているように見えたとしても、それは単にトランスミューターのあたえた変化のスケールがささやかだったかららしい。

異星生物学者たちは分析用に十の地域を選んで、軌道上からも見える大きさのすべての種の生態学的仮説モデルを継ぎあわせていた。ミクロ生物相は推測の域を出ないままだ。巨大な〝塔〟――いまではヤヌス樹と呼ばれている――は海岸沿いの大部分の場所に生え、溶融状態の海から照りつける光をエネルギー源としている。オーランドの目にとても奇異に映ったのは、樹の一本一本が左右非相称なことで、内陸側ほど葉は大きくなり、より直立し、密ではなくなった。同様の形態上の変化は樹と樹のあいだでも、海の光を直接浴びている樹から、その四、五列うしろで光の恩恵が減っている樹にむけてつづいていた。最前列の樹の葉は、海に面した超曲面側では鮮明なバナナ・イエローで、反対側では明るい紫色。二列目はそれと同じ紫色を使って最前列の廃棄エネルギーをとらえ、青緑色で自分の廃棄分を放出する。四列目や五列目になると、葉の色素は〝近赤外線〟の色調に変わって、〝可視光〟の中では淡い灰色に見えた。こうした色の解釈は波長の順序に従ったものだが、ポアンカレの異なる生物種がスペクトルの異なる部分に反応しているのは明白だったから、可視光線／赤外線の区別が恣意的なものであるのは必然だった。

ここの〝天蓋〟の葉の大半はほとんど直立していたので、葉の広い面が空をむいていた場合に比べればプローブの視野をほとんどさえぎらず、葉のあいだの不規則な隙間から、かなりの二次元の眺めが得られた。目にはいるのは、めまいがするほど多様な森林居住生物。大きな肉食性の発熱する飛行生物や滑空生物——翼も数えれば、どれも八本肢だ——から、あきらかに樹そのものを直接餌にしているなにか菌類のような斑点まで。森全部まるごとが観測対象にできたし、一日とか季節とかの周期がないおかげで、異星生物学者たちは多くのライフサイクルを比較的短期間でたどることができた。同時発生で生殖する種はほとんどなく、そうしている種もあくまでも小さな区域に限ってのことで、あらゆる種のあらゆる年齢の個体がどこかしらで見つかった。未熟なまま生まれて自給自足できる生物がいる一方、ほかの生物たちはさまざまなものの中でじゅうぶん発育してから生まれてくる――嚢の中で、あるいは、巣やぶらさがった房、ヤヌス樹の樹皮の下の根粒、死んでいたり、麻痺させられたり、まるで気づいていなかったりする餌、ときには親の死骸といったものに産みつけられた、卵状の袋の中で。

内陸部では、森が海の光をさえぎっていたが、生物は影の中に散らばっていた。子どもを育てるために海岸から移ってくる動物たちがいて、すぐあとを捕食者がついてくるが、森から流出した栄養分を摂取する植物をはじまりとする、土着の種もいた。ポアンカレの生物はなにごとについても、単一の共通する溶媒を用いることはないが、すべての生物が共通してもつ半ダースの分子は、海岸部の温度では液体だった。雨が森そのものに降ることはめったにないし、不毛の内陸部から流れてきて、マグマの海に達するころには蒸発している川は、有機物をほとんど含んでいない。けれど、高いところからヤヌス樹を流れ落ちてくる露は内陸にむかう道を見つけ、有機堆積物によって栄養豊かになって、二次的な生態系にエネルギーをあたえ、そこには数千の種が含まれている。

その中に、ヤドカリがいた。

エレナは、捕食、草食、寄生、共生といった関係によるエネルギーと栄養分の流れを推定したネットワークを呼びだした。「分析範囲が広がるほど、証拠が積みあがっていきます。この生物には捕食者も、目に見える寄生生物もいませんが、有利なのはそれだけが理由ではありません。個体群圧力にも、食糧不足にも、病気にも直面してないのです。ほかのあらゆる種はカオス的な個体群動学に従ってます。ヤヌス樹にさえ、過剰な密生と集団死の徴候が見られます。なのに、ヤドカリはそうした激しい変動のまん中にいながら、まったく影響されることがありません。まるであらゆる好ましくない事態からヤドカリを守るために、全生物圏がカスタマイズされてるかのように」

エレナは五次元映像を表示し、オーランドはそれを正しいかたちで見られるよう、しぶしぶ視覚を切りかえた。ヤドカリは――とエレナが説明する――手足のない、軟体動物的な生物で、棲み家は半分は貝殻のように分泌され、半分は掘った穴のような、固定された構造物の中。一生の大半をその洞穴の中で送っていると思われ、不運な通りがかりの生物がつるつるした溝に落ちこんで、口器に直行してくるのを餌にしている。ヤドカリをほじくり出すのに必要な道具を進化させた肉食動物はおらず、また多くの種は賢く溝を避けているけれど、餌食はいつでもたっぷりといた。そして、軌道から観察された六百万体のヤドカリのうちの一体として、出産したり、死んだりするところを見られていなかった。

カーパルは懐疑的で、「それは単に臆病な固着性の生物で、われわれが観察してきた短い時間のあいだは運がよかったというだけだ。わたしはそれの寿命を観察期間の六百万倍まで外挿する気にはなれない。われわれはまだ地殻内の大きな温度変動をまったく目にしておらず、いよいよそのときが来たら、大滅亡が起こるのはまちがいない。われわれは資源を砂漠に転じるべきだ。もし仮にトランスミューターがポアンカレにいることがあるとすれば、可能なかぎり原住生物から離れているだろう。この生物のためになるような干渉をする理由がどこにある？」

エレナは堅い声で答えた。「あたしはトランスミューターの仕業だなんていってないわ。すべての仕掛けは、ポアンカレ生物が自分のために工学的に作りだしたのかもしれない」

「ポアンカレの生物がほんの少しでも生体工学めいたことをしているようすを、見たことでもあるのかな？」

「いいえ。でも、自分たちを難攻不落の生態的地位（ニッチ）に押しこみおえたら、それ以上の変化は必要なくなるでしょ？」

オーランドは口をはさんだ。「もしそんなことのできる知能があったとしても……洞穴の中で餌が喉をすべり落ちてくるのを待ちながら永遠をすごすことを、ユートピアだと考えているなら、この生物がトランスミューターについてなにを知っているというのだ？　光り輝く一万隻の恒星船が十億年前にポアンカレの脇を通っていったとして、たとえヤドカリがそんな昔から存在していても、覚えちゃおらんだろう。気にもするまい」

「そんなことはわかりませんよ。地球の《カーター＝ツィマーマン》ポリスが、知的好奇心をもつ存在の本拠地に見えますか？　ポリスの防護殻をひと目見ただけで、ライブラリになにが記憶されてるか、いえますか？」

カーパルがうめいた。「あなたはオルフェウスのことが念頭にあるのだろう。だが、別の宇宙のひとつの惑星上のひとつの生物学的コンピュータを証明とするのは無理が――」

エレナが切りかえす。「ひとつの自然発生的な生物学的コンピュータを、それが進化の一般的な産物だという証明とするのは無理がある。でも、ポアンカレの生物がそれを工学的に作りだしたらいけない理由がある？　あらゆるテクノロジー文明はそれ独自の《移入》を経験するだろうという意見には、だれも異議を唱えてないわ。ポアンカレ生物が生体工学に熟練してるなら、機械のかわりに、都合よく改変した生物種を作りだして、なにか変？」

パオロが騒々しく割りこんできた。「きっとそうだ！　ヤドカリは生きているポリスで、生態系全体が動力源なんじゃないか。でも、作ったのはポアンカレの原住生物とはかぎらない。ここに来たトランスミューターは、知的生物がいないのを知ると、生態系に手をいれて自分たち用の安全なニッチを作っておいてから、ヤドカリを生みだしてその中に移住し、三次元観境で時間をつぶすことにしたんだよ」

からかわれているのではないかと疑ってか、エレナの笑いはためらいがちだった。「時間をつぶすって、いつ、いつまで？」

「ここの星でなにかが進化するまで――話し相手になるような種が。あるいは、だれかがやってくるまで、たとえばぼくらとか」

議論はだらだらつづいたが、なんの結論も出なかった。証拠を見るかぎりヤドカリは、自然選択でランダムに選ばれた受益者から、ポアンカレの秘密の支配者まで、なんであっても不思議はない。

投票がおこなわれ、カーパルは負けた。明白な標的なしに探索するには、砂漠は広大すぎた。遠征隊の資源はヤドカリに集中させられることになった。

オーランドは発光する岩をゆっくりと横切っていった。ひとつきりの幅広い波打つ足の裏側は、砂利を痛く感じない。自分の洞穴の外では、剝きだしで無防備な気分だった。ポアンカレの超曲面でこの操り人形を操縦して、ヤドカリを演じること二十キロタウ、オーランドはそこまで対象になりきることができた。あるいは、五次元の風景を対処しやすくしてくれる狭いトンネル越しの眺めのほうが、好きなだけかもしれない。

隣人の視界にはいるところまで来たオーランドは、九本のバトンを突きだして、十七番の身ぶりをした。まだやったことのなかった、唯一の一連の動きだ。両手を広げて指をわさわさ動かし、意味を知らないまま記憶を頼りに断片的な手話の動作をしている感じ。

隣人のトンネルの中の、異星生物の体熱を複雑に反射した真珠のような光をじっと見おろして、待つ。

なにも起こらない。

ほんもののヤドカリが自分の洞穴を離れるのは、新しい洞穴を作ろうとするときにほぼ限られている。それが、成長して古いのが窮屈になったからか、もっとたくさん餌をとれるようにするためか、なんらかの危険や不快さの原因から遠ざかろうとしてのことかは、まだ明白ではない。ときどき、洞穴を出た二体のヤドカリが出会うことがある。大気圏内プローブの大群による地表レベルの観測が九メガタウおこなわれたあいだに、総計十七回のそうした遭遇が起きていた。その際に戦ったり交尾したりするようすはなかった。検知できないわずかな分泌物を使って、離れたところからそうしているのでなければ。ただ、ヤドカリたちはすれ違うときにかならず、数本の柄のような器官——最高十二本までの超円柱で、エレナは〝バトン〟と名づけた——を突きだして、相手にむけてふりあう。

それはコミュニケーション行為だと考えられていたが、分析しようにも遭遇のサンプルがあまりに少ないので、それがヤドカリの言語だとしても、なにかを推測するのは不可能だった。事態を打開しようとして、異星生物学者たちは千体のヤドカリ・ロボットを作ると、ほんものの洞穴の不自然なほど近くに自分用の洞穴を掘削・分泌させ、これがなんらかの反応を引きおこすのを期待した。そうはならなかったが、ロボットの隣人のほんもののヤドカリの中に、いまの棲み家を出て新しい洞穴を作ろうとするものがあれば、ロボットがそれとコンタクトできる可能性は残っている。

ふだんは非知性ソフトウェアがロボットをコントロールしているが、操り人形としてロボットを操縦する作業をしている市民が数人いて、オーランドも義務のように感じてそこに加わっていた。ヤドカリは見た目どおりに一から十まで愚鈍なのではないかとオーランドは疑いはじめていたが、それは期待外れというよりも救いだった。ヤドカリに費やしたこれほどの時間が無駄に終わるより、知的種族が進んで自らを生体工学処理してこの袋小路にはいりこんだと認めざるをえなくなるほうが、倍は悪い。

オーランドは空を見あげようとしたが、この体ではそれはできなかった。赤外線に敏感な顔の超曲面は、そこまでもちあがらない。ヤドカリ——とほかの多くのポアンカレ生物——

は周囲の状況を、干渉計のようなかたちで見ている。レンズを使って像を結ぶのではなく、光受容器の列を用いて、列の異なる点を叩いた放射のあいだの位相差(フェーズ)を分析するのだ。生きているヤドカリの非侵襲的観察や、マイクロプローブによるほかの生物の死骸の解剖しかできないので、ヤドカリが自分たちの世界がどんなふうに見えているのか、ほんとうのところはだれにもわからないが、受容器の色と間隔から見当のつくことがひとつある。ヤドカリにものが見えるのは、風景自体が熱で輝いているからだ。ヤドカリの体で温められているので、洞穴はまわりの岩より少しだけ温度が高く、したがってヤドカリは光につつまれて生涯を送っている。自分の洞穴の中にいたとき、オーランドは漠然と居心地よく思える程度に明るさの感知レベルを調節していたが、それ以上のことでヤドカリとしての体験を快適に感じられるようにする気はなかった。刺のある小さなタコ型生物数体が口の中にすべりこんできたとき、オーランドはむきを変えて、それを洞穴の第二のトンネルから吐きだした。仮にその生物が愚鈍きわまりないとしても、ヤドカリになりきるとか、たぶん最初から失敗している物真似が完全であるふりをするとかのために、そのタコたちの命を奪う気にはなれなかった。

　オーランドの界面ソフトがテキストのウィンドウを観境に張りつけた。見当識を失わせる超自然的な侵入者。二次元の物体が視野のごくわずかな分量を占めたにすぎない——超実の両方向では蜘蛛の糸並みに細い——のだが、文字はやはり、三次元観境で顔に突き刺さってきたかのように、ほかのものをすべてさえぎって、注意を奪ってしまう。ウィンドウを意識的にスキャンしてニュースを読みながら、オーランドはそのページ全体をとっくにひと目で把握していたかのような、強いデジャヴュを覚えた。

スウィフト《C‐Z》はほぼこの三百年間、オーランドたち遠征隊と連絡がとれなくなっていた、というのがニュースの内容だった。マクロ球側ではリンクはいちども沈黙していなかったのだが、特異点で作られる光子流は、グリニッジ時四九五五年とタイム・スタンプされたデータ・パケットの次は、五二四二年からのものにすぐ飛んでいた。スウィフト《C‐Z》の市民たちにしてみれば、来る年も来る年も、相互ベータ崩壊が再開することはあるのだろうかと思ってきて、その長い悪夢からちょうど目ざめたところなのだった。

オーランドは、〈浮き島〉と、船室と、三次元身体にジャンプして戻った。ベッドの上で身震いする。（わしらは難破してはいない。まだ）部屋はなじみ深く、快適で、ほんものに見えた――だが、それはすべてまやかしなのだ。それはどれも、ポリスの外部では存在できない。木の床も、マットレスも、自分の体も、すべて物理的にはありえないものだった。

（わしは遠くまでやってきすぎた。ここでは、古い世界にしがみついていることはできない。だがわしには、新しい世界をうけいれることもできない）

身震いを止められない。天井をじっと見あげて、それが裂けてひらき、そこから周囲の現実が押しいってくるのを待つ。雷のようにマクロ球に打たれるのを待つ。オーランドはささやいた。「わしはアトランタで死ぬべきだったのだ」

リアナがはっきりした声で答えた。「死ぬべきだった人なんていないわ。そして、コア・バーストで死ぬべき人もいない。泣き言をいうのをやめて、役に立つことをしたらどう？」

オーランドは一瞬もだまされたり混乱したりはしなかった——いまのはストレスが生んだ幻聴だ——けれど、命綱のようにその言葉にしがみついた。リアナならオーランドを追いたてて自己憐憫から脱けださせただろう。オーランドの頭の中に、そんなリアナが生き残っていたのだ。

気力をふるって心を集中させる。どうしてだか、特異点がズレた——それは、故郷の宇宙をマクロ球時間に結びつけていたトランスミューターの長い中性子アンカーが、そのつなぎとめる力を失っていたことを意味する。ヤチマも、ブランカも、発展版コズチ理論のほかの輝かしい専門家たちも、そんなことはなにも予測できなかった——つまり、それがまたズレることがあるのか、あるならそれはいつで、何世紀くらいにおよぶのか、だれにもわからないのだ。

だが、あと一、二度こうしたズレが起これば、その間にコア・バーストはあっさり通りすぎてしまうだろう。

このニュースにほかの人々は動揺して、ポリスをクローンし、ほかのどこかでトランスミューターを探そうとするかもしれない。けれど、たとえ二度と特異点のズレが起きないとしても、この遠征隊にはバーストの通過までに、あと二つか三つの星をおとずれる時間があるかどうかだ。そして、オーランドのあらゆる本能がヤドカリは単なるおろかな動物だと告げているけれど、その本能はどれも、ゴーシュとドロワを本能的に区別できる生物を作りだした世界とは遠くかけ離れたものだった。

ヤドカリを演じていても、決してヤドカリになることはできない。ロボットを操縦しようが、自分の身体像を作りかえようが、超曲面を這いまわろうが、だめなのだ。ひとつの精神が地球とポアンカレを、UとU*を、三次元と五次元を、両方ともうけいれられるふりをしても、意味はない。退却か、衝突地点への螺旋降下か、選択肢はふたつにひとつ。だがヤドカリになりきるには、精神をたわめるだけではだめだ。それにはまっぷたつに折れる以外に手はない。

オーランドは界面ソフトに、「船室のコピーを作れ。ここに」壁のひとつを手で示すと、それはガラスに変わった。そのむこうには、左右反転していない鏡像のように、この部屋が細部まで再現されていた。「これに五次元観境の厚みをもたせろ」見た目はなにも変化しなかったが、オーランドに見えているのは三次元に射影された影でしかない。

オーランドは決意を固めて、「では、わしをその中にクローンしろ、マクロ球生物の視覚シンボルをすべて備えた、五次元身体で」

いきなりオーランドは、五次元観境の内部にいた。笑い声をあげて、四本の腕すべてで体をだきしめ、呼吸亢進に陥らないようにする。「アリス・ネタのジョークはごめんだぞ、リアナ、頼むから」意識を集中させて、隣接する三次元の船室がむこう側に見えている四次元立方体の壁の、二次元の切片を見つけだす。それはちっぽけなのぞき穴をじっと見つめるような感じだった。もとのままのオーランド、紙人形のようなオリジナルが、ガラスに片手を押しつけていた。その身ぶりはどうやらこちらを安心させようとしているらしいが、自分がほっとしているようすが出すぎないようにもしている。だがじつは、パニックは感じていたけれど、あんな閉所恐怖を起こしそうな世界の断片にもはや閉じこめられていないと思うと、オーランドは救われた気分だった。

ひと息ついてから、「こんどはロボットの観境を接合しろ」反対側の壁が透明になり、そのむこうにポアンカレの超曲面が見えた。ロボットはまだ、ほんもののヤドカリの洞穴の入口から数デルタのところにいる。

「ロボットを除去。わしをあそこにクローンしろ、ボディ・イメージと感覚はヤドカリのものにして、それにエレナの身ぶり言語をもたせて。それから——」オーランドはためらった。（これだ、これが螺旋降下なのだ）「わしの古い体と古い感覚に関連したあらゆるシンボルを剥奪しろ」

クローンは超曲面にいた。宙に浮かぶ四次元ウィンドウ越しに、すべての色が偽熱色調に変換された五次元船室とその住人が——異星生物学者たちに推測できるかぎりのヤドカリの視覚で——見えていた。その場面のなにもかもが、物理的に存在不能なのは明白だ。シュールレアルで、不合理。三次元観境のオリジナルの船室は、小さすぎるし遠すぎてまったく見えない。おだやかに輝く風景を見まわす。いまではあらゆるものが、より自然で、より理解容易で、より調和していると思えた。

エレナはバトンを使ったヤドカリの身ぶり言語を考案していた。ほんもののヤドカリ語のふりをする意図のない人工バージョンだが、これによって市民たちは、母語ではなく身ぶりによる神経衝動や映像で考えたり、ヤドカリの身体構造のシミュレーションを乱すことなく自分の界面ソフトとコミュニケートしたりできるようになる。

クローンは十二本のバトンすべてを突きだし、界面ソフトに命じて観境を複製させてから、自分をもういちど、さらに改変を加えたかたちでクローンさせた。その改変の中には、異星生物学者が観察したほかの種の行動にもとづくものもあったし、マクロ球生物の精神構造としてありうるものについてのブランカの古いメモをもとにしたものも、あるいは、クローン自身がこの体とこの世界をもっとぴったり一致させるためにいますぐ必要だと感じているシンボルに由来するものもあった。

オーランドの三番目の改変クローンは、トンネル状につらなった観境をのぞきこんだ。直前の親のむこうに、もはや理解不能な親の親の親がひと目でも見えないかとむなしく探す。（その生物が生きていた世界がそこにはある……）しかし、その世界を名づけることも、明確に思い描くこともできなかった。オリジナルの挿話的記憶をあらわすシンボルは大部分が消えていて、もっとも強くうけ継いでいるのはなにかの切迫感だったが、失われた記憶はいまも、鋭く心をうずかせた。すじ立てもなく、意味もなく、とり戻しようもない、愛と自分のあるべき場所についての夢の名残のように。

しばらくして、窓から顔をそむけた。ヤドカリの洞穴そのものにはまだ到達できていないが、いまでは引きかえすよりも前進するほうがかんたんだった。

オーランドはパオロやヤチマからのメッセージに目もくれずに、船室を歩きまわった。七番目のクローンは九キロタウ前にロボットのコントロールを掌握すると、ほとんどすぐさま、ほんもののヤドカリをせきたてて洞穴から離れさせることに成功していた。それ以来、ロボットとヤドカリは相手を真似し、身ぶり言語で話している。

ようやくロボットがヤドカリから離れて、六番目のクローンと話しはじめると、オーランドにはほかのクローンの全員がそれを熱心に見つめているのが見えた。最初のクローンでさえ釘づけになっている。意味は理解できなくても、五次元のバトンの動きから審美的な喜びを引きだしているかのように。

オーランドは腹を締めつけられるような気分で、メッセージがクローンの鎖を自分のところまでさかのぼってくるのを待った。目的を果たしおえてしまったら、このメッセンジャーたち――クローンというより子どものようなものだ――はどうなるだろう？　架橋者は決して孤立させられることはなかった。だれもが共同体内の重なりあう大きな集団とリンクしていた。オーランドはここで、その理念（エートス）をわざと狂ったかたちで誤用したのだ。

「いい報せと悪い報せがある」壁のむこうにいる四本足のクローンは、見えない次元で頭を動かすたびに、顔の形をわずかずつ変化させていた。オーランドはガラスに歩みよった。

「知的生物なのか？　ヤドカリ――」

「そうだ。エレナは正しかった。ヤドカリは生態系に手をいれた。わしらの推測以上に。ヤドカリは気候変化や人口変動に影響されないばかりではない。突然変異も起こさんし、あらたな種があらわれても平気なのだ——ポアンカレの超新星化以外のなにごとものともせん。まわりでどんなものが進化することもありうるが、その変化のあいだもヤドカリは生態系の固定点にとどまっている」

　オーランドは呆然となった。そんな長期間の動的平衡は、地球の改変態が夢想だにしたことのなかったものだ。それは最低でも、中性子に結び目を作るのに匹敵する驚異だった。

「ヤドカリは……トランスミューターではないのか？　姿を変えた？」

　三次元に射影されたクローンの顔が、楽しげな笑いにゆらめいた。「違う！　ヤドカリはポアンカレの原住生物で、ここを立ち去ったこともなければ、旅に出たこともまったくない。まあ、そうがっかりした顔をするな。ヤドカリにも野蛮な時代はあったし、《トカゲ座》級の大災害も経験した。だが、いまではここはヤドカリの聖域だ。完璧に保護された、ヤドカリたちにとってのアトランタ。これはうらやむほかあるまい？」

　オーランドには答えようがなかった。

　クローンはつづけて、「だが、ヤドカリはトランスミューターを覚えておったよ。そしてトランスミューターがどこに行ったかも知っておった」

「どこなんだ？」もし特異点がもういちどズレるようなことがあれば、最寄りの星でもたどりついたときには手遅れかもしれない。「砂漠にいるのか？　ポリスの中で？」

「いや」

「ではどの星だ？」その場合でもまだ希望はあるかもしれない、もし遠征隊が燃料のすべてば。

を高速の片道航宙に投入して、物質としてではなく、信号として帰還することに賭けるなら

「星ではない――いや、ヤドカリが指し示せる場所ではないというべきか。トランスミューターはマクロ球のどこにもおらん」

「それは……トランスミューターがわしらのとは別の四次元宇宙にはいりこむ方法を見つけたということか？　力ずくで？」信じるのを思わずためらうような話だった。もしそれがほんとうなら、オーランドたちはあらゆる人をマクロ球につれこんで、コア・バーストの放射が通りすぎるのを待ち、それからトランスミューターのやり口を拝借して、ほかならぬ故郷の宇宙に戻れることになる――カフカやスウィフトでバーストを生きのびるロボットがいようがいまいが。

クローンはもの思わしげに微笑んだ。「かならずしもそうではない。ともかく、いい報せというのは、二番目のマクロ球が四次元であることだ」

第七部

パオロは特異点をふり返って、赤方偏移をじっと見つめた。「父のしたことを、ぼくが肩がわりしたかった」

ヤチマはいった。「オーランドを破滅させたのは、ヤドカリに架橋したことじゃありません。それにたぶん、オーランドはだれよりもあの仕事にふさわしかったでしょう」

パオロは頭をふって、「それでも、限度を超えた仕事だった」

「単なる旅の参加者のひとりでいるよりはよかったはずです。お荷物でいるよりは」

パオロはヤチマのほうをむくと、沈んだ声で、「それはわかっている」

17　1の分割

《カーター‐ツィマーマン》ポリス、U＊

五次元観境よりも先に進むのを断念したオーランドは、別れのあいさつをするために、〈長核子施設〉の射影観境でパオロを待っていた。この観境は配管と配線の密集した迷路で、実物の五次元立方体の建物内のパイプやケーブルが、満杯の立方体空間に押しこめられていた。

マクロ球には〝同位体〟というものはないが、トランスミューターは自分たちの出口地点の目印として、嘘のように純粋な耐熱性鉱物の巨大な板を使っていて、それは最初はポアンカレの回転する〝極〟――超曲面上の二次元球面で、星が自転しても空間内に固定されている――を覆っていた。その後ポアンカレの極大陸は漂流して分裂していたが、目印は融けも沈みもしておらず、ヤドカリの特使にその組成を教えてもらってしまえば、見つけるのはごくかんたんだった。その岩板の中の長い核子には、スウィフトの中性子のと同じ天の川銀河のマップが含まれていて、そのあとに二番目のマクロ球の真空と相互作用するよう設計された触媒作用のシークエンスがつづいていた。静電反発力をしのぐエネルギーをもった反レプトンで核子に衝撃をあたえれば、〝U**〟に通常物質の粒子を放出させられる。逆に、なんらかの粒子を特異点に撃ちかえせば、同じ核子‐反レプトン相互作用を制御できるだろう。

　パオロとエレナ、それにカーパルが、二番目のマクロ球につながっている隠喩的なゲートの脇に立っていた。昔の三次元身体をまとい、あとに残していく友人たちと冗談をいっている。四十六人の第二レベル遠征隊の大半は、ポアンカレの自分を凍結させて、遠征隊が戻ってこれなかったときにだけ復活させることにしていた。オーランドはそれを好ましく思った。分岐にはうんざりしていたのだ。

　パオロがオーランドを見つけて、近づいてきた。「決心は変わりませんか？」

「ああ」

「ぼくには理解できません。これから行く世界は空間三次元／時間一次元、つまり物理的には通常と同じなんです。銀河があって、惑星があって……古い世界のあらゆるものがある。それに、もしコア・バーストを生きのびようがないとわかったら――」

「そのときにはメーザーで地球に戻って、全ポリス連合にむけて自分で証拠を提示する。そのあとでなら、わしも先へ進むかもしれん。だがそれまではだめだ」

　パオロはとまどっているようだが、賛同したしるしに頭を傾けた。精神接合が流行していて、相手に伝える感情ひとそろいを礼儀として作っておかなくてはならない時代があったのを、オーランドは思いだした。あれはなんという悪夢だったことか。オーランドはしばらく息子をだきしめてから、歩み去る彼を見送った。

ヤドカリとの最初の架橋者クローンがオーランドのとなりにあらわれた——じっさいにはほんものそっくりの五次元観境に存在していて、ここには影を射影しているのだ。まったく同様に、オーランド自身の三次元身体は、五次元観境では厚みを帯びたバージョンで見えている。

クローンが口をひらいた。「あの子たちはトランスミューターを見つけ、《トカゲ座》やコア・バーストの物理学的説明を手にして戻ってくるさ。それで人々も説得されるだろう。そして多くの命が救われる。少しはうれしがれ」

「いまごろトランスミューターは、特異点から百万光年彼方にいるかもしれない。あるいは、コア・バーストの物理学的説明は理解不能かもしれない」

クローンは笑みを浮かべて、「理解不能なものなどない」

オーランドは第二レベル遠征隊の四十六人の列がゲートを通り抜けるのを待った。ヤチマが片手をあげて、呼びかけてきた。「あなた用に惑星をひとつ、とっておきますよ! ニュー・アトランタを!」

「惑星はいらん。小さな島でじゅうぶんだ」

「たしかに」ヤチマは移住ソフトウェアのアイコンに歩みいると、消え去った。

オーランドはクローンにむきなおった。「さて、どうする」ヤドカリの特使は、話をしようとする姿勢を見せなくなっていた。人間たちの事情を知った特使は、トランスミューターを追いかけるのに必要なあらゆる知識を喜んで教えてくれたが、オーランドの架橋者クローンたちを通じて異星生物学者たちが、歴史や社会学方面のこまごましたことをうるさくたずねはじめると、特使はやんわりと遠まわしに、あっちへ行け、放っておいてくれと告げた。こうして仕事のなくなった架橋者クローンたちの多くは、不安と憂鬱をつのらせていった。

最初のクローンがいう。「それはおまえがなにをしたいかによる」

オーランドは即答した。「おまえたちを全員回収したい。そして全員と融合する」

「本気でいっているのか？」クローンはふたたび笑みを浮かべ、顔がゆらめいた。「どれほどの重荷におまえは耐えられる？　二度と見ることのないだろう世界への焼けつくような思いに？　閉所恐怖に？　あるいは——」ヤドカリのバトンのように指をゆり動かして、「ある言葉を使う能力を失ったことへのいらだちに？」

オーランドは頭を横にふった。「そんなことは気にならん」

クローンは超実の肩をのばした。つけ足された二本の腕の影が縮んで、またのびる。「七番目のクローンはポアンカレに残りたがっている。とりあえずはロボットを使って、そのあいだに適切な体を合成するそうだ」

意外ではなかった。橋のいちばん低い部分は超曲面に落ちるだろう、とオーランドはずっと思っていた。「ほかの連中は？」

「ほかはみな死を望んでいる。ヤドカリは文化交流プログラムに興味がない。ここでは通訳に出番はないのだ。そしてだれも融合を望んでいない」

「それは各人の自由だ」といいながらオーランドは内心、うしろめたい安堵感に浸っていた。頭にヤドカリのシンボルをつめこまれたら発狂するだろうし、それでいて、そのシンボルや再吸収した自分たちを絶対削除しないのが自分の義務だとも感じるだろう。

クローンがいう。「だが、わしはする。わしはおまえと融合するぞ。ほんとうにおまえがその気なら」

馬鹿にされているのだろうか、それとも試されているのだろうかといぶかりながら、オーランドは自分の奇妙な双子の顔をためつすがめつした。「わしはその気だ。だが、おまえはそれをほんとうに望んでいるのか？　わしがほかの千人と融合したとき、五次元観境でのおまえの数メガタウの体験がどれほどの意味をもつ？」

「大したものではないだろうな」クローンはしぶしぶ認めた。「小さな傷。ぼんやりした痛み。自分にできると思っていたのより、ずっと大きなものをうけいれていたことがあるとほのめかすなにか」

「わしに聖域を見つけさせるだけでは、まだ不満だというのか？」

「わずかばかりな」

「わしに五次元で夢を見させたいのか？」

「ときには」

オーランドは界面ソフトに準備を整えさせて、片手をクローンにさしだした。

18 創造の中心

《カーター - ツィマーマン》ポリス、U**

二番目のマクロ球で七十九日をすごしても、パオロはまだ叫びだしそうなほどの喜びを感じることができた。特異点が位置していたのは楕円形の銀河の奥深くで、〈ピナツボ衛星〉をとりまく天空は、ふたたび星々でいっぱいだった。ポアンカレにも独自のぞっとするような美しさはあったが、なじみ深いスペクトル型の恒星が未知の星座の中にばらまかれている、異質ながらも心地よい光景にパオロは全身をおののかせ、それはマクロ球で味わってきたどんな感情ともまったく異なるものだった。

隣にすわっているエレナが、大梁から両脚をぶらぶらさせながら、「銀河間宇宙と比べた場合の銀河の大きさって、どれくらいなんだろ？」

「この宇宙での？　よく知らない」

カーパルが答えた。「観測設備のデータによる最初の概算では、ハローの定義にもよるが、約千対一だ」

「じゃ、あたしたちが最寄りの星から百万光年離れてないのは、運がよかっただけ？」

「そうか」パオロは少し考えてから、「トランスミューターは特異点の位置を選んで決められたっていうのか？　どうやって？」

「真空は真空だ」カーパルが大胆に推測する。「トランスミューターが特異点を作りだすまでは、この宇宙の時空のどの点がマクロ球かは、考えても意味がなかっただろう。その瞬間までは、区別のつかないたくさんの量子の履歴がただひと組存在しただけで、そこにあらゆる可能性が含まれていた。だからトランスミューターは、どこか特定の、前もって決められた点を押しつけられたわけではない」

エレナが、「だとしても、トランスミューターがその履歴の組をランダムに収縮させたなら、特異点が銀河間宇宙にあるのが、いちばんありそうな結果だったはず。だから、トランスミューターはとても運がよかったか、崩壊にバイアスをかけることができたかよ」

「崩壊にバイアスをかけたのだと思うね。ワームホールの形を使って。ワームホールをあるレベルの重力曲率と選択的に結びつけたのだ」

「たぶんね」エレナはいらついたように笑った。「もしトランスミューターに追いつけたなら質問しなきゃいけないことが、またひとつ」

パオロは自分たちの目的地にちらりと目をやった。ネーターは高温の、かすかに紫外線を放つ恒星で、水のない地球型惑星がふたつある。トランスミューターは一番目のマクロ球世界よりは、この四次元宇宙に定住することを選択したと思われるが、ネーター星系を新しい故郷に選んだとにあまり期待できない、とパオロは思った。トランスミューターがここへやってきたとき、ネーターは特異点にいちばん近い星でさえなく、ましてもっとも居住に適しているわけでもなかったはずだ。もしこの星系のふたつの惑星が単なる荒れ果てた星だったら、特異点がもうあとたった一回ズレただけで、コア・バーストにまにあうようにトランスミューターを見つけられる可能性は、皆無になってしまう。パオロはオーランドに、その場合でも多くの市民はマクロ球への避難をうけいれるのではないか、といってみたことがある。もしスウィフトの中性子マップの解釈が結局まちがっていて、すべてがまちがい警報だったとしたら、そのときにはマクロ球からもとの宇宙へ戻るのをさまたげるものはなにもないのだし。オーランドはそれにまったくとりあわず、「ひと握りの人間だけではだめなのだ。わしらは全員を納得させねばならん」といっただけだった。

六本の肉体人の脚を生やした体節のある虫が観境内に姿をあらわし、大梁に巻きつきながら進んできた。パオロはびっくりした。そのアイコンはハーマンのものとそっくりだったが、ハーマンは一番目のマクロ球にさえはいらなかったのだ。さらに、その虫はシグネチャー・タグをなにひとつ放っていなかった。

パオロはエレナのほうをむいて、「これはなにかのジョーク？」

エレナはカーパルに目をむけた。カーパルは頭をふりながら、「わたしたち全員に対するジョークだというなら別だが」

虫は眼柄を震わせながら、さらに近づいてくる。エレナが大声で、「あなたはだれ？」

〈ピナツボ衛星〉は万人歓迎を掲げているが、シグネチャーなしで姿を見せるのははなはだしく礼儀を欠く行為だ。

虫がハーマンの声で返事をした。「おれをハーマンと呼ぶのはいやか？」

カーパルが冷ややかに、「あなたはハーマンなのか？」

「違う」

「では、こちらもあなたをハーマンと呼びたくはないね」

虫はとてもハーマンふうな動きで左右に頭をかしげた。「ではおれを偶発事態対応係と呼べ」

エレナが、「その名前でも呼びたくないわ。あなたはだれ？」

虫は気落ちしたように見えた。「どんな種類の答えを求められているのか、わからない」

パオロは虫のアイコンを注意深く調べたが、その真の姿に関する手がかりは皆無だった。ポリスのひび割れの中で走っているきわめて風変わりなプログラムがいくつかあり、そのすべてはきちんと把握されて拘束をかけられているはずだったが、数千年紀のあいだには思いがけない場所に姿をあらわしたものも二、三あった。「おまえはどういう種類のソフトウェアなんだ？　自分でそれくらいはわかっているのか？」もし相手が市民でなければ、オペレーティング・システムのユーティリティを起動して徹底精査していいことになるのだが、まず相手に直接たずねるのが、とりあえず礼儀のような気がした。

「おれは偶発事態対応係だ」

パオロにはそんなものはまったくの初耳だった。「おまえは知性をもっていないのか？」

「いない」

「なぜなら、ぼくらの友人のアイコンを使っているんだ？」

「なぜなら、おれがその男性ではありえないことがきみたちにわかって、混乱が最小限ですむはずだからだ」もう少しで、すじの通った話だと思いこまされそうになる口調だった。

カーパルがたずねる。「それにしても、なぜわれわれと話をしている？」

「新来者を出迎えるのが、おれの機能のひとつだからだ」

パオロは笑って、「エレナとぼくはここのポリス生まれだし、カーパルの自動歓迎隊としては千五百年遅れだな」

エレナがパオロの手をつかんで、プライベートに話しかけてきた。「《C－Z》への新来者って意味じゃないみたいよ」

パオロはまじまじと虫を見つめた。それは眼柄を愛らしくふっていた。「おまえの起源はどこだ？　ポリスのどの部分？」

虫はその質問の分析に苦労しているようだった。やがて自信なさげに、「ポリス外の部分？」

「嘘だろ」パオロはエレナのほうをむいて、「本気にするなよ！　これはいたずらだって！　恒星間宇宙でハードウェアに侵入して、観境に入場して、ハーマンの真似をするなんて、だれにもできないだろ？」

虫がいった。「きみたちのデータ・プロトコルは、精査によってかんたんに確定できた。ハーマンの姿は、きみたちの精神に符号化されていたものだ」

パオロは確信がゆらぐのを感じた。トランスミューターならこんなことができるかもしれない。航宙中にポリスをまるごと読みとってデコードし、その特質や、言語や、秘密をあらわにすることが。オルフェウスのパオロたちは、〈絨毯〉相手に同様のことをした。じっさいにイカの世界にはいりこんで、コンタクトしなかった以外は。

エレナが虫にたずねる。「だれがあなたを作ったの？」

「別の偶発事態対応係だ」

「で、それを作ったのはだれ？」

「また別の偶発事態対応係だ」

「その調子でいくつの偶発事態対応係がつながってくの？」

「九千十七」

「その先は？」

その質問に虫は考えこんだ。「きみたちはいかなるレベルの非知性ソフトウェアにも興味がないのだな？」

エレナは根気強く答えた。「あたしたちはあらゆるものに興味があるけど、まず、あなたを生みだしたシステムを作った知的存在について知りたいの」

虫は足の一本を空にむけてふって、「その存在はある惑星上で進化したが、いまでは各個体は百万の星々のあいだの空間に散らばって、昔より拡散した状態にある。だからその存在の行動はきみたちよりずっと遅く、当の存在がきみたちを出迎えられないのは、それが理由なのだ」

カーパルが、「この宇宙の惑星で進化したのか？」

「いいや。きみたちと同じやりかたでこの宇宙へ来たが、道すじは同じではない」虫は入れ子になったいくつもの球の図を作って大梁の横に浮かべ、七つの宇宙の階層を抜けて上昇する経路を見せた。三つの宇宙だけをつなぐ別の経路が、いちばん上のレベルで最初の経路とぶつかっているのは、おそらく《C－Z》自身のたどってきた道すじだ。虫の製作者は、同じマクロ球経由でこの宇宙に到達したのではなかった。ポアンカレに近づいたことはないし、スウィフトなどなおのこと。その存在はトランスミューターではなかった。

パオロの中でまた疑いが頭をもたげてきた。この虫はやはりハーマンで、自分自身のイミテーションのふりをしているのではないか。じつは特異点リンク経由で予告なしに移住してきたか、密航していて隠れ家から出てきたばかりかで。たしかなのは、ほかのだれもこんなまわりくどいいたずらは仕掛けないだろうことだ。

パオロは嫌味な口調で、「レベルが七つしかない？　やけに少なくないか？」

「旅の長さがそれだけだったからな。ここを終点に選択したということだ」

「だが、レベルはもっとたくさん存在すると？　さらに先へ行くこともできた？」

「そうだ」

「なぜおまえにそんなことがわかるんだ？」

虫は図を別のものに交換して、軌道上のふたつの中性子星を示した。「きみたちはこのような系の末路に頭を悩ませているのか？」虫は真剣にパオロを見つめた。パオロは返事ができずに、うなずいた。いくらハーマンでも、《トカゲ座》をジョークのネタにはしない。

ふたつの中性子星はそれが属す宇宙を意味する半透明の平面にとらわれて、たがいのまわりをゆっくりとまわっていた。虫はさらにふたつの平面を上と下に加え、そこには星々がランダムに漂っていた。マクロ球の次元で量子ひとつ分の距離だけ離れた、隣接する宇宙だ。

「こうした宇宙の相互作用はとても弱いが、それが最大になる角運動量の臨界値がいくつかある」

カーパルが腹立たしげに割りこんだ。「われわれもそんなことは知っている！　だがその相互作用は弱すぎて、トカゲ座G－1の説明にならないだろうが！　その影響は重力放射より数桁小さい。それに軌道が螺旋を描いて暴走するはずはないのだ。系が角運動量を失って臨界値を下まわってしまえば、結合力が落ちこんで、プロセス全体がゆっくりになるのだから！」

それに対して虫が、「ひとつかふたつのレベル、または六つか七つでも、それは正しいだろう。わずかな角運動量しか、隣接する宇宙の天体とのランダムな相互作用によって失われず、影響は微々たるものにしかならない。だが各四次元宇宙は、同じマクロ球内の隣接する宇宙に六次元でとり囲まれているだけではないのだ。ほかのマクロ球の宇宙に、十次元でとり囲まれているだけでもない。無限の数のレベル、無限の数の余分な次元が存在する。だからあらゆる四次元宇宙は、無限の数の隣接する宇宙と相互作用するのだ」

図に加えられたふたつの平面は、倍になって四つに、さらに八つになり、軌道を描くふたつの中性子星を立方体で囲った。その立方体が、面の数を増やしつづける一連の多面体に変化する。面の各々は、隣接する宇宙の一部をあらわしていた。面の見わけがつかなくなって多面体が球になり、そこに群がる星々は近隣の宇宙全体のなす連続体の中で〝すぐそば〟を通過していた――そのすべてが、中性子星の連星を弱い力で引っぱっている。

「系は角運動量を失わない」虫は軌道の中心に、上をむいて平面の外を指した矢印を置いた。「したがって、相互作用の遮断によって結合力が落ちこむことはない。だが、近隣の宇宙の星と出会うごとに、角運動量のベクトルはわずかに変化する」星々が漂い去っていくにつれ、垂直だった矢がぐらつきはじめた。軌道平面からの矢の高さは通常の三次元空間での分力をあらわし、それが本来の方向からどんどん押しのけられていくにつれて、ふたつの中性子星はたがいに螺旋を描きはじめた。角運動量が中間子ジェットやほかのなにかによって発散されることはなかった。それは余分な次元のスピンに転換されていた。

カーパルは呆然とした面もちでこの動画を見ていた。エレナが腕に触れて、「だいじょうぶ？」

カーパルはうなずいた。パオロは知っていた、カーパルは《肉滅》難民のだれにも増して、まさにこれが知りたくて《ディアスポラ》に加わったのだと。カーパルはトカゲ座のふたつの中性子星が螺旋を描いてたがいに落下していくのを月から見守りながら、そのプロセスをすじの通ったものにすることができず、そして何万人もの肉体人が死んだのは、だれもその現象を説明できず、それがほんとうに起こると納得させられなかったせいなのだ。

　パオロ自身も道を見失った気分だった。トランスミューターにはいまなお追いつけずにいるが、それとはまったく別の文明の非知性ツールが、《ディアスポラ》に三つの宇宙を旅させる原因となった質問に、たったいま、ここで、あっさり答えてしまった。

　あるいは、その質問の半分に。

　パオロは、あらゆる星に質量と速度を示すゲシュタルト・タグがついた天の川銀河のマップを呼びだした。「これが読めるか？」

「ああ」さらに虫は隠しだてせずに、「きみがしようとしている質問はわかっている。コアの末路だな？」

　不意にパオロは、相手が非知性でよかったと思った。自分たちの心はすべて読まれ、どんな恋人を相手にするよりも剥きだしにされてしまう——けれど、虫が嘘をついているのでなければ、こいつはその情報の中を闇雲に進んで、パオロたちが必要としている答えを出すだけで、ポリスのライブラリ同様に意識はもっていないのだ。

「じゃあ、トランスミューターは正しかったのかまちがっていたのか？　おまえはあの予測に同意するか？」

「完全にではない。トランスミューターは遠い未来を外挿しているし、銀河というのは複雑な系だ。なにもかもを正しく予測したとは考えられない」

エレナがたずねる。「それで、どれくらい当たってるの？」

虫の答えは、「コアが崩壊するとき、そのエネルギーの大半は最終的に余分な次元のスピンになる。そのかたちのエネルギーはローカルなグラビトンと相互作用できないから、その区画は自らを事象の地平線のむこう側に閉じこめることが、そうでなかったときほど迅速にはできない。そして、閉じこめがおこなわれる前に、エネルギー密度がじゅうぶん高くなって、新しい時空の創造がはじまる」

「小型のビッグバンということか？」カーパルはそわそわと大梁から離れていった。そうすれば、ひと足早く警告を広めにいけるとでもいうように。「銀河の中央に、創造の中心が？」

「そのとおり」

エレナが、「でも、新しい時空は古いのと直交することになるの？　中心となる宇宙に対して、泡がその中に貫入するんじゃなく、直立する？」といって概略図を描いてみせた。大きな球から小さな球が生じていて、ふたつの球はひとつの狭い連結部だけでつながっている。

「そのとおりだ。だが、その小さな、銀河のコアの共有される区画は、ブラックホールを形成して切り離される前に、極端な温度に達するだろう」

「極端って、どれくらい？」

「半径五万光年以内の原子核を分裂させるほどの高温。銀河の中ではなにも生きのびられない」

エレナが口を閉ざす。パオロは思った。そんなことが起きても、この宇宙ではなんの徴候も見られないだろう。千億の世界が消滅しても、遠方の超新星と違って、それをしるす針の穴のような輝きすらない。目に見えない黙示録的終末。

偶発事態対応係が人間たちの状況になんの同情も感じていないのは、パオロもわかっていた。それにできるのは、はるか昔にプログラムされた形式的な言葉を、最良の翻訳で発することだけだ。それでも、それが伝達するメッセージは、時間や、スケールや、文化に架橋しようとしていた。

虫はこういったのだ。「きみたちの同朋をつれてきたまえ。この宇宙では喜んで迎えいれるよ。あらゆる人のための場所が、じゅうぶんにあるのだから」

第八部

ヤチマは、同程度にドップラー偏移した星々が天空に形作る同心状の色の三次元球面が、目的地にむかって収束するようすがお気にいりだった。それは何本もの円形の帯でできた通常の星虹よりも、はるかにずっと強調されているように見える。ワイルの映像をぴったりと覆うその同心状三次元球面は、こんどこそ、トランスミューターをとり逃がすことはないと約束しているかのようだ。

パオロがいった。「話はこれで終わった、と思うんだが。そこから先は、ぼくらよりむこうのほうがよく知っている領域だろう」

「かもしれません」ヤチマは口ごもった。「でもまだ、トランスミューターが知りたがるかもしれないことが、ひとつだけあります」

「なんだ？」

「あなたですよ、パオロ。あなたは必要な情報をすべて手にいれた。《ディアスポラ》のすべてを、実行した甲斐のあるものにしたのは、あなたです。じゃあ、あなたがこうして旅をつづけることを選んだのは、なぜですか？」

19　追　跡

《カーター‐ツィマーマン》ポリス、U**

通信タイムラグを最小限に切りつめるため、ポリスは特異点に戻った。ポアンカレ《C‐Z》では、〝汚染された〟二番目のマクロ球のクローンから自分たちを隔離するという話も出ていたが、パオロはそれを無意味だと思った。偶発事態対応係はハードウェアを分子レベルで操作してポリスに侵入したのであって、特異点を通って送りもどされる単なるソフトウェアには逆立ちしてもそんな芸当はできない。だが隔離を主張する一派も、自ら理づめで考えてすぐにパラノイアを脱するだろうから、パオロはそれでよしと思うことにした。ポアンカレ《C‐Z》とは、自分がそこにいるのと同じくらいかんたんに影響をあたえあえるので、パオロはどうしても自らそこに戻りたいという気持ちにはならなかった。

偶発事態対応係のメッセージそのものは、ポアンカレ《C‐Z》に伝えられた。そこにパオロの出番はなかった。対応係の無限次元版コズチ理論のチェックが独自に（汚染されていないポアンカレのポリスで）実行され、それがトカゲ座G‐1のデータと完璧に一致し、コアについてもトランスミューターのと同じおそろしい予測を生みだすことが確認されると同時に、オーランドがその報せを広めるために自らメーザーで旅立って、その途中でスウィフトの自分と融合したのだ。《ディアスポラ》船団全体が、さらにグレイズナーも含めて、スウィフトの二百五十光年の範囲内にいたので、特異点のあらたなズレがよほど不運なタイミングで起こらないかぎり、脱出のチャンスはだれにでもあるはずだった。全能に近い星歩き（スター・ストライダー）——対応係を作りだした存在はこう呼ばれるようになっていた——を信じられない人は、一番目のマクロ球にとどまっていることができる。オーランドと、スウィフトのバージョンのヤチマやカーパルとのあいだで、物質世界との接触を完全には失っていない人々すべてを説得するという話がいつのまにか成立しただろうことを、パオロは疑わなかった。オルフェウスの〈絨毯〉の分子シークエンスをマクロ球にもちこんで、別の世界で再播種することとさえ可能だ。

この状況は望みうる最善のものだったが、パオロは欲求不満で、恥ずかしく、自分は不要だと感じていた。自分がトランスミューターのマップの意味に意地になって異を唱えた理由が、《トカゲ座》にあるのはわかっている——あらゆるものをオーランドの苦悩やオーランドの失ったものを基準にして測ることに、うんざりしていたのだ。ポアンカレのときも、自ら犠牲になって二番目のマクロ球への道をひらいたのは、オーランドだった。パオロは特異点を通り抜けたにすぎず、そうしたら真実が対価なしで手の中に落ちてきた。そしていまパオロは、オーランドが意気揚々と帰還して全ポリス連合を避難所に導くのを待ちながら、今後五百年間をすごす、という状況に置かれている。

対応係はパオロに、銀河の六千の文明について話した。種々の生化学やボディ・プランをもつ有機生物もいるし、ポリスやロボットの中で走るソフトウェアも、その中間に位置する分類不能なハイブリッドもいる。二番目のマクロ球の原住生物もいるし、スター・ストライダーと同じくらい遠くの出身のものもいる。天の川銀河生まれの文明も十二あって、それはトランスミューターのメッセージを解読してあとを追ってきたか、自力で同じ結論に達して同じテクノロジーを作りあげたか、どちらかだった。

だからこの宇宙には、連合の未来の姿のモデルとして参考にできる文化がいくらでもあった。正しいプロトコルに従えば、そうした文化の大半は、かつての自分たちがそうであったようなどうしようもない後進の新参者である連合と、なんらかのかたちのコンタクトをとってくれるだろう。

けれど、トランスミューターはここにとどまっていなかった。スター・ストライダーのあとでこの宇宙にはいってきて、しばらくストライダーと話をしてから、先へ進んだのだ。

ヤチマの計画を耳にしたパオロは、その足でエレナをたずねた。いまのエレナの専用観境は、架空のガス巨星の潮汐力で固定された月の、緑繁るジャングルだった。縞模様の惑星が、空の三分の一を占めている。

パオロの話をきいたエレナは、「理由は？　トランスミューターのあとを追ってなんになるの？　この宇宙には、トランスミューターと同じテクノロジーをもった種族がいる。六千んでいるんだ」

「トランスミューターはコア・バーストから逃げてきただけじゃない。脱出以上のことを望の文化の中で、トランスミューターのなにがそんなに特別なの？」

エレナは、それでは納得できないという表情で、「この宇宙の種族のほとんどは、コア・バーストとなんの関係もないでしょ。この銀河生まれの文化が千以上あるんだから」

「そしてそういう文化は、ぼくが戻ってくるときも、すべてここにあるよ。ぼくといっしょに行かないか？」パオロはすがるようにエレナと視線をあわせた。

エレナは声をあげて笑った。「どうしてあたしがいっしょに行かなきゃなの？　自分が行く理由だってわかってないくせに」

ふたりはキロタウにわたって議論した。愛を交わしたが、それでなにも変わりはしなかった。パオロはエレナが困惑しつつもうけいれようとしているのを直接感じ、エレナはパオロのいらだちを理解した。けれど、それでふたりの距離が縮まることはなかった。

パオロは体から汗のしずくをぬぐった。「きみの記憶を封印してもいいかい？　といっても、感覚のすぐ下のレベルにだ。ぼくが正気でいるためなんだけれど？」

エレナは悩み深げなふりをしてため息をついた。「あたりまえでしょ、お馬鹿さん！　あたしの心の鍵をあなたの旅にもっていってよ、あたしはあなたのを自分の旅にもっていくから」

「きみの旅って？」

「この宇宙には六千の文化があるのよ、パオロ。あたしは《ディアスポラ》船団の残りが追いついてくるのを待って、特異点のそばで五百年間もぶらぶらする気はないの」

「くれぐれも気をつけろよ」

（六千の文明。だとしたら、ぼくはエレナを失わなくてもいいんじゃないか）一瞬、パオロは決心を変えかけた。

エレナは落ちついて、満足げに答えた。「わかってる」

20　不変性

《ヤチマ‐ヴェネティ》ポリス、U^{n*}

二番目のマクロ球の天空の眺めは、ヤチマの心を乱した。どの星の組みあわせが別個のストライダーの個体の像なのだろう、と考えつづけてしまう。対応係を信じるなら、各星系のローカル・コンピューティング・ノードは幅わずか数ミリで、数光年離れたほかのノードとの通信に使われているパルスは、非常に弱く、きわめて照準がしぼられていて、波長はあまりに予測不能で、とても巧妙に符号化されているので、その存在に気づくことなく千の恒星間文明が素通りしたという。対応係は自分の物理的インフラストラクチャーの特質を明かすのを拒んだが、ポリスの防御を突破したからには、フェムトマシン・レベル以下で作動しているのはまちがいない。総合的な仮説のひとつは、ストライダーは銀河じゅうの仮想真空ワームホールにコンピューティング・デバイスを織りこんでいて、偶発事態対応係はあらゆるものに浸透しながら空っぽの空間で走っているというものだった。

パオロが声をかけてきた。「種子を投下する」

「どうぞ」

パオロは人工衛星のふたつの大梁のあいだで気を引きしめると、ひと握りの突入カプセルを軌道の反対方向に投げた。ヤチマは微笑んだ。あまりに芝居がかっていたからだ。カプセルの実物はその身ぶりに反応して発射され、観境がいつパオロの芝居を見せるのをやめて、ほんものの外部映像に切りかえたかは、ヤチマにはわからなかった。

眼下の惑星、コズチは、水星サイズで、同じくらいに高温だった。スウィフト同様、コズチも重い同位体で印を押されていて、数百光年彼方からでも際だっていた。トランスミューターがとりあえずこの航路をたどったのは、まちがいない。突入カプセル内のナノマシンが中性子操作システムを作りあげ、つづいて三番目のマクロ球内にポリスを組みたてる。なにをすべきかわかってしまえば、この手順全体は恒星間航宙よりも楽だった。

ヤチマがパオロに、「ポアンカレのときと同じ標識(マーカー)を、トランスミューターが繰りかえし使ってくれていればいいんですが。六次元宇宙ごとに、トランスミューターが通過していったのを覚えているなにものかを見つけなくてはならないとしたら、このプロセスは非常にゆっくりしたものになってしまいます」

パオロの返事は、あきらかになにげなさを装っていた。「そのときは、ぼくがどんな相手とでも架橋するよ。全然かまわない」

「それは心強い」

パオロが、「トランスミューターがぼくらの宇宙の出身だと決まったわけじゃないんだ。

あの宇宙の生物に見つけられるようにコア・バーストのマップは残したけれど、トランスミューターは低いレベルから来てぼくらの宇宙を通過していっただけで、自分たちはバーストから逃げていたわけじゃなかったのかもしれない」

「だからトランスミューターは六次元のほうが得意だと？」

パオロは肩をすくめた。「ぼくはただ、どんな前提ももうけるべきじゃないといっているだけだ」

「同意します」

ふたりの下に広がる惑星コズチの表面の一点から、巨大な黒い円盤が急速に広がっていった。次のマクロ球への純粋に隠喩的なゲートだ。《C－Z》のだれひとり、まちがってもほんものそっくりの観境をこんな抽象主義的表現でけがそうとしなかったころもあったな、とヤチマは思った。黒い円盤の中に見えるまばらな星は、新しいポリスの観測室からの眺望を二次元射影したものだ。

ヤチマは拡大していく井戸を見おろした。「わたしがこんなことをするのは、精神種子の中に選択の不適切なフィールドがあったからです。あなたはどんな理由をつけますか？」

パオロの返事はなかった。

ヤチマは顔をあげた。「まあ、あなたはいい道づれになるでしょう」

ヤチマが象徴的行為として人工衛星の大梁を下に引っぱると、衛星はゲートにむけて垂直に落ちていった。

三番目のマクロ球の特異点にいちばん近い星は、ポアンカレ以上に生命豊かだったが、マーカーは見つからなかったし、次の目標をたずねることのできるあきらかな知的種族もいなかった。

次の星には生命がいないか、少なくとも薄くてもろい固体の大陸上で生命が進化したとは思えないほどに、熱くて嵐が吹き荒れていた。仮にマグマの海の中でなにかが生きているとしても、ふたりにそれを突きとめる能力はなかった。

第三の星はずっと古く、冷えていて、完全に固まった地殻をもっていた。軌道上からも容易に見てとれる巨大な舗装道路網が、星をとりまいている。道路が縦横に交差するこの超曲面は、古代の夢物語(ファンタジィ)に出てきた銀河版ローマ帝国から、邪魔な真空をとり除いたもののように見えた。

ヤチマはこれを見て、「見つけました。トランスミューターです」

だが星に近づくと、地上からはなんの信号も発信されていなかった。失って久しい友人の模造品が、出迎えとして観境に姿をあらわすこともなかった。真空に編みこまれた不可視の防御手段で、空から焼きはらわれもしなかった。

プローブの第二波によって、舗装道路がどんな都市なり構造物なりを結んでいるにせよ、それはほとんど均一な、星と同じ幅がある瓦礫の層の下深くに埋もれているのがあきらかになった。まるで星の内部深くでなんらかの原子核／化学反応経路のスイッチがはいるか切れるかして、地殻が突然収縮したかのようだ。だから舗装道路網が姿を保っているのは、それだけで驚きだった。ほかにはなにも残らなかったのだから。

第四の星では原始生命の痕跡が見つかったが、ヤチマとパオロがそこにとどまって証拠をじっくり検分することはなかった。ポアンカレのものと同じ純粋な鉱物でできたマーカー板が、今回は極球にずっと近いところにあったからだ。

ヤチマとパオロはこの第四の星をヤン‐ミルズと名づけた。天体ひとつにつき人物ひとりだけというのがこれまでの《ディアスポラ》のルールだが、この有名なふたり組を別々の宇宙に引き離すのも、一方にゲートのある星をあたえ、もう一方には重要性の劣る記念物をというのも、正しいこととは思えなかった。

ヤチマは〈長核子施設〉の完成を待ちながら、U*《C‐Z》に到着したコア・バースト避難民の第一波の映像が、ふたつの特異点経由で中継されてきたのを眺めた。ブランカの姿が見えたし、ガブリエルはふたりいた。融合に同意しないバージョンのガブリエルが何人かいたにちがいない。ヤチマはイノシロウを探したが、避難民は全員が《ディアスポラ》船団から来ていた。地球からはまだだれもやってきていない。

四番目のマクロ球では、近傍の百の星系に遠隔分光分析を実施した。重い同位体で標識された惑星がひとつ、二百七十光年彼方にあった。ふたりはそれをブランカと命名した。ふたりがその星に着いたときには、コア・バーストがスウィフトを滅ぼし、故郷の宇宙からの移住そのものが古代史になっているだろう。

ヤチマは界面ソフトに、その旅のあいだ自分を凍結させていた。覚醒して、専用観境から〈ピナツボ衛星〉にジャンプしたヤチマに、パオロがうつろな声で、「ぼくらは接触を失った」

「どうして？　どこでです？」

「ヤン＝ミルズを周回するポリスが、特異点ステーションと通信できなくなっている。ビーコンが天空から消えてしまったらしい」

それをきいて、ヤチマはまず安堵した。ステーションの通信ハードウェアの不調は、特異点のひとつがズレたり崩壊したりするほどの問題ではない。これでもう低いレベルからのニュースは受信できなくなるが、ふたりが故障しやすいハードウェアを途中で修理しつつ、低いレベルへ物質として帰還することをさまたげるものがあるわけではなかった。

ただし、ステーションが遠方のポリスとの接触を失っただけでなく、すぐ脇にあるプランク・サイズの特異点の痕跡まで見失ったのでなければだ。その場合は二番目のマクロ球全体が、干し草の山の中の一本の繊維(ファイバー)のように姿を消すだろう。

ヤチマはパオロのゲシュタルトを読もうとした。パオロはもちろんヤチマより先に、同じすじ書きを考えていたはずだ。「だいじょうぶですか？」

パオロは肩をすくめた。「危険を承知でやっていることなんだから」

「あなたがそうしたければ、いつでも引きかえせます」

「もしステーションの被害が深刻なものだったら、とっくに手遅れだよ。特異点はすでに見失われているか、いないかだ。どのみち、ぼくらがステーションに引きかえすまで数千年かかっても、これっぽっちも違いは生じない」

「わたしたちが自分の運命を知るのを、早くできる以外は」

パオロは迷いのない笑みを浮かべて、頭をふった。「もしステーションに引きかえして、通信リンク以外のすべてが完璧に機能しているとわかったら？　自分たちがどうしようもない馬鹿に思えるだろうね。数世紀を棒にふったんだから」

「わたしたちはこの宇宙で前進をつづけ、かわりに自分たちのクローンを三番目のマクロ球に送りかえして、そこのポリスでステーションまで行かせ、点検させることはできます」

パオロはいらだたしげに、惑星ブランカのクレーターだらけの表面を見おろした。「それはやりたくない。もう自分を分裂させるのはごめんだ、それも自分の半分だけが戻るために。きみは？」

ヤチマは答えた。「ごめんですね」

「じゃあ、種子を投下して、先に進もう」

パオロは四番目のマクロ球での時間のいくらかを覚醒してすごすあいだに、五プラス一次元物理学に没頭して、飛躍的に性能の向上した分光器を設計してのけた。この分光器を使って、ふたりは五番目のマクロ球の特異点の近傍から、その宇宙で特異点に二番目に近い星にトランスミューターのマーカーがあるのを突きとめ、その星をワイルと名づけた。

　ワイルでは、マーカーはまだ自転極を覆っていた。

　ヤチマは界面ソフトに、ワイルへの行程の中間点で自分を冬眠から目ざめさせた。五次元空間バージョンの〈ピナツボ衛星〉に立ったヤチマは、星のまばらな天空に自分が溶けていくような気分を味わった。この宇宙の真空ひとつかみごとに、どれだけの宇宙が含まれているかを問うても意味はない。対応係が明かした真実は、つまりは故郷の宇宙でさえ、その下には無限の数のレベルがあるということだった。

　もしかすると、生命や文明、宇宙航行者や長い粒子のエンジニアは、どの宇宙にも存在するのかもしれない。けれどストライダーでさえ、あるいはトランスミューターでさえ、上昇してこれたのは有限の距離だけだ。別の種族が《ディアスポラ》をおこなっていて、それはヤチマたちの故郷の宇宙の十万レベル下からゆっくりと上昇しつつあるのだが、天の川銀河に生まれたなにものもその存在を知らずに終わる、ということもありうるだろう。

　けれど、ヤチマたち自身の《ディアスポラ》は、すでにトランスミューターのものと重複する部分がある。まわりの空間が無限でも、足跡をしっかりたどっていけば、トランスミューターを見失うことはありえない。追いつくのは、時間と根気の問題にすぎなかった。

　やがてパオロも覚醒して、ヤチマに合流した。ふたりは大梁に腰かけて、トランスミューターと遭遇したときどうするかを考えた。そして話しあえばあうほど、ヤチマはこの先の旅が長くないという確信を深めていった。

六番目のマクロ球では、特異点から十億キロメートルの空間にひとつの遺物が漂っていた。それはおおよそ回転楕円体だが形状は不規則で、幅は二百四十キロメートル――大きな小惑星と同じくらいのサイズだ。穴だらけではないが、そこはデブリでいっぱいのどの星系からもかなり離れている。地表は形成後百ないし二百万年と思われた。

かすかな星の光の中でスペクトルを入手するのは困難で、なんらかの生命の徴候がないか、なにもせずに一メガタウ待ち、そのあと幅広いスペクトルの無線と赤外線の信号への反応をさらに同じ期間待ってから、ふたりはあえて地表をレーザーでそっとかすめてみることで、意見が一致した。

報復で火葬にされることはなかった。

恒星間ガスと恒星間塵による汚染を別にすると、地表は純粋な石英、二酸化珪素だった。珪素30と酸素18、各元素のもっとも重い安定な同位体だ。遺物は周囲と熱平衡にあるように見えたが、だからといってそこに生物がいないことにはならない。廃熱やエントロピーは、有限の期間であれば、内部に隠されたシンクに捨てることができる。

ふたりは遺物にマイクロプローブを着地させ、微弱な地震波で内部を断層撮影した。それはどこもかしこもまったく密度が同一の、均一な石英の固体だったが、その手法で得られるのは約一ミリメートルの分解能が限界だ。もっと小さい構造物は解明できない。

パオロが推論を述べる。「これは機能しているポリスかもしれない。通過可能なワームホールを通せばエネルギーは出しいれできる」

「あなたのいうとおりだとしたら、むこうはわざとわたしたちを無視しているんですか？　それとも、外の世界などどうでもいいんでしょうか？」《アシュトン‐ラバル》の市民たちでさえ、自分たちのポリスの外殻をなにものかがレーザーで叩いたら、即座に気づくだろう。

「いまは無視しているとしても、わたしたちがなにか侵入的行為をしてむこうの注意を引いたときには、どうなるでしょうね？」

パオロがいった。「コンタクトしていただけるかどうか知るために、ぼくらは千年待てるじゃないか」

ふたりはフェムトマシンの小さな群れを送りだして、地表に穴を掘らせた。数メートル下で、構造が見つかった。石英の中の、小さな欠陥のパターン。統計分析は、欠陥がランダムではないことを示した。ここに見られる空間的相関関係が偶然に生じる確率は、無限小だ。けれど結晶全体は静的で完全に不変だった。

それはポリスではない。データの貯蔵所なのだ。

それは規模だけでも圧倒的だった。データはその分子ストレージとほとんど同じくらい高密度につめこまれ、なおかつ遺物の体積はポリスの五百兆倍ある。ふたりはパターン分析ソフトウェアを走らせ、細片や断片の意味をとろうとしたが、なにも見えてこなかった。フェムトマシンがさらに深く掘りすすみ、ソフトウェアが問題と熱心にとりくむあいだ、ふたりは一世紀間高速化した。

高速化してさらに一千年期。解読不能な物質にとり囲まれた欠陥のパターンとして銀河の古い地図が書きこまれているのを、フェムトマシンが見つけた。これに元気づけられて、ふたりはさらに千年間高速化したが、ソフトウェアはほかのどのデータのストレージ・プロトコルもデコードできなかった。これでもまだ、ふたりは貯蔵所のサンプル採取に着手したばかりに等しいが、このすべてを読めたとしても、結局いま以上のなにも理解できないのではないかという気がヤチマはした。

前ぶれもなく、パオロが感情を欠いた声でいった。「父は死んでいるだろう。二番目のマクロ球の辺境惑星にでも暮らす、肉体人の曾々孫たちだけをあとに残して」

「あなたのほかのバージョンたちがオーランドを訪ねたでしょう。子どもたちにも会って。お別れをいって」

パオロは先祖型の姿になると、涙を流して泣いた。ヤチマはいった。「オーランドは架橋者でした。あなたを生みだしたのは、ほかの文化に触れるためだったんです。あなたが行けるかぎりの遠くまで行くのを、望んでいたでしょう」

遺物の表面は長い中性子でいっぱいで、これまでのものと同じ触媒作用を果たしていた。そしてコア・バーストのマップも、ワームホールのシークエンスに符号化されていた――けれどこの宇宙では、真空の最小のゆらぎですら、天の川銀河をひとのみにするどんな天変地異よりも想像を絶するほどのたいへんなできごとだった。

ふたりは中性子のサンプルをとって、七番目のマクロ球に新しいポリスを組みたてると、そこに移動した。

そこでも別の遺物が特異点の近くに漂っていて、それはふたりがポアンカレではじめて見たマーカー鉱物でできていた。

その遺物は冷たく不活性で、六番目のマクロ球にあったひとつ目のと同じ種類の極微の欠陥に満ちていた。貯蔵されているデータもひとつ目のと同一かどうかは、知りようがない。ふたりにできるのは、それぞれの小さなサンプルを比較することだけ。ソフトウェアが両者で一致するシークエンスをいくつか見つけ、それは両方の結晶で比較的頻繁に繰りかえされているビット列だった。ストレージ・プロトコルは不明瞭なままだったが、おそらくは同一だろう。

ヤチマがパオロに、「わたしたちはいつでも引きかえせます」

「それはもういわないでくれ！　ほんとうじゃないとわかっているくせに」パオロの笑いには辛辣さより諦観がにじんでいた。「ぼくらは六千年を浪費した。自分たちの同朋を赤の他人に変えてしまった」

「それは程度の問題です。引きかえすのが早ければ、その分、再適応も楽になるでしょう」

パオロは気持ちを変えなかった。「もはや成果なしに戻ることはできないよ。なんの得にもならないからとここでやめたら、まずなにより、この探索はそもそも無価値だったことになってしまう」

八番目のマクロ球にはまた別の遺物があって、その次のマクロ球にはさらに別のがあった。同じ次元の遺物どうしで形状とサイズが似ているのが意味ありげで、不規則な微小クレーターを別にすると、差異はほとんど測定不能だった。位置的に各遺物の同じ場所から、相関関係を探せるように最善を尽くしてフェムトマシンの経路を設定した上でサンプルをとると、データの大部分は同一のものになった。だが、すべてがではなかった。

そのパターンは十番目のマクロ球でも、十一番目でも、十二番目でも変わらなかった。遺物の形状はわずかだけ変わった。各遺物の対応する位置で採取した各百京バイトのうち、十から二十パーセントが異なっていた。

パオロが指摘する。「これはオルフェウスの〈絨毯〉のタイルの列と似ている。ぼくらがそこに働く力学を知らないだけで。フレームからフレームへ移動するルールを」

ヤチマは徹底した調査によってそのルールを完全に解明するというやりかたを、じっくり検討した。「こんなことをつづけてもなんにもなりません。遺物にいちいち手間暇注ぐのをやめて、トランスミューターの姿をそのテクノロジーから推定すべきです」

パオロは真剣にうなずいた。「同意見だ。この物体がなんのためにあるのかをいちばん手っとり早く知る方法は、作り主にきくことだからな」

ふたりは必要に応じた高速化、解凍、クローンを自分の界面ソフトにまかせられるよう、そのプロセスを自動化した。ふたりは自らに八次元の感覚をあたえて、八次元観境〈ピナッボ衛星〉の大梁に腰かけ、三次元と五次元の細長い遺物が直角に交わる組になって、交代で視野にはいってきては去っていくのを眺めていた。マクロ球からマクロ球へ、次元から次元へつながる螺旋階段の周囲を、ぐるぐるまわっているかのようだ。

九十三番目のレベルに到達したとき、ポリスと十二番目のレベルの特異点との接触が失われた。

二百七番目のレベルでは、二十六番目の特異点が一万年間ズレた。

ヤチマはパニックの大波に襲われた。「わたしたちは大馬鹿者だ。これは永遠につづくんですよ。トランスミューターはわたしたちの一歩先にいて、わたしたちがジャンプするのと同じ速さでこの物体を作っているんだから」

「本気でいっていないだろ。スウィフトにいたとき、きみはぼくに、トランスミューターに悪意はないといわなかったっけ？」

「ちょうど考えが変わったんです」

特異点の鎖が途切れた部分を報告するソフトウェアを黙らせることで、ふたりは同意した。戻るつもりがないのなら、悪い報せに気を散らされるのは無駄というものだ。

遺物はゆっくりと変化していった。

やがて、一兆番目のレベルをすぎると、突然あらゆる宇宙で遺物がふたつずつあらわれるようになった。真空で数百キロメートル隔てられてはいるが、相対的な位置はどの宇宙でも厳密に固定されている。

ヤチマはパオロにたずねた。「停止して、あれがどういう仕組みか知りたいですか？」

「いいや」

各宇宙間のリンクを完成させるのに必要な実時間は変えようがなかったが、ふたりはさらに高速化して、十個ごと、百個ごと、千個ごとのレベルしか認知できないようになった。

各宇宙に三つ目の遺物があらわれるようになり、さらにもうひとつ増えた。

それから各宇宙ごとに遺物のすべてが漂い集まりはじめ、レベルを追うごとに近づいて、ついには合体した。

こんどはひとつまたひとつと、三つの新しい遺物が出現して、中央の合体した大きな遺物に引き寄せられていった。そのすべてが中央のものと融合をはじめたとたん、あらたな四つ目が分離した。大きな遺物は形状を変えて、より回転楕円体に近くなる。それは収縮し、大きくなり、収縮して、消滅した。残ったのは、あとから出現した小さい遺物の組のうち、融合時に分離したものだけで、それはふたりがはじめてその種の遺物を目にした六番目のマクロ球のものと、だいたい同じサイズだった。

それはつづく十兆のレベルのそれぞれに存在し、ごくわずかしか変化しなかったが、やがていきなり、もともとのサイズの十分の一、百分の一に収縮していった。

そして、消滅。

ふたりは上昇をそこで停止させた。

最後の特異点——故郷の宇宙から二百六十七兆九千四十一億七千六百三十八万三千五十四レベル——は、空っぽの恒星間宇宙にあった。

ふたりは観境と自分たちを三次元バージョンに戻して、周囲を見まわした。そこは渦状銀河の円盤平面で、天空をとり囲む星の帯は、まるで失われた天の川銀河のよう。パオロは大梁の上で体をゆすりながら、笑い声をあげた。

ヤチマは観測設備を使ってチェックした。視界には新しいスウィフトはなく、上位宇宙に通じるあらたな長い中性子の入口もなかった。トランスミューターがどこかにいるものだとするならば、それはこの宇宙だ。

「さてどうします？　どこを見ればトランスミューターがいるのでしょう？」

パオロは大梁を握ってそのまわりを回転すると、宇宙にむけて飛びだした。そして酔っぱらったように宙返りして〈衛星〉から遠ざかっていったが、やがて物理法則を破ってスピンしながら戻ってきた。

そしていった。「ぼくらはちゃんと前を見ている」

「前にはなにもありませんよ」

「ここでのことじゃない。それはもう終わったんだ。ぼくらはそのすべてを見てきた」

「どういうことです？」

パオロは目を閉じると、言葉を押しだすように、「遺物はポリ、、、ス、だっ、た、ん、だ。ほかにありえないだろ？　ただ、ひとつの固定されたポリスの中でデータを交換するのではなく……トランスミューターはレベルごとに次々と、新しいポリスを組みたてつづけたんだ」

ヤチマはこの話をのみこんだ。「じゃあ、なぜここでやめたんですか？」

「それ以上することがなくなったからさ」パオロのゲシュタルトは、自分たちの探索が失敗に終わったことに対する喜劇的苦悩と、探索が完了したことから来る高揚感のあいだとで、ゆれているように見えた。「トランスミューターは、自分たちの生まれた世界の外で見たいと思っていたものを――少なくとも六つの宇宙を上昇するあいだに――見つくして、そのあと二百兆クロック刻みを、それについて考えてすごした。抽象的な観境を作ったり、芸術を生みだしたり、自分たちの歴史をふり返ったり。具体的なことはわからない。ぼくらには絶対解読できないだろう。なにが起きていたのか、たしかなことはわからないままだろう。でも、そんな必要はない。秘密を追いかけて、データを漁りまわりたいか？　墓を荒らしたいか？」

ヤチマは頭を横にふった。

パオロはつづけて、「だがぼくには、遺物の形状の意味はわからない。サイズや数の変化についても」

「わたしはわかったみたいです」

ひとまとめにした遺物は、十の十五乗以上の次元にまたがる巨大な彫像を形作った。トランスミューターは、いくつもの宇宙をもかすませるような彫像を作りあげたのだが、それぞれの宇宙にはほんの軽くしか触れていなかった。宇宙をまるごと瓦礫にすることもなかったし、自分たちのイメージどおりに銀河の形を変えてしまうこともなかった。どこか遠い、有限の世界で進化したとき、トランスミューターは生きのびるためになによりもいちばん価値のある特質をうけ継いでいた。

自制。

彫像のモデルをいじりまわしていたヤチマは、やがてその正しい組みたてかたを見つけた。観境を五次元に変換して、手にしたモデルをパオロに見せる。

それは脚が四本、腕が四本の生物で、腕の一本を頭上高くにのばしている。指はない。たぶんこれは、先祖型の姿の、様式化された、《移入》後バージョンなのかもしれない。足の一本の先は、六番目のマクロ球にはいりこんでいた。上にのばされたトランスミューターの腕のいちばん高いところは、いまヤチマたちがいるレベルのすぐ下にあって、さらに上にむかってのばされていた。

無限の数の上のレベルにむかって。その生物が決して見ることも、決して触れることも、決して理解することもないだろう、すべての世界にむかって。

ふたりは通信途絶の記録を調べた。途切れたリンクが七百万以上あり、確認できたズレは総計で九百億年以上におよんだ。統計的に考えると、少なくとも何百兆もつらなった特異点のうちのひとつとして、これまでに機械が見失っていないのは、信じがたいことだった。だが、たとえふたりが二番目のマクロ球へ——あるいは、その宇宙の星々が燃えつきて、住むものがいなくなっていたなら、いくつか上のレベルへ——戻れたとしても、そこでふたりを待つものはなにもない。ふたりの知っていた地球文化は、二番目のマクロ球のほかの文化と融合しているか、単に発展して面影もなくなっているだろう。

　ヤチマは航宙日誌からのゲシュタルト流を終了させて、星でいっぱいの観境を見まわした。

「こんどはどうします？」

　パオロが答えた。「ぼくのほかのバージョンたちは、ぼくにできるありとあらゆることをやってしまっているだろう。そしてぼくがこの宇宙で送ることのできるどんな人生よりも、すばらしい一生を生きたと思う」

「わたしたちは旅をつづけることができます。この宇宙の文明を探して」

「それは長くてさみしい道行きになるだろうな」

「もっと同行者がほしければ、いつでも何人か作れますよ」

　パオロは笑って、「きみのアイコンはほんとうに美しいけれどね、ヤチマ、ぼくらふたりがいっしょに精神胚を作っているところというのは、想像できないな」

「そうなんですか？」しばらくしてから、ヤチマはまた口をひらいた。「わたしは立ち止まる気になれません。いまはまだ。あなたはひとりきりで死ぬのがこわいのですか？」

「それは死とは違う」パオロはいまでは平静になって、すっかり決心を固めたようだった。

「トランスミューターは死んだわけじゃない。自分たちの中のありとあらゆる可能性を演じきったんだ。そしてU**のぼくも同じことをやりおえたにちがいないと思う……ひょっとして、まだどこかでやっている途中かもしれないな。けれどこのぼくは、見つけようとしていたものをこの宇宙で見つけた。ぼくにはもうなにも残されていない。それは死じゃないよ。完結というんだ」

「わかりました」

パオロは先祖型の姿になると、たちまち身震いしながら汗を流しはじめた。「まったく。肉体人の本能ってやつは。こんなことするんじゃなかったな」もとの姿に戻って、安堵に笑い声をあげる。「こっちのほうがいい」そしてためらってから、「きみはどうする？」

「探査を進めるつもりです」

パオロはヤチマの肩に触れた。「では、幸運を」

パオロは目を閉じると、トランスミューターのあとにつづいた。

ヤチマは押しよせる悲しみの波に全身を洗われたが、パオロは正しいことをいったのだ。ほかのバージョンたちがパオロのかわりの人生を送り、なにひとつ失われてはいない。

そして悲しみが引いて孤独に変わるにつれて、ヤチマも同じ理屈を自分にあてはめようという気になった。ヤチマ自身のクローンが、ヤチマの考えるあらゆることを、そしてもっと多くのことを、ずっと前にやりおえているにちがいない、と。

だが、それではじゅうぶんではなかった。ヤチマが自らの手でやり遂げる必要のある発見が、まだいくつかある。

ヤチマはこの宇宙の天空を、最後にもういちど眺めわたしたあと、《コニシ》からずっといっしょに運んできた〈真理鉱山〉にジャンプした。

ヤチマがありとあらゆる自分の姿を演じきり、完結にいたるためには、意識の不変量を発見することが不可欠だった。自分の精神のパラメータのうち、孤児の精神胚から、とり残された探査者にいたるまでの、すべての過程を通じて変化しないままでいたものを。

ヤチマは宝石がちりばめられたトンネルを見まわし、壁から発信される公理や定義のゲシュタルト・タグを感じとった。故郷の宇宙で送った人生のほかのあらゆる部分は、とてつもないスケールの旅の中に拡散して意味を失っていたけれど、時間を超越したこの世界は、いまも完璧に意味のあるものだった。つまるところ、すべては数学なのだ。

ヤチマは手近の単純な概念——開集合、連結性、連続性——の復習にとりかかって、古い記憶を覚醒させ、硬化していたシンボルを復活させた。鉱山を地表まで掘りすすむのは長くてたいへんな旅になるだろうが、いまでは気を散らすものはなにもなかった。

用語解説

アイコン：市民をはじめとするソフトウェアを識別するための、なんらかの特徴をもつ図柄で、ゲシュタルト・タグをともなうことが多い。

アドレス：ライブラリ内のデータ、人工衛星搭載のカメラ、観境内の位置といった、データの発信源ないし宛先を特定するビット列。アドレスによって長さの異なることがある一方、同じデータが複数のアドレスをもつこともある。

暗号書記：《コニシ》市民の内部構造で、暗号化および複号の作業を処理し、そこにはアイデンティティの主張の証明も含まれる。**シグネチャー**も参照のこと。

位相空間（トポロジカル・スペース）：点の抽象的な集合であって、点どうしの連結のしかたを決定するのに必要なぎりぎり最小限の構造を付加したもの。その構造とは、点のある種の部分集合の族で、その空間の〝開集合族〟と定義される（ユークリッド平面では、開集合はちょうどあらゆる半径の円の内部、または数を問わないそうした円の和集合になる)。点Pを含むあらゆる開集合が、少なくとも集合Uの一点をも含むなら、PはUの〝集積点〟と呼ばれる――これはPが任意にUに近いが、かならずしもUに属さないことを意味する(たとえば、円の辺上のいかなる点も、円の内部の集積点になる)。また集合Wが、VがUの集積点をまったく含まないようなUとVのふたつの部分に分割できないとき、Wは〝連結である〟と呼ばれる(平面上の8の字は連結であるが、輪の内側はそうではない)。

《移入》:二十一世紀末に起こった、肉体人のポリスへの集団流入のこと。

埋めこみ:ひとつの多様体の特性を視覚化する補助として、もっと大きな別の多様体にはめこむ、その方法。たとえば、二次元多様体の中には三次元ユークリッド空間に面として埋めこむことのできるものがある(球、トーラス、メビウスの輪)一方、ほかのもの(クラインの壺など)を埋めこめるのは四次元空間だけである。面の大きさと形状は埋めこみの特性であって、多様体そのものの特性ではない――ゆえに球と楕円面は、まったく同一の多様体の、ふたつの異なる埋めこみである――が、ユークリッド空間におけるある種の埋めこみは、ある多様体に幾何学的概念を補足して、その多様体をリーマン空間にするのに使うことができる。

N次元球面：境界をもたないN次元空間のことで、（N＋1）次元のユークリッド空間に、ある点から等距離の表面（または超表面）として埋めこむことができる。たとえば、地球の表面は二次元球面であり、四次元の恒星や惑星の超表面は三次元球面だが、どちらの次元の固体状惑星も、この意味におけるN次元球面ではない。

改変態：遺伝子改変された肉体人。

界面ソフト（エクソセルフ）：非知性ソフトウェアで、市民とポリスのオペレーティング・システムとのあいだに介在する。

価値ソフト（アウトルック）：界面ソフト内部で走る非知性ソフトウェアで、市民の精神をモニターして、審美感、価値観等の選ばれたパッケージを維持するのに必要なかたちに精神を調整する。

観境（スケープ）：物理的あるいは数学的空間のシミュレーションで、三次元とはかぎらない。

基盤フィールド(インフラストラクチャー・フィールド)：精神種子内で、特定のひとつの命令コードのみが精神発生の成功に必須であることが知られているフィールド。

球面：**N次元球面**を見よ。

擬リーマン空間：一般化したリーマン空間で、〝空間的〟および〝時間的〟距離によって隔てられる事象間の区別がつく。一般相対論における時空は、四次元擬リーマン空間である。

グレイズナー：意識をもつ、肉体人の形をしたロボット。厳密にいえば、グレイズナーとポリス市民はともに意識をもつソフトウェアである(そしてグレイズナーは、必要があれば自分のソフトウェアを新しいボディに移し、その際に自らのアイデンティティが変わったと考えることがない)。しかしながらグレイズナーは、ポリス市民と違い、自分たちに物質世界と常時相互作用せざるをえなくさせるハードウェア上で走ることに、非常な重きを置いている。

形質フィールド：精神種子内で、多数の異なる命令コードが、ある形質の健全なバリエーションを生むことが知られているフィールド。

ゲシュタルト：（1）イメージと、種々の情報を伝達する〝タグ〟の両方を包含するデータ・フォーマット。（2）肉体人の形をしたアイコンの形態変化にもとづく視覚的言語。顔の表情や身ぶりといった《移入》前の意思伝達法の拡張バージョン。

公共観境（フォーラム）：社会的に共有される観境。

高速化：ポリス市民にとっての高速化とは、自分自身の精神をより低速で走らせることによって、外部の事象間の時間経過をより迅速に体験することをいう。

五次元立方体：立方体の五次元バージョン。三次元立方体は六つの正方形の面、十二の辺、八つの頂点をもつ。五次元立方体は十の四次元立方体の超超面、四十の三次元立方体の超面、八十の正方形の面、八十の辺、三十二の頂点をもつ。

コズチ理論：二十一世紀中ごろに考えだされた物理学の暫定的統一理論。コズチ理論は十次元のファイバー束として宇宙を記述する。六つの次元でのファイバー束の大きさは極微小なので、直接識別できるのは、なじみ深い四つの次元の時空のみである。電子のような粒子は、じっさいには非常に狭いワームホールの口であり、この発想を最初に提唱したのは二十世紀の物理学者ジョン・ホイーラーであった。レナタ・コズチは、異なる粒子の特性は六つの余分な次元におけるワームホールの口の結ばれかたが異なることから生じる、というモデルを発展させた。

固有曲率：リーマン空間において、ひとつの曲線に対する、隣接する二点での接線が平行でない度あいの単位。リーマン空間がユークリッド空間に埋めこまれた面だった場合の固有曲率は、面の〝内部の〟曲率の尺度であり、面に対して垂直な曲率と対照される。

CST：連合標準時（コーアリーション・スタンダード・タイム）。内部時間を特定するためにポリス連合全体で使われているシステム。CSTは、UT二〇六五年一月一日にこのシステムが採用されてから経過した〝タウ〟で測られる。一タウに相当する実時間は、ポリスのハードウェアが進歩するにつれて変化した。

〈シェイパー〉：意識をもつ神経ネットワークのような精妙な構造を、生物学的プロセスから抽出した反復方式で組みたてるためのプログラム言語。

シェイパー：〈シェイパー〉プログラム内の小さなサブプログラム。

シグネチャー：ポリス連合において各市民本人を特定する固有のビット列。完全なシグネチャーは、公開鍵とプライベート鍵のセグメントで構成される。プライベート鍵を知っているのはシグネチャーの所有者のみ。市民はだれでも公開鍵を使ってメッセージを符号化でき、それはシグネチャーの所有者のみがデコードできる。

市民（シチズン）：あるポリス内で、譲渡されえない権利一式をあたえられた、意識をもつソフトウェア。その権利はポリスごとにさまざまだが、不可侵性、一定の割合での処理能力のシェア、公共データへのさまたげられることのないアクセスは、つねにそこに含まれる。

出力チャンネル：《コニシ》市民の内部構造で、ほかのソフトウェアにデータを提供する。

出力ナヴィゲーター：《コニシ》市民の内部構造で、市民の出力チャンネルから特定のアドレスへのデータ転送を、ポリスのオペレーティング・システムに要請する。

シュワルツシルト半径：ある物体がそのシュワルツシルト半径より小さなサイズに圧縮されたなら、その物体は重力崩壊を経てブラックホールを形成する。シュワルツシルト半径は物体の質量に正比例し、太陽の質量だと約三キロメートルである。

情報解析器：《コニシ》市民の内部構造で、不完全にしか理解されていない複雑なパターンの検知や、そのパターンに意味をもたせようとする試みの調整を果たす。

シンボル：複雑な概念や存在——人、物体の分類、抽象的な発想など——についての精神内での表象。

スキャン：特定の生きている有機体を包括的に分析し、その全体または部分のソフトウェア・シミュレーションを作りだすプロセス。

スナップショット：市民あるいはスキャンされた肉体人の完全な記述を含むファイルで、じっさいにプログラムとして走ってはおらず、ゆえになにも体験していないので、主観的には凍結されている。

精神種子（マインド・シード）：ポリス市民を組みたてるためのプログラムで、〈シェイパー〉言語で書かれている。バイナリのレベルでの精神種子は、約六十億ビットの列である。

精神胚：市民権をあたえられる前の、萌芽期のソフトウェア精神。

精神発生：精神種子を走らせることによって、あるいはほかの手段、たとえば既存の構成要素の組立やカスタマイズによって、あらたな市民を作りだすこと。

測地線（ジオデシック）：リーマン空間における固有曲率ゼロの経路。リーマン空間がユークリッド空間に埋めこまれた面だった場合、測地線は外部空間の直線になるか、表面に対して垂直な方向に曲線を描く。たとえば、球面上の大円は測地線である――なぜなら球面の住人から見れば、大円は表面の二次元に対して垂直な観念上の方向にのみ〝曲がっている〟からである。

第一世代：精神発生で作りだされた市民ないしグレイズナーに対して、肉体からスキャンされた市民ないしグレイズナーのこと。

タウ：ポリス連合全体で通用する内部時間の単位。ポリスのハードウェアの進歩につれて、一タウに相当する実時間は短縮されていったが、テクノロジーが根本的な物理的制約にぶつかった二七五〇年前後に固定された。一タウを主観的にどれくらいの長さに感じるかは、精神構造の細部の違いによって市民ごとにさまざまだが、市民と肉体人のあいだの大ざっぱな対比は次の表のとおり。複数形もタウ。

内部時間	それに相当する主観時間	実時間（二七五〇年以降）
一タウ	一秒	一ミリ秒
一キロタウ	十五分	一秒
百キロタウ	一日	一分四十秒
一メガタウ	十日	十六分四十秒
一ギガタウ	二十七年	十一日と十四時間
一テラタウ	二万七千年	三十二年

タグ：各種の非視覚的情報の伝達に用いられるゲシュタルト・データのパケット。

多様体：定まった次元をもつが、幾何学的な特性をもたない位相空間（トポロジカル・スペース）。二次元多様体は厚さゼロで自由自在に曲げられるゴム製シートと似たところがあり、三次元多様体は同じ材質の厚板と似ている――そしてこの理想化された〝シート〟や〝厚板〟の境界の部分は、たぶん三次元では物理的に不可能なかたちでたがいに結合されている場合もある。多様体を距離と平行位置関係という概念で補足すると、それはリーマン空間または擬リーマン空間になる。

デルタ：すべての観境アドレスの基本単位。市民のアイコンのふつうの高さが二デルタである。一デルタの倍数や分数は変更することができるので、普遍的な最小または最大の距離は存在しない。複数形もデルタ。

肉体人：ホモ・サピエンスのあらゆる生物学的子孫。遺伝子改変をうけた者は改変態と呼ばれ、自然のままの遺伝子しかもたない者は不変主義者と呼ばれる。

入力チャンネル：《コニシ》市民の内部構造で、ほかのソフトウェアからのデータをうけとる。

入力ナヴィゲーター：《コニシ》市民の内部構造で、市民の入力チャンネルへの特定のアドレスからのデータ提供を、ポリスのオペレーティング・システムに要請する。

標準ファイバー：ファイバー束を見よ。

ファイバー束：ファイバー束とは、多様体（〝全空間〟）プラスそれをより低い次元（〝底空間〟）の別の多様体に射影するための体系（スキーム）をいう。たとえばトーラスの表面は二次元多様体だが、トーラスのあらゆる縦の円を点に縮小したなら、それはトーラスを単一の、水平な円に射影することになり、その円は一次元多様体である。底空間の所与の点に射影される全空間の点の集合は、その点の〝ファイバー〟と呼ばれる（例：トーラスの縦の円のひとつ）。ファイバーは点ごとに同一である必要はないが、もし同一である場合は、その共通の形はその束の**標準ファイバー**と呼ばれる。ゆえにトーラスは、底空間としてひとつの円を、標準ファイバーとして別の円をもつファイバー束である。古典的コズチ理論において、宇宙は底空間として四次元時空を、標準ファイバーとして六次元球面をもつファイバー束である。

フィールド：精神種子の六ビットのセグメントで、〈シェイパー〉プログラミング言語で書かれた単一の命令コードを形成する。

フェルミオン：すべての素粒子はボソンかフェルミオンに分類できる。フェルミオンには電子とクォーク、三つのクォークの合成物である陽子や中性子が含まれる。ふたつかそれ以上の同一のフェルミオンの量子波動関数は、どれかふたつの粒子が交換されると位相（フェーズ）が逆になる。これがパウリの排他原理につながり、ふたつのフェルミオンがまったく同じ状態になる可能性をゼロにしている。単一のフェルミオンの波動関数は、粒子が三六〇度回転されたときフェーズが逆になり、完全に二回転されたときにのみ、完璧に同一の状態に戻る。フェルミオンは角運動量の基本単位の半分の、奇数倍のスピンをもつ。コズチ理論では、こうした特性はすべて、粒子のワームホールの位相幾何学(トポロジー)から生じるとする。

不可侵性：市民が明白な同意なしにほかのいかなるソフトウェアによっても変更されないという保証。

不変主義者：改変された遺伝子をもたない肉体人。

不変量：数学的構造の不変量とは、構造があるかたちで変形されたときでも不変のままの特性をいう。たとえば、境界をもたない表面（球やトーラスなど）のオイラー数は、表面全体を（できるかぎり湾曲した）多角形に分割してから、多角形の数を合計し、多角形を作るのに使われた線の数を引き、線が交わる点の数を足すことで計算される。この数は、表面をどれだけ曲げてものばしても同じままなので、表面の〝位相幾何学的な不変量〟である。

プランク - ホイーラー長：時空構造の量子的不確定性によって古典的一般相対論があてはま

らなくなる長さで、約十のマイナス三十五乗メートルに等しいが、これは原子核の大きさより二十桁小さい。

ボソン：すべての素粒子はボソンかフェルミオンに分類できる。ボソンには光子とグルーオンが含まれる。ふたつかそれ以上の同一のボソンの量子波動関数はどれかふたつの粒子が交換されても変化せず、単一のボソンの波動関数は粒子が三六〇度回転されても変化しない。ボソンは角運動量の基本単位の整数倍のスピンをもつ。コズチ理論では、こうした特性はすべて、粒子のワームホールの位相幾何学（トポロジー）から生じるとする。

ポリス：（1）意識をもつソフトウェアの社会のインフラストラクチャーとして機能する、コンピュータまたはコンピュータ・ネットワーク。（2）その社会そのもの。

ポリス生まれ：あるポリスの市民のうち、そのポリス内部で精神発生によって作りだされた者。

ポリス連合：（1）ポリス市民すべての共同体。（2）すべてのポリスを包含する物理的なコンピュータ・ネットワーク。

未確定フィールド：精神種子内で、ひとつの命令コードのみがテストされていて、そのいかなるバリエーションの影響も未知のフィールド。

夢猿人（ドリーム・エイプ）：自らの言語能力を工学的に除去した改変態のグループの末裔。

ユークリッド空間：N次元のユークリッド空間は二次元ユークリッド平面の自然な一般化であり、二点間の総距離の二乗が各N次元での二点間の隔りの二乗の総計であたえられる。ユークリッド空間はリーマン空間のより一般的な概念の単純な例である。

UT：グリニッジ時（ユニヴァーサル・タイム）。物理的な日付と時間を特定する伝統的な天文学的／政治的システム。グリニッジ子午線でのローカルな平均太陽時に等しい。グリニッジ時は、太陽との関連を保った基準系を用いることで、恒星間の距離を超えて広がっている。

四次元立方体：立方体の四次元バージョン。三次元立方体は六つの正方形の面、十二の辺、八つの頂点をもつ。四次元立方体は八つの三次元立方体の超面、二十四の正方形の面、三十二の辺、十六の頂点をもつ。

リーマン空間：リーマン空間はふたつの幾何学的概念を付加された多様体である。その概念のひとつは**計量**で、これは近接した二点間の距離を計算する手段であり、もうひとつは**接続**で、近接した二点におけるふたつの方向が〝平行〟かどうかを決める手段である。ユークリッド空間に埋めこまれた表面の場合、多様体の近接した二点間の距離は、外部空間でのその二点間の距離として定義でき、近接した二点における方向は、外部空間でのその二点の違いが、それがいかなるものであろうと表面に対して垂直ならば、〝平行〟と定義できる。たとえば、赤道上で水平に置かれて北を指している方位磁針の針は、ほんの少し高緯度の場所で北を指している同様の針と、リーマン的な意味で〝平行〟である――なぜなら、ふたつの針は三次元空間では完全に同一の方向を指しているわけではないが、方向の違いは地球の表面に対して垂直だからである。

リニア：（1）デジタル化された音声に由来するデータ・フォーマット。（2）ポリス連合で広く使われている、リニアなデータを用いた特有の言語。

ワームホール：ワームホールは時空の〝迂回路〟で、地下トンネルによって作りだされる地球表面の迂回路と似ている。一般に、ワームホールを通ったときの距離は、ワームホールの口のあいだの通常の距離より短いこともあれば長いこともある。コズチ理論においては、すべての素粒子は極端に狭いワームホールの口である。

参考文献

《コニシ》市民の精神構造の大まかな原理は、ダニエル・C・デネットとマーヴィン・ミンスキーによる人間の認識モデルにインスパイアされたものである。とはいえ、ディテールはわたし自身の空想的な創作であり、また《コニシ》モデルが描こうとしているのは、現存の人間精神ではなく、そのソフトウェア化された仮想の子孫だ。デネットとミンスキーのモデルは、次の本に記されている。

『解明される意識』ダニエル・C・デネット（Penguin、ロンドン、一九九二年／邦訳：山口泰司訳、青土社）
『心の社会』マーヴィン・ミンスキー（Heinemann、ロンドン、一九八六年／邦訳：安西祐一郎訳、産業図書）

コズチ理論は架空のものである。ワームホールの口と素粒子の対応という発想はジョン・ホイーラーのものだが、ワームホールの位相幾何学（トポロジー）を通じて粒子の対称性を説明できるという可能性は、ディラックのベルトトリックと、ルイス・H・カウフマンの四元数デモンストレイターにインスパイアされた。わたしはそうした発想に次の本で出会った。

Gauge Fields, Knots and Gravity, by John Baez and Javier P. Muniain（World Scientific、シンガポール、一九九四年）

『結び目の数学と物理』ルイス・H・カウフマン（World Scientific、シンガポール、一九九三年／邦訳：河内明夫・鈴木晋一監訳、培風館）

トカゲ座G－1は架空のものであり、その軌道崩壊の加速はこの長篇で創作された宇宙論においてのみ意味をなす。地球にもっとも近い既知の中性子星の連星は、パルサーPSR B1534＋12とその伴星からなる。この系までの距離は千五百光年で、今後約十億年は合体しないと思われている。ガンマ線バーストは現実の現象だが、それが中性子星どうしの衝突によって生じるものかどうかは、いまもって不明である。中性子星の連星、ガンマ線バースト、重力放射、天体力学、一般相対論におけるワームホールのふるまいに関する情報は、次のものから引いた。（なお本書の原著刊行後、ガンマ線バーストの起源については、中性子星の連星の衝突によるものとするのとは、別の説が有力になっているようだ。関連する日本語の記事に、〈日経サイエンス〉二〇〇三年三月号「ガンマ線バーストとブラックホールの誕生」、同二〇〇四年四月号「ガンマ線バーストの起源」などがある）

Black Holes, White Dwarfs and Neutron Stars, by S. L. Shapiro and S. A. Teukolsky（Wiley、ニューヨーク、一九八三年）

「連星中性子星の大爆発」T・ピラン（Scientific American, May 1995／邦訳：〈日経サイエンス〉一九九五年七月号）

"Gamma Ray Bursts", by John G. Cramer（Analog, October 1995）
『ブラックホールと時空の歪み――アインシュタインのとんでもない遺産』キップ・S・ソーン（Macmillan、ロンドン、一九九五年／邦訳：林一・塚原周信訳、白揚社）

トカゲ座G－1が地球におよぼす影響の詳細は推論によるものだが、その推論の起点としては次のものを用いた。

"Terrestrial Implications of Cosmological Gamma-Ray Burst Models", by Stephen Thorsett
（Astrophysical Journal Letters,1 May 1995）

〈長炉〉で用いられている粒子加速法は、次のものにもとづいている。

"PASER: particle acceleration by stimulated emission of radiation", by Levi Schächter
（Physics Letters A,25 September 1995〔volume 205, no.5〕）

訳者あとがき

本書は、グレッグ・イーガンが一九九七年に発表した長篇*Diaspora*（Millennium刊）の全訳である。

英米の書評で例外なく言及されているのが、オラフ・ステープルドンの名前。人類や宇宙の運命を真正面から描いた作品ということで、『最後にして最初の人類』や『スターメイカー』（ともに国書刊行会）を引きあいに出して本書を評価しているのである。日本の読者には、本書のとくに後半で展開されるヴィジョンに、小松左京の『果しなき流れの果に』（ハルキ文庫）や「すぺるむ・さぴえんすの冒険」（福音館書店同題短篇集所収）などを連想するかたも多いだろう。

本書に対する評価でぼくの知るもっとも熱烈なのは、「これはなんのためにSFがあるのかを雄弁に物語る作品だ」というもの。SF情報誌〈ローカス〉の発行・編集人のチャールズ・ブラウンの言葉で、一九九七年にわずか数日ながら日本に滞在した際、歓迎会を主催した小川隆氏との会話の中で最近の注目作といった話題になったとき、本書をまっ先にあげて絶讃したのだ。もっとも信頼できる書評家と呼ばれたこともあり、長年〈ローカス〉でSFやファンタジイの幅広い領域に万遍なく目配りした年度回顧を書いていたブラウンの発言だけに、説得力がある。

ただし、このブラウンの讃辞には、「決して万人むけの本ではないが、それでも」という前置きがついていた。たしかに、いきなり三十世紀が舞台で、そこでは根本的なレベルで世界のありようが現代とは激変しているのに、とくに説明もないまま話が進むというスタイルは、読者にやさしいとはいいがたい。とはいえ、巻末の用語解説のうち次の項目に目を通せば、背景設定はある程度のみこめるのではないかと思う。スキャン、《移入》、肉体人、ポリス、ポリス連合、市民、グレイズナー、タウ。

人間のソフトウェア化という設定は、イーガン作品ではおなじみのものだ。たとえば本書は、『順列都市』（本文庫）や「誘拐」（本文庫『祈りの海』所収）の延長上の未来の物語と読めなくもない（がそのように読む必要もない）。「移相夢」（本文庫『しあわせの理由』所収）にはグレイズナー・ロボットという単語が出てくるが、本書と同じ未来史といった解釈をするのは無理なようだ。「祈りの海」（同題短篇集所収）と「プランク・ダイヴ」（〈SFマガジン〉二〇〇六年四月号）では、本書後半と同じくソフトウェア化した人類の宇宙進出が描かれているが、これは単に同一の基本アイデアを使った、相互に関連のない作品と考えたほうがいいだろう。

本書が「万人むけではない」理由としては、物理学や数学に関する高度な説明やスペキュレーションが、生のまま随所で展開されることもあげられる。じっさい英米の出版事情を考えると、よくまあこれが商業出版できたものだと思わずにいられない。それはイーガンに対する評価の高さゆえに可能だったことでもあるだろう。

こうしたハードSFでは、作品理解の参考として科学コラム的な解説をつけることが多いが、本書ではトピックスが多岐にわたり、かつ専門的にすぎて、もともとそれなりの知識がなければ、ちょっとやそっとの説明ではなんの〝理解の参考〟にもならないだろうこと、巻末に用語解説があること（作中に出てこない数学用語が項目として立っていたりもするが……）、などの判断からそうはしなかった。ただ、作者のホームページには本書のコーナー（https://www.gregegan.net/DIASPORA/DIASPORA.html）があり、とくに第9章後半で、本書の大きなポイントとなる〝（架空の）コズチ理論における標準ファイバー〟について説明されるくだりは、該当セクションの図を見ながら読んでいただくと、格段にわかりやすくなるはずだ。物語の本すじとは関係ないが、第2章冒頭の円環に関する説明と、第15章前半の重力井戸の展示物についても同様である。

作者のホームページには、ほかにも本書のいくつかの設定等に関する図解や、（数式も用いた）専門的説明が掲載されている。日本でも板倉充洋氏が、本書の数理ネタを中心にした解説ページを作っている（http://d.hatena.ne.jp/ita/00010205）。ともに、本書のハードな側面をじゅうぶんに楽しまれたかたは――ということはもちろん、本書読了後にということだが――ごらんになるとさらに楽しみが広がることと思う。（なお、第17章冒頭で「ポアンカレの回転する〝極〟――超曲面上の二次元球面」という文章があるが、これが誤植等のまちがいではないことを作者がホームページで説明している。気になったかたはそちらをどうぞ）

最初にステープルドンの名前を出したが、個人にほとんど焦点があたることのない『最後にして最初の人類』や『スターメイカー』に比べれば、本書では数人の主要登場人物がいて、その内面や葛藤が描かれるのだから、じゅうぶんにふつうの小説といえる。各人に無数のバックアップが用意されていて、現代のような死というものが存在しないという設定であっても、何人かのキャラクターが旅路の果てに迎える結末のそれぞれには、感慨すら覚えずにいられない。それでも、そこに本書の力点がないこともたしかなのだ。その点をして、これを万人むけではないと呼ぶこともできるかもしれないが、本書が「なんのためにＳＦがあるのかを雄弁に物語」っている理由もまた、そこにある。これはあくまでも、ふつうの意味での人間ドラマや物語ではなく、人類や宇宙の運命をこそ主眼とした作品なのである。

本書の翻訳にあたっては、志村弘之、板倉充洋、川口晃太朗の各氏に、訳語のチェックや訳文に関するアドバイスをお願いした。専門的な用語や議論がきちんと訳せている部分は、お仕事がある中をきつい日程にもかかわらず、たくさんのご指摘を寄せてくださった三氏のおかげであり、不備はすべて訳者の責任である。第四部原型中篇の雑誌訳載では塩澤快浩、河野佐知両氏にお世話になった。解説は、『現代ＳＦ１５００冊乱闘編』（太田出版）のあとがきで翻訳を一刻も早く仕上げるよう催促するほど本書刊行を待ちわびられていた大森望氏にお願いした。本書の編集は上池利文氏、校閲は池之上譲氏に担当していただいた。上池氏をはじめとする編集部のみなさん、ほか関係各位には、刊行スケジュールに関して多大なご迷惑をおかけしてしまった。申しわけありませんでした。

なお、原文では性別を問わない三人称単数代名詞の ve が使われている部分がある。とくにヤチマ、イノシロウ、ブランカの三人には全篇でこの代名詞があてられていて、たしかに設定上も《コニシ》ポリス生まれの市民には性別が存在しないわけなのだが、英米の書評でも（ジェンダーSFで有名な作家によるものでさえ）ヤチマやイノシロウに he を使っていたりするので、このような口調で訳したことをおことわりしておく。

タイトルのディアスポラは、国外への集団離散・移住を意味する言葉。歴史的にはパレスチナからのユダヤ人の離散、および離散ユダヤ人やその居留地を指すが、本書では直接にはそうしたニュアンスはもたされていない。

作者については既刊訳書の訳者あとがきを参照していただくとして、ここでは一九六一年、オーストラリア生まれで、数学の理学士号をもつことだけ書いておこう。本書は作者が専門分野について思う存分書いた作品というわけだが、全体がイーガンの数学的世界観ともいうべきもので貫かれている点も見落とせない。

巻頭にもあるとおり、本書第四部は、グレッグ・ベアが編集した書き下ろしハードSFアンソロジー（一九九五年刊）の巻末を飾った中篇「ワンの絨毯」（〈ＳＦマガジン〉一九九八年一月号訳載）を改稿したものである。中篇版では《トカゲ座》の一件が存在せず、《ディアスポラ》の動機は、外界から目を背けつつあるほかのポリスとの主導権争いにしぼられていて（ちなみに、そうしたポリスの人々は中篇では《人間宇宙論者》と呼ばれているが、『万物理論』（創元ＳＦ文庫）に出てきた同名のグループとはなんの関連もない）、改稿の大半はそれに関する議論の削除である。なお、一九九三年の夏にワールドコンでベアにインタビュウした際、ベアはステープルドンを引きあいに出してイーガンを絶讃していた。その時点で既発表のイーガン作品にそうした評価につながるものは見あたらないので、そのときすでにベアの手もとには「ワンの絨毯」が届いていたのかもしれない。

短篇発表ペースから推測すると、本書は一九九五年半ばから翌年後半にかけて執筆されたようだ。それに先立って書かれた作品の中に、数学をメインアイデアに据えた「ルミナス」（本文庫『ひとりっ子』所収）と、本書の参考文献にもあがっているデネットとミンスキーの著書を下敷きにした「決断者」（同）がある。本書刊行前には、第1章「孤児発生」が章題と同じ“Orphanogenesis”のタイトルで、〈インターゾーン〉一九九七年九月号に掲載された。おそらく本書完成につづいて書かれたのが、本書とはある意味できわめて対照的であると同時に、本書同様イーガンの代表作のひとつである「しあわせの理由」（同題短篇集所収）である。

解　説

評論家
大森　望

孤児はみな、未踏査領域のマップ化に送りだされる探検家だった。
そして孤児はみな、本人自体が未踏査領域でもあった。

——本書第1章より

グレッグ・イーガンは、疑問の余地なく、現在の地球上で最高のＳＦ作家である。一九九〇年以降に書かれた重要なＳＦを全世界から十冊ピックアップしたら、そのうちの半分はイーガンの著書になるんじゃないかと思うほど。ＳＦ史全体を見渡しても、思考の徹底度においてイーガンを凌ぐ可能性があるのは、かろうじてスタニスワフ・レムぐらいだろう。イーガンはほとんど独力で現代ＳＦの最先端を支えている。

そのイーガンの邦訳最新長篇となる本書『ディアスポラ』は、これまで日本に紹介されてきた著者の作品の中でももっともストレートなサイエンス・フィクションだ。ＳＦの王道と言えば、これ以上の王道もない。なにしろこれは、恒星間宇宙船に乗り込んだ主人公が太陽系を飛び出し、世界の成り立ちの謎を追い求めて銀河の彼方まで（そしてさらにその先まで）旅をする、壮大なスケールの宇宙冒険ＳＦなのだから。銀河系全体を揺るがす危機もあれば、驚くべき地球外知性も登場する。過去の三長篇が、驚天動地の奇想を核に、かつてＳＦの歴史に存在しなかった物語を紡いで喝采を浴びたのとは対照的に、『ディアスポラ』の大筋はジャンルＳＦの伝統にきわめて忠実だ。とくに後半の展開は、イーガン版『宇宙船ビーグル号』、あるいはハードＳＦ版「スタートレック」とさえ呼べるだろう。

ただし、わくわくしながら本書のページを開いた読者は、のっけから面食らうかもしれない。〝ウルトラスーパー・ハードＳＦ〟の触れ込みどおり、『ディアスポラ』は、とくに文系読者にとって相当に難解な記述を含んでいる。

〝主観的宇宙論サイクル〟と呼ばれる既訳の三冊、『宇宙消失』『順列都市』『万物理論』は、言わばイーガン流の人間原理三部作。現代科学を下敷きにしているとはいえ、根っこのところでは哲学的・文学的な〝文系ハードＳＦ〟だった。三作の時代設定はいずれも二一世紀半ば（二〇四〇年代～六〇年代）。近未来を生きる主人公たちは（少なくとも最初に登場した時点では）今の僕らとたいして変わらず、容易に感情移入することができた。身につまされるセコい話（小さな物語）と宇宙の根幹に関わる大風呂敷（大きな物語）とを詐欺的ロジックで一瞬のうちに重ね合わせ、強烈な認識の衝撃をもたらすのが、この三作に共通する基本戦略だった。

しかし『ディアスポラ』は、小説のタイプがまったく違う。時代は今から九百七十年後。社会のありようは現代と似ても似つかないし、ふつうの意味で〝人間〟と呼べる登場人物もほとんど出てこない。とりわけ第1章の出だしは難物で、二、三ページ読んだだけで音を上げる読者がいても無理はない。

しかし、こんなのとてもついていけないよと本を投げ出すのはまだ早い。孤児の誕生が描かれる最初の十五ページは、本書全体の中でもいちばん難解な（具体的にイメージしにくい）パートのひとつ。『ディアスポラ』全篇がこんな調子で書かれているわけではもちろんない（それどころか、ストーリー的には、既訳長篇の中でいちばんわかりやすい）。なにが書いてあるのか理解しがたい箇所がごくたまに顔を出すだけなのである。

したがって、読み出したはいいが途方に暮れている文系読者のための『ディアスポラ』攻略法は、しごく簡単。すなわち、「わからないところはばんばん飛ばす」。これだけでOK。隅から隅まで理解しようと脳みそを絞る必要はありません。

「ワンの絨毯」が独立した短篇として先に発表されていることからもわかるとおり、『ディアスポラ』は連作短篇集的に構成されている。そのため、ふつうの長篇と比べて各パートの独立性が高く、章単位でスキップしても、話の大筋を理解するのに支障はない。

冒頭でつっかえた人は、第1章、第2章はざっと眺めるだけにして、第3章からじっくり読み、だいたいの流れが呑み込めたところで（あるいは最後まで読み終えてから）最初に戻って読み直せばいい。第三部（とくに第9章）のコズチ理論や標準ファイバーをめぐる議論は物理系ハードSFとしての『ディアスポラ』の根幹をなす部分だが、ここも小説全体からは独立したネタなので、だいたいの雰囲気がわかれば問題ない（僕自身、ちゃんと理解できたとはお世辞にも言えません）。こういう難読箇所は、RPGで言えば、クリア後のお楽しみの裏ダンジョンにいるべきボスキャラみたいなもの。無理に立ち止まって倒さなくても先に進めるし、それによって結末の感動が損なわれることもない。完全攻略にチャレンジしたい人は、一周めに小説を楽しんだあと、二周め三周めに、イーガン自身のウェブサイトや各種参考文献を手がかりにしながら、じっくり時間をかけて解読を楽しむことをおすすめする。

そうは言っても、全体的な地図がないと不安で読み飛ばせない人もいるだろうから、本書の構成、ストーリー、人物関係をおおざっぱに解説する。必然的に多少の spoiler（ネタバレ）を含むので、独力でマッピングしたい人は本文をどうぞ。

まず設定から説明すると、時は西暦二九七五年。人格を電子的にコピーする技術が開発されてから九世紀を経たこの時代、人類の大部分は肉体を捨てて、コンピュータ上の仮想空間に《移入》（Introdus）し、ポリスと呼ばれる仮想的な都市で暮らしている。大半のポリスは現実世界との接触を断ち、物理法則から自由な電子世界で安逸を貪っている。時間の進み方も現実世界とは違っているため、ポリス内の時間はタウ（秒）単位で記述される。処理速度は外界の約八百分の一だから、ポリスにおける標準的な主観時間の一秒（一タウ）は現実世界の一ミリ秒になる（詳細は用語解説の「タウ」の項を参照）。

一方、電子ネットワークへの《移入》を拒み、物理的な世界で生きることを選択した人類も少数ながら存在する。このうち、生身の体を持つ者が肉体人（flesher）、機械の体を持つ者がグレイズナー（gleisner）と呼ばれる。ブルース・スターリングの未来史で言えば、さしずめ前者が工作者（シェイパー）、後者が機械主義者（メカニスト）か。肉体人の場合でも、今の人間と同じ姿をしているのは一部の不変主義者だけで、大半は遺伝子改変によってさまざまな姿に変貌を遂げている（改変態と呼ばれる）。

主要登場人物で言うと、イノシロウ、ガブリエル、ブランカなど、多くはポリス生まれだが（最初から生身の体を持たない）、中には二〇世紀生まれの超高齢ポリス市民もいる。オーランドはジョージア州アトランタで二十九世紀はじめに生まれた肉体人だし、カーパルはグレイズナー、パオロは《移入》後のオーランドを父に持つポリス生まれ――という具合に、出自はさまざま。登場人物それぞれの持つ背景が、それぞれの選択に大きな影響を与えることになる。

主人公にあたるヤチマは、《コニシ》ポリスの〈創出〉（conceptory）ソフトウェアによって（親を持たずに）生み出された人工生命。ちなみにyatimaはスワヒリ語で「孤児」を意味する（アフリカでは、女の子につける名前らしい）。第一部はヤチマ誕生篇および成長篇。

第1章前半の難読箇所では、知性を持つ人工生命を無から生み出す具体的なプロセスが詳細に語られている。ぱっと見は判じ物みたいですが、よく読むと生物の発生過程が電子的にシミュレートされているような雰囲気だ。精神種子がデジタル版ヒトゲノムなら、シェイパーは遺伝子ですね。〝子宮〟の中に種子が着床すると、種子は自分をコピーして広がり、そこを流れるデータのパターンが一種の神経ネットワークをつくりだす。こうしてできあがった原始的な神経系が外部の情報と接することで学習し、認識能力を高めてゆく。

ついに発生した知性が「みなさん」と（仮想的な）声を発するまでの過程は、読めば読むほど味が出る。直感的にイメージしにくいのが難ですが、たとえば機械生命体の誕生を描くジェイムズ・P・ホーガン『造物主の掟』のプロローグ以上の興奮を与えてくれる。

さらに、生まれたての孤児が「わたしがわたしであること」をついに認識する（自意識を獲得する）場面も感動的だ。そんなことでほんとに自律的な知性がつくれるのかよという気もするが、天才詐欺師イーガンだけあって、凡百のロボットSFが束になってもかなわないもっともらしさを実現している。

第2章は、現実時間ではそのわずか三日後だが、ヤチマはすでにいっぱしの若者（？）に成長して、貪欲に知識を吸収している。数学者の夢が具象化したような〈真理鉱山〉のイメージがすばらしい。イーガンは短篇「ルミナス」でも純粋数学を実体的に描いているが、この真理鉱山は本書全体の（というか、イーガンの世界観の）ヘソにあたる。

第3章で、ヤチマはイノシロウとともにグレイズナーのロボット筐体（きょうたい）に宿って現実世界のアトランタへと赴き（この時代のテクノロジーをもってしても、ポリス市民が生身の肉体を持つことは不可能らしい）、架橋者のオーランドたちと対話する。ここから先はしごくオーソドックスなSFなので、道に迷う心配はない。安心してどんどん読んでください。

その二十一年後、月面にあるグレイズナーの観測基地がトカゲ座G-1（地球から百光年の距離にある中性子星の連星）の重力波異常を探知する。コズチ理論（この時代の標準的な万物理論）によればはるか先だったはずの連星衝突が予想より七百万年も早く起きたのだ。その結果生じたガンマ線バーストは、地球環境に甚大な影響を及ぼすはず。肉体人に警告すべく、ヤチマとイノシロウはアトランタを再訪するが、彼らの多くは頑として《移入》を拒み、オーランドなど少数がポリスで第二の生を送ることになる。

しかし、一部ポリス市民にとってより大きな問題は、トカゲ座G-1によって、コズチ理論の信頼性が失われ、未来に対する不安が生じたことだった。ワームホールによる超光速移動の実験（笑っちゃうほどものすごいスケールの粒子加速器〈長炉〉が登場します）が失敗に終わったあと、現実世界との接触を重視する《カーター-ツィマーマン》ポリスは、宇宙のどこかにいるかもしれない超光速航行種族とのコンタクトと〝宇宙の成り立ちの謎〟の解明を求めて、自身の千のコピーを千の方角に発進させる……。

これがタイトルのディアスポラ（離散）。小説全体のちょうど半分を消化したところで、いよいよ第四部から壮大な旅が幕を開ける。

ここから先は高度な知的生命体を求めて宇宙を探検する話なので、（同じ宇宙船および乗員のコピーの千組あることを別にすれば）まさに『宇宙船ビーグル号』の世界。日本の読者なら川又千秋の『宇宙船∞号の冒険』や小松左京『虚無回廊』（あるいは、訳者あとがきでも言及されている「すぺるむ・さぴえんすの冒険」など）を思い出すところだ。旅のスケールに比して、宇宙船の（ペイロードの）物理的なサイズが非常に小さいのが『ディアスポラ』の特色。各ポリスの大きさは人間ひとり分だし（全長二メートルぐらい？）、大気圏突入カプセルは全長三センチ、射出されるプローブにいたっては直径半ミリだとか。論理的な帰結が笑える絵面になるところがイーガンらしい。

各ポリスが遭遇する異星生物の描写も本書の大きな魅力。独立した短篇としてSFマガジン読者賞を受賞した「ワンの絨毯」の惑星オルフェウス原住生物はもちろんのこと、ポアンカレで発見されるヤドカリ生物の五次元描写は圧巻と言うしかない。心ゆくまでイーガン節に酔いしれてください。

あとは構成上の留意点をいくつか。SFを読み慣れている人なら見当がつくとおり、各パートの冒頭に置かれている短い断章（主にヤチマとパオロの対話）は、ヤチマの旅の最終段階から抜き出されたもの。これが各パートをつなぎとめる扇の要の役割を果たしている。第八部まで読み進んだら、最初にもどって、この部分にもう一度まとめて目を通すと、小説の全体像が把握しやすい。

イーガンの長篇がフラクタル的な構造を持つことはつとに指摘されているが、『ディアスポラ』もその例に洩れない。冒頭でヤチマが見学する小惑星の進路調整（三十万年以内に地球を襲う可能性がある危機の排除）が、トカゲ座G－1のガンマ線バーストに対する警告に重なり、それがそのままスケールアップして、コア・バーストの危機になる。

いかにもSFファン好みの浮き世離れした問題を扱っているようでいて、『ディアスポラ』は現実との接点を失わない。実際、アトランタの肉体人とポリス市民の関係（とくに、執拗に描かれる肉体人側の《移入》に対する拒否反応）、《C－Z》ポリスとトランスミューターの関係は、現在のアフガニスタンやイラクで起きていることの投影として読むこともできるだろう。技術レベルや文化的背景がまったく異なる文明同士が相互に理解し合うことの困難を描きながら、しかしイーガンは最終的に相互理解が実現しうると信じているようだ。

その鍵を握るのが、異なる文化のあいだに橋を架ける架橋人（bridger）。オーランドがクローズアップされてくるのは、かつて肉体を持っていた彼が、架橋人として、つねに異質な文化を理解しようと努力するからだ。そこには、パレスチナ生まれのアメリカ人思想家、故エドワード・W・サイード（『万物理論』の参考文献に挙げられた『文化と帝国主義』の著者でもある）の影が落ちている――という見方は穿ちすぎだろうか。

いずれにしても、数学（あるいは科学的思考）を基盤とするかぎり、地球外知性（それどころか、この宇宙の外の知性とさえ）とのあいだに相互理解が成り立つはずだという信念が『ディアスポラ』の根底にある。

そのオーランドが旅の途中で立ち止まると、息子のパオロがあとを継いでさらに先へと進む。そしてパオロの物語が結末にたどりついたあとも、孤児ヤチマはなお探求をやめない。

故郷の宇宙から二百六十七兆九千四百十一億七千六百三十八万三千五十四レベル離れて、ついに果しなき流れの果に到着したパオロとヤチマ。両者の静かな対話に心を揺さぶられないSFファンはいないだろう。

そして結末の一節では、小説冒頭の問い――「なぜあなたがたはこれほど遠くまで来たのか？　なぜ自らの同朋を置き去りにしてきたのか？」――に答えが与えられる。あらゆる文学形式の中でSFだけが与えうる深い感動。そのもっとも純粋なかたちがここにある。

SFの遺産の上に築かれた『ディアスポラ』は、読者が過去に接してきた宇宙SFの記憶を呼び覚まし、さらにその先へと導く。「グレッグ・イーガンがSF作家でいてくれてよかった」という気分になるのが主観的宇宙論三部作だとしたら、SF読者にとっての『ディアスポラ』は、「いままでSFを読んできてほんとうによかった」という気持ちにさせてくれる小説だ。イーガンと同時代に生きているしあわせを心から喜びたい。

訳者略歴　1962年生，埼玉大学教養学部卒，英米文学翻訳家・研究家　訳書『順列都市』『祈りの海』『しあわせの理由』『ひとりっ子』イーガン（以上早川書房刊）他多数

HM=Hayakawa Mystery
SF=Science Fiction
JA=Japanese Author
NV=Novel
NF=Nonfiction
FT=Fantasy

ディアスポラ

〈SF1531〉

二〇〇五年九月　三十日　発行
二〇二四年九月二十五日　七刷

（定価はカバーに表示してあります）

著者　グレッグ・イーガン
訳者　山岸（やまぎし）真（まこと）
発行者　早川浩
発行所　株式会社早川書房
郵便番号　一〇一 - 〇〇四六
東京都千代田区神田多町二ノ二
電話　〇三 - 三二五二 - 三一一一
振替　〇〇一六〇 - 三 - 四七七九九
https://www.hayakawa-online.co.jp

乱丁・落丁本は小社制作部宛お送り下さい。
送料小社負担にてお取りかえいたします。

印刷・精文堂印刷株式会社　製本・株式会社明光社
Printed and bound in Japan
ISBN978-4-15-011531-9 C0197

本書は活字が大きく読みやすい〈トールサイズ〉です。